NATASHA BELL

ALEXANDRA

Natasha Bell im Gespräch

In ihrem Roman gehen Sie der Dynamik einer Ehe auf den Grund. Erzählen Sie uns, was Sie daran fasziniert?
Beim Schreiben von *Alexandra* stellte ich mein Verständnis von Liebe und Ehe auf den Prüfstand. Ich war fasziniert von der Idee, dass sich zwei Menschen wirklich lieben, diese Liebe aber nicht genug ist, um sie glücklich zu machen. Wir lernen früh, dass die Liebe das Wichtigste ist, um immer glücklich zu sein. Aber das wahre Leben ist komplexer. Was ist, wenn man gleichzeitig glücklich und unglücklich ist? Was ist, wenn man sich zwischen dem geliebten Menschen und sich selbst entscheiden muss?

Alexandra träumt davon, eine weltbekannte Künstlerin zu sein, dann wurden Ehe und Kinder wichtiger. Inwiefern spielen Geschlechterfragen und der Themenkomplex rund um Mutterschaft eine Rolle?
Auch im Jahr 2020 sollte immer noch darüber gesprochen werden, was Frauen im Tausch für Ehe und Mutterschaft aufgeben. Es gibt sie auch heute noch, diese subtilen Formen der Selbstaufgabe, bei denen die Frau sich aufopfert, um die Beziehung und die Familie zu schützen. Auch in scheinbar gleichberechtigten Beziehungen. Darüber spricht niemand.

Wussten Sie von Anfang an, wie sich die Geschichte entwickeln würde oder haben Sie den Plot durch das Entstehen der Figuren konstruiert?
Ich schrieb fast acht Jahre an *Alexandra*. Es gab immer eine Konstante, und das war der Plot. Ich wusste von Beginn an, was mit Alexandra passiert war und was Marc alles würde durchmachen müssen, um es herauszufinden. Schwieriger war, mir zu überlegen, wie ich die Geschichte erzähle, um dann die nötigen Rätsel und Wendungen einzubauen. Mein Thriller wechselt zwischen Rückblenden zu den frischverliebten Tagen der beiden und ihrer tragischen Realität in der Gegenwart. Ich habe die Geschichte so aufgebaut, weil ich denke, dass das aktuelle Leben eines Paares nur im Kontext der gemeinsamen Vergangenheit existiert. Um zu verstehen, wer die beiden wirklich sind, müssen wir zum Anfang zurückgehen.

Über die Autorin:
Natasha Bell wuchs in Somerset auf und studierte Englische Literatur und Theaterwissenschaften an der Universität von York und am Mount Holyoke College. In Chicago absolvierte sie zusätzlich einen Master in Geisteswissenschaften. Zunächst jobbte sie als Barista und Filmvorführerin. Ihre wahre Berufung fand sie nach einem Master in Creative Writing an der Goldsmith University London: Sie widmet sich nun ausschließlich dem Schreiben und arbeitet gerade an ihrem zweiten Buch. Die Autorin lebt im Südosten von London.

NATASHA BELL

ALE
XAN
DRA

Aus dem Englischen
von Pauline Kurbasik

DIANA

FSC www.fsc.org
MIX
Papier aus verantwortungsvollen Quellen
FSC® C014496

Penguin Random House Verlagsgruppe FSC® N001967

Taschenbucherstausgabe 01/2022

Die Originalausgabe erschien 2018 unter dem Titel
Exhibit Alexandra bei Michael Joseph,
an imprint of Penguin Random House UK, London.

Redaktion: Wiebke Bach
Umschlaggestaltung: Geviert, Christian Otto, München
unter Verwendung eines Motivs von © Magdalena Russocka/Trevillion Images
Herstellung: Helga Schörnig
Satz: Leingärtner, Nabburg
Druck und Bindung: GGP Media GmbH, Pößneck

Printed in Germany
ISBN 978-3-453-36079-2

www.diana-verlag.de

DONNERSTAG, 21. FEBRUAR 2013

DER ANFANG

Marc saß auf der untersten Stufe und versuchte, nicht gleich das Schlimmste zu denken. Die Stimme fuhr fort: »Die große Mehrheit der Vermissten taucht unversehrt in den ersten achtundvierzig Stunden wieder auf, Mr. Southwood. Es gibt keinen Grund zur Panik.« Darauf folgte eine Pause. Marc wusste, das sollte ihn trösten. Einfach abwarten, bis seine Frau mit einer völlig schlüssigen Erklärung nach Hause käme.

Der Officer wünschte ihm einen guten Abend und legte auf. Als ob das Problem damit erledigt wäre. Als ob Marc sich damit besser fühlen würde.

Sechs Stunden vorbei, blieben zweiundvierzig.

Ich wünschte, ich könnte bei ihm sein. Ich würde erst die Arme und dann die Beine um ihn schlingen und mich an ihn klammern, bis wir die Balance verlieren und im Flur zu Boden fallen. Ihm mit meiner Berührung das zu verstehen geben, was er an dem Abend wissen musste: *Ich bin hier. Gleich hier.*

Er stand auf, unterbrach die Verbindung, legte den Hörer auf die Station und damit gleichzeitig seinen einzigen Plan, etwas zu unternehmen, ad acta. Seine Armhaare stellten sich auf, und er zitterte zum stummen Rhythmus von *da stimmt was nicht, da stimmt was nicht, da stimmt was nicht.*

Vielleicht hätte er die Polizei nicht anrufen sollen. Schließlich bin ich eine erwachsene Frau. Vielleicht war es ein bisschen übertrieben, mich gleich als vermisst zu melden. Ich hatte doch keinen Hausarrest.

Aber ich war Mutter. Meine Kinder waren zu Hause und ich nicht. *Das sieht ihr gar nicht ähnlich,* hatte Marc vor einer Minute zum Officer gesagt. Dabei fühlte er sich, als würde er jammern; diese kindische Aussage war natürlich lächerlich, wenn man erklären wollte, wie absolut unnormal es war, dass eine Frau, die immer nach Hause kommt, Tag für Tag, Jahr für Jahr, an diesem Tag nicht heimkommt.

Ich hätte zu Hause sein sollen, als er mit den Mädchen vom Schwimmen kam. Wir hätten uns etwas zu essen bestellt. Dann hätten wir bei *Chow mein* zusammengesessen und uns über Alltägliches wie Tage der offenen Tür und Budgetkürzungen unterhalten.

Er versuchte noch einmal, mich anzurufen. Aus, wie immer. »Meine kleine Technikfeindin« nannte er mich immer, wenn er mich fragte, ob ich ein iPhone zum Geburtstag wolle, und ich darauf antwortete, ich sei völlig zufrieden mit meinem zwei Jahre alten Gerät. Damit konnte man telefonieren und E-Mails lesen – was wollte ich mehr? Vielleicht hätte er mich mehr damit triezen sollen. Jeder andere Mann hätte mir einfach eins geschenkt, unsere Kalender und Adressbücher synchronisiert und eine App heruntergeladen, mit der er mich überwachen konnte, damit ich nicht verloren ging.

»Es ist Donnerstag, Herrgott noch mal«, sagte Marc laut. Er ging zum Fenster und sah wieder auf die Straße. Ohne triftigen Grund würde ich unseren Donnerstagabend mit bestelltem Essen nicht verpassen.

Er kratzte sich an der linken Schläfe.

Dem Officer hatte er es zu erklären versucht. Hieß er Jones? Officer Jones glaubte, wir hätten uns gestritten. Ständig verschwanden Menschen.

Ich allerdings nicht.

Ich hatte den Tag bei der Arbeit verbracht. Marc hatte meine Kollegin Paula angerufen und sich bei ihr erkundigt. Sie sagte, sie sei mit mir zusammen aus dem Gebäude gegangen. Ich hätte ihr ein schönes Wochenende gewünscht, da sie Freitag wegen einer Hochzeit im Familienkreis Urlaub habe. Sie werde sich bemühen, hatte sie geantwortet, weil sie solche Veranstaltungen nicht leiden könne, und zum Abschied hätten wir uns zugewinkt.

Seit dem Gespräch waren mehrere Stunden vergangen. Jetzt war es dreiundzwanzig Uhr. Draußen war es dunkel.

Bei solchen Vorkommnissen machte sich mein Mann Sorgen. Dabei spielte es keine Rolle, dass ich vor unserem Kennenlernen allein gelebt hatte. Auch nicht, dass ich über ein Jahr durch die Straßen von Chicago geschlendert war, ganz die optimistische Studentin mit einer Rüstung aus Pabst-Best-Bier gegen die Kriminalitätsstatistik. Es spielte keine Rolle, dass ich einen Fallschirmsprung gemacht hatte, dass ich bei meiner ersten Skitour auf eine schwarze Piste geraten, dass ich mit dem Rucksack durch Indien gezogen war und in Manhattan mit Kakerlaken in einem besetzten Haus gewohnt hatte. Mein Mann hielt mich für leicht zerbrechlich. Er holte mich vom Zug ab und brachte mich nach Hause. Er wollte mich beschützen.

Sollte er die Straßen absuchen? Erwartete man das von ihm? Vielleicht könnte er einen Nachbarn bitten, auf die Mädchen aufzupassen. Aber wohin sollte er gehen? Suchte man normalerweise in Pubs und Bars?

Marc redete sich an diesem Abend ein, wir seien ein normales Paar. Normalität hatten wir niemals angestrebt. Wir hatten uns für einmalig gehalten. Für etwas Besonderes. Aber unnormale Dinge passieren normalen Leuten nicht. Deshalb waren wir an diesem Abend normal. Und im Rahmen dieser Normalität, in dem die alltäglichen Befürchtungen schwerer wogen als die schlimmsten Ängste, interessierte sich mein Mann vor allem dafür, was andere über uns dachten. Hinter seiner Sorge um mich machten sich banale Bedenken breit: Hielt Officer Jones ihn für albern? Meinte Paula, er würde übertreiben? Hatte er sich lächerlich gemacht?

Ich wäre natürlich nicht in einer Bar; ich trank ja nicht einmal. Bushaltestellen? Restaurants? Bibliotheken, die nachts geöffnet waren? Wir lebten in York und in der Realität, nicht in dem London, das man beim Marathonschauen einer dramatischen Staffel *Spooks* sieht. Wir wohnten in einer pittoresken Touristenstadt, in der die Polizei schlimmstenfalls mal ein gestohlenes Fahrrad aus dem verschmutzten Fluss fischte. Außerdem verabscheute ich die Stadt, wenn sich die gepflasterten Gassen und denkmalgeschützten Kneipen mit torkelnden Nachtschwärmern in schicken Klamotten füllten.

Er ging in die Küche und machte sich eine Tasse Tee. *Al würde lachen,* dachte er. *Wenn sie hier wäre.*

Vermutlich hätte ich eher die Augen verdreht oder die Hände in die Hüften gestemmt und ihn angesehen, als würde ich »ernsthaft?« fragen. Aber vielleicht bin ich so, wenn ich in die Defensive gehe. Unter anderen Umständen hätte ich mich wohl über meinen typisch britischen Ehemann lustig gemacht. Von hier aus ist das schwer einzuschätzen.

Zumindest schliefen Charlotte und Lizzie. Er hatte ihnen gesagt, ich müsse Überstunden machen. Gern log er sie nicht an, aber was sollte er einer Sieben- und einer Zehnjährigen schon erzählen? »Ich habe keine Ahnung, wo Mummy ist, Mädels, und ich mag mir nicht vorstellen, dass sie irgendwo tot im Straßengraben liegt, also esst schön eure Nudeln, und danach lese ich euch eine Gutenachtgeschichte vor.«

Ich lag nicht tot im Straßengraben.

Das konnte er doch nicht denken.

Diese Dinge waren nicht passiert.

Nicht hier.

Nicht uns.

Für meine Abwesenheit würde es eine vollkommen logische Erklärung geben, und morgen würden wir darüber lachen. Ich würde kreischen, dachte er, wenn ich herausbekäme, dass er bei der Polizei angerufen hatte. Das würde bei Dinnerpartys immer wieder auf den Tisch kommen: Als er damals durchgedreht ist, weil ich auf dem Sofa einer Freundin eingeschlafen war. Die Gäste würden sich vor Lachen kringeln, und er würde ordentlich rot werden und glücklich den schüchternen Narren für die weibliche Hauptdarstellerin geben. Ich kann mir immer noch eine Zukunft vorstellen, die so aussehen würde.

Aber er rief bei unseren Freunden an. Natürlich zuerst bei Patrick. Sie kennen sich seit der Uni, und Marc fragt ihn immer um Rat. Allerdings ging seine Frau Susan dran; Patrick war nicht da. Er versuchte es bei Fran und Ollie, die auch zu unserer Partyclique gehören. Patrick hatte uns alle vor Jahren miteinander bekannt gemacht, als er und Fran zusammen in derselben Praxis gearbeitet hatten, ehe Fran »Verrat beging« und einen Job in einer Privatklinik annahm. Diese Freunde haben wir jede Woche getroffen, sind mit ihnen in die Ferien gefahren, haben auf ihre Kinder aufgepasst, wenn sie Hilfe brauchten; sie waren in York unsere Familie. Marc hat es auch mit meiner alten Schulfreundin Philippa versucht, dann mit ein paar Nummern aus der Schulpflegschaft. Niemand hatte mich seit unserer Valentinsparty gesehen. *Super Abend. Sag Alex, ihr Kostüm war göttlich.*

Natürlich, Susan, sobald ich sicher bin, dass ihr Herz noch schlägt, erzähle ich ihr das ganz bestimmt als Erstes.

Das war nicht Susans Schuld. Er hätte sie nicht so anfahren sollen. Aber man kann sich drauf verlassen, dass sie immer die

Optimistin gibt und noch das lächerlichste Drama herunterspielt. Er hat sich vorgenommen, sich bei ihr zu entschuldigen, sobald die Sache vorbei ist.

Vorbei.

Trotz seiner Panik konnte er noch klare Gedanken fassen. Die schlimmsten Dinge im Leben und die fürchterlichsten Albträume passieren nicht alle auf einmal. Sie schleichen sich an, nisten sich nach und nach in unseren Köpfen ein und bohren sich langsam hinein, sodass wir, wenn sie endlich wahr werden, fast schon das Gefühl haben, wir würden sie gut kennen. Wenn mein Mann eine Ahnung gehabt hätte, welches Grauen ihm noch bevorstand, hätte er die Nacht nicht überlebt. Im Augenblick klammerte er sich an die Hoffnung.

Das Wasser kochte, aber er wollte keinen Tee mehr. Er wollte, dass seine Frau nach Hause und mit ihm ins Bett kam. Er gähnte. Er war früh aufgestanden, um noch Klausuren zu korrigieren. Er hatte es gestern Abend nicht mehr geschafft, und die Mädchen wollten ein Gesellschaftsspiel machen. Ich weiß noch, wie ich geschmollt habe, weil er sich mit Charlotte zusammengetan hat. Sie haben fies gegrinst und eine Verteidigungsstrategie ausgeheckt, bei der sie sich gegenseitig Küsschen und zusätzliche Marshmallows im heißen Kakao versprochen haben. Ich habe die Unterlippe vorgeschoben und mit den Wimpern geklimpert, als müsse ich Tränen zurückhalten. Mir fiel Chars neue Zahnlücke auf, als sie grinste, und Lizzie kratzte ständig am Schorf auf ihrem Schienbein. Marc hatte ein Loch in der Socke, hinten an der Ferse, und die Husse des Stuhls saß schief, weil sie zu hastig übergezogen worden war. Der Druck von Paul Nash hing nicht ganz gerade an der Wand. Die Mädchen wollten nicht ins Bett, aber ich habe sie überredet wie schon tausend Mal zuvor. Dann bin ich in Marcs Lieblingsnachthemd nach unten gekommen und habe auch ihn überredet.

Jetzt schlich er nach oben und sah nach den Mädchen. Charlotte lag quer und auf dem Bauch im Bett. Die Pixardecke hatte sie weggestrampelt, und der braune Bär – Puddles, dreimal verloren, einmal ersetzt, abgewetzt und zerknuddelt – hockte auf der Kante und drohte hinunterzufallen. Marc ging leise ins Zimmer, hob die Bettdecke auf und deckte unsere Tochter zu. Puddles brachte er neben Chars Kissen in Sicherheit, dann strich er ihr über das dunkle Haar und ging hinaus. Er schlich zu Lizzies Zimmer und machte die Tür einen Spaltweit auf. Unsere Älteste hatte sich zusammengerollt und atmete gleichmäßig im oberen Bett. Das Gesicht hatte sie ihm zugewandt, und er öffnete die Tür ein wenig weiter, damit mehr Licht hineinfiel. Er schaute zu, wie ihre Augen im Schlaf zuckten, wie sich die Lippen stumm bewegten. Sie sah aus wie ich. Obwohl sie Marcs hellen Teint hatte und alle immer sagten, Char wäre mir wie aus dem Gesicht geschnitten und Lizzie ihm, als hätten sich unsere Gene sauber verteilt und jedem eine Tochter zugeordnet, finde ich mich in Lizzie auch wieder, in ihrem runden Gesicht und dem Schwung ihrer Lippen.

Marc schloss die Tür und ging nach unten. Was sollte er jetzt tun? Er setzte sich und stand wieder auf. Er ging aus dem hell erleuchteten Wohnzimmer in den mit Schuhen vollgestellten Flur und weiter in die Küche, in der es nach chinesischem Essen roch. Erneut wählte er meine Handynummer. Vor einer Stunde hatte er im Krankenhaus angerufen, wo man mich nicht aufgenommen hatte. Konnte er jetzt schon wieder anrufen? Er schaltete den Fernseher ein, aber hörte nur wie durch einen Tunnel zu. Er wollte bloß eins hören: das Klirren meines Schlüssels an der Haustür.

—//—

Ich sollte eine Sache klarstellen, ehe ich fortfahre. Ein großer Teil von dem, was ich schreibe, ist definitiv nie passiert. Schließlich war ich offensichtlich nicht dabei. Ich wurde vermisst. Ich war verschwunden. Deshalb kann ich gar nicht wissen, ob Marc sich Wasser aufgesetzt, aber gar keinen Tee aufgegossen hat. Ich weiß auch nicht, welche Gedanken ihm durch den Kopf gegangen sind in der Nacht, in der ich nicht nach Hause gekommen bin.

Allerdings weiß ich nicht, wie ich diese Geschichte erzählen soll, ohne mir bestimmte Details auszumalen. Und ich kenne meinen Mann. Er ist der Typ durchschaubarer Mann. So wie man mich gern als flatterhaft und impulsiv beschreibt, ist Marc ein guter, ehrlicher Mensch, bei dem man sich darauf verlassen kann, dass er bestimmte Dinge tut. Er ist ein Mann, der es nicht verdient hat, das alles durchzumachen.

Deshalb hoffe ich, Sie verzeihen mir meine Schwäche. Ich will niemanden täuschen. Mir wurde erlaubt, die Bänder anzuhören. Dabei bleibt unklar, ob das ein Akt der Gnade oder eine Form der Strafe ist. Doch alle bekannten Fakten kenne ich. Zum Beispiel habe ich die Aufnahme von Marcs Telefongespräch mit Officer Jones gehört. Und ich habe den Kreditkartenbeleg für das bei *Monkey King* bestellte Essen gesehen. Ich habe sie in jeden Stuhl in unserem Haus gesetzt und mir vorgestellt, welches Geschirr sie benutzt haben könnten, ich habe gesehen, wie Charlotte mit ihren Essstäbchen gespielt und Lizzie die Zwiebeln herausgepickt hat, bis ich es nicht mehr ertragen konnte.

Ich habe jedoch kaum eine Wahl. Ständig stellt er mir Fragen und fordert mich auf, mich zu erinnern und mir vorzustellen, was außerhalb dieser vier Wände passiert ist. Seine Motive sind mir unklar. Vielleicht spielt er nur mit mir und hofft, mich in den Wahnsinn zu treiben, indem er mich zwingt, die Qualen meiner Familie zusätzlich zu meinen eigenen zu ertragen. Ich würde ihn dazu bringen, sagt er.

»Jeder hat seine Grenzen«, sagt er, und ich sehe sein Lächeln. Darauf geht er richtig ab. »Ich will Ihnen nur helfen, mit Ihrer Situation zurechtzukommen«, sagt er. Der Situation, für die *er* verantwortlich ist.

Am Anfang habe ich mich widersetzt und ihm gesagt, er könne mich mal. Aber ich habe sonst nichts zu tun und niemanden, mit dem ich reden kann. Also habe ich angefangen, seine Fragen zu beantworten. Welche Motive er auch haben mag, ich bin bereit für diese Geschichte aus Halbwahrheiten und Dingen, von denen ich wünschte, sie wären erfunden. Ich gehe seit meinem Verschwinden meinen Weg durch Marcs Leben. Zwar habe ich wenig Hoffnung, dass mich das retten wird, aber die Ablenkung tröstet mich. Wenn ich in diese Geschichte schlüpfen und dortbleiben könnte, würde ich es tun.

Manches weiß ich aus erster Hand. Dass mein Mann an dem Tag ein zerknittertes, hell gestreiftes Hemd trug, bei dem zu viele Knöpfe offen standen. Er hat zwei ähnliche. Diesmal trug er das mit den braunen Streifen. Ich habe ihm an dem Morgen zugeschaut, wie er es zuknöpfte, und den Streifen dunklen Haars zwischen Nabel und Gürtel betrachtet. Ich wollte ihn noch ein bisschen im Bett behalten, aber er dachte schon an den Tag, der vor ihm lag. Ein Bügelbrett stand zwischen Schrank und Wand, aber wie gewöhnlich bemerkte Marc seine zerknitterte Erscheinung gar nicht, und ich hatte ihm das Bügeln nicht angeboten.

Zu dem Hemd trug er dunkelblaue Jeans und braune Slipper, wobei ich mir allerdings vorstelle, dass er sie gegen Pantoffeln getauscht hat, als er nach Hause gekommen ist. Bevor ich Marc kennengelernt habe, hatte ich nie Pantoffeln, doch er war in einem Haushalt aufgewachsen, in dem man die Schuhe an der Tür auszog und gegen Schlappen tauschte, die an der Heizung aufgewärmt worden waren. Ein Teil von mir hätte unser Haus auch gern in so einen Ort verwandelt.

Das Haar hat er sich an dem Morgen frisch gewaschen, es dürfte also noch nach Himbeeren gerochen haben, aber es war ein wenig zu lang, nachdem er es dieses Wochenende wieder nicht geschafft hatte, sich einen Termin zu machen. Wenn alles gelaufen wäre wie immer, hätte ich ihn am Samstagmorgen zum Friseur gebracht und verlangt, dass sie es deutlich kürzer schneiden, als er es mag, und zwar mit dem Argument, dass er dann ein paar Wochen länger warten könne, ohne dass er mein Gemecker ertragen müsse. Das wäre nur halb im Scherz gemeint gewesen. Er hätte die Augen verdreht, aber zugestimmt, und später wäre ich ihm mit der Hand durch die gestutzten Locken gefahren, hätte ihn auf den Mund geküsst und gestaunt, wie attraktiv ich ihn finde, wenn er ein bisschen auf sich achtet.

Diese Geschichte, die ich erzählen muss, ist jedoch mehr als nur eine Sammlung von Fakten. Sie geht auch über die Schocker aus dem »wahren Leben« hinaus, über die man in den Zeitungen liest, und auch über die Enthüllungsgeschichten der Hochglanzmagazine. Ich habe keinen Grund, das, was passiert ist, schönzufärben oder schlechtzureden. Denn ich habe längst alles verloren. Ich lebe in vier Wänden. Ich wurde gefesselt und betäubt. Ich habe keine Hoffnung auf Rettung. Ich habe nur noch dies, so viel ist mir klar geworden. Und deshalb ist diese Geschichte, obwohl ich die Ereignisse nicht kenne, weil ich nicht dabei gewesen sein kann, ehrlicher als die Polizeiberichte und die Zeitungsartikel. Wenn die Geschichte also vielleicht nicht hundertprozentig den Tatsachen entspricht, so ist sie immerhin sehr menschlich.

1998

FREITAG, 28. AUGUST

Ich weiß noch, dass es geregnet hatte, aber dann war die Sonne herausgekommen. In der Luft lag diese Frische, dieser bizarre Optimismus über dem leeren Campus. Die Studenten hatten sich für den Sommer nach Hause aufgemacht und das Feld den Gänsen und Verwaltungsmitarbeitern überlassen. Ich weiß nicht, warum ich eigentlich dort gelandet war – in einer Wikingerstadt mit Kathedrale aus dem dreizehnten Jahrhundert, einem Fluss und einem historisch interessanten Bahnhof –, und ich war den ganzen Weg zu diesem Schandfleck aus den Sechzigern gelaufen, dem Universitätscampus. Damals hegte ich York gegenüber sehr gemischte Gefühle; der Eindruck, an dem Ort, an dem ich aufgewachsen war, zu ersticken, löste sich langsam in eine eigenartige Nostalgie auf. Ich fotografierte Regentropfen, die in den verpesteten See fielen, und Wolken, die vor den Betonflächen flohen. Jetzt hockte ich da, während meine Schenkel vor Anspannung zu zittern anfingen, und bemühte mich, das Objektiv ruhig zu halten und die Taube im Stillen zu beschwatzen, die Flügel vor der seltsamen Wendeltreppe in die richtige Richtung auszustrecken, damit ich ihre Spiegelung in der Pfütze einfangen und damit den Bildaufbau aufwerten könnte.

»Äh, Verzeihung.«

»Augenblick«, antwortete ich, ohne aufzusehen. Die Stimme klang zögerlich, unsicher, als wollte sich die Person entschuldigen, weil sie mich aus dem Weg drängeln musste. Ich hockte genau vor dem Eingang, glaube ich, und hielt die Automatiktür offen, während ich die Blende einstellte.

»Ich muss nur schnell vorbei«, meldete sich die Stimme erneut, jetzt offensichtlich schon ein bisschen gereizt.

»Sofort.« Ich hatte schon ein halbes Dutzend Fotos gemacht, aber ich wusste, keins war wirklich etwas geworden. Dann stand die dumme Taube plötzlich richtig, und ich drückte den Finger durch. Meine Kamera klickte, und der blöde Vogel flatterte davon. »Erwischt!« Ich richtete mich auf, setzte den Deckel auf das Objektiv und drehte mich um. »Tut mir leid. Ich meine, danke fürs Warten.«

»Gern geschehen«, antwortete er und erwiderte das Lächeln. »Ich heiße übrigens Marc.«

Oh. Das hatte ich nicht erwartet. Bevor ich auch nur darüber nachgedacht hatte, gab ich zurück: »Äh, hallo, Übrigens-Marc«, und streckte ihm die Zunge raus. »Ich heiße Übrigens-Alex.«

Er wurde rot, und ich fühlte mich mies. Ich schaute mich nach einem Ablenkungsmanöver um und entdeckte schließlich den Stapel Bücher, den er aus der Bibliothek schleppte. »Ups, die sehen aber schwer aus«, sagte ich. »Tut mir echt leid.«

»Ach, kaum der Rede wert«, antwortete er, aber angesichts der unterentwickelten Bizepse, die aus seinen T-Shirt-Ärmeln lugten, war das eine Lüge.

»Kant, Rousseau *und* Hegel«, las ich die ersten drei Buchrücken. »Eine leichte Sommerlektüre.«

»Äh, ja.« Er trat von einem Fuß auf den anderen. »Ist wohl nicht gerade sehr aufregend, dieser erste Eindruck.«

Ich lachte und schüttelte den Kopf. »Nein, ist okay, du musst nur aufpassen, dass du in diesem Dunst von Männlichkeit nicht verloren gehst. Vielleicht sollte ich dir als Gegenmittel ein paar feministische Theorien verschreiben.«

Marc lächelte und errötete erneut. »Studierst du?«, fragte er.

»Gewissermaßen.« Ich zuckte mit den Schultern. »Nicht hier. Und nicht, indem ich Bücher aus der Bibliothek schleppe.«

Marc runzelte die Stirn. Sein Blick schweifte von mir zu etwas in der Ferne über meiner rechten Schulter. Keiner sagte ein Wort oder machte Anstalten, sich zu bewegen. Der Grund, weswegen er es so eilig gehabt hatte, aus der Bibliothek zu kommen, war vergessen.

»Tut mir leid, wenn das irgendwie komisch klingt«, sagte er schließlich und sah mich wieder an. »Aber hast du Lust auf eine Tasse Tee? Dann könntest du mir ja erzählen, was ich stattdessen lesen sollte.«

Ich nahm ihn unter die Lupe und vermutete, dass er überhaupt kein Professor war. Für einen gewöhnlichen Studenten war er aber zu alt. Wo kam diese Frage plötzlich her? War er die Sorte Kerl, die in einem günstigen Moment ihr Glück versuchte? Oder war er tatsächlich so ein trotteliger Bücherwurm, wie es auf den ersten Blick erschien? Wollte er tatsächlich von mir hören, er solle Beauvoir und Arendt lesen, oder verließ er nur einfach mal seine Komfortzone und wollte sich ausgerechnet mir anbieten? Seine Wangenfarbe wechselte von Rot zu Purpur, und ich stellte mir diesen Milchbubi als Holzdübel vor, der mit einem Kinderhammer eingeschlagen wird. Ich war dabei natürlich das hammerschwingende Kind. Dieser Mann, dachte ich, hatte vermutlich als Junge dem Fiesling aus der Nachbarschaft Spielzeug, Taschengeld und Süßigkeiten angeboten, um ihn als Freund zu gewinnen. Ich bin nicht stolz darauf, aber zu solchen Kids war ich damals richtig gemein.

Ich unterdrückte ein schamhaftes Lachen und hörte mich sagen: »Warum nicht? Ich bin dir was schuldig, weil du so geduldig warst, während ich das Foto gemacht habe.«

Ich betrachtete die Fältchen um seine blauen Augen, als er erleichtert lächelte. Dann stellte ich mir vor, wie ich mit der Zunge über die Stoppeln auf seinem Kinn leckte und meine Nase in den Hautfalten vergrub. Ich räusperte mich, sah in Richtung Bibliothek, dann auf den Bücherstapel. »Kann ich dir was abnehmen?«

FREITAG

VIERZEHN STUNDEN VERSCHWUNDEN

Marc würde sich gefragt haben, ob es richtig sei, aber er brachte die Mädchen zur Schule.

»Warum macht Mummy nicht das Frühstück?«, hatte Lizzie wahrscheinlich morgens gejammert. »Du tust zu viel Milch rein, und dann werden die Cornflakes ganz matschig.«

»Mummy musste heute Morgen ganz früh los, Sweetie.« Die nächste Lüge. »Hier, mach es selbst mit der Milch.«

»Wo ist mein Mathebuch?«, höre ich Charlotte von oben brüllen.

»Wo du es hingelegt hast!«, schreit Lizzie zurück.

Mit halbherzigen Drohungen wird er sie hinausgescheucht haben; Lizzie vermisst einen Handschuh, und Charlotte beschwert sich, dass ihr Lehrer sie umbringen wird. Mein Mann wird zusammengezuckt sein, als er das aus ihrem Milchzahnmund hört; ungewollt sieht er mich vor sich, während er in den grauen Morgen blinzelt: fein säuberlich in Stücke zerhackt, voller Blut und Schmutz.

Sie wären also durch die Reihenhaussiedlung zur Schule gegangen. Lizzie hätte vielleicht darüber geredet, dass der Netball-Klub wieder anfange. Charlotte könnte erwähnt haben, dass sie eine neue Turnhose brauchte. Marc hätte genickt und etwas erwidert, sich aber gleichzeitig Gedanken gemacht, weil er nicht am Telefon saß. Er hätte in jeden Wagen gesehen, der vorbeifährt, und sich von einem verrückten Aberglauben tyrannisieren lassen, dass ich bestimmt in demjenigen sitze, den er verpasst. An der Ampel wären sie stehen geblieben. Charlotte hätte auf der anderen Seite einen Klassenkameraden gesehen und versucht loszulaufen. Marc hätte sie zurückgerissen. Die Angst hätte ihm die Umwelt wieder ins Bewusstsein gebracht. Er hätte unsere Tochter angeschrien, und seine natürliche Neigung zum Überbehüten wäre an diesem ungewöhnlichen Morgen in einer Überreaktion gemündet. Charlotte hätten die Tränen in den Augen gestanden.

»Dad, da ist doch gar nichts gekommen«, hätte Lizzie sich beschwert, einerseits, weil ihr die Situation peinlich war, andererseits, um ihre Schwester zu verteidigen.

Schließlich wäre die Ampel umgesprungen, und sie hätten die Straße überquert. Am Bordstein hätten sich unsere Mädchen von ihm gelöst und wären durch das breite Tor zu den schwatzenden Kindern in Uniformen vor der Treppe gelaufen. Er hätte noch einen Moment gewartet, bis sie hineingegangen wären, weil er sich wünschte, sie würden sich umdrehen, ihren Dad anlächeln und ihm so versichern, dass er nicht allein war. Hinter dem letzten Kind hätten sich die Türen geschlossen, und er hätte sich mit den anderen Eltern vom Tor abgewandt, um den eigenen Tag zu beginnen. Einigen Müttern, die er kannte, hätte er zugenickt und dann wieder an der Ampel gewartet, wobei er ihnen am liebsten in die Meetings und Yogakurse, Büros und Buchklubs gefolgt wäre.

»Sie sprechen mit der North Yorkshire Police. Wie kann ich Ihnen weiterhelfen?« Im Hintergrund das Stimmengewirr eines Büros, klingelnde Telefone, erteilte Anweisungen. Die Aufnahme ist schlecht, aber man merkt, dass sich mein Mann getröstet fühlt. Sie werden etwas unternehmen, denkt er; sie werden helfen.

»Ähm, hallo. Ich, äh, ich habe gestern Abend angerufen, weil meine Frau, na ja, sie ist nicht nach Hause gekommen.« In den vergangenen vierzehn Stunden hat er an nichts anderes gedacht, aber die Worte fühlen sich immer noch komisch auf der Zunge an. Man hört sein Zögern auf der Aufnahme und merkt, wie irreal er das alles findet. »Mir wurde mitgeteilt, man würde mich heute Morgen anrufen, aber ich dachte, vielleicht wurde das vergessen, und ich mache mir wirklich Sorgen. Ich kann sie einfach nicht erreichen und ...«

»Okay, Sir«, antwortet die ausgebildete Stimme. »Sagen Sie mir bitte Ihren Namen.«

Er gibt ihn ihr durch, und sie ruft das Protokoll seines vorherigen Anrufs auf. Sie fragt, ob er irgendwelche Neuigkeiten habe und sie gehen noch einmal durch, dass er nichts weiß. Er ist enttäuscht, als sie fragt, ob dieses Verhalten »untypisch« für mich sei, ob wir uns gestritten hätten, ob ich das schon einmal gemacht hätte. Man hört, wie er tief Luft holt und überlegt, ehe er spricht. *Natürlich ist das verflucht untypisch – sonst würde ich ja wohl nicht bei der Polizei anrufen, ja?* Schließlich fragt sie nach unserer Adresse und sagt, sie werde jemanden schicken, der eine Befragung durchführen werde. Der Kollege werde mittags zu ihm kommen. Marc solle in der Nähe des Telefons bleiben und sich möglichst detailliert in Erinnerung rufen, wo ich zuletzt gewesen sei.

»Machen Sie sich keine Sorgen«, sagt die Frau. »Wir tun unser Bestes, um Ihre Frau zu finden.«

Die Aufnahme ist zu Ende. Ich stelle mir vor, dass sie eher aufgelegt hat als er. Ich stelle mir vor, wie er mit dem Hörer in der Hand dasaß und das Freizeichen die Stimmen in seinem Kopf übertönte. Er hatte nicht herausgefunden, wie es jetzt weitergeht. Er sollte am Telefon warten, aber er konnte auch nicht einfach nur so rumsitzen und nichts tun. Am Tag zuvor war er noch ein kompetenter, funktionierender Mann gewesen: relativ gut angezogen, glücklich verheiratet mit leichter Midlife-Rebellion; zufrieden mit der Karriere; verschossen in seine Töchter. Heute war er nur noch ein Schatten seiner selbst, der nicht die eine Sache regeln konnte, die ihm wirklich wichtig war. Sonst unterrichtete er Studenten, führte Personal, jonglierte mit Dienstplänen und verhandelte mit Herausgebern, und plötzlich war er der Gnade von Beamten und Bürohengsten ausgesetzt. Er ballte die Fäuste, als ihm eines klar wurde: Er konnte nur noch auf ein paar Kerle in Uniform hoffen und darauf, dass die schafften, wozu er nicht in der Lage war. Er sah an sich hinunter auf sein Hemd und seine Jeans und war von sich angewidert wie ein Mann, der Bücher Muskeln vorgezogen hat, ein Intellektueller, der sich hilflos fühlte, wenn er an Bauarbeitern und heulenden Feuerwehrwagen vorbeiging. Er hat mir nie geglaubt, dass ich seine Sensibilität mochte, das Nichtvorhandensein von klischeehafter Männlichkeit. Ich habe einen Mann verdient, dachte er, während er in unserem Wohnzimmer saß, das Telefon noch in der Hand, mein Magazin auf dem Tisch. Einen richtigen Mann, der hinaus in die Welt gehen und mich, die ohnmächtige Schönheit, auf den muskelbepackten Armen nach Hause tragen würde.

—//—

Detective Inspektor Jones kam kurz vor Mittag. Er war ein Stück kleiner als Marc, vielleicht einen Meter fünfundachtzig. Und jünger. Irgendwo jenseits der dreißig. Glatt rasiert. Kurzes dunkles Haar. Kein Ring.

»Mr. Southwood?«, fragte er und streckte die Hand aus. Marc ergriff sie und fragte sich, ob er ihm sagen sollte, dass er *Dr.* Southwood war.

Marc führte ihn ins Wohnzimmer, und ihm entging nicht, wie der Polizist die Einrichtung musterte. Schätzte er uns ein, nahm er eine professionelle Einordnung von Finanzlage und Klasse vor, von Lebensweise und statistischer Wahrscheinlichkeit eines Vermisstenfalls, oder hatte er tatsächlich Interesse an Innenarchitektur?

»Schön, Mr. Southwood«, sagte DI Jones, schlug eine Akte auf und zog die Kappe von dem Kugelschreiber, mit dem er die Notizen machen würde, die ich gelesen habe. »Wenn ich recht verstehe, wurde Ihre Frau nicht mehr gesehen, seit sie gestern ihre Arbeitsstelle verlassen hat. Ist das korrekt?«

Mein Mann nickte. DI Jones erklärte, dass nach seinen Richtlinien empfohlen werde, eine Vermisstenanzeige erst zweiundsiebzig Stunden nachdem die Person zum letzten Mal gesehen worden sei aufzunehmen, doch angesichts der Umstände würden sie die Anzeige vorziehen. Marc zog zweifelsohne die Augenbrauen hoch, und DI Jones fügte eilig hinzu: »Deswegen sollten Sie sich keine Sorgen machen. Bisher haben wir keine Anhaltspunkte dafür, dass Alexandra etwas zugestoßen ist. Das ist eine reine Vorsichtsmaßnahme.«

»Irgendetwas muss mit ihr passiert sein«, gab Marc zurück. »Sonst wäre sie ja nach Hause gekommen.«

DI Jones, so stelle ich mir vor, hat geschluckt und seine Worte mit Bedacht gewählt. »Also, ja, aber aller Wahrscheinlichkeit nach gibt es eine einfache Erklärung, und bis morgen um diese Zeit werden wir den Fall abgeschlossen haben.«

»Glauben Sie?« Wenn Marc ein Hund wäre, würde er mit der Rute wedeln. Irgendwie konnte er immer noch nicht fassen, was hier geschah, und deshalb musste es ein Traum sein, ein Albtraum, aus dem er erwachen könnte und meinen heißen, lebendigen Körper neben sich auf der Matratze finden würde. Der skeptische Teil seines Ichs löste sich von ihm und schwebte unsichtbar unter der Zimmerdecke, blickte auf ihn herab und verspottete seine armselige, hoffnungsvolle Ernsthaftigkeit.

»Ich kann Ihnen nichts versprechen, aber statistisch gesehen stehen die Chancen gut, dass Alexandra wieder auftaucht, ehe das Wochenende vorbei ist«, sagte DI Jones.

»Und wenn jemand sie festhält?«, platzte mein Mann heraus und unterwarf sich dieser Ernsthaftigkeit.

Langsames Ausatmen durch die Zähne. »Ich weiß, über Entführungen wird in den Medien oft umfangreich berichtet, Mr. Southwood, und ich weiß, Sie machen sich große Sorgen, aber solche Vorkommnisse sind selten, und die Umstände der meisten Vermisstenfälle sind überhaupt nicht verdächtig. Ich kann Sie daher nur bitten, die Ruhe zu bewahren und sich zu bemühen, sich alle Details in Erinnerung zu rufen.«

Marc nickte und verzog den Mund entschuldigend. Er versuchte, Worte hervorzubringen und seine wirren Gedanken zu sammeln. Das ist vielleicht ein Albtraum, mahnte er sich, aber garantiert kein Traum. Nach einem Räuspern bemühte er sich, mit DI Jones auf Augenhöhe zu sprechen. »Wie gibt man eine Vermisstenanzeige auf?«

DI Jones stellte zunächst Ja-Nein-Fragen. Nach schlichten Einzelheiten. Trotzdem sah ich Marc vor meinem inneren Auge, wie er in die Ecke des Wohnzimmers starrte und das Muster des Frieses studierte und sich fragte, wie er sich in dieser Situation verhalten sollte. Er verspürte den Drang, seine Persönlichkeit zu bestätigen, sich selbst als Individuum zu definieren und nicht als statistischen Wert. Am liebsten hätte er DI Jones erzählt, dass er Bücher möge, aber mit zwanzig auch an Autos gebastelt habe, dass sein Lieblingsgericht *Dhansak* mit Lamm sei und dass er mein Shampoo nur deshalb benutze, weil es besser rieche. Er wollte ihm von Lizzies Gedichtpreis erzählen und davon, wie er sich mit Charlotte *Monty-Python*-Zitate zuwerfe, seit er ihr vor einem Monat die Serie gezeigt habe; dass wir letztes Wochenende Läusealarm gehabt hätten und dass er glaube, die Regenrinne über der Gartentür müsse gesäubert werden. Aber wenn das jetzt falsch wäre? Wenn es einen Typ Mann gäbe, den DI Jones bei einem routinemäßigen Vermisstenfall erwartete? Wenn er nicht ins Raster passte?

DI Jones fragte, ob ich in den vergangenen Wochen in Streits oder Meinungsverschiedenheiten verwickelt worden sei oder ob Marc irgendetwas Ungewöhnliches bemerkt habe.

Marc schüttelte den Kopf. »Alex hat es gern, wenn die Leute sie mögen«, sagte er. »Falls so etwas passiert wäre, hätte sie es mir erzählt. Sie macht sich schon Gedanken, wenn der Briefträger nicht zurückgrüßt.«

»Besteht Grund zu der Annahme, dass Alexandra sich etwas antun könnte?«, fragte DI Jones.

»Gott, nein«, sagte Marc. »Was ist das denn für eine Frage? Sie ist glücklich, *wir* sind glücklich. Wir haben zwei Kinder.«

Er wurde daran erinnert, dass die Ermittlung umso gründlicher sein würde, je mehr Fragen sie durchgingen. Marc murmelte eine Entschuldigung.

Er wurde gefragt, wie viel ich tränke, ob ich Drogen nehme. Marc hätte fast gelächelt. »Seit unserem Hochzeitstag hatte sie keinen Drink mehr. Und Drogen würde sie niemals nehmen.«

DI Jones blickte auf. »Sie trinkt überhaupt nie?«

Marc schüttelte den Kopf. »Ihre Mutter war Alkoholikerin.« Er schaute zu, wie DI Jones etwas aufschrieb, und fragte sich, ob er das nicht hätte erwähnen sollen. »Alex hatte nie ein Problem«, fügte er hinzu. »Sie hat einfach nur mit angesehen, was der Alkohol mit ihrer Mutter und der Familie angerichtet hat. Das sei es nicht wert, sagte sie.«

»Okay«, sagte DI Jones. »Braucht sie irgendwelche Medikamente?«

»Sie nimmt die Pille«, sagte Marc und bekam heiße Wangen. Wir waren seit dreizehn Jahren verheiratet, aber mein feinfühliger Gemahl war immer noch verlegen, wenn er einräumen musste, dass wir manchmal Sex hatten. »Mehr nicht.«

DI Jones hat hier Einzelheiten hinzugefügt. Er muss gefragt haben, ob Marc vielleicht nachschauen könnte, ob die Pillenpackung noch im Haus sei. Marc eilte die Treppe hoch und suchte den Nachttisch ab. Als er wieder herunterkam, war DI Jones aufgestanden und inspizierte das Bücherregal mit den verstaubten Fotos, der Nagelschere und den Kieselsteinen, die wir von längst vergessenen Stränden mitgebracht hatten. Er nahm meine sorgfältig beschriftete Pillenpackung, warf nur einen flüchtigen Blick auf die ausgedrückten Tage, bei denen der heutige, noch nicht eingenommene Freitag auffiel, und fragte, wer mich als Letztes gesehen habe. Marc berichtete von Paula und ging noch einmal los, um mein Adressbuch zu suchen – ein letzter, hilfreicher Rest meiner Technikaversion, wie sogar er einräumen musste.

DI Jones hatte sich wieder gesetzt. Er wartete, bis auch Marc saß. »Jetzt möchte ich Sie bitten, so detailliert wie möglich zu antworten, denn alles kann relevant sein. Könnten Sie beschreiben, wann Sie Ihre Frau zum letzten Mal gesehen haben und welchen Eindruck sie zu dem Zeitpunkt gemacht hat?«

Marc erzählte ihm, er habe mich am Morgen zuvor gesehen. Mit mir sei offensichtlich alles in Ordnung gewesen. Er erzählte, dass die Mädchen für die Schule fertig gemacht worden seien, wir über einen möglichen Urlaub gesprochen und uns verabschiedet hätten, ehe ich mit dem Fahrrad zum Campus gefahren sei. »Ein ganz normaler Tag.«

»Erinnern Sie sich, welche Kleidung Alexandra trug?«

Marc dachte nach. Jeans und einen schwarz-weißen Pullover.

»Und hatte sie einen Mantel an?«

»Einen blauen Wollmantel mit Kapuze. Lizzie und Charlotte

haben fast die gleichen. Sie finden es lustig, die gleiche Kleidung zu tragen.«

»Danke«, sagte DI Jones und blickte nicht von seinem Notizblock auf. Marc wusste in diesem Augenblick, dass er der Polizei nichts darüber erzählen würde, wie er Lizzies Teddy eingepackt hatte, als wir ohne sie nach Paris gefahren sind, und wie wir am Clifford's Tower Rad geschlagen haben, ohne dass ich das kleinste bisschen Alkohol im Blut hatte, über die Liebesbriefe, die ich ihm als Papierflieger auf den Schreibtisch geworfen habe, und über meine impulsiven Ansprüche, überrascht, unterhalten und bewundert zu werden. Alles könnte wichtig sein, hatte er gesagt, doch viele Dinge, die Marc am meisten an mir liebte, fühlten sich so fragil an, als könnte die bloße Erwähnung ihre Magie zerstören. Der Mann vor ihm würde vielleicht entscheiden, ich sei eigenartig oder sogar unberechenbar. Er hätte nicht verstanden, dass Marc mich kannte und dass wir in einer ganz eigenen Welt lebten.

»Hat sie besondere Kennzeichen: Narben, Tätowierungen, Piercings?«, erkundigte sich DI Jones.

»Sie hat Ohrlöcher«, sagte mein Mann. »Und eine Tätowierung auf dem linken Schulterblatt. Eine welkende Sonnenblume, wie die von Van Gogh. Hat sie sich zu Unizeiten stechen lassen.« Marc dachte an mein Tattoo und daran, wie er meine Beine spreizte, um meinen Rücken zu massieren, wie er seine Lippen auf meine Haut drückte. Dann tauchte ein Bild von der in Plastikplane gewickelten Laura Palmer in *Twin Peaks* auf, die eine anonyme Hand umdreht und meine welkende Sonnenblume aufdeckt. Marc schlug die Hand vor den Mund, und ihm stockte der Atem. Wir hatten die alte Serie letztes Jahr noch einmal gesehen, jeden Abend eine Folge, spät, wenn die Mädchen im Bett waren, hatten Händchen gehalten und uns nostalgisch angelächelt.

»Alles in Ordnung, Mr. Southwood?« DI Jones kniff die Augen zusammen.

Marc nickte und senkte die Hand. »Eigentlich heißt es Doktor«, sagte er.

DI Jones blickte ihn kurz an. »Entschuldigung.«

Dann gingen sie mein Geburtsdatum durch, Größe, Gewicht und ethnischen Hintergrund. DI Jones fragte, ob wir religiös wären und ob meine Eltern in der Nähe wohnten. Marc antwortete, ich sei auf eine katholische Schule gegangen, mein Vater sei vor zehn Jahren gestorben, und meine Mutter lebe im Südwesten, leide aber an einer Demenz in fortgeschrittenem Stadium.

DI Jones lächelte. »Könnte Ihre Frau vielleicht einfach nur ihre Mutter besuchen?«

Marc schüttelte den Kopf. »Nicht, ohne mir Bescheid zu sagen. Die Beziehung der beiden ist nicht sehr gut. Al fährt ein paarmal im Jahr hin, findet es aber richtig anstrengend. Ihre Mutter reagiert nicht gut auf Änderungen im Tagesablauf, deshalb würde sie nicht einfach so dort auftauchen.«

»Wir müssen dem trotzdem nachgehen«, sagte DI Jones. Er rutschte auf dem Sitz nach vorn. »Haben Sie aktuelle Fotos, die ich mitnehmen könnte?«

Marc bemerkte, dass er DI Jones nicht leiden konnte, ihm eigenartigerweise jedoch trotzdem gefallen wollte. Er holte seinen Laptop aus der Tasche im Flur.

»Wir hätten auch gern ein paar Gegenstände von Alexandra – ihre Haarbürste, Zahnbürste und Kleidung, die sie kürzlich getragen hat. Außerdem brauchen wir Informationen über ihre Bankkonten und ihren Handyvertrag sowie ihren Führerschein und ihren Pass.«

Während sich DI Jones durch unsere Familienfotos klickte, ging Marc nach oben und sammelte die erbetenen Gegenstände ein, wobei er, wie angewiesen, Handschuhe trug. Unser Heim fühlte sich an wie ein Tatort. Er nahm eine Tüte aus dem Kleiderschrank und packte meine Sachen ein. Er wühlte im Wäschekorb und holte sogar meine Unterwäsche heraus. Er legte mein Make-up und meine Bürste in meinen Kulturbeutel und ging hinunter ins Arbeitszimmer. Dort nahm er einige Papiere von meinem Schreibtisch und zog den letzten gelben Zettel ab, den ich auf seine Tastatur geklebt hatte – ein schiefes Kugelschreiberherz mit dem Wort »Mundwasser« –, und stopfte alles in die Tüte. Er zog unsere Aktenschublade auf und suchte meine Kontoauszüge und den Führerschein, den ich nie benutzte. Er holte auch den Ordner mit der Aufschrift »Pässe« heraus, aber der war leer. Deshalb tastete er hinten unter den Ordnern herum und überprüfte, ob die Pässe vielleicht dazwischengerutscht waren, und blätterte dann eilig alle anderen Ordner durch. Verwirrt drehte er sich zu meinem Schreibtisch und suchte unter Büchern und Festplatten, ging meine chaotischen Ablagekörbe durch und sah hinter meinem Monitor nach. »Verdammt, Al«, zischte er. Panik stieg in ihm auf.

Unten überreichte er DI Jones die Tüte und schaute zu, wie der jeden Gegenstand in den Kästchen seines Formblattes ankreuzte. »Haben Sie ihren Pass?«, fragte er schließlich.

»Der ist nicht an seinem Platz«, sagte Marc.

DI Jones sah ihn ausdruckslos an.

»Meiner ist auch nicht da«, fügte Marc eilig hinzu, »und die der Mädchen auch nicht. Ich meine, irgendwo müssen sie ja sein. Haben Sie Kinder? Dann wissen Sie ja, wie das ist.« Er deutete auf unser nicht so fürchterlich aufgeräumtes Haus.

DI Jones schaute sich nicht um. Marc errötete, weil Jones ihn mit dem Blick fixierte.

»Vermutlich hat Al etwas für den Sommer geplant«, sagte Marc. »Vielleicht hat sie eine Überraschung gebucht. Bestimmt hat sie die Pässe irgendwo hingelegt. Die tauchen schon wieder auf.«

»Sagen Sie bitte Bescheid, falls das der Fall ist«, erwiderte DI Jones schließlich, senkte den Blick und schrieb etwas neben eines der Kästchen zum Abhaken.

»Sie sind hier irgendwo«, sagte Marc, »ganz sicher. Das sieht ihr gar nicht …« Er unterbrach sich. Was mochte DI Jones denken? Dass ich in den Urlaub gefahren war, ohne ihm etwas davon zu erzählen? Machten Frauen solche Dinge?

DI Jones stand auf und bedankte sich bei Marc für seine Zeit. Marc folgte ihm zur Tür. DI Jones sagte, sie würden in Verbindung bleiben. Er bat Marc, meine Dinge möglichst wenig anzufassen und alles in dem Zustand zu belassen, wie ich es hinterlassen hätte, bis sie wiederkämen. Marc sagte, er werde sich bemühen, aber hier würden auch Kinder wohnen. Ja, natürlich. DI Jones hatte Verständnis, bat aber, das Möglichste zu tun. Mein Mann wurde zum x-ten Mal an diesem Tag gebeten, sich keine Sorgen zu machen. Dann war er wieder allein, was ihm irgendwie angenehmer war. Es war vierzehn Uhr. Einundzwanzig Stunden, nachdem ich zum letzten Mal gesehen worden war.

—//—

Der Mann, der mich hier festhält, ist so groß wie Marc, aber ein wenig gebeugt und sehr viel dünner, als ich meinen Mann in Erinnerung habe. Sein Haar lichtet sich. Er wirkt, als wäre er krank gewesen. Mit dieser abgemagerten Gestalt ist er nicht auf konventionelle Weise attraktiv, doch er hat auch nicht so hohle Augen wie der Typ, den man für diese Rolle in einem Film casten würde. Er ist überhaupt nicht der Typ, den man sich in dieser Situation vorstellen würde.

Er besucht mich jeden Tag, meist um Punkt drei. Ich denke

über diese Pünktlichkeit nach, über sein Leben außerhalb dieser Wände. Fällt er draußen in der realen Welt nicht irgendwie auf? Würde *ich* irgendetwas bemerken, wenn wir uns im Sportstudio, in einer Bar oder vor der Bibliothek begegnen würden?

Der Raum ist nackt und kahl wie eine Galerie ohne Publikum. Das verleiht dem Mann eine Würde, die er nicht verdient. Er ist ein armseliger Kerl, der versucht, die Gedanken einer Frau zu kontrollieren. Aber hier drinnen fühlt er sich wie Gott. Ich bin sein Besitz, und er kann mir Leben einhauchen oder mich zerbrechen, ganz nach Laune.

Trotzdem warte ich auf drei Uhr. Mein Puls beschleunigt sich, wenn ich mir vorstelle, wie er aufschließt. Ich möchte seinen Schlüssel im Schloss hören, möchte sehen, wie er in den Türrahmen tritt und diesen elenden Ort verwandelt. Manchmal frage ich mich, was passieren würde, wenn er nicht käme. Wäre ich erleichtert? Oder würde ich mich einer Tatsache stellen müssen, die noch schlimmer ist als seine Anwesenheit?

»Wir haben nicht viel Zeit«, sagt er. »Ich kann Sie nicht ewig hierbehalten.«

1998

FREITAG, 28. AUGUST

Ich saß Marc gegenüber auf einem Plastikstuhl im leeren Studentencafé und versuchte, mich durch seine Schüchternheit zu plappern. Ich machte meinen Master in Kunst in Chicago. Ich erzählte ihm, dort sei eine der großen Kunstschulen, und ich hätte mich wirklich anstrengen müssen, um angenommen zu werden. Das stimmte, ich war stolz darauf, dort zu studieren, aber vielleicht wollte ich ihn auch nur beeindrucken. Marc sagte nicht viel, doch seine Miene veränderte sich, während er zuhörte. Ich beobachtete den Kellner hinter dem Tresen, die Gänse vor dem Fenster und spielte mit den Zuckerpäckchen auf dem Tisch. Marcs starrer Blick machte mich nervös. Ich plapperte weiter und weiter über meine Pläne und wie ich mich hocharbeiten wollte. Ich war jung und ehrgeizig und ging mit voller Leidenschaft in meinen albernen Kunstwerken auf. Wahrscheinlich krümmt sich jeder innerlich, wenn er sich an dieses Alter erinnert.

»Warum Chicago?«, fragte Marc, als ich schließlich eine Pause einlegte und einen Schluck Tee trank.

Darauf hatte ich keine Antwort. Ich hatte bereits einen Bachelor und einen Master aus Cambridge. Marc lachte und meinte, ich hätte das gesagt, als würde ich über Partykleider reden, die ich aus einer Laune heraus gekauft hätte, aber nun nicht mehr tragen wolle. Ich lachte ebenfalls. Es war lustig – dieser Kerl war lustig –, aber gleichzeitig hatte er mich irgendwie durchschaut. Meine Handflächen kribbelten. Ich lächelte und redete weiter, weil ich Angst hatte, wenn ich aufhörte, würde ich mich fragen müssen, was ich hier tat.

Ich erzählte ihm, wie wütend mein Vater gewesen sei, als ich den Lehrauftrag, den ich gehasst hätte, sausen gelassen hätte, um für vierzigtausend Dollar im Jahr »Bilder zu malen«. Marc grinste, als ich meinen Vater nachäffte, aber er lachte nicht wie meine Freunde in Chicago. Er hatte diese Falte zwischen seinen Augenbrauen. Er versuchte, hinter meine Fassade zu schauen. Ich hatte so lange diese »verrückte Britin« kultiviert, immer laut und aufgedreht, immer darum bemüht, andere zu schockieren und zu amüsieren, dass ich vergessen hatte, wie es war, wenn man ernst genommen wurde. Ich fuhr mit meiner Geschichte fort und erzählte sie wie immer, wobei ich ihn dazu bringen wollte, einfach nur über mich zu lachen und mich als alberne Person zu akzeptieren.

»Was hat deine Mum gesagt?«, fragte Marc.

»Keine Ahnung«, sagte ich und überlegte, wie viel von meinem Chaos ich diesem armen Fremden aufhalsen sollte. »Seit ich zwölf bin, habe ich nicht mehr mit ihr gesprochen.«

»Gott, tut mir leid.« Marc wirkte erschrocken. »Ich wollte dich nicht aushorchen.«

»Schon okay«, sagte ich. »So ist es besser. Sie ist Alkoholikerin und eine Lügnerin. Nachdem sie gegangen ist, wurde es besser. Wirklich.«

Er runzelte die Stirn.

»Ehrlich, mach dir keine Gedanken. Jeder ist von seinen Eltern genervt, oder? Dass überhaupt noch irgendwer Kinder will, ist ein Wunder.« Ich schüttelte den Kopf und wandte mich wieder meinem Thema zu. Ich erzählte Marc, dass ich ein

Stipendium bekommen hätte, das die Hälfte der Kosten für meinen Kurs decke, also hätte ich meinem Vater gesagt, er solle mich in Ruhe lassen. Ich war in eine neue Stadt in einem neuen Land gezogen, wo niemand wusste, dass ich Skulptur-, Performance-, Installations- und Videokurse belegte. Marc runzelte weniger stark die Stirn, und ich dachte, mein Plan gehe auf. Er fand es verrückt und künstlermäßig, ganz anders als das behütete Aufwachsen in Wales und das gemütliche Leben, in dem er sich in der akademischen Welt eingerichtet hatte.

»Willst du nicht reisen?«, fragte ich. »Um dir die Welt anzuschauen?«

Marc zögerte. »Vielleicht«, antwortete er. »Ich bin schon neugierig auf die Welt, aber irgendwie ist alles nicht richtig und schön, wenn man sich nicht zu Hause fühlt.«

So, wie er das Wort »zu Hause« aussprach, verursachte es bei mir Schmerzen. Ich hatte Lust, ihn zu fragen, was ihm das bedeutete, immer diesen Dylan-Thomas-Singsang zu hören. Aber ich verkniff es mir. Nicht heute. Stattdessen zuckte ich mit den Schultern und erzählte ihm von dem einzigen Augenblick, in dem ich gezweifelt hatte, an meinem zweiten Tag in Chicago. Ich stand vor einem Walmart mitten in einem düsteren Vorort und wartete auf ein Taxi, das nicht kam, und wurde mir bewusst, dass es niemand in dieser Stadt oder auch diesem Land bemerken würde, wenn mir etwas zustieße.

Marc lachte nicht. Er wirkte eher besorgt als amüsiert. Ich wusste nicht, was ich tun sollte, also redete ich weiter. Ich sei für den Sommer nach Hause gekommen. Mein Studiengang dauere zwei Jahre, und das erste Jahr hätte ich gerade hinter mir. Das zweite würde ich im Atelier verbringen und eine Arbeit für die Präsentation am Ende des Jahres fabrizieren, von der sich alle eine Ausstellung in einer Galerie oder ein Stipendium erhofften. Marc schien sich tatsächlich für das zu interessieren, was ich ihm erzählte. Das Aufbaustudium war großartig, aber ich hatte mich daran gewöhnt, dass alle in ihrer eigenen Blase aus Forschung und fixen Ideen lebten. Wenn man jemanden fand, dessen Interessen sich mit den eigenen überschnitten, erlebte man vielleicht einen Moment gewisser Verbundenheit, aber nur, bis man zu weit in die Details ging und das Gegenüber glasige Augen bekam, weil das Hirn zu vollgestopft war und keinen Platz mehr für Dinge hatte, die nicht für die eigene Arbeit relevant waren.

Wir saßen den halben Nachmittag in dem Café und tranken einen Becher labbrigen Campus-Tee nach dem anderen.

»Ich habe einen Tutorentermin«, sagte Marc, und meine Stimmung sank. »Ich hätte längst losgemusst.«

»Hast du später schon etwas vor?«, fragte ich und errötete. Was war eigentlich an diesem sanftmütigen Jungen dran?

Einige Stunden später trafen wir uns wieder, frisch geduscht und aufgebrezelt fürs Abendessen in der Stadt. Ich trug das Samtkleid, das ich für einen Dollar in einem Secondhandladen in Chicago erstanden hatte, und die abgewetzten Barbarella-Stiefel, die es mir in dem Jahr so angetan hatten. Marc trug dieses zerknitterte Hemd, das seinen langen Oberkörper nur mühsam bedeckte. Wir tranken billigen Rotwein, bekamen fleckige Zähne, und ich hörte, wie die Kellnerin uns »süß« nannte. Ich bestellte Hühnchen, er Schwein, aber Marc bestand darauf, die Teller zu tauschen, nachdem ich gesagt hatte, sein Fleisch schmecke mir besser.

Marc stellte mir eine Frage nach der anderen, als interessierte er sich tatsächlich für die Antworten, als wollte er mich kennenlernen. Er wollte wissen, was ich mochte und was nicht, fragte nach meiner Schule und meiner Familie. »Gott, das muss dich fürchterlich langweilen«, sagte ich irgendwann.

»Überhaupt nicht«, erwiderte er. Ich hatte das Gefühl, er könnte mir mit den Augen das Kleid ausziehen.

Ich trank noch mehr Wein und verschränkte die Beine unterm Tisch. »Ich habe mal über meine Mum nachgedacht«, sagte ich plötzlich. »Nach der Scheidung ist sie an die Küste im Süden gezogen. Mein Dad und ich sind im Haus geblieben, aber der einzige Kontakt, den sie je aufgenommen hat, war in Form einer beschissenen Postkarte.«

»Schrecklich«, sagte Marc.

Ich wusste nicht, warum ich ihm das erzählte. Seit Jahren hatte ich mit niemandem über meine Mutter gesprochen. Aber mir gefiel die Besorgtheit auf Marcs Gesicht. Sein Mitgefühl war so berauschend wie seine Faszination. Welches Wesen der Mann auch in mir sehen mochte, genauso wollte ich sein.

»Und du? Wie ist deine Familie so?«

»Eher langweilig. Einzelkind, Eltern sind noch zusammen und glauben an ein glückliches Zusammensein bis ans Ende des Lebens.«

Ich lachte. »Ein ordentlicher Märchenprinz, der nach seiner Prinzessin suchte, was?«

Marc errötete.

»Ist dir schon mal aufgefallen, wie verrückt es ist«, sagte ich, »dass alle Prinzen immer gleich sind – man kann den einen aus dem einen Märchen durch den aus dem anderen austauschen? Die Frauen sind zwar immer völlig hilflos und warten nur darauf, durch Heirat gerettet zu werden, aber immerhin haben sie eine Persönlichkeit.«

»Das passt oft in Kunst und Literatur«, sagte Marc. »Männer haben Macht, Kontrolle und Gelegenheiten, aber faszinierend sind immer die Frauen. Wir sind echt schlichte Geschöpfe und vor allem damit beschäftigt, euch zu ergründen.«

Ich verdrehte die Augen und fragte ihn nach seinem Thema.

Er schrieb über Zeit und die Suche nach Wissen in romantischer Lyrik. Später erkundigte ich mich weiter danach und las Teile seiner Dissertation, doch an dem Abend hörte ich das Wort »Suche« und dachte an Ritter auf Pferden mit langen, phallischen Turnierlanzen. Marc erzählte mir, er hänge in den Tretmühlen der akademischen Welt fest und habe seinen Doktor vor gefühlten Jahrzehnten angefangen, aber das Thema vor zwei Jahren gewechselt und erst langsam den Eindruck, dass er auf die Zielgerade komme. Ich schilderte ihm meine Trödelei beim ernsthaften Studieren und den Zwiespalt zwischen dem Wunsch meines Vaters, dass ich unterrichten sollte, und meinem Bedürfnis nach kreativer Selbstverwirklichung. Marc nickte und sagte, zum ersten Mal seit Jahren würde er sich eingestehen, dass er, obwohl Aufsätze und Kritik seine analytische Seele durchaus befriedigten, tief im Herzen eigentlich einen Roman schreiben wolle.

Das freute mich. »Ich habe deine Kreativität gespürt«, sagte ich. »Du solltest das unbedingt machen.« Dann schwafelte ich wieder darüber, wie teuer das Studium sei und wie schwierig es wegen der Visabeschränkungen sei, einen Teilzeitjob zu finden.

»Total beschissen«, sagte ich mit dem Mund voller Schweinefleisch. »Ich war bei diesem Burrito-Laden und hab mit dem Besitzer gesprochen. Er gehört zur zweiten Generation, aber er hat mir von seiner Familie und seinen Freunden erzählt und davon, welche Möglichkeiten es gibt, sich als illegaler Einwanderer eine amerikanische Identität zu besorgen. Doch das ist der größte Witz, denn wenn du eine Sozialversicherungsnummer bekommst, kannst du arbeiten, und diese Nummer bedeutet, dass du Steuern bezahlst und dich am Staat beteiligst. Aber wenn der Staat dir auf die Schliche kommt, wirst du eingesperrt oder abgeschoben, aus dem Land, dem du Geld gezahlt hast. Ich möchte das in meinem Abschlussprojekt entlarven. Weißt du, die Realität dieser lächerlichen Idee von Amerika als großem Schmelztiegel, wo man erschöpfte, hungrige Massen willkommen heißt …«

Ich unterbrach mich. Marc starrte mich an, seine Augen hingen an meinem Gesicht, aber ich hatte das Gefühl, er hatte kein Wort mitbekommen. Ich lächelte, er lächelte zurück. Sein Gesicht war durchaus anziehend. Er nickte und stimmte murmelnd zu, wie unfair das sei und dass er noch nie darüber nachgedacht habe, und ja, ich sollte das unbedingt beleuchten und mich richtig reinhängen, denn es sei eine gute Sache, ein richtig starkes Projekt, und, Gott, was für schöne Augen ich hätte.

Ich lachte und spürte, wie mir heiß wurde.

SEIT VIERUNDZWANZIG STUNDEN VERSCHWUNDEN

Es klingelte, und Marc hastete zur Tür. Er zögerte. Durch das Fenster konnte er eine Frau erkennen, deren Gesicht vom farbigen Glas gesprenkelt war. Durfte er hoffen?

»Fran«, sagte er und erkannte den gefärbten Bob und die maßgeschneiderte Jacke. Neben ihr standen Charlotte, Lizzie und Frans und Ollies Tochter Emma.

»Gott, wie spät ist es?«, fragte Marc und zog den Ärmel hoch. 16.02 Uhr. »Mädels, tut mir wirklich leid.«

»Kein Problem«, sagte Fran. »Ich habe ihnen gesagt, wir hätten abgemacht, dass ich sie heute nach Hause bringe. Das war ein gute Vorwand, um Süßigkeiten zu bekommen, oder, Mädels?«

»Danke«, sagte Marc. »Was sagt man?«

»Danke, Fran«, flöteten Charlotte und Lizzie mit vollem Mund. Sie liefen an ihm vorbei, zogen Emma mit sich und schienen vollkommen unbeeindruckt davon, in der Schule vergessen worden zu sein. Charlotte rief: »Wir sind die Ritter, die Niiiiiiii sagen«, während sie die Treppe hinaufstürmten.

»Ehrlich, besten Dank«, sagte Marc. »Äh, möchtest du eine Tasse Tee?«

»Ich mache einen«, sagte Fran und legte Marc die Hand auf die Schulter. »Offensichtlich ist Al noch nicht wieder aufgetaucht?«

Hinter Marcs Augen kribbelte es, als er den Kopf schüttelte.

»Ich habe mit der Polizei gesprochen, die haben ihr Foto und ihre Fingerabdrücke.«

»Ach, Marc«, sagte Fran und schlang die Arme um ihn. »Bestimmt geht es ihr gut. Das ist sicherlich nur ein Missverständnis.«

Fran löste sich von ihm, schloss die Haustür und führte Marc durchs Haus zu einem der Barhocker am Frühstückstresen. Mein Mann schaute schweigend zu, wie unsere Freundin sich in der Küche zu schaffen machte, den Wasserkocher füllte und die Teebeutel suchte. Er fragte sich, was Ollie machte. Normalerweise sahen wir ihn beim Abholen oder wenn einer die Kinder irgendwohin fuhr. Als Vollzeitvater wurde Ollie manchmal wegen der umgekehrten Geschlechterrollen aufgezogen, aber er und Fran machten einen glücklichen Eindruck. Fran hatte einen langen Tag als Allgemeinmedizinerin und musste früher Schluss gemacht haben, um Emma heute abzuholen. Hatte sie Termine absagen müssen und war deswegen vielleicht verärgert?

Es war grausam den anderen gegenüber, aber Marc und ich hatten uns immer glücklich geschätzt. Wir wussten, dass wir anders waren. Sicher, wir machten das Gleiche: Ich ging zu den Elternabenden und er arbeitete oft lange, aber wir fanden immer wieder zueinander. Er küsste mich jede Nacht auf den Hals, bevor wir einschliefen. Ich legte ihm die Hand auf den Rücken, wenn wir mit anderen Leuten sprachen. Bei Partys hatten wir das Gefühl, wie mit einem Gummiband an den anderen festgebunden zu sein. Am Ende des Abends fand ich ihn immer und flüsterte ihm zu, ich würde gern nach Hause gebracht werden. Die Gäste seien zwar interessant, doch sie machten mir bewusst, wie glücklich ich sei, weil ich den interessantesten Mann für mich hätte. In vierzehn Jahren hatten wir nur einen richtigen Streit.

Trotzdem hatte Marc an diesem Tag das Gefühl, das Gummiband sei vielleicht bis zum Äußersten gespannt worden. Er schaute Fran beim Teekochen zu, während ihm der Gedanke durch den Kopf schoss, dass Ollie, wenn er an Marcs Stelle wäre, Fran nicht so sehr vermissen würde wie er mich.

»Was hast du den Mädchen erzählt?«, fragte Fran und reichte ihm einen Becher Tee.

»Noch nichts«, antwortete Marc und begriff erst jetzt richtig, dass er sich etwas überlegen musste.

Fran sagte, sie wolle Ollie kurz anrufen und ihm sagen, dass sie mit Emma hierbleibe. »Du brauchst Hilfe«, sagte sie und griff nach ihrem Handy.

»Das ist doch nicht notwendig.« Plötzlich wollte Marc sie nicht mehr dahaben.

»Unfug, du bist heute Abend nicht in der Verfassung, dich um die Mädchen zu kümmern. Was willst du denn zu essen machen?« Sie blickte ihm in die Augen und wartete auf die Antwort.

Da er zugeben musste, dass er keine Ahnung hatte, nickte er, und sie wählte Ollies Nummer.

Sie durchsuchte unsere Vorratskammer, schob Pfannen auf dem Herd herum und machte etwas zu essen. Während das Essen im Ofen war, fragte sie Emma, ob es ihr etwas ausmache, allein ein wenig Fernsehen zu gucken, und Charlotte und Lizzie nahm sie mit ins Esszimmer.

»Euer Daddy und ich müssen euch etwas sagen«, verkündete sie.

»Wo ist Mummy?«, fragte Charlotte und blickte Marc flehentlich an.

»Wir haben schlechte Nachrichten«, begann Fran.

»Schon okay«, sagte Marc, »ich übernehme das.«

Er langte über den Tisch und ergriff die Hände unserer Töchter. Lizzie hatte gelben Nagellack aufgetragen, was ihr vermutlich Ärger in der Schule eingebracht hatte. »Ihr braucht keine Angst haben, meine Süßen, denn wir tun alles, was in unserer Macht steht, aber Mummy ist gestern Abend nicht nach Hause gekommen, und wir sind nicht sicher, wo sie ist.«

Charlottes Unterlippe bebte. Lizzie schob das Kinn vor und sah ihn mit ihrer einstudierten »Erwachsenen«-Miene an.

»Ich habe heute mit einem Officer gesprochen, und jetzt sucht die Polizei nach ihr«, erzählte er. »Die Polizei glaubt, dass sie wahrscheinlich in ein paar Tagen wieder da ist. Wir müssen einfach nur stark sein und uns ganz doll wünschen, dass sie nach Hause kommt.«

Er blickte von einem Paar großer, stiller Augen zum anderen. Was konnte er sagen, damit es den beiden besser ging?

»Sollen wir beten?«, fragte Lizzie schließlich.

Marc zögerte. Wir sind zu Weihnachten und zu Ostern mit ihnen in die Kirche gegangen, aber zu Hause haben wir weder ein Tischgebet gesprochen noch über Religion diskutiert. Allerdings machten sie in der Schule gerade ein Projekt über verschiedene Religionen, und wir haben immer gesagt, wir wollten, dass sie sich ihre eigene Meinung bildeten. »Warum nicht?«, antwortete er und fragte sich, ob er nicht selbst daran hätte denken sollen.

Lizzie faltete die Hände und überprüfte, ob Charlotte es richtig machte. »Ich fange an.« Sie senkte den Kopf. »Lieber Gott, ich weiß, du hast viel zu tun, und es gibt viele Menschen auf der Welt, die für etwas beten, aber unsere Bitte ist sehr wichtig, und wenn du sie uns erfüllst, verspreche ich dir, dass ich für sehr, sehr lange Zeit keine Wünsche mehr habe, auch keine Weihnachtsgeschenkwünsche.«

»Ich auch nicht«, sagte Charlotte.

»Unsere Mummy ist gestern Abend nicht nach Hause gekommen, aber wir brauchen sie dringend zurück.«

Marc neigte den Kopf, denn er musste seine Tränen verbergen.

»Sie gehört zu uns in dieses Haus. Wir brauchen sie, denn sie muss uns lieben und für uns sorgen und unsere Mum sein.« Lizzie stupste ihre Schwester an. »Willst du noch etwas sagen?«

Charlotte nickte und drückte die Augen fest zusammen. »Sie ist die beste Mummy der Welt, weil sie immer weiß, was man machen muss. Wenn wir traurig sind, macht sie uns fröhlich, und wenn wir uns wehtun, macht sie, dass es nicht mehr wehtut. Sie kocht immer lecker und kann so toll schmusen, und wir vermissen sie so sehr.«

Charlottes Stimme brach, und Lizzie legte den Arm um sie. »Bitte, bitte, *bitte*«, setzte sie das Gebet fort. »Schick sie zu uns nach Hause. Von jetzt an sind wir immer lieb und beten immer und gehen zur Kirche und helfen den Armen. Danke, Amen.«

»Amen«, stimmten Marc und Fran ein.

Charlotte schniefte. Tränen liefen ihr über die Wangen.

Lizzie zog Charlotte an sich. »Mummy möchte bestimmt nicht, dass du weinst.«

Charlotte schlang die Arme um den Hals ihrer Schwester. Lizzie tröstete die Kleine mit ernster Miene. »Sollen wir dein Ritterspiel spielen?«, fragte sie. »Dad, ist das okay?«

Marc nickte benommen. Lizzie nahm Charlottes Hand und machte sich mit ihr auf die Suche nach Emma. Charlotte zögerte und blickte zu Marc zurück, ehe sie im Flur verschwand.

Marc hatte den Atem angehalten und holte jetzt tief Luft.

»Sie sind wirklich tapfer«, sagte Fran, der die Tränen ebenfalls in den Augen standen.

»Ja«, erwiderte Marc schluchzend und wünschte, er könnte auch einfach spielen gehen.

Noch bevor er anfängt zu reden, weiß ich, dass ich nicht hören will, was er sagen wird. Er lehnt an der Tür und schaut auf mich herunter. Die Schlüssel sind in seiner linken Hosentasche. Ich starre absichtlich nicht hin. Die Arme hat er vor der Brust verschränkt. Heute sieht er gesünder aus. Seine Wangen haben Farbe.

»Glauben Sie, dass Ihre Töchter wirklich spielen wollten, nachdem sie diese Neuigkeit erfahren haben?«, fragt er und schüttelt den Kopf.

»Fick dich«, sage ich. Warum? Warum reagiere ich auf seine Fragen und spiele seine Spielchen mit? Meine Töchter sind perfekt und schön, und ja, sie werden traurig sein, weil ich verschwunden bin, aber ich will nicht glauben, dass sie einen irreparablen Schaden davongetragen haben. Lizzie und Charlotte sind starke, intelligente und wundervolle junge Mädchen. Ich werde nicht zulassen, dass er sie als Foltermittel gegen mich einsetzt.

»Schön«, sagt er. »Sie möchten also nicht über Ihre Töchter reden. Ich bin ein verständnisvoller Kerl. Wie sieht es mit Fran aus? Was hat sie da gemacht? Vertrauen Sie ihr?« Er blickt mich an, Belustigung im Blick. Was will er? Soll ich mit ihm über eine andere Frau reden, die meinen Platz einnimmt? Will er mich mit ihrer Anwesenheit in meinem Haus, bei meinen Kindern und meinem Mann quälen?

Ich zucke mit den Schultern. Ich habe mir Marc vorgestellt, wie er zu Hause sitzt und nicht weiß, was er tun soll, dann auf die Uhr sieht und begreift, dass er die Mädchen abholen muss, dass sein Leben weitergehen muss. Aber das Bild geht mir nicht in den Kopf. Seine Welt muss stehen geblieben sein. Ich will das nicht – ich möchte ihn und die Mädchen vor allem schützen, ihnen ersparen, was sie durchgemacht haben und weiterhin durchmachen –, aber das liegt außerhalb meiner Kontrolle.

Dieser Mann weiß, dass ich keine Kontrolle darüber habe. Er genießt es, mich leiden zu sehen.

Marc muss ohne mich völlig am Ende sein. Deshalb hat Fran die Kinder nach Hause gebracht. Basta. Mehr ist da nicht dran. Ich will nicht zulassen, dass er ein solches Chaos in meinem Kopf anrichtet.

»Verstehen Sie«, sagt er und bricht das Schweigen. »Für mich sieht es aus, als würden Sie eine andere Frau in dieser Situation einsetzen, um die Härte Ihrer Abwesenheit zu mildern. Um mir mitzuteilen, dass es keinen Unterschied ausgemacht hat, keinen Unterschied *ausmacht*, dass Sie hier bei mir sind.« Er löst die Verschränkung der Arme und schiebt die Hände in die Taschen. Ich höre die Schlüssel klimpern.

»Fick dich«, wiederhole ich und spucke auf den Beton zwischen uns.

Diesmal zuckt er mit den Schultern. »Wie Sie möchten. Sie sind Ihre schlimmste Feindin. Sie wissen, Sie müssen mit mir kooperieren. Alles wird nur schlimmer, wenn Sie sich weigern. Meine Geduld hat ihre Grenzen.«

Dann lächelt er. Dieses ekelhafte, blasierte Lächeln aus meinen Albträumen. Dieses Lächeln fühlt sich so aufdringlich an, und ich versuche zu schreien, doch niemand hört mich. Bei diesem Lächeln möchte ich kotzen.

Er dreht sich um und tritt gegen das Plastiktablett mit den Krümeln von dem trockenen Sandwich, das ich vorhin so verzweifelt verschlungen habe. »Die Sache könnte noch schlimmer für Sie aussehen, viel schlimmer.«

1998

FREITAG, 28. AUGUST

Am Ende des Abends brachte Marc mich am Fluss entlang zum Haus meines Vaters. Solche Energie hatte ich seit meiner Teenagerzeit nicht gespürt. Ich stellte mir vor, wie ich Marc in einem Stück verschlinge, sobald er nur eine Bewegung machte, und ich fragte mich, ob mein Dad wohl schlief oder ob er es hörte, wenn ich Marc einlud. War es nicht absurd, mit einem Jungen in mein Zimmer zu schleichen, obwohl ich schon über zwanzig war? Ich kümmerte mich nicht darum.

Aber Marc küsste mich nicht und versuchte nicht einmal, auf dem Heimweg meine Hand zu nehmen. Er war der perfekte Gentleman, und das machte ihn nur noch anziehender. Den ganzen Abend war er so aufmerksam, hat mich in sich aufgesogen, hat mir das Gefühl gegeben, ich sei der Mittelpunkt des Universums. Ich stellte mir vor, wie ich dieses schlecht sitzende Hemd aufknöpfte und mit den Lippen über seine Brust fuhr, seine nervösen Hände führte, seinen süßen Mund küsste. Ich hatte ihn als wunderschönen, ruhigen Mann einsortiert, der überlegt, ehe er spricht, der seine Tage in der Bibliothek verbringt und über große Dinge nachdenkt. Ich wollte ihn für mich öffnen, wollte sehen, was passierte, wenn diese großen Gedanken aus ihm heraussprudelten. Ich wollte das sein, was das Sprudeln hervorrief.

Als wir in meine Straße einbogen, war ich fast rasend vor Verlangen. Ich war spitz und angeschickert, und dieser süße Fremde hatte mir den ganzen Abend Komplimente gemacht. Doch vor meiner Tür gestand mir Marc nervös, als würde er eine Ablehnung erwarten, dass er mich gern wiedersehen würde. Die Unschuld in seinem Gesicht konnte selbst ich nicht ignorieren. Plötzlich fühlte ich mich dumm und lüstern. Marc betrachtete mich als zarte junge Frau, als jemanden, der höflich und mit Respekt behandelt werden muss. Zum ersten Mal in meinem Leben wollte ich so ein Mädchen sein.

Ich biss mir auf die Unterlippe, holte tief Luft und gestand: »Ich fliege morgen zurück.«

Der arme Marc starrte mich nur an.

»Ich hätte es eher erwähnen sollen, aber es war so lustig mit dir und …« Ich sprach den Satz nicht zu Ende.

»Oh«, antwortete Marc schließlich. Mehr nicht.

»Zu Weihnachten bin ich wieder hier«, sagte ich. »Vielleicht treffen wir uns dann?« Ich lächelte ihn schief an.

»Super«, murmelte er und wich zurück.

»Danke für den schönen Tag«, sagte ich sinnloserweise, während er schon auf den dunklen Weg umkehrte. Ich schaute ihm nach, wie er mit hochgezogenen Schultern, die Hände in den Taschen, davonging. »Warte!«, rief ich, ließ meine Handtasche fallen und rannte ihm hinterher.

Marc drehte sich um, und ich prallte mit ihm zusammen, stellte mich auf die Zehenspitzen und drückte meinen Mund auf seinen. Ich strich ihm mit den Fingern durch das Haar. Seine Hände berührten zögerlich meine Taille, meinen Rücken, dann schlang er die Arme um mich, als könnte er mich in diesem Augenblick in England, in York festhalten.

Ich weiß nicht, ob der Kuss Sekunden oder Minuten oder eine Ewigkeit dauerte. Wir lösten uns voneinander, ich lief die

Straße zurück, grinste wie ein Idiot und rief: »Wir sehen uns zu Weihnachten!«

Erst im Haus fiel mir ein, dass wir gar keine Nummern getauscht hatten. Ich kannte nicht einmal seinen Nachnamen. Nachdem ich mich ausgezogen und in mein Jugendbett gelegt hatte, begann es zu schweben und zu schaukeln.

SAMSTAG

SEIT ACHTUNDVIERZIG STUNDEN VERSCHWUNDEN

Samstag kroch feierlich ins Land, und die Mädchen schliefen lange. Marc zog sich eine Jeans über und schlich nach unten. Er hatte dunkle Ringe unter den Augen. Er musste sich dringend die Haare waschen. Er kochte Kaffee und stellte Radio 4 an. Die Sendung *Today* waberte durch seinen Kopf, während er Kaffee trank und versuchte, den Tag zu planen. Fran kam dazu, als *Saturday Live* begann. Zahlreiche Stunden waren mit Nichts-Denken vergangen. Sie machte Toast und drängte ihn zu essen.

Kurz nach zehn klingelte es, und vor der Tür stand DI Jones. Marc fragte sich, zu welchen Zeiten er arbeitete und ob er unseretwegen aus dem Wochenende geholt worden war.

»Dr. Southwood, wie geht es Ihnen?«, fragte der Officer und zog die Handschuhe aus.

Wie wohl, Idiot, fauchte Marc ihm in stiller Feindseligkeit entgegen. Äußerlich zuckte er mit den Schultern.

»Ich habe einige Kollegen mitgebracht. Wir würden uns gern umschauen, wenn Sie nichts dagegen haben.«

Marc sah zwei weitere Officers, die am Polizeiwagen standen. »Ja, sicher«, sagte er und verschränkte die Arme. »Meine Kinder schlafen noch.«

»Vielleicht können wir unten anfangen«, sagte DI Jones und wich seinem Blick nicht aus.

»Ich wecke sie«, sagte Fran oben von der Treppe. »Ich kann mit ihnen schwimmen gehen, dann sind sie nicht im Weg.«

DI Jones lächelte grimmig, und Marc suchte in seiner Miene nach Überraschung oder Argwohn. Irgendwie fühlte er sich schuldig, aber falls DI Jones sich über Frans Anwesenheit wunderte, so ließ er sich nichts anmerken.

»Danke«, sagte Marc zu Fran, die sich schon wieder umgedreht hatte, dann murmelte er DI Jones zu, sie habe ihre Hilfe angeboten. Er hasste sich, weil er das erklären musste, hasste diesen Mann und seine Officers, weil er in ihrer Gegenwart solche Gefühle hatte.

DI Jones beobachtete Marc, während er sprach, unterbrach ihn jedoch schließlich. »Könnten Sie uns alles zeigen?«

»Gut«, sagte Marc, und drei Paar schwarzer Stiefel trampelten über die Schwelle. »Darf ich fragen, wonach Sie suchen?«

»Nach allem, was uns weiterhilft«, erwiderte DI Jones ruhig. »Ist Alexandras Pass inzwischen aufgetaucht?«

Marc sah ihn an, versuchte, seine Gedanken zu lesen, und scheiterte. »Nein«, sagte er. »Sie können gern selbst danach suchen.«

»Wir haben gestern eine Ausreiseüberprüfung bei der Grenzpolizei beantragt.« DI Jones studierte Marcs Gesicht. Mein Mann kratzte sich an der Schläfe und wusste nicht, was er antworten sollte. »Offensichtlich wurde ihr Pass nicht benutzt, aber den vollständigen Bericht bekommen wir erst am Montag.«

»Ich sage Ihnen doch, er muss hier sein«, gab Marc zurück. »Sie wäre nicht einfach abgehauen.«

Die Officers schwiegen. Nach einer Pause deutete Marc auf die Zimmer im unteren Stockwerk. Sie trotteten jeder in eins.

»Haben Sie einen Dachboden?«, fragte die Polizistin, die das Haar so streng zum Pferdschwanz gebunden hatte, dass ihr Gesicht spannte wie mit Botox gespritzt.

»Einen kleinen, aber da oben war seit Jahren niemand mehr.« Marc unterdrückte ein Kichern, als er sich vorstellte, ich würde mich auf dem staubigen Speicher verstecken, plötzlich aufspringen und »Überraschung« rufen. »Da sind nur Kartons.«

»Wir brauchen Zugang. Auch zu allen verschlossenen Schuppen im Garten«, sagte die ernste Polizistin und kritzelte etwas auf ihren Block.

»Ich hole die Schlüssel«, sagte Marc.

DI Jones folgte ihm in die Küche. »Würde es Ihnen etwas ausmachen, wenn wir noch ein paar Dinge von Donnerstagvormittag durchgehen?«

Marc wandte sich von der Schlüsselschublade ab und blickte DI Jones in die Augen. »Wenn es uns weiterhilft.«

Sie setzten sich gegenüber an den Frühstückstresen. DI Jones holte ein Notizbuch heraus. Er erkundigte sich erneut nach meiner Stimmung und unserem Gespräch, welche Kleidung ich getragen hätte und wann ich gegangen sei. Marc bemühte sich zu antworten, ohne seinen Missmut zu zeigen. Waren sie das nicht längst durchgegangen? Nach einer Pause wechselte DI Jones die Taktik. Er fragte, was Marc am Donnerstag gemacht habe und wo er zu verschiedenen Zeiten gewesen sei. Marc erzählte ihm, er sei zur Uni gefahren; DI Jones fragte, wo er geparkt habe. Marc sagte, er sei zu Fuß ins Büro gegangen; DI Jones fragte nach dem Weg und wen er getroffen habe. Marc erzählte von seinen Sitzungen; DI Jones wollte den genauen Zeitablauf wissen. Marc sagte, er sei in der Bibliothek gewesen; DI Jones fragte, welche Bücher er ausgeliehen habe. Marc erzählte, dass er die Mädchen abgeholt habe; DI Jones erkundigte sich nach dem Verkehr.

»Das ist lächerlich«, beschwerte sich Marc schließlich. »Sie verschwenden Ihre Zeit. Alex ist irgendwo da draußen, und sie ist auf Ihre Hilfe angewiesen.«

»Genau deshalb bin ich hier«, antwortete DI Jones.

»Quatsch!« Marc wurde rot im Gesicht. »Hier im Haus werden Sie nichts finden, Sie müssen schon draußen suchen.«

»Beruhigen Sie sich«, sagte DI Jones. »Wir tun alles, was in unserer Macht steht, und alles, was notwendig ist. Das mag Ihnen enttäuschend vorkommen, aber diese Fragen und diese Durchsuchung sind genauso wichtig wie das Übrige, das wir unternehmen.«

»Und *was* unternehmen Sie?«, fragte Marc. »Bislang sehe ich *nichts* davon, außer dass ich mich wie ein Verdächtiger fühle.«

DI Jones seufzte. »Bitte, Dr. Southwood. Wie Sie wissen, haben wir Alexandras Freundinnen und Kollegen befragt. Wir rekonstruieren ihren Weg zur Arbeit und wollen uns morgen Nachmittag mit einer Suchmeldung an die Öffentlichkeit wenden.«

DI Jones betrachtete Marcs Fäuste. Marc schob seine Hände unter den Tresen.

»Im Augenblick jedoch«, fuhr DI Jones fort, »müssen wir in diesem Haus diese Durchsuchung vornehmen. Das verstehen Sie doch?«

Sie starrten einander schweigend an. Marc machte als Erster einen Rückzieher und sah zur Tür. Er blickte ins Esszimmer, auf den Tisch, der darauf wartete, dass eine Schultasche draufgeknallt wurde, dass er abgeräumt und gedeckt wurde, dass man an ihm lachte und redete. Er sah hinüber zum Sideboard voller Stifte und Ladegeräte und Plastikspielzeug und Rechnungen, die abgeheftet werden mussten. An der Wand hing ein gerahmtes Foto, nicht von uns, sondern von einer anderen vermeintlich perfekten Familie, die in historischen Kostümen posierte wie steife Viktorianer. Das Projekt, mit dem ich in den letzten Monaten in Chicago herumgespielt hatte, erschien mir jetzt krass, doch Marc hatte es lustig gefunden und behauptet, das Bild sei die perfekte Mahnung, dass wir niemals so werden wollten. Er hatte es vergrößern und rahmen lassen und mir am Tag vor der Hochzeit als Überraschung geschenkt. Der Text unter dem Familienfoto verband ihr strahlendes Glück jeweils mit einem geheimen Wunsch, den jeder nur mir anvertraut hatte: »Ich träume davon, alles zu verkaufen, einen Campingbus zu kaufen und durch Indien zu fahren.« »Ich wünsche mir, dass meine Schwester eines Tages aufwacht und ihr alle Haare ausgefallen sind.« »Ich möchte meiner Physiklehrerin sagen, dass ich in sie verliebt bin.« »Manchmal denke ich daran, Samstag, wenn es richtig voll ist, zu Ann Taylor's zu gehen und mir mit einem Messer bei den weißen Kleidern die Pulsadern aufzuschlitzen.«

Marc riss den Blick von dem Bild los und sah zurück in die Küche. Er konzentrierte sich darauf, ruhig zu atmen und genauso gelassen zu sein wie DI Jones. »Sonst noch etwas?«

DI Jones klappte das Notizbuch zu und blickte Marc weiterhin an. »Im Augenblick nicht. Vielleicht möchten Sie mit Ihrer Familie schwimmen gehen.«

Eine halbe Stunde später saß Marc in einem Café mit Blick auf ein Becken voller schreiender Kinder. Lizzie winkte ihm vom Sprungbrett zu. Marc winkte zurück. Er trank Kaffee und dachte über DI Jones' Fragen nach. Aus den vielen True-Crime-Dokumentationen, die er gesehen hatte, wusste er, dass die Polizei immer mit der direkten Umgebung anfing, aber der Verdacht gegen ihn war lächerlich. Er sollte sich beschweren. Er war bislang immer hilfsbereit gewesen. Sahen sie denn nicht, wie besorgt und verzweifelt er war? So sollten sie Betroffene nicht behandeln, das verstärkte nur das Trauma. Ihm ging es gut, er war zuversichtlich, und überhaupt hatte er nichts zu verbergen, aber wenn man sich ausmalte, welchen Schaden sie bei jemandem anrichten könnten, der nicht so stabil war … Das war einfach nicht richtig.

Er suchte im Schwimmbecken nach Charlotte und entdeckte sie im Nichtschwimmerbereich mit Fran und einem kleinen Jungen, der mit ihr um die Wette Blasen blubberte. Diese Normalität passte im Augenblick überhaupt nicht zu seiner Situation. Dieser dicke Mann in der engen blauen Badehose sollte keine Bauchklatscher machen, und die Frau mit den roten Nägeln am Tisch nebenan sollte nicht Unmengen frisches Obst essen. Er schloss die Augen und stellte sich vor, wie die Laufbänder Funken sprühten und außer Kontrolle gerieten, wie Würmer aus den Speisen im Café krochen und wie im Schwimmbecken brodelnd Blut aufwallte.

»Scheiße!«, fluchte er und öffnete die Augen, als ihm heißer Kaffee auf den Schoß tropfte. Die Flüssigkeit lief an seiner Jeans hinunter. Er stand auf und suchte hilflos nach etwas zum Abwischen. Die Frau mit den roten Nägeln kaute und starrte auf den zerdrückten Pappbecher in Marcs Hand.

—//—

»Guten Tag. Wir möchten Sie heute bitten, uns bei der Suche nach dem Aufenthaltsort von Mrs. Alexandra Southwood zu helfen. Mrs. Alexandra Southwood ist siebenunddreißig Jahre alt und arbeitet halbtags als Kunstgeschichtsdozentin …«

Zum dritten Mal wird mir diese Aufzeichnung gezeigt. Er hat einen Laptop ans Ende meines Bettes gestellt. In der Nacht gab es einen Zwischenfall, deshalb bin ich an Händen und Füßen festgebunden. Ich glaube, so gefalle ich ihm besser. Gefesselt und hilflos. Er drückt auf Play und schaut mir zu, wie ich zuschaue, beobachtet meine Reaktion.

Marc sitzt neben DI Jones. Auf dem Tisch stehen Mikrofone und anderer Technikkram. Ich sehe, wie DI Jones fortfährt: »Bitte entnehmen Sie unserer Pressemitteilung Einzelheiten zum Aussehen und der Kleidung, in der sie zuletzt gesehen wurde. Dort finden Sie auch ein aktuelles Foto. Ich stelle Ihnen nun Dr. Marc Southwood vor, den Ehemann von Alexandra, der sich gern mit ein paar Worten persönlich an Sie wenden möchte.«

Marc blickt DI Jones an, der ihm zunickt, damit er anfängt. Er beugt sich zum Mikrofon vor und sieht in den Raum zu den Kameraobjektiven. Mein Mann räuspert sich, sein Adamsapfel hüpft, als er schluckt. Er versucht, die Fassung zu wahren. Ich glaube, mein Mann war vorher noch nie auf einem Polizeirevier. Mein Gesicht lächelt mich von einem Foto an, das ich vergessen habe, Im ganzen Raum hängen diese Plakate. Ich möchte mich abwenden, aber die Genugtuung will ich ihm nicht gönnen.

»Letzten Donnerstag«, sagt Marc, »ist meine Frau nach der Arbeit nicht nach Hause gekommen. Zuletzt wurde sie gesehen, als sie ihr Büro an der Uni verlassen und sich von ihren Kollegen verabschiedet hat. Normalerweise wäre sie mit dem Fahrrad zu unserem Haus in Bootham gefahren, doch niemand hat sie gesehen, seit sie von der Arbeit aufgebrochen ist. Ein solches Verhalten ist überhaupt nicht typisch für Alex. Wir haben zwei kleine Töchter. Unsere Familie vermisst sie und macht sich große Sorgen.«

Marc sieht auf und hält Blickkontakt mit der Kamera. Ich sehe meinem Mann in die Augen. »Alex, wenn du dies sehen kannst, bitte melde dich bei uns. Lizzie und Charlotte brauchen dich zu Hause. Und *ich* möchte wissen, dass es dir gut geht.«

Journalisten machen Fotos, eine Polizistin berührt Marc am Arm, eine tröstende Geste, allerdings fängt er an zu zittern, wenn ich genau hinschaue. DI Jones deutet an, dass er die Fragen beantworten werde. Ich beobachte Marcs Gesicht. Er hat Ringe unter den Augen. Er hat nicht geschlafen. Er spannt die

Kiefermuskeln an, knirscht mit den Zähnen, glaube ich. Ich möchte durch den Bildschirm greifen und seinen Schmerz lindern, seine Lippen berühren und die Sorgen wegwischen.

»Glauben Sie, ihr ist etwas zugestoßen?«, fragt ein Journalist.

Marc schließt die Augen, während DI Jones antwortet. »Bislang haben wir keine Hinweise gefunden, aber wir nehmen die Angelegenheit sehr ernst.«

Der Journalist neigt den Kopf und kritzelt auf seinen Block. Ein anderer winkt kurz und meldet sich zu Wort. »Ist die North Yorkshire Police Force entsprechend ausgerüstet, um noch einen großen Vermisstenfall zu bearbeiten?«

»Die Frage ist nicht fair, Ralph«, sagt DI Jones liebenswürdig. Marc sieht ihn an, und ich erkenne seine Verärgerung. »Wir beten für Alexandras Sicherheit und baldige Heimkehr ...« DI Jones redet weiter, aber ich beobachte die Ader auf Marcs Stirn, den Schwung seiner Lippen. Er hasst das, denke ich. Alles, natürlich, aber vor allem die Öffentlichkeit, das Prozedere, die Aufmerksamkeit und die prüfenden Blicke. Ich würde so gern seine Hand nehmen und ihn nach Hause führen, uns mit den Mädchen einschließen und die Welt aussperren, die ganze Welt: die Polizisten und die Journalisten, diesen schrecklichen Raum, den Psychopathen, der mich hier festhält und mich zwingt, mir das anzuschauen, alles, was wir wissen und nicht wissen, alle Erwartungen und Verantwortlichkeiten und den ganzen Mist, der uns an der schlichten Perfektion des Lebens zweifeln ließ, das wir führten.

»Ich bedanke mich, Ladys und Gentlemen«, schließt DI Jones. »Wir halten Sie über alle Entwicklungen auf dem Laufenden.«

Der Bildschirm wird schwarz, und er klappt den Laptop zu. Er steht ein paar Minuten da und starrt mich an. Ich starre zurück und höre seine tiefen Atemzüge durch die Nase. Sein Gesicht prägt sich mir ein, klarer sogar als Lizzies oder Chars. Erwartet er, dass ich etwas sage? Dass ich weine? Ich reiße mich zusammen, bis er hinausgeht. Ich höre das Klicken, als er die Schlösser vorlegt, dann drehe ich den Kopf zur Wand.

1998

SAMSTAG, 26. DEZEMBER

Marc hat mir irgendwann erzählt, in dem Herbst sei er durch »William Blakes Höllenfeuer« gegangen. Ich habe natürlich gelacht, aber er sagte, er habe noch nie die Trennung von einer Person verkraften müssen, die er noch nicht lange genug gekannt habe, um einen Makel an ihr zu finden. Er habe im Kopf jedes Wort wiederholt, das wir gewechselt hätten, und er habe sich meine Gesten und meine Mimik immer wieder vor Augen gerufen. Anstatt für seine Arbeit zu recherchieren, habe er sich stundenlang in der Bibliothek in dem wundervollen, quälenden Schmerz gewälzt, in mich verliebt zu sein.

Als es Dezember wurde, war er so davon besessen, dass er die Einladung seiner Eltern ausschlug, zum Weihnachtsfest nach Wales zu kommen, und behauptete, er habe zu viel Arbeit. Das war gar keine Lüge, denn er war in Rückstand geraten, doch tief im Innern war ihm verschämt bewusst, dass er meinetwegen blieb.

Er hoffte, er würde mich zufällig auf dem Campus oder in der Stadt treffen, aber er hatte kein Glück. Deshalb wurde er immer nervöser, als der verschneite Dezember seinem Ende zuging. Schließlich, am zweiten Weihnachtstag, machte er sich mit einer halben Flasche Schnaps Mut, kaufte an der Jet-Tankstelle die Freesien, die am wenigsten verblüht aussahen, und stapfte den Weg am Fluss entlang. Er klopfte an die Haustür, und nach einer ewig langen, kalten Weile machte mein Vater auf.

»Entschuldigen Sie die Störung. Äh, ist Alexandra da?« Er hat mir erzählt, er habe sich wie ein Fünfzehnjähriger gefühlt, mit rotem Gesicht und schwitzigen Händen.

Mein Vater lächelte. »Ich glaube, sie wartet schon auf Sie.«

»Marc!«, rief ich aus dem Haus. Ich hatte ihn ebenfalls vermisst. Vielleicht hatte ich dabei nicht ganz so sehr gelitten, aber ich hatte oft an ihn gedacht. Nach meiner Rückkehr hatte ich in Chicago mein Leben wiederaufgenommen, an meinem Immigrationsprojekt weitergearbeitet und mich in den Betten verschiedener Leute vor dem Schnee verkrochen. Aber ich hatte auch mit einem neuen Projekt angefangen und fotografierte die Familien, deren Hunde ich für Geld ausführte, die Bedienungen in Restaurants und die Angestellten von Banken und Apotheken. Im Austausch gegen ein schönes Porträt bat ich sie, mir einen ihrer geheimsten Wünsche anzuvertrauen, einen, der weder realistisch noch erreichbar sein musste, dessen Erfüllung sie jedoch ersehnten. Ich war noch nicht sicher, was ich mit dieser Sammlung von Gesichtern und Wünschen anfangen sollte, aber ich hatte einen Titel – *Mein Märchen* –, und tief in mir wusste ich, dass diese Arbeit etwas mit dem sanften Mann zu tun hatte, den ich im Sommer kennengelernt hatte. Ich hatte Pläne gemacht, nach dem Abschluss mit Freunden nach Boystown umzuziehen, und ich bewarb mich auf Stellen und Stipendien, aber jedes Mal, wenn ich zu einer enttäuschenden Ausstellung ging oder in einer Bar von jemandem gelangweilt wurde, mit dem ich vermutlich gar nicht nach Hause gehen wollte, dachte ich an den Spaß, den ich in meiner öden kleinen Heimatstadt mit Marc gehabt hatte. Ich dachte ständig daran, wie sich sein Mund bewegte, wenn er »zu Hause« sagte.

Ich rannte in den Flur und schlang die Arme um ihn, als hätte ich nicht nur einen einzigen Tag mit ihm verbracht. »Du bist hier!«

Ich trug einen alten grauen Pullover und verwaschene Jeans. Jahre später gestand mir Marc, dass er mich so besonders sexy fand: eingemummelt und warm. Ich habe ihm auf den Arm gehauen und mich beschwert, weil ich ein kleines Vermögen für Dessous ausgegeben hatte, obwohl ich nur einen Pullover aus der Altkleidersammlung brauchte.

Marc trug schneenasse Turnschuhe und diesen alten Parka, den ihm sein Dad vermacht hatte. Er fügte sich mit erfrorenen Gliedmaßen meiner Umarmung. Mein Dad legte mir kurz die Hand auf die Schulter und zwinkerte mir zu, ehe er taktvoll durch eine Tür verschwand. Ich half Marc aus dem Parka und freute mich über die halb zerdrückten Blumen.

Er folgte mir ins Esszimmer, wo sich die Freunde der Familie um unseren wie immer äußerst festlichen Braten versammelt hatten. Marc wollte sich entschuldigen und verdrücken, aber ich hielt ihn fest. Ich holte ihm einen Teller und einen Stuhl und platzierte ihn neben mir. Er nahm sich zaghaft eine Scheibe Truthahn und brachte mich zum Lachen. Ich langte über meine nicht blutsverwandte Tante Margaret hinweg und schaufelte ihm gebratene, zerdrückte, geschmorte und gedünstete Köstlichkeiten auf den Teller.

Mein Vater lachte mich aus.

»Er sieht aus, als müsste er aufgepäppelt werden!«, sagte ich und widmete mich wieder meinem auch nicht gerade leeren Teller.

Wir aßen und tranken und redeten, bis diese drei Tätigkeiten zu anstrengend wurden, alle am Tisch zusammensanken und sich halb im Koma hinüber ins Wohnzimmer schleppten. Irgendwann legte ich meinen Kopf auf Marcs Schoß, und obwohl er zögerte, vielleicht weil mein Vater und diese seltsame Versammlung von Freunden bei unserem zweiten Date im Zimmer waren, legte er mir die Hand auf die Haare, und mich durchflutete eine bizarre Zufriedenheit. Er schlief in dieser Nacht auf einem der Sofas, und ich weckte ihn am nächsten Morgen mit einem Kaffee und einem Kuss.

Den Rest meiner Ferien trennten wir uns nicht voneinander und verbrachten eine herrliche Zeit. Ich kochte, während Marc und mein Dad sich über kritische Theorie und poststrukturalistische Analyse und diesen ganzen zum Gähnen einladenden Kram unterhielten, den ich jedoch heimlich liebte, weil die beiden darin eine Gemeinsamkeit hatten. Nach dem Essen tranken Marc und ich aus riesigen Weingläsern bis spät in die Nacht und fragten uns gegenseitig aus, als wollten wir die einsamen Jahre, die wir ohne einander verbracht hatten, in diesen kurzen Stunden aufholen. Er las mir Byron und Keats vor, und ich zeigte ihm körnige Clips der Performances von Marina Abramović und Carolee Schneemann. Ich schlief morgens lange, während Marc in ein Notizbuch kritzelte und sentimentale Lyrik darüber verfasste, dass er sich plötzlich über die wahre Essenz der Romantik erleuchtet fühlte. Seine Arbeit schreibe sich wie von selbst, sagte er. Er fuhr mich nach Heathrow und wollte jede mögliche Sekunde mit mir verbringen, selbst wenn er sich dafür durch höllischen Verkehr quälen musste. Er trug meine Tasche zum Check-in, und wir küssten uns am Sicherheitseingang. Wir weinten beide, und er musste mich in Richtung des erbarmungslosen Wachmanns schieben.

Die Geschichte wurde besonders lustig, wenn wir sie gemeinsam erzählten. Wir zogen übereinander her, und ganze Dinnerpartys lachten über Marcs lächerliches Erscheinen vor meiner Tür mit zerknickten Blumen in der Hand und über mein absurdes Beharren, diese dumme Taube zu fotografieren. Marc übernahm an dieser Stelle im Flughafen. Er habe mir hinterhergeschaut, wie ich in der Sicherheitskontrolle verschwunden sei, und dann gedacht, er würde hyperventilieren. Er hatte sich einen Kaffee an einem der Stände gekauft und gehofft, der würde ihn beruhigen. Er hatte andere Paare und Familien beobachtet und versucht, an ihren Gesichtern abzulesen, ob sie zusammen irgendwohin fuhren oder ob ihnen gerade das Herz gebrochen worden war, während ihre Geliebten sich die Boardingpässe holten.

Am Ende kehrte er widerwillig zu seinem Wagen zurück, verirrte sich im Labyrinth der verschiedenen Ebenen und verfluchte den Automaten, der keine seiner Pfundmünzen annahm. Wütend murmelnd ging er zum Ende der Reihe, in der er geparkt hatte, und schloss die Tür auf. Während er sich setzte, ging die Beifahrertür auf, und er biss sich vor Überraschung auf die Zunge.

»Ganz beiläufig«, unterbrach ich ihn immer an dieser Stelle, »bin ich von der Stelle, wo ich gefühlt *ein Jahr* neben dem Auto gehockt habe, aufgestanden und eingestiegen.«

Unseren Freunden stand der Mund offen. Keiner vermutete so etwas, und ich fand es super.

»Hey«, sagte ich lächelnd.

»W-was?«, stammelte Marc, und die Zunge, auf die er sich gebissen hatte, fing an zu bluten. Er sah auf die Uhr am Armaturenbrett. »Dein Flugzeug startet in einer Viertelstunde.«

»Ich fliege nicht mit.« Ich starrte nach vorn, versuchte, nicht zu lächeln, und bemühte mich, so auszusehen, als wartete ich darauf, dass er den Motor anließ und losfuhr.

»Wie bitte?«

»Ich habe entschieden, hierzubleiben«, sagte ich und zuckte mit den Schultern. Oh, wie zufrieden ich mit mir war. Mein Herz klopfte, und ich war überhaupt nicht sicher, ob ich das Richtige tat, aber bei seinem verblüfften Gesicht hätte ich vor Freude schreien können. »Mir gefällt es hier«, sagte ich so ruhig wie möglich. »Bei dir. Morgen rufe ich bei denen an und erkläre, dass ich das Jahr nicht beenden kann, und vielleicht fällt mir etwas ein, damit sie mir einen Teil der Studiengebühren zurückzahlen.«

»Aber was ist mit – was willst du denn machen? Was ist mit deiner Arbeit?« Der arme Marc war völlig durcheinander.

»Ist doch egal, oder?«, sagte ich. »Ich bin glücklich bei dir und ich halte es nicht aus, wenn wir sechs Monate auf unterschiedlichen Kontinenten sind. Vielleicht versuche ich es noch einmal mit Unterrichten, das ist im Norden vielleicht besser. Und ich brauche keine pompöse Kunstschule, um Kunst zu fabrizieren. Ich kann auch hier Künstlerin sein, wenn ich will.«

»Und was ist mit deinen Sachen? Dein Koffer ist im Flugzeug ...«

Ich rümpfte die Nase. »Sind doch nur Klamotten und Kram«, erwiderte ich. »Kann ich alles ersetzen oder mir schicken lassen oder keine Ahnung. Ist doch egal. Ich überlege mir schon was.«

»Bist du sicher, dass das die richtige Entscheidung ist?«

»Willst du nicht, dass ich bleibe?«, fragte ich schmollend.

»Natürlich will ich das!« Marc zog mich in eine innige, unbequeme Umarmung über der Handbremse. »O Gott, meinst du das echt ernst?«

»Ja, ich meine es echt ernst.« Kichernd küsste ich seinen blutigen Mund.

MONTAG

SEIT VIER TAGEN VERSCHWUNDEN

Ich habe ein Foto der Opferbetreuerin in dem Zeitungsausschnitt gesehen. Sie hat ein freundliches Gesicht mit Sommersprossen. »Ob das Voraussetzung für den Job ist?«, hätte ich mit Marc gescherzt, wenn ich da gewesen wäre.

Sie streckte die Hand aus, und Marc schüttelte sie, ohne die Bewegung wahrzunehmen. Er öffnete die Tür ganz, und die Frau trat ein, nahm den Hut ab und enthüllte einen ordentlichen roten Haarknoten. Sie gingen ins Esszimmer, und sie setzte sich, legte die Hände mit den Flächen nach oben auf den Tisch. Es musste eine höfliche Vorstellung und ein bisschen unverbindlichen Small Talk gegeben haben, aber Marcs Kopf war zu voll, um mehr als das Nötigste aufzunehmen. Er verstand, dass sie Nicola Swift hieß und ihm durch diese »schwere Zeit« helfen wollte.

»Wenn Sie möchten«, sagte sie, »kann ich damit anfangen, Ihnen die Vorgehensweise zu erklären, nach der wir arbeiten, und was wir unternehmen, um Ihre Frau aufzuspüren. Manche Leute finden es beruhigend, wenn sie wissen, wie alles abläuft.«

Marc nickte, und sie sprach über Einsatzteams, Behörden und Agenturen und darüber, wie sie mit DI Jones eng zusammenarbeiten werde, um bei der Suche nach mir das bestmögliche Ergebnis zu erzielen. *Es gibt nur ein mögliches Ergebnis,* dachte Marc, sagte aber nichts. Sie reichte ihm Informationen über die gemeinnützige Organisation *Missing People* und erklärte ihm, sie habe eine gute Erfolgsquote bei der Suche nach verschollenen oder vermissten Personen. Außerdem bot sie ihm an, ihm bei dem Anruf zu helfen.

»Das schaffe ich bestimmt allein«, sagte Marc und musste sich anstrengen, um die Fassung zu wahren, nahm aber die Broschüre.

»Sicherlich.« Nicola räusperte sich, hielt aber den Augenkontakt. »Also, ich kann Ihnen natürlich nichts versprechen, aber die Statistiken werden Sie vielleicht etwas beruhigen. Drei Viertel aller Vermisstenfälle klären sich innerhalb der ersten Woche auf. Und wenn es sich um Erwachsene handelt, verschwinden zwei Drittel freiwillig und nicht durch Gewaltakte oder ohne Absicht. Vier Tage ohne Kontakt sind eigentlich noch keine lange Zeit.«

Marc nickte, schüttelte den Kopf und wusste nicht, an welcher Stelle er zustimmen oder nicht zustimmen sollte. Er fühlte sich nur halb anwesend und so, als wären seine Augen und Ohren voller Wasser.

»Abgesehen davon«, fuhr Nicola fort, »tragen Mädchen und Frauen aller Altersgruppen ein höheres Risiko, in Kriminalität verwickelt zu werden, und deshalb nehmen wir Alexandras Fall so ernst, obwohl es in diesem Stadium eine reine Vorsichtsmaßnahme ist.«

Marc schnürte es die Kehle zu. Ihm war gleichgültig, was die Statistiken sagten. Er kannte mich. Er wusste, dass ich nicht absichtlich verschwunden war. Aber er war auch nicht bereit, die anderen Optionen in Betracht zu ziehen. Vor fünf Tagen war sein Leben noch normal gewesen.

»Ich kann mir vorstellen, dass Sie sich mit den großen Fällen quälen, die oft durch die Medien gehen«, sagte Nicola. »Aber nur 0,6 Prozent aller Vermisstenfälle enden mit dem Tod der Person.« Sie hielt inne, und irgendwie kämpfte sich ein alarmiertes

Zucken durch ihre ansonsten beherrschte Miene. Marc fragte sich, wie oft sie das schon gemacht hatte. Vielleicht war sie noch neu in dem Job, und vielleicht gab es Richtlinien, die verboten, jemals das T-Wort in den Mund zu nehmen. Sie verzog die Mundwinkel zu einem schiefen Lächeln. »Ich möchte Sie damit ermutigen und nicht beunruhigen.«

Marc starrte durch sie hindurch und stellte sich vor, wie ich am letzten Mittwoch auf ihrem Platz gesessen und gefragt hatte, was er zum Abendessen möchte. Er versank in einer Parallelwelt, und in vielerlei Hinsicht war das einfacher, greifbarer und verdaulicher als das, was sein realer Körper in diesem realen Esszimmer mit dieser realen Polizistin erlebte.

Nicola verstand das Schweigen falsch und legte ihm die Hand auf den Arm. »Haben Sie irgendwelche Fragen?«

Mein Mann zuckte zurück. »Ich glaube nicht.«

»Das ist viel zu verarbeiten, Dr. Southwood«, sagte sie.

»Tut mir leid.« Marc kratzte sich an der Schläfe und sah auf die Uhr. »Meine Kinder sind oben. Würde es Ihnen etwas ausmachen, wenn ich nach ihnen sehe?«

»Natürlich nicht. Ich warte hier.«

Er schloss die Tür und blieb im Flur stehen, während sich die Statistiken in seinem Kopf drehten. Gierig saugte er die abgestandene Luft ein. Er wusste, sie wollte ihm nur helfen, aber zum ersten Mal hatte jemand die Wahrscheinlichkeit laut ausgesprochen, wenn auch nur die von 0,6 Prozent, dass ich tot sein könnte. Er schüttelte den Kopf und rang auf dem Weg nach oben um Fassung. Ich war nicht tot, das konnte nicht sein. Aber wo ich auch war, ich hatte Schwierigkeiten. Er musste mich unbedingt finden.

Fran zerrte eine Bürste durch Emmas Haar, während Lizzie und Charlotte in einem Wäschekorb wühlten und sich gerade ihre Pyjamas auszogen.

»Ich muss noch nach Hause und Emmas Hausaufgaben holen und ich darf nicht zu spät zur Arbeit kommen«, sagte Fran und sah Marc mit gerunzelter Stirn an.

»Klar.« Er versuchte, entschuldigend zu lächeln. »Ich frage echt nicht gern, aber wäre es möglich, dass Lizzie und Charlotte mit dir kommen und du sie an der Schule absetzt? Ich hole sie heute Nachmittag ab, aber unten sitzt ein Officer, der noch weitere Details besprechen will.«

»Weiß der, wo Mum ist?«, fragte Lizzie.

»Es ist eine Sie. Und sie versucht, es herauszufinden«, antwortete Marc optimistisch, wie er hoffte.

Er bedankte sich bei Fran und fühlte sich mies, weil er noch einen Gefallen von ihr erbat, dann umarmte er die Mädchen. »Seid schön fleißig in der Schule. Wie wär es heute Abend mit Pizza?«

Lizzie zuckte mit den Schultern, und Charlotte biss sich auf die Unterlippe. Er wollte bei den Mädchen bleiben, sie festhalten, sie trösten – sie weit, weit fortbringen von diesem Horror. Aber Fran reichte Char ein Paar Socken, und Officer Swift wartete unten, und plötzlich versank er wieder.

Er holte tief Luft, ehe er das Esszimmer erneut betrat. »Entschuldigen Sie, Officer.«

»Bitte nennen Sie mich doch Nicola.«

Sie fragte, ob er etwas dagegen habe, ehe sie ein kleines Diktafon aus der Tasche zog. Marc wartete, während sie das Band prüfte und den roten Aufnahmeknopf drückte.

Den Rest kenne ich. Er hat es mir vorgespielt. Wieder und wieder. Ich habe der Stimme meines Mannes gelauscht und habe versucht, sein Zögern zu deuten, mir seine Hände beim Sprechen vorzustellen. Nicola beginnt. Sie brauche seine Hilfe, um meine Bewegungen in den Wochen vor meinem Verschwinden nachzuvollziehen. Sie fragt ihn nach unseren Arbeitszeiten, entschuldigt sich für die Wiederholungen und erklärt, dass sie »das Bild abrunden« müssten.

Mein Mann seufzt, erklärt ihr aber, dass meine Vorlesungstage variierten, dass ich versuchte, alles in die Schulzeit zu legen, damit ich die Mädchen abholen könne, dass wir uns manchmal abwechselten, dass ich in letzter Zeit viele Überstunden gemacht hätte, weil ich an einem Aufsatz für eine Konferenz im nächsten Monat gearbeitet hätte. Ich schließe die Augen und schlüpfe zurück in meine Welt. Ich höre unseren Wecker und rieche den Kaffee, den Marc kocht, ehe ich die Mädchen wecke. Ich setze uns an den Frühstückstresen und stelle mir Gräben vor, die durch die Butter gezogen werden, und die Haferflocken, die auf die Tischplatte rieseln. Ich ziehe Charlotte einen Pullover über und spüre die Abschiedsküsse auf meiner Haut.

»Alex fährt also mit dem Fahrrad, und Sie fahren mit dem Wagen?«, fragt Nicola. »Sie haben keine Fahrgemeinschaft?«

»Nein, das heißt ja«, antwortet mein Mann. »Alex mag die Bewegung, sogar im Winter.«

»Und nach der Arbeit?«

»Kommen wir nach Hause«, sagt Marc, und seine Verbitterung klingt durch. Wie oft ist er das schon durchgegangen? »Es gibt Abendessen wie in jeder Familie, wir spielen oder sehen fern. Alles sehr langweilig, fürchte ich.«

Eine Pause folgt, während der Nicola vermutlich etwas in ihr Notizbuch schreibt. Ich wundere mich immer wieder, warum mein Mann glaubt, sich für ein Leben entschuldigen zu müssen, das er längst vermisst. Am liebsten möchte ich ihm sagen, dass es okay ist und dass ich es auch vermisse. Ich würde fast alles für einen langweiligen Wochentag geben.

»Oft spielen wir«, sagt Marc. »Es ist vielleicht albern, aber wir machen aus allem ein Spiel für die Mädchen, erfinden die verrücktesten Geschichten, damit das Abspülen Spaß macht.

Manchmal dauern Alex' Spiele den ganzen Abend, und wir kichern ununterbrochen.«

»Hört sich schön an«, sagt Nicola. Ich mag sie, weil sie diese Erklärung bezaubernd findet und nicht lächerlich. Sogar unsere besten Freunde verdrehen zum Teil die Augen, als wären wir bekloppte Möchtegern-Peter-Pans, die irgendwann mit einem Rums in der Wirklichkeit landen müssen.

»Also ... fallen Ihnen irgendwelche Abweichungen vom normalen Familienalltag ein? Egal wie gering?«

Man hört auf der Aufnahme, dass Marc aufatmet, ehe er spricht. »Nur die Überstunden für diesen Aufsatz. Sie spielt seit Jahren mit dem Gedanken, ihren Doktor zu machen, und ich glaube, diese Konferenz sieht sie als Chance zu beweisen, dass sie es schaffen würde. Ich meine, jeder weiß, dass sie es kann, aber sie traut sich selbst nicht so recht.«

Ich habe meine Augen zukneifen müssen, als ich das zum ersten Mal gehört habe. Er hat mich beobachtet. Ich durfte meine Tränen nicht zeigen, durfte ihm nicht die Befriedigung geben, sie zu sehen.

»Okay.« Ein Stift tippt auf ein Notizbuch. »Und Sie haben sich nicht gestritten, oder hatten die Kinder Schwierigkeiten in der Schule?«

»Nein, alles war normal. Wir sind eine glückliche Familie. Ich meine, das waren wir.«

Bei der schlechten Aufnahmequalität ist es schwer zu sagen, aber ich habe den Eindruck, sie möchte, dass er Probleme einräumt. Glaubt Nicola, er verstecke etwas oder rede alles schön? Vielleicht sollte Marc ihr verraten, wie ich mich über seine Überstunden beschwert habe oder wie er sich Sorgen gemacht hat, ich würde zu viel Geld für Kleidung oder Möbel ausgeben. Dann wären da noch Lizzies Verhaltensprobleme und die Tränen, die ich vergieße, wenn meine Tochter nicht gehorcht, und die Zankereien zwischen mir und seiner Mutter und wie anstrengend es für ihn war, zwischen uns zu vermitteln. Vielleicht wäre es leichter, wenn er ihr unsere Macken anvertraute.

Nicola meint, sie hätten mit dem Betreuer meiner Mutter gesprochen. »Angesichts von Mrs. Carlisles Zustand halten wir eine Befragung für nicht vorrangig, aber möglicherweise kommen wir in Kürze darauf zurück.«

Sie erkundigt sich nach unseren Freunden. Marc erzählt ihr, wo wir sie treffen und was wir mit ihnen unternehmen. Mein Mann klingt, als wäre er nicht sicher, was sie von ihm hören möchte, deshalb redet er weiter, bis sie ihn unterbricht.

»Hat Alexandra Freunde oder Freundinnen, die sie ohne Sie trifft?«

»Ich denke schon«, sagt er. »Sie hat noch Kontakt mit jemandem aus der weiterführenden Schule. Sie treffen sich einmal im Monat oder so. Und offensichtlich geht sie auch manchmal mit den Leuten von der Arbeit auf einen Drink aus. Dann wäre da noch die Schulkonferenz.«

»Und in Amerika? Dort hat sie studiert, oder?«

»Nur ein Jahr. Sie ist noch mit ihrer alten Zimmergenossin befreundet, Amelia, die beiden schreiben sich oft.«

»Handschriftlich?«, fragt Nicola interessiert. »Bewahrt Alexandra die Briefe auf? Sind sie vielleicht hier?«

»Ich habe keine Ahnung«, sagt Marc. »Ich habe sie nie danach gefragt.«

»Sie haben Ihre Frau nie nach einer Freundin gefragt, zu der sie seit vierzehn Jahren Kontakt hält?« Nun schwingt eine gewisse Schärfe in Nicolas Stimme mit, und damit haben sich meine Sympathien für sie erledigt. Ich stelle mir vor, wie Marcs Schultern zittern, als er die Muskeln anspannt.

»Das habe ich nicht gesagt«, gibt er zurück. »Wir reden über sie. Sie ist Performancekünstlerin, und Al verfolgt ihre

Karriere. Al hat mir Kritiken gezeigt. Ich habe nur keine Ahnung, wo sie die Briefe aufbewahrt. Sie ist ziemlich prominent. Amelia Heldt?«

Pause. Ich stelle mir Nicolas leeren Blick vor. Marc ist garantiert mit sich zufrieden.

Ein Telefon klingelt, und Nicola muss das Band gestoppt haben, denn als Nächstes sagt sie: »Das war DI Jones. Alexandras Ausreiseeinträge wurden durchgegeben. Ihr Pass wurde innerhalb von Großbritannien an keinem Flughafen oder Hafen benutzt.«

»Okay«, sagt Marc.

Einige Augenblicke herrscht Stille, ehe Nicola fragt: »Verreist Alexandra oft?«

»Nein«, sagt Marc.

»Auch nicht nach Amerika? Vielleicht, um ihre Freundin zu besuchen?«

»Sie war nur ein paarmal wieder dort. Zuletzt vor zwei oder drei Jahren.«

Wieder eine Pause. »Haben Sie Alexandra begleitet?«, fragte Nicola schließlich.

»Sie war nur anderthalb Wochen da«, antwortet Marc stumpf. »Das ist kaum den Jetlag wert.« Wie irreal es sich anfühlt, wie er mit dieser Polizistin über unser Leben redet und dabei die gleichen Wörter und Phrasen benutzt, die ich von ihm höre, wenn er mit neuen Kollegen oder mit den Nachbarn spricht.

Kurz danach ist die Aufnahme zu Ende. Ich stelle mir vor, dass Marc aufsteht und Nicola zur Tür bringt. Als ihm das Blut in den Kopf rauscht, muss er sich an der Stuhllehne festhalten.

»Machen Sie sich keine Sorgen, Dr. Southwood«, wird Nicola gesagt haben. »Auf die eine oder andere Weise finden wir heraus, was passiert ist.«

»Wie tragisch, dass Sie so viel verloren haben«, sagt er und nimmt das Band heraus. »Klingt ja wie ein richtiges Märchen.«

Ich weigere mich, ihn anzusehen. Natürlich klingt es wie ein Märchen, aber ich kann es nicht leiden, dafür verhöhnt zu werden. Ich weiß, die Polizisten zweifeln auch an Marc. Vielleicht könnte ich es auch nicht glauben, wenn mir jemand erzählen würde, er sei seit über einem Jahrzehnt verheiratet und immer noch so glücklich wie am ersten Tag. Aber es stimmt. Oder zumindest stimmte es bis zu jenem Donnerstag. Unser gemeinsames Leben war nicht wie ein normales Leben. Ich habe mitangesehen, wie meine Eltern alles Schöne und die Liebe zwischen ihnen zerstört haben, und bei meiner Heirat habe ich mir geschworen, das nie zu tun. Ich habe mir geschworen, Marc das Glück zu schenken, das er verdient, die Zukunft, die, wie ich glauben wollte, wir beide verdient hatten. Ich habe hart gearbeitet, damit unsere Welt hell blieb. Ich sah keinen Sinn in Schwermut und anderen Launen. Ich habe mir Spiele ausgedacht, um die Mädchen zu beschäftigen, während wir die Spülmaschine eingeräumt haben oder wenn sie am Ende eines langen Spaziergangs schlapp wurden. Und für uns zwei habe ich das Gleiche getan. Ich wollte nichts vor Marc geheim halten, aber ich wollte, dass unsere Liebe aus Freude und Spiel und Vergnügen besteht. Ich habe Ehen vor die Hunde gehen sehen, bei Freunden, die so in den Nichtigkeiten ihres Lebens feststeckten, dass sie vergaßen, wie sie sich gegenseitig zum Lächeln bringen konnten. Meine Mutter hat meinen Vater wegen des Alkohols verlassen, schon zehn Jahre ehe sie geschieden wurden; sie hat sich in eine andere Frau verwandelt, und mein Vater wurde ebenso verwandelt, in einen Despoten, gegen den sie rebellieren konnte. Nachdem sie gegangen war, konnte er ihren Namen nicht mehr aussprechen.

Also habe ich all die Dinge über mich ergehen lassen, wegen

denen Marc sich Sorgen gemacht hat. Ich habe versucht, sie zu durchschauen und mich zu fragen, was ihn daran so sehr beschäftigt hat. Hypotheken und Rechnungen, Beförderungen und Formulare, die wir für die Bank ausfüllen sollten: Welchen Zweck hatte es, nicht nur mich, sondern auch Marc damit zu stressen? Ich hätte leicht eine solche Frau sein können. Meckernd, sorgend, zweifelnd. Ich hätte ihn jedes Grollen und jeden Gedanken wissen lassen können. Aber wozu? Was hätte das gebracht? Stattdessen habe ich gelacht und gesagt, klar, das machen wir, aber vergiss darüber nicht, wie schön es ist, wenn du und ich und Lizzie und Charlotte Händchen halten und Brombeeren pflücken.

»*Jack and Jill went up the hill to fetch a pail of water*«, singt er und dringt in meine Gedanken ein.

Ich stelle mir vor, wie ich ihm das Grinsen aus dem Gesicht prügele und seinen Kopf an die Wand donnere. Tausendmal habe ich diesen Raum nach etwas abgesucht, womit ich mich verteidigen könnte, womit ich ausbrechen könnte. Ich weiß aber, es geht nicht nur um diese Tür. Ich brauche alle Schlüssel. Und wo wäre ich dann? Ich stelle mir vor, ich befinde mich mitten in einem Labyrinth, in dem ich täglich von meinem persönlichen Minotaur besucht werde.

»*Humpty Dumpty sat on the wall*«, sagt er, und der Ton verliert seine Süße.

»Was wollen Sie?«, fauche ich.

Er sieht mir in die Augen. »Was wissen wir über Märchen und Kinderreime? Humpty Dumpty stürzte, und Jack hat seine Krone zerbrochen, und die arme kleine Alex konnte nicht wieder heilgemacht werden.«

Er lacht erneut. Schallend, selbstzufrieden, aus dem Bauch. Er lacht noch, als er die Tür hinter sich absperrt, als ich mir die Knie an die Brust ziehe und versuche, mich von diesem Ort wegzubringen.

Er will mich glauben machen, dass ich es verdient habe. Wenn ich ihm sage, wie glücklich wir waren, wird er ganz aufgeregt. »Und wohin hat es Sie gebracht?«, fragt er.

Das ergibt alles keinen Sinn, ich weiß, aber ich wünschte, ich wäre bei Marc gewesen, um ihm durch diese erste Woche zu helfen. Und ich könnte jetzt bei ihm sein. Vierzehn Jahre lang haben wir alles gemeinsam durchgestanden. Vierzehn Jahre lang hatte Marc jemanden, an dessen Schulter er sich anlehnen konnte, jemanden, mit dem er reden konnte – um die Last, die Verantwortung und den Schmerz zu teilen. Vierzehn Jahre habe ich ihm geholfen. Und plötzlich war er allein. Es bricht mir das Herz, mir vorzustellen, wie sein Herz bricht.

1999

6.4.99

Liebste Al,

also weiter mit unserem Briefwechsel. Ich kann Dir nicht verzeihen, dass Du mich verlassen hast, dass ich jetzt ohne Zimmergenossin dastehe, ohne Freundin. Du hast uns auf unnatürlichste Weise auseinandergerissen. Nächste Woche ist die Ausstellung, Scheiße. Wie soll ich ohne Dich hier überleben? Hättest Du nicht noch ein paar Monate bleiben können? Was hast Du Dir dabei gedacht? Du hättest doch noch ein Semester ohne diesen verdammten Märchenprinzen überstanden, oder?

Ich weiß, ich weiß, er hat Deinen Blick aufs Leben komplett verändert, bla-bla-fick-dich-bla. Das nehme ich Dir nicht ab. In der einen Minute bist Du noch eine Künstlerin voller rebellischer Leidenschaft. Du gehst für ein paar Wochen nach Hause, und dann erzählst Du mir das aus tiefstem Herzen. Plötzlich verwandelst Du Dich in ein lebendes Klischee. Träumst Du schon von einem netten großen Haus und einem Dutzend Kinder?

Ich würde mich gern für Dich freuen, Al, aber wie kannst Du Dich so sehr für einen Mann verändern? Was passiert nach den Flitterwochen, wenn die Künstlerin in Dir rauswill? Dann wirst Du sauer auf ihn sein! Genau das wird passieren. Plötzlich mag jemand diese Musik lieber als die andere, oder jemand, der den ganzen Abend vor dem Fernseher Popcorn in sich hineingestopft hat, fängt aus heiterem Himmel mit Wandern und Wildwasserrafting an, weil der neue Liebste ein Outdoor-Fan ist. Die Leute verändern ihre Kleidung, schneiden sich das Haar, malen sich das Gesicht an, erfinden sich neu, um die Vorstellung von Perfektion einer anderen Person zu bedienen. Und eines Tages wachen sie auf, hacken ihren Liebsten in hundert Stücke und füttern den Hund damit.

Okay, vielleicht ja nicht, aber trotzdem. Jeder macht das zu einem gewissen Grad, und Scheiße, Al, Du bist aufs Ganze gegangen. Du suchst dir einen Job als Lehrerin! Du bist zurück in dem Land, das Du früher gehasst hast. Die Stadt, von der du behauptet hast, sie sei so abwechslungsreich wie ein Oasis-Konzert. All die Nächte, in denen wir geplant haben, die Bourgeoisie zu stürzen, darüber gesprochen haben, ein wundervolles Künstlerleben zu führen, das System anzugreifen, das Patriarchat herauszufordern. All die Gespräche über unsere Pflicht, das zu tun, über die Unmöglichkeit, sich einfach umzudrehen und diese Scheißwelt so zu nehmen, wie sie ist. All diese Leben, die wir führen wollten. Ich weiß, ich bin nicht gerade unparteiisch, aber ich hoffe, Du bist Dir im Klaren darüber, was Du tust.

Ich werde jedenfalls nichts mehr dazu sagen. Ich kritisiere Dich jetzt zum letzten Mal, denn vielleicht bin ich ja diejenige, die falschliegt. Möglicherweise hast Du Dein wahres Ich gefunden bei diesem Marc, und die Al, die ich kannte, war nur eine Performance. Hoffentlich ist es so, denn ich möchte, dass Du glücklich wirst. Es mag egoistisch sein, aber ich wünschte, Du könntest es mit mir sein.

Alles Liebe
Am x

DONNERSTAG, 10. JUNI 1999

Der erste kam an einem Donnerstag. Ich hörte es sofort, als die Briefkastenklappe zufiel. Sie quietschte entsetzlich, egal, wie viel Kriechöl wir in die Scharniere spritzten. Jeder andere hätte unsere erste Wohnung als Bruchbude bezeichnet. Der Vormieter hatte zehn Jahre hier gewohnt. Es gab keine Dusche, nur eine schmierige Badewanne. Die Kacheln lösten sich von der Wand. Jeder Fensterrahmen war mit Dreck überzogen. Die dünnen Teppiche waren voller Flecken. Die Wohnung wurde möbliert vermietet, aber als Marc den Ordner für seine Arbeit auf den Schreibtisch legte, kollabierte eins der vorderen Tischbeine, und wir mussten das Stück mit einer billigen Säge zerlegen, um es aus dem Haus zu schaffen.

Uns war das gleichgültig. Wir sahen Platz für Bücherregale aus Ziegelsteinen, von den Balken hingen Schneeflocken aus Papier, in der Ecke stand ein echter Weihnachtsbaum, wir hatten einen Futon, der permanent als Bett aufgeklappt blieb, und neben der Badewanne ein Brett für die Weingläser. Patrick und seine erste Frau Rebecca waren gerade mit ihrer zweijährigen Tochter nach York gezogen, und Marc und er verstanden sich wieder so gut wie an der Uni. Sie halfen uns, die Bude aufzuräumen, und Rebecca und ich durchstreiften Gebrauchtmöbelläden auf der Suche nach einem neuen Schreibtisch und anderen kleinen Gegenständen, die ein Heim ausmachen. Wir spendierten uns eine Kaffeemaschine und machten es zur Regel, dass Marc mir jeden Morgen einen dampfenden Becher Kaffee brachte. Er überredete mich, aufzustehen und mich auf Stellen zu bewerben, und ich befahl ihn zurück unter die Bettdecke, damit wir dort den Morgen vertrödeln konnten. Wenn einer von uns kurz Milch einkaufen gehen musste, ließ der andere alles stehen und liegen, damit wir uns zum Abschied küssen konnten, als würde es bis zur Rückkehr Monate dauern. Marc sollte seine Dissertation beenden, und ich hätte mir einen Job suchen sollen. Stattdessen vertrödelten wir ganze Wochen. Wir sahen auf die Uhr, und es war plötzlich sechs, und wir hatten einen kostbaren Tag miteinander verbummelt. Schuldbewusst kicherten wir und fragten uns gegenseitig, wie das habe passieren können.

An dem Tag bestand Marc darauf, dass er in die Bibliothek gehen musste. Mein Betteln half nichts und er verließ mich, indem er mir eine Tasse Kaffee brachte und mir sagte, ich solle mich um den Verwaltungsjob an der Uni bewerben, der gerade ausgeschrieben worden sei. Ich wusste, das sollte ich tun, aber mein Gehirn beschäftigte sich bereits zu sehr mit anderen Möglichkeiten, den Tag zu verbringen. Es juckte mich in den Fingern, wieder einmal etwas zu produzieren. Vielleicht sollte ich ein bisschen mit meiner Kamera herumziehen und mir ein kleines Projekt überlegen, an dem ich arbeiten konnte, solange er in der Bibliothek war.

Gestern Abend hatte er mit seiner Mutter telefoniert, und ich fragte mich, ob seine neue Arbeitsmoral etwas mit ihr zu tun hatte. Ich habe diese ersten Monate als glückselig in Erinnerung, doch ich weiß, Marc hat sich ständig Sorgen gemacht, ich könnte meine Entscheidung bereuen. Er redete nicht darüber, aber ich wusste es. Er beobachtete mich unablässig und wurde bei jedem Stirnrunzeln besorgt. Wieder und wieder erklärte ich ihm, dass ich nichts bereute, aber seine Unsicherheit blieb. Ich glaube, unser Hauptproblem waren andere Menschen. Für Außenstehende sah es absurd und impulsiv aus. Patrick und Rebecca hatten mich mit offenen Armen aufgenommen, doch ich wusste, Marcs Mutter fragte immer wieder, was Sache sei. Sie verstand einfach nicht, wo ich plötzlich aufgetaucht war und wie ihr Sohn so verrückt nach mir sein konnte.

Ich wartete, bis das Tor hinter dem Briefträger zugefallen

war, dann schwang ich die Beine aus dem Bett und tapste die Treppe nach unten. Ich blieb stehen und betrachtete den Umschlag auf der Matte, auf den mein Name in dieser vertrauten Linkshänderschrift gekritzelt war. Ich überlegte, den Brief dort liegen zu lassen, bis Marc wieder da war, ich wollte die Existenz durch seine Augen bestätigen lassen. Aber er hätte nur gefragt, was los sei, wenn er um sechs nach Hause gekommen wäre und ich nicht einmal die Post von der Matte genommen hätte. Er würde die ganze Nacht darüber reden wollen und sich Sorgen machen, dass etwas mit mir nicht stimme, ob ich Depressionen habe und mich schließlich fragen, ob ich meine Meinung geändert hätte. Ich müsste ihn trösten und beschwichtigen, dass es nicht der Fall sei. Denn so war es, ich hatte meine Meinung nicht geändert. Ich war glücklicher als je zuvor.

Warum schwitzten meine Hände dann so sehr, während ich den Umschlag auf der kratzigen Fußmatte anstarrte?

MITTWOCH

SEIT SECHS TAGEN VERSCHWUNDEN

Als Marc aufwachte, hatte er keine Ahnung, wie sehr dieser Tag ihn mitnehmen würde. Er setzte die Mädchen an der Schule ab und fuhr zum Campus. Gestern hatte er John angerufen und ihm gesagt, er werde seine Vorlesung halten. »Bist du sicher?«, hatte sein Kollege gefragt. »Nimm dir so viel Zeit, wie du brauchst.« Aber Marc brauchte Beschäftigung. Er konnte nicht noch einen Tag zu Hause sitzen und diese Hilflosigkeit ertragen. Er hielt es in dieser Vorhölle nicht mehr aus. Außerdem war es ziemlich scheinheilig, die Mädchen zu zwingen, in die Schule zu gehen, und sie am Tor mit besorgten Mienen fortzuschicken, aber bei sich selbst eine Ausnahme zu machen. Dennoch fühlte er Blicke auf sich gerichtet, als er um den See herum zum Büro fuhr. Fällten die Leute ein Urteil über ihn, weil er hier war?

Die Vorlesung war überraschend gut besucht. Sein Gaumen war trocken, während er sich fragte, ob diese Teenager unbedingt etwas über »Landschaft und das Erhabene« lernen oder ob sie einfach nur den armen Kerl anglotzen wollten, den sie im Fernsehen gesehen hatten. Er stand vorn und suchte Gründe, um in seiner Tasche zu kramen. Alle paar Sekunden warf er verstohlen einen Blick aufs Auditorium. Er bemerkte einen Arm, der über eine Schulter gelegt war, einen Kopf, der auf das Pult gesunken war, einen nervösen Aufruhr, als jemand hereingeeilt kam und einen Platz suchte. Eine Blondine mit

Pferdeschwanz starrte ihm in die Augen, bis er den Blick abwandte.

Kurz nach elf räusperte er sich und ordnete seine Papiere auf dem Vortragspult.

»Gut, ich denke, wir fangen an.«

Die Stimmen wurden leiser und verstummten schließlich. Marc hörte das Zischen einer Wasserflasche, den einsamen Klingelton eines Telefons, ein Husten.

»Danke, dass Sie gekommen sind«, sagte er. Er schaute in die Reihen erwartungsvoller Gesichter, auf Kugelschreiber über Blöcken. Er schluckte.

»Was wir, äh, genau, was wir uns heute anschauen wollen, ist, äh, die Art, äh …«

Marc sah in seine Notizen. Er mochte diese Vorlesung und gab sie jedes Jahr. Normalerweise brauchte er kaum auf die Stichwörter zu schauen. Normalerweise baute er immer ein paar Scherze ein. Normalerweise brachte er sein Publikum zum Kichern. Er fand es schön, wenn er aufsah und alle auf ihre Notizblöcke schrieben, wenn er wusste, dass seine Worte jeden von ihnen zu unterschiedlichen Gedanken inspirierten und seine Ideen in ihnen eigene keimen ließen.

Jetzt waren achtzig Augenpaare auf ihn gerichtet, damit er ihnen eine Idee gab, und mein armer Mann brachte nicht einmal die Überschrift heraus. Er suchte das Auditorium ab, blickte von Gesicht zu Gesicht und verstand nicht, wie all die Mädchen und Jungen hier gesund sitzen konnten, zunehmend gelangweilt und ungeduldig, während ich nicht da war.

»Tut mir leid«, sagte er, und seine Stimme stockte. Gemurmel ging durch den Raum, als achtzig Studenten hin und her rutschten und einander Blicke zuwarfen.

Er bückte sich und versteckte den Kopf hinter dem Pult. Er holte tief Luft, griff nach seiner Tasche und suchte nach einem

Alibi für sein seltsames Benehmen. Langsam richtete er sich auf, schaute hinter dem Pult hervor und winkte mit einem Stift.

Es wurde still.

»Tut mir leid«, wiederholte er. Er räusperte sich. »Wo waren wir stehen geblieben?« Er kratzte sich an der Schläfe und sah auf seine Notizen. Die Wörter verschwammen vor seinen Augen. Er blinzelte, und eine Träne fiel mitten auf die Seite. Marc sah wieder zu den Studenten, und sein Herz klopfte. Er sah Gesichter, die sich abwandten, Münder, die in Ohren flüsterten. Auf der linken Seite gab es eine Bewegung. Marc drehte sich mit verschleiertem Blick dorthin. Die Blondine mit dem Pferdeschwanz stand auf und schob sich zum Ende der Reihe durch. Mein Mann starrte sie wie alle anderen Anwesenden an, beobachtete, wie sie die Treppe nach unten ging und auf die kleine Bühne trat.

Jetzt befand sie sich vor ihm. Sie legte Marc die Hand auf den Arm. Er betrachtete ihre Finger auf seinem Hemd.

»Geht es Ihnen gut, Dr. Southwood?«, fragte sie. »Soll ich jemanden holen?«

Marc spürte die Nässe auf seinen Wangen, bemerkte, dass sich seine Brust hob und senkte, und hatte das Gefühl, als befände sich nicht genug Sauerstoff im Raum.

»Ich, äh, ich muss gehen«, sagte er leise und suchte voller Panik das Gesicht der Frau.

»Natürlich«, antwortete sie. Sie kam hinter das Pult und nahm seine Tasche, öffnete die Klappe und schob die Notizen hinein. Dann hielt sie ihm den Griff hin. »Kommen Sie auch klar?«

Marc nickte, nahm ihr die Tasche ab und unterdrückte den Drang loszurennen.

Er murmelte Entschuldigungen und stieg die Treppe zur Tür hoch. Alle Köpfe drehten sich nach ihm um. Oben fasste er sich an die Schläfe und wandte sich den Studenten zu. »Die Vorlesung wird nachgeholt«, sagte er mit rauer Stimme. »Sie bekommen eine E-Mail vom Sekretariat.«

Er hörte ihre Stimmen anschwellen, ehe sich die Tür hinter ihm schloss und er den Gang entlangeilte. Er hatte keinen Plan, er wollte nirgendwohin, einfach nur weg. Er ging nach links, dann nach rechts, durch die Automatiktür nach draußen und den überdachten Weg entlang zum nächsten Gebäude. Er ging die erstbeste Treppe hinauf, folgte ohne nachzudenken dem Gang im ersten Stock, kam an geschlossenen Türen und an Plakaten für Lesungen und Diskussionsgruppen vorbei. Erst, als er plötzlich auf meinen Namen starrte, wusste er, dass er doch nicht ohne Ziel losgegangen war. Er stand vor dem Büro, das ich mit Rosa teilte, und stierte auf unsere Namensschilder und das Stück Papier, auf dem meine Sprechstunden angegeben waren: Dienstag und Donnerstag zwischen eins und drei. Rosas Zeiten waren Montag und Freitag zwischen zehn und zwölf. Marc hörte seinen Puls in den Ohren pochen, seine Knie zitterten. Was machte er hier? Wie hatte er sich einbilden können, eine Vorlesung halten zu können? Was stimmte nicht mit ihm?

Hinter ihm öffnete sich eine Tür.

»Marc?«

Er drehte sich um und erkannte Paula. Sie trug ein zerknittertes Männerjackett und dazu eine dicke Silberkette.

»Alles in Ordnung mit dir?«, fragte sie und stellte ihre Tasche ab.

»Ich … ich bin gerade aus einer Vorlesung weggelaufen«, sagte er, als wäre ihm jetzt erst bewusst geworden, was er getan hatte.

»Oh, Marc«, sagte Paula. »Mach dir deswegen keine Gedanken. Komm rein und setz dich.« Sie scheuchte ihn in ihr Büro und zog das Jackett aus. »Setz dich«, forderte sie ihn erneut auf.

Marc setzte sich in den Sessel, der für Studenten gedacht war, wenn sie in die Sprechstunde kamen. Er fühlte sich fast wie ein verängstigter Achtzehnjähriger, der nicht weiß, wie er sich in der komischen Erwachsenenwelt benehmen soll.

»Weiß jemand, wo du bist?«

Marc schüttelte den Kopf.

»Okay«, sagte Paula. »Ich rufe für alle Fälle am besten beim Portier an, damit er weiß, dass es dir gut geht, falls sich jemand Sorgen macht. Außerdem muss ich schnell den Gang runter und meine Sitzung absagen. Ich bin in einer Sekunde zurück, ja?«

Marc nickte, und Paula ging. Er verzog das Gesicht und zwang sich, nicht die Beherrschung zu verlieren. Das Fenster stand offen, und er hörte die Studenten unten im Hof schwatzen. Wie konnte alles so sein wie immer? Wie konnten Kurse und Seminare und Sitzungen stattfinden, als wäre nichts passiert?

Paula kam mit zwei Bechern Tee zurück. Sie reichte Marc den einen und setzte sich hinter ihren Schreibtisch. Auf dem Becher stand »Abwarten und Tee trinken«.

Dann blickte sie ihn an, das angespannte, sonnengebräunte Gesicht sorgenvoll verzerrt. »Wie geht es dir?«

Marc schloss die Hand so um den Becher, dass Paula die Aufschrift nicht sehen musste und sich nicht zu einer Entschuldigung genötigt fühlte. »Gut«, sagte er. »Aber das ist ja nicht wichtig, oder?«

»Doch«, antwortete sie. »Du musst gut auf dich aufpassen.« Ihre Stimme klang strikt und autoritär, aber eigentümlich beruhigend, weil der falsche Trost fehlte. Ich mochte Paula für ihre Direktheit. Sie war äußerst kritisch und sagte, was sie dachte, aber dafür wusste man, wenn sie, was selten vorkam, etwas Positives äußerte, dass sie wirklich beeindruckt war.

»Warum? Was macht es alles für einen Sinn ohne Al?«

»Natürlich macht es Sinn. Gerade jetzt«, sagte Paula, und er erkannte die Sturheit, für die sie von den Studenten den Spitznamen Bulldogge bekommen hatte. »Du musst positiv denken. Denk an die Mädchen.«

»Ich bin ein Mann ohne Frau, und ich frage mich, ob Alex auch allein ist. Wäre es zu romantisch, Trost aus dem Gedanken zu ziehen, dass wir beide zusammen allein sind? Wo auch immer sie ist, vielleicht denkt sie gerade an mich. Ist das lächerlich?«

»Nein. Das ist nicht lächerlich. Es tut mir leid, es tut uns allen leid. Und wir sind für dich da, wenn du uns brauchst.«

Sie saßen schweigend eine Weile lang da, Marc unterdrückte gelegentlich ein Schluchzen, und Paula war offensichtlich hin- und hergerissen, ob sie ihn trösten oder weinen lassen sollte. Er wusste, wie missmutig er war und dass er sich zusammenreißen und lieber darauf stürzen sollte, der Polizei bei der Suche nach mir zu helfen. Aber er fühlte sich, als hätte er sich seit Tagen beherrscht und für die Mädchen tapfere Miene zum traurigen Spiel gemacht. So hatte er sich selbst überzeugt, dass er arbeiten könnte und funktionieren würde. Paula war die erste Person, die ihn fragte, wie es ihm gehe, und bei der er das Gefühl hatte, er müsse ihr nichts vormachen.

Sie blieb am Schreibtisch sitzen, wofür Marc dankbar war, denn er stellte sich vor, sein ganzer Körper könnte bei der leichtesten Berührung schmelzen. Er versuchte, ruhig zu atmen, und richtete den Blick auf das Bild einer Lippenstift tragenden Frau zwischen Kristallscherben, die das Cover eines Buches auf Paulas Schreibtisch zierte. Wie hatte es passieren können, dass er im Büro dieser Frau in Tränen ausgebrochen war, und was musste sie über ihren Arbeitskollegen denken?

Es klopfte an der Tür. Marc sah voller Panik auf. Paula wartete, bis er sich die Augen gewischt und aufrecht hingesetzt hatte, ehe sie auf das Klopfen antwortete.

Es war Veronica, meine Sekretärin, mit zwei jungen Dozenten, die Marc vom Sehen kannte, deren Namen ihm jedoch nicht einfielen.

»Wir wollen nur sagen, wie leid es uns tut.« Veronica trat durch die halb offene Tür, und die anderen folgten verlegen. »Wenn wir irgendetwas tun können …«

»Inspector Jones war gestern hier, hat die Büros durchsucht und uns befragt«, sagte Paula, weil sie vielleicht befürchtete, er denke, dass sie getratscht hatte.

»Wir haben ihnen alles gesagt, was uns eingefallen ist, aber niemand kann das alles fassen. Das sieht Alex überhaupt nicht *ähnlich*«, sagte Veronica überdreht und aufgeregt.

»Danke für die Anteilnahme«, antwortete Marc wenig überzeugend.

»Gut, dann lassen wir Sie mal in Ruhe«, sagte Veronica. »Sie wissen ja, wo Sie uns finden.«

Die beiden anderen drückten kaum hörbar ihr Mitgefühl aus und verzogen sich eiligst aus dem Büro. Nachdem Paula die Tür geschlossen hatte, hörten sie Veronicas schrille Stimme im Gang: »Ich weiß gar nicht, *wie* er das schafft. Er *muss* doch aufs Schlimmste gefasst sein. Es ist doch nur eine Frage der Zeit, bis sie eine Leiche finden, meint ihr nicht auch?«

»Aber nur für den Fall, dass er tatsächlich nichts weiß«, erwiderte einer der Dozenten, während sich die Stimmen entfernten. »Fast alle Verbrechen werden von jemandem begangen, den das Opfer …«

»Beachte sie gar nicht«, sagte Paula und suchte in Marcs Gesicht nach Anzeichen eines traumatischen Schocks.

»Schon okay«, erwiderte er. »Ich weiß, das denken doch alle.« Er lächelte Paula verlegen an. Sie wandte sich ihrem Computer zu, und er gestattete seinem Gesicht, wieder zu zerfallen, während sich sein Blick erneut an dem Buch festhielt. Diesmal las er den Titel: *Der Künstler im Fokus: Marina Abramović.*

»Kann ich mir das ausleihen?«

Paula blickte auf, dann auf das Buch. Sie zuckte mit den Schultern. »Wenn du möchtest.«

Erneut klopfte es, und Paula und Marc sahen sich an. »Vielleicht war es nicht so eine gute Idee, dem Portier zu sagen, dass du hier bist«, sagte sie.

»Nicht schlimm«, antwortete Marc. »Ich kann mich ja nicht vor der Welt verstecken.«

Paula runzelte die Stirn, stand jedoch auf und öffnete die Tür. Draußen standen Nicola und DI Jones.

»Entschuldigen Sie bitte die Störung«, sagte DI Jones. »Dr. Southwood, könnten wir Sie kurz sprechen?«

Marc nickte und wollte aufstehen, doch Paula gab ihm mit einer Geste zu verstehen, sitzen zu bleiben. »Ich lasse Sie allein«, sagte sie und winkte die Officers herein. Sie nahm noch ein paar Dinge vom Schreibtisch und reichte Marc das Buch. »Ich bin unten, wenn du mich brauchst.« Dann ging sie.

DI Jones und Nicola standen verlegen zwischen Marc und dem Schreibtisch. »Wir haben neue Informationen«, sagte DI Jones. »Sie lassen noch keinen letzten Schluss zu, aber es sieht nicht gut aus.«

Marcs Halsmuskeln zogen sich zusammen.

»Wir glauben, dass wir einen Teil von Alexandras Sachen gefunden haben, und es wäre gut, wenn Sie die Gegenstände identifizieren könnten.«

Marcs Hände zitterten in seinem Schoß. »W-wo?«, stammelte er.

»Am Fluss«, antwortete Nicola.

»Heute Morgen haben wir einige Teenager mit gestohlenen Fahrrädern erwischt«, erklärte DI Jones. »Eins davon passte auf die Beschreibung, die Sie uns von Alexandras Rad gegeben haben.«

»Ich verstehe nicht«, sagte Marc halb erstickt.

»Wir haben die Jugendlichen zum Verhör mitgenommen«, fuhr DI Jones fort. »Einer gab zu, das betreffende Fahrrad letzte Woche am Fluss gefunden zu haben. Wir halten ihn noch fest, aber anscheinend sagt er die Wahrheit. Die Beschreibung hat uns zu einer Gegend in der Nähe der Millennium Bridge geführt.«

»Warum sollten Als Sachen am Fluss liegen?«, fragte Marc, und seine Stimme war plötzlich zu laut für den Raum.

»Wir wissen es noch nicht, Dr. Southwood. Zunächst müssten wir feststellen, ob die Sachen Alexandra gehören.«

»Und wenn?«

DI Jones holte tief Luft und antwortete leise: »Wir haben Blut gefunden. Deshalb wird die Stelle wie ein Tatort behandelt.«

Marcs Studenten blickten hinter den Gardinen nach draußen, während er DI Jones und Nicola zum Polizeiwagen folgte. Das war das Drama des Tages, das man gut in Campusbars und Gemeinschaftsküchen zum Besten geben konnte. *Habt ihr Marc Southwood gesehen? Habt ihr gehört, was passiert ist?* Der Kopf meines Mannes fühlte sich an wie ein Plattenspieler mit zehn Nadeln, die alle Stücke gleichzeitig spielen. Er wurde durch die Stadt gefahren, und die wortlose Stille hallte wie eine Kakofonie in seinen Ohren wider.

Später sah er sich die Zehn-Uhr-Nachrichten an. DI Jones schaffte es in die nationalen Berichte. Er stand am Fluss, und hinter ihm flatterte das Absperrband. »Angesichts der heutigen Entdeckung müssen wir mit hoher Wahrscheinlichkeit davon ausgehen, dass Alexandra Southwood etwas zugestoßen ist.«

Das ist härter, als ich für möglich gehalten habe. Ich würde mir meinen Mann am liebsten vorstellen, wie er nach meinem Verschwinden ein paar Stunden weint und dann mit seinem Leben weitermacht. Am liebsten wäre ich in der Nacht aufgewacht und hätte mich aus seinem Herzen geschlichen, hätte alle Bande gelöst, die uns zusammenhalten, damit er nicht leiden muss. Für die Kinder wünsche ich mir das Gleiche, obwohl ich mich kaum überwinden kann, an sie zu denken. Der Gedanke, meine Kinder nie wiederzusehen, ist einfach unmöglich. Er fragt mich, was ich ihnen sagen würde, wenn ich könnte, was sie von mir in Erinnerung behalten sollten. Ich weiß, er will mich brechen. Ich sage ihm, er solle einfach loslegen und mir antun, was er wollte, aber er solle mich nicht mehr mit diesen Fragen quälen. Schweigend steht er vor mir und studiert mich wie eine seltene Spezies.

1999

MONTAG, 16. AUGUST

»Seltsam«, sagte ich mit dem Kopf auf Marcs Brust.

Er wartete, ob ich den Satz zu Ende bringen würde, und sein Blick folgte einer Wolke, die träge über den frühen Sommerhimmel zog. Wir hatten noch ein paar Stunden, bis wir zu Patrick und Rebecca gehen sollten. In Patricks Praxis gab es eine neue Ärztin, Frances, und er redete schon seit Wochen davon, wie gut wir mit ihr auskommen würden. Rebecca hatte den Coq au Vin ihrer Großmutter für diesen Anlass versprochen.

»Was ist seltsam?«, fragte er schließlich, drückte sich auf die Ellbogen hoch und sah mich an. Durch die Bewegung musste ich mich auch umbetten, und so löste ich den Blick von zwei Enten, die mit der Strömung dahinglitten. Während ich den Enten gefolgt war, hatte ich die Illusion gehabt, wir beide lägen an einem einsamen Ufer am Ende der Welt, ganz in Harmonie mit uns und der Natur. Als ich mich aufsetzte, musste ich mich wieder damit abfinden, mit wem wir unsere Einsamkeit teilten: mit Spaziergängern mit Hunden und Radfahrern auf der Brücke, mit dem Eiswagen am anderen Ufer und den Studenten, die picknickten und vorgaben, dabei zu lernen.

»Dass ich hier so glücklich bin«, antwortete ich und wandte meine Aufmerksamkeit wieder dem Wasser zu. Die Enten waren nicht mehr da.

»Und was ist seltsam?«, fragte Marc mit einem Hauch Nervosität in der Stimme.

»Ich meine seltsam nicht negativ«, antwortete ich rasch und drehte den Kopf, damit ich ihm in die Augen sehen konnte. Hatte ich etwas Falsches gesagt? Ich wollte nur ehrlich sein und mich ihm mitteilen. Vielleicht musste ich es erklären. »Nicht im negativen Sinn, sondern nur eigenartig. Dieses Gefühl ist komisch für mich, einfach so extrem zufrieden zu sein, besonders, da ich mich so weit von allem entfernt habe, von dem ich glaubte, es würde mich glücklich machen. Ich fühle mich fast wie eine andere Person.«

Marc spannte sich an. Ich legte meine Hand auf sein Herz. »Bitte nicht, ich meine, ich bin glücklich. Du machst mich glücklich. Es ist nur sonderbar, wenn ich an mein Leben letztes Jahr denke, als ich unbedingt in Chicago bleiben und irgendetwas machen wollte, das etwas bedeutet.«

»Bedeutet dies nichts?«, fragte er.

»Das meine ich nicht. Du verdrehst mir die Worte im Mund. Ich habe nur so lange diese Wut und diese Leidenschaft verspürt, dieses Bedürfnis, dem *Nettsein* zu entfliehen. Ich meine, wenn du mich im Seminar gesehen hättest, wo ich mich mit meinem Tutor über die der Kunstindustrie inhärenten Vorlieben von Rasse und Geschlecht angeschrien habe, und wenn du mir da gesagt hättest, ich würde ein Jahr später in York am Fluss liegen, Weintrauben vom Markt naschen und diese ekelerregende, überschwängliche Liebe empfinden, hätte ich dich verprügelt.«

»Ich hatte nicht die Absicht, dir deine Pläne zu vermasseln. Tut mir leid«, sagte Marc grinsend, doch der Unterton seiner Stimme ließ mich zweifeln, ob das wirklich als Scherz gemeint war.

»Richtig so!«, sagte ich und entschied mich, nicht weiter

darauf zu dringen. Ich setzte mich auf und schlang die Arme um ihn. Meine Finger strichen über seine Haut, kitzelten ihn an der Seite, bis er sich wand. Und ich keuchte: »Ich. Hätte. Die. Nächste. Marina. Abramović. Sein. Können. Deine. Heimtückische. Erstaunliche. Liebe. Hat. Die. Welt. Meiner. Kunst. Beraubt.«

»Die nächste Wer?«, fragte Marc und schnappte nach Luft, während er lachte.

»Du Spießer!«, schimpfte ich und verdrehte die Augen. »Gut, der nächste Andy Warhol oder Damien Hirst oder die nächste Tracey Emin.«

»Du wolltest die nächste Tracey Emin werden?«, fragte Marc. »Dann habe ich der Welt echt was erspart. Ich bin ein Held!«

Ich knurrte frustriert, und Marc nutzte die Gelegenheit und beendete die Kitzelattacke, indem er meine Hände packte und mich auf den Rasen drückte.

»Ich liebe dich«, sagte ich ernst, und in dem Moment ergriff mich die Größe dieser Äußerung.

Er schwebte über mir und betrachtete mein Gesicht. Ich sah zu ihm hoch und wünschte mir, seine Gedanken lesen zu können. War das für ihn genauso seltsam? Er wirkte so ungezwungen und entspannt. Hatte er keine Existenzängste, keine Sorgen, keine Schuldgefühle? Wie sollte ich ihm erklären, dass ich mich ihm noch näher fühlen würde, wenn es so wäre, wenn er zugäbe, dass er auch keine Ahnung habe. Wir könnten ins trübe, geheimnisvolle Wasser waten und gemeinsam ins Unbekannte treiben. Aber Marc war mit sich im Einklang. Er war glücklich, glücklich zu sein, als wäre es das Natürlichste der Welt und absolut ausreichend. Als bräuchte man darüber keinen Gedanken zu verschwenden.

SEIT EINER WOCHE VERSCHWUNDEN

Nicola führte Marc durch die Sackgasse rechts von der Brücke zurück. Er wusste dieses Mal, was ihn erwarten würde, doch ihm zitterten immer noch die Hände in den Taschen, und die Zunge fühlte sich in seinem Mund geschwollen an. Am Ende der Gasse, eingebettet zwischen Bäumen und Wasser, befand sich ein mit Polizeiband abgesperrtes Viereck. Im Inneren lagen mein blauer Mantel und mein grauer Schal, als hätte ich beides gerade ausgezogen. Marc hatte geschrien, als er die Kleidungsstücke am Vortag gesehen hatte, ein kehliges, fast schon tierisches Heulen. Heute Morgen hatte er die Zähne zusammengebissen und sich dazu gezwungen, weiterzugehen.

Meine Handtasche war mit noch mehr Band abgesperrt, sie war umgekippt, und verschiedene Dinge fehlten, darunter auch mein Portemonnaie und mein Telefon. Ein Reifenabdruck durchzog den Schlamm. Näher am Ufer lagen ein Schuh und mein Pullover mit Hahnentrittmuster, auf dessen Seite sich ein dunkler Fleck ausbreitete. Die Sachen lagen auf einem unregelmäßigen Schatten aus schwarzem Schlamm und Blättern. Kleinere Stücke Absperrband markierten andere Schatten.

»Ist das Bl…«, hatte Marc gestern fragen wollen, aber er brachte das Wort nicht über die Lippen. DI Jones hatte nicht geantwortet. Stattdessen hatte er ruhig gefragt, ob Marc sich sicher sei, dass es sich um meine Sachen handele, und mein Mann konnte nur nicken.

»Wir befragen nun die Person, die das Fahrrad mitgenommen hat«, sagte Nicola jetzt. »Wir müssen einen Zeitstrahl erstellen. Er meinte, er habe das Fahrrad letzten Freitag gefunden, streitet aber ab, die Tasche durchwühlt zu haben. Er gab an, er habe das Blut nicht gesehen. Möglich, dass er die Wahrheit sagt, er kann aber auch nur Angst haben ...«

»Und wenn er lügt?« Ich stelle mir vor, wie Marc sie unterbricht. Nicola und DI Jones hatten sich die Beweise angeschaut und sich für eine Geschichte entschieden, doch mein Mann konnte nicht dasselbe tun. So offensichtlich es auch schien und so verlockend eine schlüssige Erklärung zu der Zeit war, wusste ich, dass sich Marc trotz blutiger Klamotten und meiner verstreuten Besitztümern an jeden noch so kleinen Strohhalm klammern würde. Er wollte unbedingt eine Antwort, die nicht auf dem Grund der Ouse lag.

»Und wenn dieser Typ Alex etwas angetan hat?«, fragte Marc. »Oder sie irgendwohin verschleppt hat? Wer ist er? Was wissen Sie über ihn?«

Nicola konnte ihm nicht viel sagen, außer, dass es sich bei der fraglichen Person um einen Minderjährigen ohne Vorstrafen handelte und er völlig kooperationsbereit schien. »In dieser Phase lassen wir nichts unberücksichtigt«, sagte sie. »Aber wir gehen davon aus, dass diese Dinge hier seit letztem Donnerstag liegen und dass sowohl das Fahrrad als auch Alexandras persönliche Sachen irgendwann am Freitag gestohlen wurden, bevor die Suchmeldung veröffentlicht wurde. Danach ist es wahrscheinlich, dass der Dieb oder die Diebe zu viel Angst hatten, ihren Fund zu melden.«

DI Jones kam etwa jede Stunde, um meinem Mann über ihre Fortschritte Bericht zu erstatten. Vier Officers fuhren in Kajaks vorbei, während sechs weitere in Taucheranzügen durch das braune Wasser wateten. Nicola erklärte Marc, dass die Kollegen in den Anzügen Froschmänner genannt würden. »Wenn etwas im Wasser ist, werden sie es finden«, sagte sie.

»Sie können aber nicht jeden Quadratzentimeter absuchen, oder?«, fragte er.

»Eigentlich ist es enorm effektiv, einen Fluss dieser Größe abzusuchen. Leichen treiben auf natürliche Weise nach oben, deswegen muss man nur am Boden herumstochern.«

Marc wünschte sich, er hätte nicht gefragt.

Auf der anderen Seite des Absperrbands sah er Kamerateams und Reporter sowie einige Schaulustige. Nicola hatte ihm gesagt, sie hätten den roten Touristenbooten für heute das Fahren verboten und sie wollten bis eine Meile flussabwärts suchen. Marc fragte sich, wie vielen Menschen sie heute Unannehmlichkeiten bescherten.

Die Arbeit ging langsam und methodisch vonstatten, nicht mit dem hektischen Treiben in Film und Fernsehen zu vergleichen. Ich kann mir vorstellen, wie mein Mann dort saß, sich in seiner Haut äußerst unwohl fühlte und den Blick nicht vom Wasser abwenden konnte. Worauf hoffte er? Natürlich nicht auf eine Leiche, sondern auf einen schlüssigen Hinweis, der ihm mitteilen würde, wo ich war. Darauf, dass ich wie eine Meerjungfrau auftauchte und mich auf einem der Lastkähne sonnte. Auf eine Antwort auf die Fragen, die er sich nicht zu stellen traute.

Nicola erklärte ihm, er solle nach Hause gehen, sie würden ihn anrufen, wenn sie etwas entdeckten. Aber er konnte nicht gehen. Ich kenne meinen Mann. Er hätte dabeibleiben müssen. Wir hatten einzelne Elstern gegrüßt, Salz über unsere Schultern geworfen und den Mädchen erklärt, dass Wasser nie kocht, wenn man den Topf beobachtet. Wenn sie Marc in das braune Wasser gelassen hätten, wäre er hineingewatet.

Gegen sechzehn Uhr tippte ihm ein Officer, der das Absperrband bewachte, auf die Schulter. »Entschuldigen Sie die

Störung«, sagte er und beugte den Kopf. »Dort drüber steht eine Frau, die behauptet, Sie zu kennen.«

Marc drehte sich um und sah Susan zwischen zwei Reportern mit übergroßen Kameras, die eifrig in seine Richtung knipsten. Marc nickte und beobachtete, wie der Officer sie durchließ. Er fühlte sich schuldig, dass er sich nach dem ersten Abend nicht mehr bei ihr und Patrick gemeldet hatte.

»Marc«, sagte sie, als sie näher kam. »Mein Gott, alles in Ordnung mit dir?« Sie erstickte ihn fast mit ihrer Umarmung, ihr blumiges Parfum stieg ihm in die Nase. Er sah, wie Nicola zurückging, um mit einem anderen Officer zu sprechen.

»Ich glaub es einfach nicht«, sagte Susan und strich ihren dicken Wollmantel glatt. »Das kann doch nicht wahr sein.«

Marc hatte mir einmal gestanden, dass er es schwer finde, mit Susan allein zu sprechen; dass er sie natürlich möge, aber dass sie nichts gemeinsam hätten. Damals hatte ich es ihm übel genommen, vor allem vor dem Hintergrund, wie glücklich sie und Patrick zusammen wirkten. Es war für uns alle schwer gewesen, als Rebecca gegangen war; sie und Patrick waren so lange eine Konstante in unseren Leben gewesen. Aber ich war stolz darauf, ihm Susan vorgestellt zu haben, darauf, dass ich diejenige gewesen bin, die Marcs ältesten Freund erfolgreich verkuppelte, nach allem, was er durchgemacht hatte. Ich hatte Susan bei einem Töpferworkshop kennengelernt und hatte diese seltsame, intensive Vorahnung, dass diese alberne Hippielehrerin genau die Richtige für Patrick war.

Was sollte Marc auch zu ihr sagen, während er neben dem Fluss saß und darauf wartete, dass jemand meine aufgedunsene Leiche herausfischte? Während er sich vergeblich aufs Schlimmste vorbereiten wollte.

Er beobachtete, wie sie ihre Ringe hin- und herdrehte und sich mit den Händen durch das wirre Haar fuhr, und bemerkte, dass sie vielleicht tatsächlich litt. Bislang war ihm mein Verschwinden immer wie seine private Tragödie vorgekommen. Und auch die der Mädchen, sicher, aber eben nur die der engsten Familie.

»Sind Lizzie und Charlotte bei Fran?«, fragte Susan. Marc bemerkte, dass unsere Freunde miteinander gesprochen haben mussten. Selbstverständlich hatten sie das, aber ihn verunsicherte es.

Er schüttelte den Kopf. »Meine Eltern sind heute früh vorbeigekommen.«

»Das ist gut«, sagte Susan und berührte seine Hand. »Du brauchst Unterstützung.«

Marc antwortete nicht. Er blickte wieder auf das Wasser, beobachtete einen Froschmann, der einen Klumpen Unkraut untersuchte.

»Glauben die, dass sie dort drin ist?«

Marc grub die Fingernägel in die Handflächen. »Nur weil ihre Sachen hier sind, bedeutet das nicht unbedingt …« Er konnte nicht weitersprechen.

Er spürte, dass Susan ihn ansah. Einen Augenblick später sagte sie sanft: »Es ist nun über eine Woche her. Fran meinte, man habe Blut gefunden …« Sie stockte. »Ich meine, wir müssen uns wahrscheinlich auf das Schlimmste vorbereiten. Welche andere Erklärung gibt es sonst? Im besten Fall hatte sie einen schrecklichen, tragischen Unfall …«

»Hör auf«, sagte er und unterbrach sie. Er fühlte sich, als hätte ihm jemand in die Nieren geschlagen. Bei welchem Unfall würde man blutverschmierte Kleidung am Ufer liegen lassen? Welche Möglichkeit würde sie für besser als das halten? »Bitte, ich kann das nicht glauben. Noch nicht.«

»Entschuldige«, murmelte sie und berührte ihn wieder. Er drehte sich weg.

Sie saß noch eine Weile bei ihm, beobachtete die Polizisten, die nichts im trüben Wasser fanden. Wie eine typische Grundschullehrerin erklärte sie ihm, dass die Ouse nicht so schmutzig sei, wie sie aussehe, dass sie ihre Farbe von den Torffeldern habe, durch die sie fließe und dass das gesamte Trinkwasser von York aus diesem Fluss stammte. Ihre Stimme erfüllte die Stille, doch Marcs Aufmerksamkeit lag immer auf dem Wasser. Schließlich drückte sie ihm einen Kuss auf die Wange und versprach, dass sie und Patrick vorbeikommen und nach ihm schauen würden. Er hoffte, sie würden es vergessen. Er wusste, dass ich nicht nur ihm gehörte, aber er bekam Kopfschmerzen beim Gedanken an all die Menschen in meinem Leben, all die, mit denen er reden oder von denen er Mitleidsbekundungen entgegennehmen musste.

Sie suchten weiter, zogen das Absperrband am Weg entlang in Richtung Stadt, bis die Abenddämmerung hereinbrach. DI Jones erklärte, dass sie für heute aufhören und im Morgengrauen weitermachen würden. Nicola fuhr Marc nach Hause, und er trat in ein Haus ein, das nach den Kochkünsten seiner Mutter duftete.

—//—

»Ihre Zeit ist fast um«, sagte er heute.

Ich lag gerade auf dem Bett, als er hereinkam, hatte mein Gesicht auf das Kissen gedrückt.

»Sehen Sie mich an«, befahl er. Mein T-Shirt war beim Umdrehen verrutscht, und ich sah, dass er mir auf den Magen schaute, auf die lange violette Narbe. Ich zog den Stoff runter, um mich zu bedecken, doch sein Blick ruhte weiterhin auf meinem Bauch. Ich rollte mich zusammen, erinnerte mich an den Schmerz, den Schnitt des Messers durch mein Fleisch.

»Was wollen Sie?«, fragte ich, heute nicht zum Streiten aufgelegt.

Er sah zerzaust aus. Er hatte Augenringe. Ich setzte mich auf, meine Neugier war geweckt. Worüber machte er sich Sorgen?

»Ich kann Sie nicht bis in alle Ewigkeit hierbehalten«, sagte er. »Ich muss eine Entscheidung treffen.«

Er meinte, ich hätte noch einen Monat, um ihn davon zu überzeugen, dass ich es wert sei, gerettet zu werden. Was immer das in seinem kranken Kopf auch bedeuten mag. Noch vier Wochen, um die Regeln herauszufinden und zu lernen, wie ich sein Spiel spielen kann. Und wenn ich es nicht schaffe? Was dann? Wo wird er mich hinschicken? Was hat er geplant?

Wie viel mehr kann ich noch verlieren?

2000

14.1.00

Hey Süße,

ich glaube, zunächst muss ich herzlichen fucking Glückwunsch sagen. Ertrinkst Du in Glückseligkeit? Wirst Du Deinen Namen ändern? Alexandra Southwood, Ehefrau und einstmals eigenständige Persönlichkeit.

Tut mir leid, ich habe ja gesagt, ich würde Dich nicht kritisieren, oder? Solange Du glücklich bist, bin ich es auch. Wie geht es Dir sonst so? Genießt Du Dein schönes britisches Leben? Ist Unterrichten furchtbar?

Mir geht es ganz gut, glaube ich. Ein wenig einsam. Manchmal weiß ich nicht, was ich mache oder wer ich bin. Das Leben war einfach, als es noch in Semester und Deadlines und Vorlesungen eingeteilt war, zu denen man aufstehen musste. Lass uns ein magisches, Narnia-mäßiges Tor bauen zwischen dem »alten« und dem »neuen« York, also New York, damit ich nicht allein in dieser gleichgültigen Stadt herumgammeln muss.

Versteh mich nicht falsch. Ich liebe Manhattan. Ich habe gerade eine Krise, aber ich liebe es auch. Ergibt das Sinn? Ich habe immer gedacht, dass die beste Kunst aus Leiden entsteht. Das ist meine Entschuldigung für diese verkaterten Tage. Ich denke, ich sollte mit dem Trinken aufhören. Ich mache mir Sorgen, dass ich nicht nur ein Glas genießen kann, dass ich nach Vergessen strebe.

Ich wache morgens mit diesem schrecklichen Gefühl in der Magengrube auf, wenn ich mich frage, ob ich mich zum Idioten gemacht habe, ob ich zu viel von meinem wahren Selbst gezeigt habe. Ich liege unter der Decke und gehe das durch, woran ich mich erinnere, habe schreckliche Angst, vielleicht jemandem meine schlimmsten und dunkelsten Geheimnisse verraten zu haben. Wenn ich Alkohol trinke, fühle ich mich zugleich schlau und gerate in Plauderlaune – das ist für jemanden wie mich wohl nicht gerade die beste Mischung.

Vielleicht bin ich sowieso nicht so schlau. Ich mache sehr wenig. Mein Kopf ist so voll mit anderem Zeug, dass die Kunst immer mehr in den Hintergrund rückt. Kunst ist das, was ich will, weswegen ich mich lebendig fühle, aber es scheint, als wäre es sehr dumm, diesen Weg zu gehen. Ganz offensichtlich und rational betrachtet ist es das. Ich werde damit nie meine Miete zahlen können. Ich sehe, wie Du heiratest und Dich niederlässt, unterrichtest und Dein echtes Leben lebst, und ich fühle mich dumm, weil ich weiterhin diesem bescheuerten kleinen Traum hinterherjage, den wir in der Kunsthochschule hatten. Das ist verrückt.

Andererseits: Wenn ich zur Ruhe komme, wird mir klar, dass ich keine Wahl habe. Wenn ich den Traum nicht verfolge, wozu war das mit uns beiden dann gut? Was war der Punkt? Die grausame, quälende, schöne Wahrheit lautet, dass ich ohne Kreativität nicht glücklich sein kann. Ohne Rebellion. Ohne Protest.

Ich denke, weil ich bislang nicht weiß, wo Kunst ins Leben und Leben in die Kunst passt, spiele ich mit diesen Ideen der Unsichtbarkeit. Stücke als Bestandteil der Wirklichkeit, in der Menschen leben, sodass ihnen vielleicht nicht bewusst ist, dass sie gerade Kunst erleben, es aber dennoch ihre Leben beeinflusst. Dabei geht es nur darum, womit ich durchkomme, ich bin womöglich eher Witzbold als Künstlerin, aber es fühlt sich angemessen an, damit meine Markierungen in der Stadt zu hinterlassen. Ich schicke

Menschen Anweisungen. Normalerweise bin ich zu der Zeit noch nicht einmal da, deswegen ist es so, als würde ich den Ort von Weitem beeinflussen. Ich beauftrage den Mann vom Lieferservice, fünf Pizzakartons um die Ecke vom Schlafplatz dieses Obdachlosen hinzustellen, oder ich bezahle einen Studenten dafür, eine Spur aus M&Ms im ganzen East Village zu legen. Dann poste ich Challenges in diesem Forum für Amateurfotografen und bitte die Mitglieder, spezifische Straßen zu gewissen Zeiten abzulichten und hochzuladen. Das ist toll, weil einige Fotografen derart selbstvergessen sind, dass sie diese künstlerischen Bilder von leeren Chipstüten und Graffititags machen, man aber das künstlerische Objekt immer noch im Hintergrund sieht. Andere denken, es handele sich nur um einen seltsamen Zufall in New York, und halten einfach drauf. Es gibt ein tolles Bild von einem Bäckereiinhaber, der rauskommt und alle Pizzen in den Müll wirft. Als wollte er sagen: Was soll der Scheiß? Ein andermal allerdings hat jemand einen Passanten abgelichtet, der sie zu dem Obdachlosen gebracht hat.

Was gibt's sonst Neues? Letzten Monat habe ich der Post geschrieben und gefragt, ob sie mir einen Brief schreiben könnten. Sie haben mir eine automatische Antwort geschickt, dass sie auf meine Anfrage nicht antworten könnten. Es ergibt keinen Sinn, ich weiß, aber es macht irgendwie Spaß und verringert den Eindruck, die Welt würde mir mit einem Strohhalm das Gehirn aussaugen.

Alles Liebe

Am x

Ich nickte und bezeichnete ihn als Idioten. Wir griffen über den stacheligen Krustentieren nacheinander. Unsere Schuhspitzen tauchten in die Steinbecken, unsere Jeans sogen sich voller Algenschlamm. Es war Winter. Der eisige Wind peitschte das Meer auf. Ich zitterte und lächelte. Wir saßen fast den ganzen Tag lang dort, eingemummelt in unsere Mäntel, beobachteten die Gezeiten und Menschen, die kamen und gingen. Wir hätten in einen Pub gehen können, aber wir wollten uns nicht bewegen. Immer wieder zog ich den linken Handschuh aus, um mir den antiken Ring anzuschauen. Ich betrachtete den Opal und fragte mich, wer ihn vor mir getragen hatte, wer diese Person gewesen war und wer ich mit diesem Ring am Finger sein würde. Weil es damit besiegelt war, oder? Das war ich nun: Marcs Verlobte, irgendwann seine Frau. Ich hatte mir mein Märchen, meine Zukunft ausgesucht. Ich dachte das alles ohne Bedauern oder Unsicherheit, sondern mit einem Gefühl von Ehrfurcht. Ich hatte eine Entscheidung getroffen.

Ich grinste den Ring an und murmelte, wie glücklich ich sei, bis meine Finger blau wurden. Marc zog mir den Handschuh wieder an und rieb meine Hand zwischen seinen Händen.

»Bleib hier«, sagte er und kletterte vom Felsen. Ich sah einen kleinen Hund, der immer wieder in die Gischt sprang, während sein Besitzer weiterging. Ich hörte den Möwen zu, die über mir durch die Luft kreisten, und dem Dröhnen der Wellen. Ich versuchte, mir Chicago am Horizont vorzustellen, das Gewimmel auf den Straßen, den Verkehrslärm, das Eis auf dem See und die Matschpfützen am Ende jedes Bürgersteigs. Ich dachte an die Löwen vor dem Kunstinstitut und an die Aussicht vom Hancock Tower, das Brausen des Windes, während man auf dem Bahnsteig zwischen den Gleisen steht, und die Haltestelle der roten

U-Bahn-Linie an der Ecke Washington und State. Die Bilder fühlten sich weit weg an, wie schlecht nachgedruckte Postkarten mit abgedroschenen Gefühlen auf der Rückseite. Ich wollte mir auf die blauen Flecken drücken und mir kurz vorstellen, wie mein anderes Leben aussah, aber ich schaffte es nicht. Es gehörte bereits in die Vergangenheit, in ein anderes Land, sogar in ein anderes Jahrtausend. Ich konnte nun nur noch die Wellen und Felsen vor mir sehen; ich konnte nur noch das Hier und Jetzt spüren.

Marc kam mit Fish and Chips und Tee in Plastikbechern zurück. Wir fütterten uns, nannten uns Mr. und Mrs., erkälteten uns, sodass wir in der ersten Woche des Jahres das Bett hüten mussten.

MÄRZ

SEIT NEUN TAGEN VERSCHWUNDEN

Ich mochte Marcs Eltern, aber wir haben uns nie sehr nahegestanden. Vor allem seine Mutter hatte mich immer ein wenig auf Abstand gehalten, schien es mir. Dennoch war ihre Anwesenheit eine Erleichterung für Marc. Auch am zweiten Tag hatte man nichts im Fluss gefunden, doch DI Jones und Nicola sahen das nicht unbedingt als gutes Zeichen. Heute gingen sie meine möglichen Wege vom Campus zum Fluss mit Suchhunden ab. Seine Mom riet ihm, auf die Fakten zu schauen und sich aufs Schlimmste einzustellen. Marc ging aus dem Zimmer, er konnte sich nicht von noch einem Menschen anhören, dass er mich aufgeben sollte. Trotzdem war es besser, Leute um sich zu haben. Sein Dad sagte nicht viel, konnte aber gut die Mädchen beschäftigen. Sie sprangen auf seinen Schoß und quietschten, während seine arthritischen Hände ihre Bäuche kitzelten.

Ich denke, ihre Anwesenheit muss Marc auch an meine Familie erinnert haben, denn als die Mädchen mit Nana und Grandpa fernsahen, nahm mein Mann schließlich das Telefon und wählte die Nummer meiner Mutter. Was erhoffte er sich von der Unterhaltung? Er hatte mit dieser Frau seit unserem Hochzeitstag nicht mehr gesprochen. Als sie mich kontaktiert hatte, um mir ihre Krankheit mitzuteilen, hatte er – wie es sich für den perfekten Ehemann gehört – angeboten mitzukommen. Ich musste mir aber nur sein Gesicht anschauen und sah, dass sein Zorn nicht verraucht war. Und meiner wohl auch nicht.

Aber trotz allem, wenn deine Mutter dir mitteilt, dass sie ihr Gedächtnis verliert, übernimmt das Kind in dir. Marc sagte, er verstehe es, obwohl ich wusste, dass es ihm schwerfalle, mich gehen zu lassen.

»Hallo?«, sagte eine dumpfe Stimme nach sechsmal Klingeln.

»Ich würde gern mit Mrs. Carlisle sprechen.«

Pause. Ein Räuspern. »W-Wer ist dran?«

»Ihr Schwiegersohn Marc.«

Noch eine Pause. »Marc. Hier ist Caitlin, die Pflegerin von Mrs. Carlisle.« Die Verbindung war schlecht, die Frau hörte sich weit entfernt an. »Es tut mir leid, aber Mrs. Carlisle kann nicht telefonieren, ihr geht es zu schlecht. Kann ich Ihnen helfen?«

»Ich muss mit ihr sprechen. Es geht um ihre Tochter.«

»Es tut mir leid, ich kann versuchen, etwas für sie aufzuschreiben, aber …«

»Wenn Sie mich bitte einfach mit ihr verbinden würden …«

»Ich weiß nicht, wie genau Sie über den gesundheitlichen Zustand Ihrer Schwiegermutter im Bilde sind, Marc, aber besonders Unterhaltungen am Telefon versetzen sie in großen Aufruhr. Sie ist in einem Zustand, in dem sie nicht von schlechten Neuigkeiten überrascht werden darf.«

»Schlechte Neuigkeiten? Ihre Tochter ist verschwunden! Das ist ein klein wenig mehr als eine schlechte Neuigkeit!« Er wollte eigentlich nicht schreien.

»Ich weiß«, sagte Caitlin. »Es tut mir wirklich leid, Marc.«

Er versuchte, weniger gereizt zu sprechen. »Hören Sie zu, meine Frau wird vermisst, und sie haben etwas gefunden …« Er schluckte. »Es war in den Nachrichten. Ich denke, ihre Mutter hat ein Recht darauf, das zu wissen, egal, wie stark es sie aufwühlen mag.«

Die Frau am anderen Ende der Leitung war kurz still, dann

flüsterte sie: »Die Polizei hat bereits angerufen. Ich weiß nicht, was ich sonst noch für Sie tun kann, Marc.«

Marc kniff sich in den Nasenrücken. »Können Sie mir einfach versprechen, dass Sie mit ihr reden? Ihr die Sache erklären?«

Caitlin schwieg.

»Bitte?«, sagte Marc.

»Ich versuche es«, antwortete Caitlin.

Marc legte auf und fragte sich, ob er das Richtige gemacht hatte. Sie hatte ein Recht darauf, das zu wissen, oder? Ich hatte ihm gesagt, dass sie mich kaum noch erkannte und mich mit vielen verschiedenen Namen ansprach. Manchmal kam ich von diesen Ausflügen nach Hause und hörte für einen Tag nicht mehr auf meinen Namen. Aber tief im Inneren kann niemand seine Familie vergessen, oder?

Er ließ die Mädchen bei seinen Eltern und fuhr durch die Stadt, um sich an der Suche zu beteiligen. Nicola erkannte ihn, als er aus dem Auto kletterte. Er beobachtete interessiert und voller Grauen, wie uniformierte Officer mit Hunden auf den Bürgersteigen umhergingen, auf Hecken und Gräben zeigten und Mülleimer durchwühlten.

»Sie müssen nicht hier sein«, sagte Nicola.

»Ich will helfen.«

»Das ist eine polizeiliche Untersuchung, Marc. Alles, was wir finden, muss aufbewahrt werden. Wir können Sie hier nicht gebrauchen.«

Mein Ehemann sah ihr ins Gesicht. Er fragte sich, ob DI Jones ihn so höflich zum Gehen aufgefordert hätte. »Irgendetwas muss ich doch machen können«, sagte er. »Ich muss bei der Suche nach Alex helfen.«

Nicola seufzte. »Wir haben Flyer drucken lassen«, sagte sie.

»Sie können sie verteilen, aber Sie dürfen uns nicht behindern.«

Marc nickte.

»Haben Sie Freunde, die Sie anrufen können? Warum fahren Sie nicht in die Stadt, verteilen sie an Bahnhöfen, Supermärkten, überall dort, wo viele Menschen sind.«

»Hilft das?«, fragte Marc.

Nicola zögerte. »Die Statistiken zeigen, dass öffentliche Aufrufe funktionieren. Wir wissen noch nicht, wonach wir suchen, Marc, aber falls irgendwer dort draußen Informationen hat, muss er damit rausrücken.«

»Sollten wir noch mehr unternehmen?«, wollte er wissen.

»Falls Sie die Reichweite des Aufrufs an die Öffentlichkeit vergrößern wollen«, antwortete Nicola und schaute zurück zu DI Jones und den Officers hinter ihr, »kann ich Ihnen dabei helfen, Informationen zu Alex auf Dinge wie Milchkartons und Kaffeebecher zu drucken.«

»Ja, das wäre gut.«

»Es könnte teuer werden«, sagte Nicola.

Als wäre das wichtig. Wenn es mich zurückgebracht hätte, hätte mein Mann jeden Betrag gezahlt. Er sagte zu Nicola, sie solle es in die Wege leiten, dann folgte er ihr zum Auto und nahm einen Stapel Flyer entgegen. Er rief Patrick und Fran an und traf sich mit ihnen, um mit dem Verteilen anzufangen. Der Tag erschöpfte ihn, aber zumindest war er in Bewegung. Falls die Polizisten nicht nach mir, sondern nur nach Beweisen und einem Schuldigen suchten, war die echte Suche Marcs Aufgabe.

An diesem Abend half Lizzie ihrer Nana, Charlotte ein Bad einzulassen, und erklärte, sie sei plötzlich zu alt zum gemeinsamem Baden. Marc versuchte, sich zu erinnern, ob es bloß zwei Montage her war, dass ich auf dem Klodeckel gesessen und den beiden die letzten Kapitel von *Der Hobbit* vorgelesen hatte, während sie zusammen in der Wanne saßen. Wie konnte unsere Tochter in den anderthalb Wochen erwachsen geworden sein? Seine Mutter klopfte ihm auf die Schulter und sagte, es sei ganz natürlich, dass Lizzie Mutter spielen wolle. War es auch natürlich, fragte er sich, dass er sie nicht hatte weinen sehen? Dass sie nicht zu ihm gekommen war? Charlotte hatte geschrien und ihm mit den Fäusten auf die Brust geschlagen, und das hatte sich wie das Schlimmste auf der Welt angefühlt. Aber es war nichts im Vergleich dazu zu sehen, wie unsere Älteste damit allein klarkommen wollte.

Er fühlte sich hilflos, ging ins stille Wohnzimmer hinunter und saß mit dem von Paula ausgeliehenen Buch auf dem Sofa. Ich frage mich, was er darin zu finden hoffte, welche Verknüpfungen er gerade herstellte. Er blätterte zufällig eine Seite auf und erblickte eine krasse Schwarz-Weiß-Fotografie: Eine einfach gekleidete Frau mit ernstem Gesichtsausdruck hielt einen Bogen und lehnte sich zurück. Ihr gegenüber spannte ein ähnlich gekleideter Mann die Sehne des Bogens und richtete einen Pfeil auf ihre Brust. »Ulay/Abramović, *Rest Energy*, 1980«. Er blätterte rasch durch den Text und las, dass die Künstler diese provokativ ausbalancierte Pose vier Minuten lang gehalten hätten. Dann las er wieder etwas weiter vorne im Text und erfuhr, dass die beiden ein Liebespaar seien, das sich wegen identischen Haarschmucks und eines gemeinsamen Geburtstags zueinander hingezogen fühlte. Er lächelte und dachte, dass mir dieses Detail bestimmt gefallen hatte, und las weiter. Beide hatten Solokarrieren verfolgt, bevor sie sich getroffen hatten, dann hatten sie ihre privaten und beruflichen Leben leidenschaftlich zusammengeschmissen. Abramović verließ ihren Mann und kündigte den Job, um mit Ulay Europa zu entdecken. »Ich konnte vor lauter Liebe nicht atmen«, las Marc, dabei zuckten seine Mundwinkel wissend.

Seine romantische Identifizierung wich schmutzigem Unbehagen, als er über ihre gemeinschaftlichen Arbeiten las: abwechselnd neunzig Minuten lang ein- und ausatmen; auf einander zurennen, um ihre nackten Körper wieder und wieder zusammenklatschen zu lassen, bis sie hinfiel und er sich die Füße an Glasscherben aufschnitt; sie lockten eine neunzig Zentimeter lange Schlange um die Wette zu sich; saßen reglos da und starrten sich während der gesamten Öffnungszeiten der Galerie an, dann wiederholten sie die Performance neunzig Mal, jeder der beiden nahm ab und entwickelte ernsthafte medizinische Komplikationen. Beim letzten Auftritt – las er – habe sich das Paar getrennt und aus dem Ereignis etwas Besonderes gemacht, indem es die Chinesische Mauer in entgegengesetzte Richtungen entlanggegangen sei und sich – als es sich in der Mitte getroffen habe endgültig voneinander verabschiedet habe. Ursprünglich hätte diese Performance romantisch sein sollen, die Liebenden hätten aufeinander zukommen und in der Mitte heiraten sollen. Aber in der Zeit, die es gebraucht habe, um das Ereignis zu planen, hätten beide Affären gehabt und – wie Marc las – der Tropfen, der für Abramović das Fass zum Überlaufen gebracht habe, sei die Entdeckung gewesen, dass Ulay einen fünfzehnjährigen Sohn habe, den er weder erwähnt noch kennengelernt hatte.

Marc hielt kurz inne, versuchte sich vergeblich vorzustellen, wie jemand ein solches Geheimnis für sich behalten konnte.

In einem beiläufigen Kommentar erwähnte der Autor des Buches, dass Abramović 1976 eine Schwangerschaft abgebrochen und behauptet habe: »Ich bin Vollblutkünstlerin, es ist mir nicht möglich, meine Gefühle als Künstlerin mit einem Kind zu teilen.« Mit wachsender Abneigung blätterte mein Mann durch Bilder ihrer Solokarriere, die zum Großteil mit Schneiden, Messern und Blut, das weiße Hintergründe besudelt, zu tun hat. Oben auf einer Seite las er:

»Wenn man Abramovićs Verwendung von Schmerz als Masochismus liest, vereinfacht man den Prozess allzu sehr, in dem sie ihn als Mittel benutzt, um eine andere Bewusstseinsebene zu erreichen: eine, in der sie alltägliches physisches Leiden überwinden und dadurch beherrschen kann.«

Marc blätterte gleichgültig weiter, landete bei einem Bild von Ulay, der mit einer Wand zusammenprallte. Er seufzte, fand sich selbst erbärmlich, weil er sich vorstellte, er könnte mich zwischen diesen Seiten eines Buches über solch unbedeutende Handlungen finden. Es war schon Jahre her, dass er mich damit aufgezogen hatte, ich wollte die nächste Marina Abramović oder Tracey Emin sein. Wir hatten ein ganzes Leben aufgebaut und diese albernen Träume hinter uns gelassen; selbst *ich* hatte bestimmt Probleme, in den seltsamen Gesten von Ulay und Abramović einen Sinn zu erkennen, wo wir nun eine Familie hatten, ein Haus, unsere eigene Welt.

Er legte das aufgeschlagene Buch auf den Couchtisch und stand auf, wollte nachschauen, wie seine Eltern mit den Mädchen zurechtkamen. Und beim Aufstehen musste er einfach die Bildunterschrift lesen:

»Bei *Interruption in Space* sah man die Künstler, wie sie mit einer meterdicken Wand zwischen sich aufeinander zurannten. Nach fünfundvierzig Minuten war Abramović überzeugt, Ulay wäre gegangen, und ging auch. Da Ulay das nicht wusste, rannte er allein weiter gegen die Wand.«

Marc dachte sich nicht viel dabei, als er die Treppen hinaufging, ein Lächeln für unsere Mädchen aufsetzte oder bei der Gutenachtgeschichte witzige Stimmen aus seiner schmerzenden Brust presste. Aber als er später in der Dunkelheit wach lag, erinnerte er sich an das Bild und diese Worte und fragte sich, ob er auch allein gegen eine Wand lief.

—//—

Ich erinnere mich daran, dass meine Freude, wenn ich für einige Tage wegfuhr, darin lag, wieder Herrin über meinen eigenen Raum zu sein. Mir gefiel es sehr, dass ich in einem Hotel aufwachen und alles so vorfinden konnte, wie ich es hinterlassen hatte. Jahrelang hatte ich gedacht, ich wäre unordentlich und könnte niemals in einem tadellos aufgeräumten Haus leben. Ich verurteilte sogar meine Freunde, die es taten. Frans und Ollies Haus war immer mustergültig und seelenlos, Emmas Zimmer war das einzige Zeichen für Leben. Ich dachte, Kleiderhaufen in der Ecke und leere Klopapierrollen, die tagelang im Badezimmer rumhingen, der Abwasch von gestern Abend neben der Spüle und kleine Stapel mit Dingen auf der Treppe, die hinaufgebracht werden mussten, seien Zeichen von Vitalität, von kreativen Geistern und zufriedenen Personen. Aber irgendwann einmal wurde mir klar – als ich einige Tage lang allein gewesen war –, dass es absolut keine Mühe machte, meine Kleidung nach dem Ausziehen aufzuhängen. Und dass ich dann in einem ordentlichen Zimmer aufwachen würde. Ich bemerkte, dass ich meine Kleidung auf den Boden warf, weil Marc das tat. Dass ich die Klopapierrolle nicht austauschte und den Abwasch stehen ließ, weil er und die Mädchen das auch machten. Dass mich diese Kleinigkeiten nicht störten, weil sie sie nicht störten. Und dass ich – wenn ich mir einige Tage für mich nahm – ein völlig anderer Mensch sein könnte.

Doch nun würde ich alles dafür geben, auf diesem Betonboden neben Marcs Strümpfen aufzuwachen. Neben Charlottes Spielzeug und Lizzies Hausaufgaben neben meinem schmalen

Bett. Würde liebend gern ihre Shampoos und Duschgels neben dem kalten Waschbecken sehen und ihre Haare im Abfluss.

Ich warte jeden Morgen so lange wie möglich, bevor ich die Augen öffne. Trotz dieser gedämpften Stille und der kratzenden dünnen Decke auf meiner Haut kann ich mir manchmal vorstellen, ich wache in unserem Bett auf. Dass Wochenende oder ein Feiertag ist und Marc noch neben mir schläft. In wenigen Augenblicken werde ich hören, wie die Mädchen die Stufen herauf-poltern und sich auf uns werfen. Ich spüre ihre warmen und festen Körper in den Armen, höre den verschlafenen Protest meines Mannes. Ich lasse ihnen ein Schaumbad einlaufen. Lizzie braucht zehn Minuten, bis sie drin ist, sie taucht immer wieder die Füße hinein und lässt sich dann schließlich – Zentimeter für Zentimeter – ins Wasser gleiten. Char liegt schon gemütlich in der Wanne und hat einen Fuß über den Rand gelegt. Sie wartet darauf, dass ich mit *Der Herr der Ringe* anfange.

Natürlich weine ich, wenn ich schließlich die Augen öffne und nur die Ecken und Kanten dieser beschränkten Existenz sehe. Ich weiß ohne hinzuschauen, dass dort ein Tablett mit zwei labbrigen Toastscheiben, einem Apfel und einem Glas Wasser steht. Es befindet sich drei Schritte von der Tür entfernt, fünf vom Waschbecken, sieben Schritte sind es von einer Wand zur nächsten. An einigen Tagen versuche ich, positiv zu denken. Ich jogge zwischen den Wänden hin und her, zähle bis in die Tausende. Mache Sit-ups auf dem Boden, obwohl die Härte meinen Rücken schmerzen lässt. An anderen Tagen bewege ich mich kaum. Ich liege mit dem Gesicht zur Wand und denke über die Zyanidkonzentration in Apfelkernen nach. Werde ich jemals genug davon sammeln können?

2000

SAMSTAG, 2. SEPTEMBER

In einer Woche werde ich mir das elfenbeinfarbene Kleid zuknöpfen, das in Frans Gästezimmer auf mich wartet. Ich werde mir die Haare hochstecken und die Augenbrauen zupfen, mir die Kette von Marcs Großmutter um den Hals legen und das hoffentlich saubere blaue Taschentuch meines Vaters in letzter Minute in meiner Tasche verstecken. Heute Morgen schwitze ich jedoch unter unserer Bettdecke – das Make-up von gestern Abend um meine Augen verschmiert –, und ich frage mich, warum um alles in der Welt ich gestern Abend nicht ein Glas Wasser mit ans Bett gebracht habe.

Meine Freunde hatten mir eine Federboa um den Hals gelegt und waren mit mir von Pub zu Pub gezogen, hatten darauf bestanden, dass ich alles trinke, was sie mir hinstellen. Mir hämmerte der Kopf, und ich hatte das schreckliche Gefühl, etwas Schlimmes gemacht zu haben. Ich versuchte, mich zu erinnern und Unterhaltungsfetzen zusammenzusetzen, aber alles war sehr schwammig. Ich hatte auf jeden Fall zu lange mit dem Typen an der Bar gesprochen, ihn zu häufig am Arm berührt, aber fühlte ich mich deswegen gerade so? Hatte ich etwas Unpassendes zu Philippa gesagt? Wo war meine Handtasche? Ich konnte mich nicht daran erinnern, wie ich nach Hause gekommen war.

Marc drückte die Schlafzimmertür mit dem Ellbogen auf

und ging mit einem Tablett in der Hand über den mit Klamotten bedeckten Boden auf mich zu. Er stellte das Tablett auf die Kommode, und ich drückte mich vorsichtig hoch.

»Wie geht's dir?«, fragte er und reichte mir eine Tasse Tee und eine Packung Paracetamol.

»Nie wieder Alkohol«, sagte ich und drückte zwei Tabletten aus dem Streifen. Marc lächelte und stellte ein Glas Orangensaft und einen Teller mit zwei Scheiben Toast auf den Nachttisch. »Und als würde ich dich nicht verdienen.«

Er lehnte sich zu mir und küsste mich auf die Schläfe. »Du warst sehr niedlich, als du reingekommen bist.«

Ich stöhnte. »Bitte sag mir nicht, wie ich war.«

Er lachte.

»Echt«, sagte ich und war plötzlich den Tränen nahe. »Ich verdiene dich nicht. Warum um alles in der Welt würdest du mich heiraten wollen?«

Marc setzte sich auf die Bettdecke. »Weil du der beste Mensch bist, den ich kenne.«

Ich schüttelte den Kopf und verzog das Gesicht. »Aber was ist, wenn du mich gar nicht richtig kennst? Was ist, wenn ich diese – ich weiß nicht – diese Dunkelheit in mir habe?«

Marc lachte.

»Ich meine es ernst. Ich sollte nicht trinken, oder? Ich weiß, was es mit meiner Mom angerichtet hat. Und dann gerate ich in diese Stimmung …«

»Du bist nicht deine Mutter«, sagte Marc und runzelte die Stirn.

»Und wenn ich doch so bin? Wenn ich nicht diejenige bin, für die du mich hältst? Wenn ich dir das Herz brechen werde?«

»Wirst du nicht«, sagte er. Er strich mir übers Haar. »Ich weiß, dass das nur der Kater ist, aber ich bekomme Angst, wenn du so redest. Du bist brillant, liebenswürdig, kreativ und schön.«

»Ich bin nichts davon.«

Marc lächelte, dieses geduldige, zuversichtliche Lächeln. »Bist du wohl. Und es ist egal, ob du das siehst oder nicht, weil ich es sehe.«

In einer Woche werde ich Tische mit mit Schleifen verzierten Vasen, Wimpeln und Platzdeckchen schmücken. Ich dachte – in letzter Zeit nicht zum ersten Mal – an das verblichene Album, das immer noch auf dem Dachboden meines Vaters lag, an die lächelnden Gesichter meiner Eltern, die Blumen und den Schleier, das Glück, das in lang verlorenen Negativen eingeschlossen war. In einer Woche würde ich vor diesem Mann stehen und ihm meine Welt versprechen. »Und wenn du falschliegst?«, fragte ich.

Marc sah mir so fest in die Augen, dass ich fast lachen musste. »Das tue ich nicht«, sagte er. »Ich weiß, wer du bist, Alex. Ich liebe dich.«

Ich schluckte, ein Teil von mir wollte den Blickkontakt unterbrechen, in die Dusche rennen und den Tag beginnen, mir einreden, alles wäre gut.

Marc schaute mich weiter an. »Ich weiß, wer du bist. Vielleicht ist es meine Aufgabe, hier zu sein und dich daran zu erinnern, wenn du es vergisst.«

Ich blickte auf sein ruhiges, beharrliches Gesicht. Ich hatte gestern Abend zu viel geredet, viel zu offen gequatscht, aber ich glaubte nicht, dass ich irgendetwas zu Schlimmes zu Philippa gesagt hatte. Ich würde ihr später schreiben, um sicherzugehen, dass alles in Ordnung ist. Ich sollte mich aber nicht mehr in solche Situationen begeben. Ich musste vorsichtiger sein. Es war gefährlich, die Kontrolle zu verlieren.

Marc streichelte mein Bein unter der Decke. »Du fühlst dich gerade einfach nicht gut. Iss ein wenig Toast, schlaf noch etwas. Ich komm später wieder.«

DONNERSTAG

SEIT VIERZEHN TAGEN VERSCHWUNDEN

Bei der zweiten Pressekonferenz sitzen doppelt so viele Reporter vor ihren Mikrofonen. Man hört das Klicken ihrer Kameras und sieht die Blitze, während DI Jones erklärt, dass mein Verschwinden nun als Mordfall eingestuft werde. Als Marc an der Reihe ist, spannen sich seine Kiefermuskeln an, und er sagt, er glaube nicht, dass ich tot sei, er hoffe immer noch, mich zu finden und unsere Familie wieder komplett zu machen. DI Jones und Nicola stehen mit ernsten Gesichtern neben ihm. Ich frage mich, was sie in diesem Augenblick denken, wie Marcs unerschütterlicher Glaube ihr Bild von ihm prägte. War er nur ein Mann, der sich an das kleinste bisschen Hoffnung klammerte, oder interpretierten sie mehr in seine feste Stimme und sturen Worte hinein?

»Irgendjemand dort draußen muss wissen, wo sie ist.« Damit beendet er seine Ansprache und starrt direkt in die Linse hinter der Reihe mit den Journalisten. »Jemand hat sie gesehen, mit ihr gesprochen oder sie mitgenommen. Mir ist egal, was Sie getan haben, ich will meine Frau einfach nur zurück.«

Die Fragen der Journalisten plätschern gemütlich bis zu seinem Ende des Raumes. Sie halten sie vielleicht für bohrend, wollen eine Reaktion auslösen, doch mein Mann hat sich dieses Mal ausgeklinkt. Er hat diesen erbärmlichen trauernden Ehemann hinter sich gelassen, den sich die Kameras wünschen, dieses verzweifelte zweidimensionale Gesicht, das flehend leere

Worte in einem Fernsehstudio spricht. Stattdessen steht er auf einem Kiesstrand, ihre Fragen schwappen eiskalt über seine nackten Füße, erklären ihm aber nichts über den schwarzen Ozean vor ihm. Ich bin in diesem Ozean, tiefseetauchend in einer Luftblase, bestehend aus Geheimnissen, warte darauf, dass er mich rettet. Alles, was er sieht, sind allerdings diese Reporter, winzige Wellen, die Steinchen hochschleudern und fragen, ob er nicht sich und unsere Kinder auf das Schlimmste vorbereiten sollte. Er antwortet, so gut er kann, und fühlt sich taub. Sie müssen einen neuen Ansatz finden, und er weiß, dass es ihm hilft, uns hilft, wenn sie das tun, weil mein Gesicht dann weiterhin in der Presse auftaucht, aber für meinen Mann hat sich die Geschichte nicht verändert. Seine Frau ist verschwunden, und er will, dass sie nach Hause kommt. Man kann auf dem Video aber sehen, dass er das Spiel langsam versteht. Er fühlt sich bereits weiser, abgestumpft von den jüngsten Erfahrungen und weniger naiv ihren stechenden Quallententakeln gegenüber.

Ich kann mir nicht vorstellen, dass seine Eltern lange bleiben, vor allem, weil er immer noch so beharrlich hofft. Dieser Widerspruch hätte Ruth verrückt gemacht. »Tut mir leid, Sweetheart«, hätte sie gesagt, »wir wollen dich nicht im Stich lassen, aber wir wissen auch nicht, was wir machen sollen.« Sie hätten angeboten, zurückzukommen, falls er wollte, natürlich, oder sogar die Mädchen eine Zeit lang zu nehmen, aber in Gedanken waren sie bei Franks Terminen und Ruths Verpflichtungen in der Kirche. Wie unpassend mussten für sie diese vermisste Schwiegertochter und ein Sohn sein, der ihr Verschwinden nicht akzeptierte.

»Hast du darüber nachgedacht, was du als Nächstes tun wirst?«, fragte Ruth.

»Was meinst du damit?«

»Also, die Polizisten denken, dass sie …«

»Bitte nicht«, flehte Marc. »Sie haben noch keine Leiche gefunden. Es war nichts im Fluss. Sie ist immer noch da draußen. Das weiß ich.«

»Schatz, du musst zugeben«, sprach seine Mutter weiter, und das Kind in ihm wollte sich die Finger in die Ohren stecken, »sie haben ihre Sachen am Fluss gefunden, und nun haben sie diesen Jungen gehen lassen. Die einzige logische Erklärung besteht darin, dass …«

»Sie ist nicht tot«, sagte Marc. »Ich weiß, dass sie nicht tot ist.«

»Nun dann«, sagte seine Mutter seufzend. »Alexandra war immer schon impulsiv, wir wissen das.«

»Was soll das heißen?«, fragte Marc.

Sie zuckte die Schultern. »Ich weiß nicht. Es ist nur seltsam, oder? Was hat sie überhaupt am Fluss gemacht?«

»Was willst du damit sagen?«

»Nichts«, entgegnete Ruth. Sie blickten sich einen Augenblick lang an.

»Das ist Unsinn!«, rief Marc. »Ich glaube das einfach nicht. Du willst, dass das Alex' Schuld ist, oder? Sie wurde entführt, verdammt noch mal! Sie muss einfach entführt worden sein. Sie ist irgendwo dort draußen und hat echte Schwierigkeiten, und du sitzt hier und sagst, sie …« Marc drehte sich weg, als seine Stimme brach. Er beugte sich übers Waschbecken und atmete durch den Mund.

»Schatz …«

»Es macht dich verrückt, oder?«, unterbrach Marc sie und drehte sich wieder zu ihr. »Dass wir tatsächlich glücklich miteinander sind. Dass wir uns lieben. Verdammt, wenn du das denkst, warum verschwindest du dann nicht einfach? Was zum Teufel machst du dann überhaupt hier?«

»Sprich nicht so mit deiner Mutter«, sagte sein Vater.

»Wir sind gekommen, um dir zu helfen«, sagte Ruth und wischte sich unter den Augen herum.

Der Schock, dass sein Vater ihn zum ersten Mal seit Ewigkeiten wieder einmal zurechtgewiesen hatte, ließ Marcs Wut verfliegen. Er atmete tief ein und versuchte, ruhig zu sprechen. »Es tut mir leid, Mum. Ich habe es nicht so gemeint. Aber ich muss einfach glauben, dass sie dort draußen ist, sie muss wieder nach Hause kommen.«

»Wir wissen, dass es hart ist, mein Sohn«, sagte sein Vater. »Wir wollen dich nur dazu bringen, realistisch zu denken.«

»Ich weiß, Dad, wirklich, aber ihr könnt das wahrscheinlich nicht verstehen.«

Sie konnten es wirklich nicht. Marc hatte das Gefühl, er wusste von Anfang an, worauf er sich eingelassen hatte, aber vor allem seine Mum hatte immer Probleme gehabt, mich zu verstehen. In dem Jahr, als ich mich dagegen entschied, Weihnachten zu feiern, führte sie einen Freudentanz auf, und er erklärte mir, sie sei zutiefst verletzt gewesen, als ich gemeint hätte, ihre Generation könne den modernen Feminismus nicht verstehen. Er hatte die letzten zehn Jahre damit verbracht, mein Verhalten zu verteidigen, aber selbst er bemerkte, dass sie manchmal Kollateralschäden erlitten. Fran und ich hatten ein Jahr nicht miteinander gesprochen, nachdem ich Emma Ohrlöcher hatte stechen lassen. »Es war keine große Sache«, insistierte ich. Ich dachte, mit acht sei ein Kind alt genug, um eigene Entscheidungen zu treffen. Aber Fran ging an die Decke und sagte, dass sie und Ollie es ausdrücklich verboten hätten und ich ihre elterliche Autorität untergraben hätte, was die schlimmste Beleidigung sei. Ich glaube, ich habe Fran tatsächlich gesagt, sie solle sich entspannen, was nicht so gut ankam. Erst beim nächsten Osterfest hatten wir das Kriegsbeil bei einem Drei-

Gänge-Menü begraben und waren aufeinander zugegangen. Und das nur, nachdem Ollie darauf bestanden hatte und Marc eine Stunde damit verbracht hatte, mich zum Kommen zu überreden. Marc war äußerst taktvoll, er versuchte, mich zu unterstützen, sich aber eigentlich rauszuhalten. Er dachte, ich sollte mich entschuldigen, meinte aber auch, er hätte nicht das Recht, darauf zu bestehen, und dass Fran *tatsächlich* überreagiert hatte.

Neulich war es für ihn schwerer gewesen, neutral zu bleiben, als ich Patricks Tochter bei einem Kunstprojekt geholfen hatte. Pip kam eine Weile jeden Samstag, um in unserer Garage an ihrer Kursarbeit für die Mittlere Reife zu arbeiten. Patrick war begeistert. Pip mache gerade eine »schwierige Phase« durch, sagte er, weil ihre Mum sie rausgeschmissen habe. Das sagte er dann allerdings nicht, als er ihre Arbeit bei der Ausstellung sah. Wie ich sie dazu hatte ermutigen können, wollte er wissen. »Das nennt sich Selbstentfaltung«, antwortete ich ruhig, als der doofe Schulleiter und der dämliche künstlerische Leiter um Pips Arbeit stolzierten und versuchten, die Aufmerksamkeit der jüngeren Mitglieder des Publikums davon abzulenken. »Sie hat sich selbst verletzt«, jammerte Susan und war auf verklemmte Art entsetzt, wie sich ihre neue, sechzehnjährige Stieftochter auf einer Leinwand verewigt hatte, die von Messern zerschnitten, mit Menstruationsblut verschmiert und mit Angst beschrieben war. »Das ist nicht zumutbar«, murmelte der Direktor, während ich zurücktrat, stolz und belustigt über das Chaos, das Pip und ich angerichtet hatten.

»Sie ist kein Kind mehr«, erklärte ich Marc später. »Sie hat diese Dinge gespürt und brauchte ein Ventil. Ihre Arbeit war viel ehrlicher, provokativer und wertvoller als diese Obstschalen-Stillleben und der ›Opa-im-Schaukelstuhl‹-Mist an den anderen Wänden. Ich kann nichts dafür, wenn ihre Eltern und ihre Schule Kreativität unterdrücken und Originalität beschneiden wollen.«

Schließlich beruhigten sich die Gemüter. Pip bekam eine Eins, was Patrick und Susan aufheiterte, und irgendwie kamen sie darüber hinweg, dass ich mich nicht entschuldigen wollte.

Während unseres einzigen Streits nannte Marc mich »kurzsichtig«. Das habe ich nie vergessen. Es war schon Jahre her, kurz nach Lizzies Geburt. Wahrscheinlich war mein Körper noch voller Hormone. Ich hatte den Krach vom Zaun gebrochen, hatte mich dazu entschieden, in einer nichtvorhandenen Wunde zu bohren. Ich wollte uns nicht gegeneinander aufbringen oder etwas verändern, aber in meinem Kopf hatte sich festgesetzt, dass alles an unserer Beziehung, unserem Leben, von Marc festgelegt wurde. Ich wollte sehen, ob er für mich Opfer bringen würde. Aber anstatt mich hinzusetzen und mit meinem Mann zu sprechen, wie es eine vernünftige Ehefrau tun sollte, wurde ich aktiv und bewarb mich für eine Lehrtätigkeit an der internationalen Schule in Kambodscha.

»Kambodscha!«, rief Marc aus, als ich ihm völlig ruhig erklärte, dass meine Bewerbung angenommen worden sei und man mir und der ganzen Familie einen Umzug nach Phnom Penh bezahlen würde, wenn ich innerhalb eines Monats anfangen könnte.

»Warum um alles in der Welt sollten wir nach Kambodscha ziehen? Was soll ich in Kambodscha machen? Wer bringt ein *Neugeborenes* nach Kambodscha?« Aus Marc sprudelte eine rhetorische Frage nach der anderen heraus.

Es ging natürlich nicht um Kambodscha. Ich wollte dort gar nicht hin, nicht mehr zumindest, als irgendwo anders hin. Ich wollte einfach das Gefühl haben, dass ich immer noch Abenteuer erleben könnte, als wäre ich nicht dazu bestimmt, bis zum

Lebensende in der sicheren Mittelklassestadt zu bleiben, in der ich aufgewachsen bin. Marc verstand das nicht. Er erzählte aufgebracht von seinem Job, von Verantwortung, vom Haus und allem anderen. Es wäre komisch gewesen, wäre ich nicht derart wütend und verletzt gewesen von seiner unmittelbaren Ablehnung der Vorstellung, dass wir unsere Leben für *mich* ändern könnten, wegen *meiner* Karriere umziehen könnten, wegen *meiner* Leidenschaften.

»Du bist absolut kurzsichtig«, sagte er schließlich ruhiger. Er schüttelte den Kopf und verließ dann das Zimmer. Ich konnte nicht zulassen, dass er ging, deswegen sprang ich vom Sofa auf und marschierte in den Flur, zog meine Stiefel an, verließ das Haus und knallte dabei die Haustür zu. Ich hörte, wie Lizzie von dem Lärm aufwachte und in ihrer Wiege zu schreien anfing. Ich verspürte Zufriedenheit darüber, dass Marc nach oben rennen und sie trösten musste, anstatt mir hinterherzujagen.

Ich wusste nicht, wo ich hingehen sollte. Ich lief zum Laden an der Ecke, kaufte mir eine Schachtel Zigaretten und Kaugummi, rauchte eine, saß auf der niedrigen Mauer neben der Bushaltestelle. Die Kippe schmeckte ekelhaft. Ich drückte sie aus und dachte an die Milch, die mein Baby vergiftete. Was machte ich da? Wie hatte ich daran denken können, sie nach Kambodscha zu bringen? Was war ich für eine Mutter? Ich rannte zurück zum Haus und kaute wütend auf meinem Kaugummi herum.

Ich habe es später allerdings erwähnt, auf diese sanfte passiv-aggressive Art, in der man Dinge anspricht, die man im Kopf hat, als wäre es keine große Sache. »Aber ich bin doch kurzsichtig«, sagt man lächelnd, wenn der Ehemann fragt, ob man sehen könne, was er meinte.

Marc seufzte und entschuldigte sich, er habe es nie so gemeint und wenn doch, habe er damit nur sagen wollen, dass ich die Welt anders betrachtete als er, dass er es verstehe, mich sogar dafür liebe, weil ich Dinge sähe, die er nicht wahrnehme. Ich lachte, und wir küssten uns, waren wieder eine glückliche Familie. Ich glaube aber, mir gefiel diese Beschreibung auf gewisse Weise. Vielleicht sehe ich die Welt ein wenig seltsam. Deswegen konnte Marc seiner Mum und seinem Dad nie meine Persönlichkeit erklären.

Das Beste, was sie an dem Morgen tun konnten, war, sich darauf zu einigen, dass sie sich nicht einigen konnten. Das war der Subtext ihrer gekünstelten Verabschiedung. Marc und die Mädchen winkten, bis das Auto um die Ecke bog, und im tiefsten Inneren war mein Mann froh, dass sie fuhren.

Weniger froh war er, als er an jenem Nachmittag vom Anruf eines Reporters gestört wurde, der von ihm eine Stellungnahme über die Leistungen der Polizei haben wollte.

»Haben Sie den Eindruck, dass die North Yorkshire Police genug unternimmt? Machen Sie sich Sorgen, dass Budgetkürzungen und Personalprobleme die Suche nach Ihrer Frau beeinflussen? Kennen Sie die Erfolgsbilanz der Dienststelle bei der Suche nach vermissten Personen?«

Marc war gewarnt worden, dass er diese Art Anrufe erhalten könnte, und ihm wurde gesagt, wie er damit umgehen sollte. Dennoch gruben sich die Fragen des Reporters in sein Gehirn, von dem Geschwätz wurden die Dinge verdrängt, die er zu seiner Mum hatte sagen wollen, bis er vor Wut und Unsicherheit vibrierte. Er schnappte sich das Telefon erneut und rief Nicola auf der Wache an.

»Wir folgen allen potenziellen Hinweisen«, sagte sie, als er fragte, was genau DI Jones mache.

»Aber was bedeutet das?«

Nicola atmete aus. »Diese Informationen kann ich nicht

preisgeben, Marc. Sie sind vertraulich und könnten die Untersuchungen gefährden.«

»Wie könnte es die Ermittlungen gefährden?«, fragte er wütend. »Ich bin auf der Seite der Ermittler!«

Am anderen Ende der Leitung schwieg Nicola.

»Das ist Unsinn«, sagte er. »Wie soll ich Ihnen vertrauen, wenn Sie noch nicht einmal mit mir reden?«

»Marc«, sagte sie knapp, »es wäre viel leichter, wenn Sie uns unsere Arbeit erledigen ließen.«

»Dann tun Sie das auch!«, rief er und legte auf, wobei er sich nur ein klein wenig besser fühlte.

Meine Oberarme sind so schmerzempfindlich, dass ich mich kaum auf dem Bett umdrehen kann, ohne aufzuschreien. Meine Beine und die Taille sind auch voller blauer Flecken. Vielleicht ist es gut, dass ich keinen Spiegel habe. Ich denke, ich werde am Morgen schwarz und blau sein. Es sei mein Fehler gewesen, erklärte er mir. Ich hätte ihn dazu gebracht. Vielleicht habe ich das. Vielleicht wusste ich, was geschehen würde.

Ich hatte aber nicht gründlich darüber nachgedacht. Ich hörte seinen Schlüssel im Schloss und schnappte mir das Essenstablett. Ich stellte mich rechts neben die Tür, damit er mich nicht sehen konnte, bis er einen Schritt nach vorne machte. Ich habe ihn unterm Auge erwischt, er blutete. Er schimpfte wie ein Kesselflicker, was man von einem Mann mit seiner Selbstbeherrschung nicht erwarten würde. Aber er zögerte noch nicht einmal, bevor er mich schnappte und zu Boden brachte. Einen Sekundenbruchteil lang war ich von seinen Reflexen beeindruckt. Wo hatte er gelernt, sich so zu verteidigen? Hatte er das getan, um mit mir fertigzuwerden?

Er hielt mich am Boden fest, drückte mir das Knie in den Magen. Ich konnte seinen süßen und wohlbekannten Schweiß riechen. Wir starrten und gegenseitig an, während aus unserem Keuchen wieder normales Atmen wurde. Er wollte, dass ich seine ganze Kraft fühlte, mir meines Rangs bewusst wurde.

Vielleicht bin ich mir das jetzt.

2000

28.9.00

Liebe Al,

Wie geht es Dir? Ich habe einige Stunden für mich allein und denke an Dich. Wie ist das Leben als verheiratete Frau? Was mit Deiner Mom passiert ist, tut mir leid. Du hattest natürlich recht mit dem, was Du über sie gesagt hast. Ich vermute, Marc hat es nur gut gemeint, aber er versteht es einfach nicht. Vielleicht versteht niemand die Familie von jemand anderem. Obwohl ich davon ausgehe, dass er nun Deine Familie ist. Gehöre ich auch zur Familie? Ich weiß es nicht genau.

Tut mir leid, ich bin komisch drauf. Ich habe heute eine E-Mail von einer Werbeagentur bekommen. Ich habe ihnen angeboten, einen Raum in ihrem Büro zu kuratieren, und sie schienen Interesse zu haben. Seltsam, oder? Ich meine, genau das wollte ich, aber ein Teil von mir ist immer überrascht, wenn jemand mir wie einer Erwachsenen zurückschreibt. Ich fühle mich wie ein Kind, das die High-Heels und das Make-up der Mutter trägt. Ich rechne jederzeit damit, dass mir jemand auf die Schulter tippt, ich mich umdrehe und einem strengen Lehrer gegenüberstehe, der mich wegbringt. Diese Leute scheinen mich aber ernst zu nehmen. Ich möchte eine »Empfangsgalerie« bauen – einen Treffpunkt für aufstrebende Künstler, um die Sprache der Kunst unmittelbar mit Werbung und Popkultur zu verbinden. Ich denke, wenn die großen

Galerien den gerade fertig gewordenen Kunststudenten nicht die Türen öffnen und die neuen Künstler keinen Raum haben, um mit dem Establishment zu konkurrieren, dann müssen wir unseren eigenen Weg finden. Ich will diese große Tafel in der Agentur aufhängen und die ausstellenden Künstler bitten, die Grenze zwischen Kunst und Kommerz auszureizen. Und ich will auch die Menschen filmen, die dort arbeiten, sie fragen, wofür sie Kunst halten, worin ihrer Meinung nach der Unterschied liegt zwischen dem, was wir und was sie tun. Ich habe diese andere Idee, ein Papierhaus zu bauen oder vielleicht eine ganze Miniaturstadt aus Papier, über das Konzept eines Zuhauses sowohl als Teil von uns und unseren Seelen nachzudenken, aber auch als Ware, ein Konzept, das verkauft und weiterverkauft wird.

Ich weiß nicht, ob es bereits ausreicht. Ich weiß nicht, ob ich ausreiche. Ich will Künstlerin sein. Ich will, dass mein Leben etwas bedeutet. In seinem Manifesto schreibt Artur Barrio: »Ich suche nach Kontakt mit der Wirklichkeit als Ganzem, allem, das verworfen wird, allem, das wegen seines strittigen Wesens abgelehnt wird …« Ich finde, das sollte das Manifest eines jeden für das Leben sein, nicht nur für Kunst, oder? Deine Mom ist die umstrittene Figur schlechthin, aber Du kannst den Einfluss auf Dein Leben nicht ignorieren, oder? Ihr Blut fließt in Deinen Adern, und irgendwie musst Du das akzeptieren und es in etwas Gutes verwandeln. Zu viele Menschen wandern durch die Welt, ohne mit etwas oder jemandem Kontakt aufzunehmen, auch nicht mit sich selbst. Sie öffnen kaum die Augen, aus Angst, etwas Herausforderndes oder Verstörendes zu sehen. Stattdessen wickeln sie flauschige Schleifen um alles Angenehme und sagen sich, dass ihre Leben perfekt sind. Es muss einen anderen Weg zu leben geben. Ich will keiner dieser Leute sein.

Bin ich es? Bin ich bin? Bin ist ich, aber bin ich es?

Am x

Marc hatte mir erst am Abend vor unserer Hochzeit mitgeteilt, dass er sie eingeladen hatte. Ich denke, er hatte darüber nachgedacht, es mir gar nicht zu sagen und mich einfach das Gesicht meiner Mutter sehen zu lassen, während ich den Gang hinabschritt, doch glücklicherweise hatte er Angst bekommen. Seltsamerweise bin ich nicht böse geworden. Ich sah Marcs süßen, hoffnungsvollen Blick und fühlte mich unglaublich traurig wegen seines unangebrachten Optimismus.

»Sie ist jetzt trocken«, sagte Marc und hatte ganz klar ein Wiedersehen wie aus dem Bilderbuch vor Augen, von dem wir eines Tages unseren Enkelkindern erzählen könnten.

»Das sagt sie«, antwortete ich. »Wie hast du die Sitzordnung verändert? Sie kann auf keinen Fall in der Nähe meines Dads sitzen.«

»Mach dir keine Sorgen«, sagte Marc. »Ich habe mich drum gekümmert. Sie sitzen so weit wie möglich voneinander entfernt, und ich habe mit deinem Dad gesprochen. Es wird kein Drama geben.«

Damit lag er natürlich falsch.

Die Menschen reden über Schmetterlinge und ein flaues Gefühl im Bauch, aber ich war nicht auf die Schauer und Magenschmerzen vorbereitet, die mich überkamen, bevor ich den Gang hinunterschritt.

»Alles in Ordnung mit dir?«, fragte mein Dad. Mein Gesicht war blass, meine Hand lag feucht in seiner. Ich schluckte, mein Hals war kratzig.

»Bin nur nervös«, sagte ich.

Er drückte mir die Hand.

»Moment«, sagte ich. Ich griff nach unten und zog mir die Schuhe aus. Sie waren elegant, aus Satin und lächerlich unbequem. »Das ist besser«, sagte ich, und mein Dad führte mich zu meinem Bräutigam.

Für Marcs Mutter war es nur mein erstes Vergehen an jenem Tag, dass ich barfuß den Gang hinunterschritt. Noch Jahre später bezeichnete sie meine selbst gemachten Dekorationen als »wunderlich«, erklärte den Leuten in einem nachsichtigen Ton, mit dem man das Gekritzel eines Kindes beschreibt, dass ihre Schwiegertochter einmal »Künstlerin« gewesen sei. Nach der Zeremonie aßen wir auf der Wiese Häppchen, und während Marc und ich für Fotos aufgestellt wurden, schlich sich Ruth zu meiner Mutter. Sie fand heraus, dass wir uns noch nicht begrüßt hatten, zog meine Mum über die Wiese und in den Rahmen eines unserer Porträts, erzwang ein Wiedersehen auf sehr viel weniger subtile Art, als Marc sich optimistisch ausgemalt hatte. Meine Mum und ich umarmten uns verkrampft, der Fotograf machte die Bilder.

»Vielen Dank, dass du gekommen bist«, sagte ich.

»Vielen Dank, dass du mich eingeladen hast«, antwortete sie mit zusammengekniffenen Augen.

»Ich gehe davon aus, dass deine Mutter an eurem Tisch sitzen wird?«, fragte Ruth, und mir blieb der Mund offen stehen. Ich griff nach Marcs Hand.

»Wir hatten leider nicht genug Platz«, kam Marc mir zur Hilfe. Er wandte sich an meine Mum. »Du sitzt mit guten Freunden von uns am Tisch. Komm, ich stelle dich Patrick und Rebecca vor.«

»Unsinn«, sagte Ruth, während Marc meine Mum wegführte. »Ich will nichts davon hören, dass sie bei Freunden am Tisch sitzt. Ich bin mir sicher, dass wir noch einen Stuhl irgendwo dazwischenstellen können. Ich spreche mit den Leuten.«

»Bitte«, habe ich gesagt und Ruth am Arm berührt. »Das ist meinem Dad gegenüber unfair.«

Ruth zögerte. Sie schaute über die Wiese zu meinem gut aussehenden Vater. Sie hatten sich ein paarmal getroffen, und jeder, der meinen Dad schon einmal gesehen hatte, war völlig begeistert von ihm. Ich konnte fast schon die Zahnräder in Ruths Hirn sehen, während sie versuchte, die Liebe für meinen Dad mit der intensiven fünfminütigen Beziehung abzugleichen, die sie gerade mit seiner Exfrau eingegangen war.

»Marc kümmert sich darum«, fügte ich hinzu, während Ruth zustimmend nickte.

Ich sah, wie meine Mum eine Show daraus machte, dass sie beim Abendessen Champagner und Wein ablehnte, aber irgendwo auf dem Weg muss sie eine flüssige Erfrischung gefunden haben. Ich sah, wie sie mit jedem männlichen Kellner flirtete. Als Reden gehalten wurden, lehnte sie sich auf den Arm, ihre Augen waren trüb, genauso wie damals, wenn sie mich von der Grundschule abholte. Ich starrte sie voller Grauen an, hatte Angst vor dem, was kommen könnte. Ich hörte Marcs und Patricks Reden kaum. Aber es war eine Hochzeit, alle waren fröhlich. Der einzige Mensch in dem Raum, den ich auf meine Mum hätte hinweisen können, war mein Dad, und ich hoffte mehr als alles andere, dass er es noch nicht bemerkt hatte. Er stand neben mir und räusperte sich. Ich las seine sorgfältig getippte Rede später und musste weinen. Doch an dem Tag selbst hatte mein brillanter Dad kaum sechs oder sieben Zeilen abgelesen, als meine Mum ein leises Jammern von sich gab. Die Leute schauten sich um, zunächst neugierig. Dann rutschten sie auf ihren Stühlen herum. Mein Dad machte weiter und tat sein Bestes, um sie zu ignorieren. Marc legte den Arm um mich. Meine Mum jammerte weiter, leise und beharrlich. Ich bemerkte, wie meine Körpertemperatur anstieg, mein Herzschlag schneller wurde. Ich wollte auch jammern, klagen und schreien. Ich schob meinen Stuhl zurück und stolperte um den Tisch herum. Mein Dad hörte schließlich auf zu sprechen, und unsere Gäste schwiegen allesamt. Meine Mum jammerte weiter. Ich zerrte an ihrer Schulter, damit sie sich aufsetzte.

»Du musst gehen«, sagte ich.

Sie sah mich mit wässrigen Augen an. Sie blinzelte und verzog ihren schlaffen Mund zu etwas, das entfernt an ein Lächeln erinnerte. »Mein Baby, du siehst so schön aus.«

»Liebling«, sagte mein Dad hinter mir. »Alex, lass es.«

Ich schüttelte den Kopf und starrte meine Mutter an. »Hau ab. Du bist eine Schande.«

Dann stand sie wankend auf. Sie hatte in den letzten Jahren zugenommen und türmte sich vor mir auf. In meinem albernen weißen Kleid fühlte ich mich wie ein Kind.

»Du machst einen Fehler«, sagte meine Mum. Sie schaute sich um. Alle Augen waren auf uns gerichtet. »Ihr seid alle verblendet. Die Ehe ist ein Witz.«

»Mum«, sagte ich nun flehend.

Sie drehte sich wieder zu mir. »Baby, es ist noch nicht zu spät. Du weißt, dass du anders bist als diese Leute, du kannst nicht so tun. Du wirst nie glücklich sein. Nicht so.«

»Mum, bitte.«

Sie griff nach meinem Handgelenk. Ihre Hand war heiß und verschwitzt. »Komm mit mir nach Hause. Bleib dir selbst treu, verschwende nicht dein Leben mit diesem Mann. Komm mit deiner Mummy nach Hause.«

Ich schüttelte sie ab. »Du musst gehen«, sagte ich unter Tränen, gleichzeitig brodelte wieder Wut in mir.

Ihr Gesichtsausdruck veränderte sich. »Undankbare Schlampe.« Sie hob die rechte Hand und gab mir eine Ohrfeige.

Der Schlag legte einen Schalter um. Plötzlich waren unsere Gäste auf den Beinen. Marc und mein Dad rannten um den Tisch herum und nahmen meine Mum am Arm. Sie führten sie aus dem Haus, während Fran um mich herumwirbelte und mich vor der Menge beschützte. Sie überzeugte mich, zur Toilette zu gehen. »Wir brauchen nur eine Minute«, erklärte Fran den anderen, die um uns standen. Wir erreichten den Treppenabsatz, und ich sah, wie Marc die Treppen hochkam. Ich dachte an meinen Dad, der allein mit meiner Mum draußen stand.

»Alles in Ordnung mit dir?«, frage Marc und legte die Arme um mich. »Es tut mir so leid.«

Ich nickte. »Du hast nichts falsch gemacht.«

»Ich habe nur gedacht, dass ihre Anwesenheit den Tag für dich perfekt machen würde.«

Ich rang mir ein Lachen ab.

»Es tut mir wirklich leid«, sagte er noch einmal.

»Muss es nicht«, entgegnete ich und spürte seine warmen Arme, die Anziehungskraft seiner Berührung. Fran zog sich zurück.

»Ich wollte, dass alles etwas Besonderes ist«, sagte Marc.

»Ist es auch«, sagte ich und schaute ihn an. »Du musst es gar nicht so angestrengt versuchen.«

Er beugte sich zu mir, und wir küssten uns mit geöffneten Augen. *Dieser Mann ist mein Ehemann*, dachte ich. *Meine Familie.*

»Ich kann nicht glauben, dass du meine Frau bist«, sagte Marc.

Ich lächelte und küsste ihn noch einmal.

»Was machen wir jetzt?«, fragte er stirnrunzelnd.

Er sah so ernst und traurig aus, dass ich einfach lachen musste. »Ich glaube, wir sollten nun den Kuchen anschneiden.«

Marc lachte ebenfalls, und dann konnten wir aus irgendeinem Grund mit dem Lachen nicht mehr aufhören. Mein Dad kam die Stufen herauf, sah, wie wir kicherten, und schaffte selbst auch ein Lächeln. Ich griff nach seiner Hand und schlang die Arme um ihn. »Ich liebe dich, Dad«, sagte ich.

»Ich liebe dich auch, Süße.«

Wir gingen wieder in den Saal, mein Dad an der einen und mein Ehemann an der anderen Seite. Meine Mutter saß irgendwo in der Stadt in einem Taxi, nickte bestimmt ein und hatte morgen gewiss einen enormen Kater. Ich aber war in einem Zimmer mit den Menschen, die ich auf der ganzen Welt am meisten liebte, und eine seltsame Sekunde lang dachte ich, dies wäre vielleicht ein perfekter Tag.

SEIT EINEM MONAT VERSCHWUNDEN

»Gibt es Neuigkeiten?«, fragte Marc.

»Eigentlich nicht«, antwortete DI Jones und trat in den Flur. Nicola kam hinterher. Marc führte sie ins Wohnzimmer.

»Wir sind hier, um Ihnen Alexandras Sachen zurückzugeben und noch einige Fragen zu stellen.«

Marc saß im Sessel neben dem Erkerfenster.

»Hier«, Nicola streckte ihm eine durchsichtige Plastiktüte entgegen. Er konnte gefalteten Stoff, einen BH-Träger, Papiere von meinem Schreibtisch und meine Zahnbürste sehen. »Wir dachten, Sie würden das gern zurückhaben.«

»Da...danke.«

»Außerdem wollten ...« Nicola hielt inne und setzte noch einmal an. »Ich dachte, es würde Sie interessieren, dass Alexandras Fall heute Abend in einer Sonderausgabe von *Crimewatch* vorgestellt wird.«

»Super«, antwortete er, die kleinen Freuden seines Tages unterschieden sich dramatisch von denen vor ein paar Wochen.

»Ja«, sagte DI Jones. »Manchmal hilft es, aber wir müssen uns bei einem solchen Aufruf auf viele zeitraubende Antworten gefasst machen. Ich würde Ihnen raten, sich nicht zu viele Hoffnungen zu machen.«

»Okay«, sagte Marc.

DI Jones räusperte sich. »Wir haben die Laborberichte vom Fluss erhalten.«

Marc sah ihn an, der Atem stockte ihm.

»Wir schätzen, dass Alexandra auf dieser Böschung einen bis eineinhalb Liter Blut verloren hat.«

Marc sank in sich zusammen. Er hielt sich die Hände über den Kopf, atmete schnell und flach.

»Ich weiß, dass es hart ist, das zu hören«, fuhr DI Jones fort. »Aber wir arbeiten nun an der Theorie, dass die Leiche Ihrer Frau nach dem Vorfall am Fluss bewegt worden ist.«

Marcs Knie fingen an zu zittern. Er hielt immer noch den Kopf in den Händen, schüttelte ihn. »Nein, nein, nein, nein«, murmelte er. »Sie haben unrecht.«

Nicola löste ihre übereinandergeschlagenen Beine. DI Jones schaute kurz auf die Uhr auf dem Kaminsims.

Marc blickte auf. Seine Augen waren rot, sein Blick aber war fest. »Was bedeutet einen bis eineinhalb Liter? Könnte es auch sein, dass sie überlebt hat?«

DI Jones zögerte. »Das ist eine beträchtliche Menge, Dr. Southwood.«

»Ist sie tödlich?«, fragte Marc.

»Nicht unbedingt«, sagte Nicola. »Aber sie kann zu Bewusstlosigkeit führen. Es ist …«

»Also könnte sie noch leben?«, fragte Marc und unterbrach sie.

Nicola und DI Jones blickten sich kurz an.

»Sie könnte noch leben«, sagte Marc noch mal. »Warum sind Sie dann nicht draußen und suchen nach ihr?«

DI Jones lehnte sich nach vorn. »Dr. Southwood, sollte Ihre Frau noch leben, werden wir sie finden, aber das werden wir nur schaffen, wenn wir die Hinweise realistisch einschätzen. Verstehen Sie das?«

Marc blähte die Nasenlöcher auf, doch er nickte. Er beobachtete, wie sich der Mund von DI Jones bewegte, während er ihm erklärte, dass sich nur die DNA unserer Familienmitglieder auf meiner Kleidung befunden habe, dass sie eine Spur von etwas anderem auf meiner Handtasche entdeckt hätten, doch dass sie zu dem Dieb gehören könnte, der den Inhalt gestohlen habe. »Der nächste Schritt«, sagte er, »wird sein, einen Antrag auf die Daten aus Alexandras Handy und die digitalen Datensätze zu stellen, zu versuchen, ein so klares Bild wie möglich von ihren letzten Bewegungen zu erstellen. Wir hätten auch gerne die Erlaubnis, Ihre Daten einzuholen.«

»Meine?«, fragte Marc.

DI Jones blickte ihm gerade in die Augen, und Marc spürte, wie er errötete.

»Das ist Routine«, sagte Nicola sanft.

Marc kratzte sich an der Schläfe. »Ich habe nichts zu verbergen.«

DI Jones starrte ihn noch einen Augenblick länger an. »Wo wir schon einmal hier sind«, sagte er schließlich, »würde ich Sie noch gerne zur Arbeit Ihrer Frau befragen.«

Marc nickte.

»Sie meinten, sie würde bald promovieren?«

»Ja«, entgegnete Marc knapp.

»Warum jetzt?«

Marc zuckte die Schultern. »Die Mädchen sind ein bisschen älter. Alex hat darüber nachgedacht, wieder Vollzeit zu arbeiten, und ein Doktortitel würde ihr einen Lehrauftrag ermöglichen.«

»Also würden Sie Alexandra als ehrgeizig bezeichnen?«

»Natürlich. Sie ist der klügste Mensch, den ich kenne.«

»Und sie wollte einen Lehrauftrag?«

Marc nickte.

»Es ist doch seltsam, oder, dass so eine schlaue, ehrgeizige Frau so lange wartet, um etwas zu verfolgen, das sie so unbedingt möchte?«

»Was meinen Sie damit?«, fragte Marc.

»Es ist bloß so, dass wir mit einigen Freunden von Ihnen gesprochen haben, und die haben die Sache ein wenig anders gesehen.«

Marc kniff die Augen zusammen. »Wer denn? Was haben sie gesagt?«

»Haben Sie und Ihre Frau jemals darüber gesprochen, wer zu Hause bei den Kindern bleiben würde?«, fragte DI Jones und ignorierte Marcs Fragen.

Marc starrte ihn an.

»Es ist im Interesse von allen, dass Sie mit uns kooperieren, Dr. Southwood. Ich versuche nur herauszufinden, ob Alexandra so glücklich mit Ihrem Arrangement war, wie Sie behaupten.«

»Natürlich war sie das«, erklärte Marc. »Warum würde ich lügen? Wir haben uns die Erziehung geteilt. Wir haben uns gegenseitig unterstützt.«

»Aber Sie sind der Leiter Ihrer Abteilung – da müssen Sie bestimmt lange arbeiten. Es muss helfen, wenn man eine Frau hat, die bereit ist, nur in Teilzeit zu arbeiten.«

»Worauf wollen Sie hinaus?«, fragte Marc und wurde wütend. »Was genau wurde gesagt?«

»Wir wollen auf gar nichts hinaus, Marc«, sagte Nicola und tauschte einen Blick mit DI Jones aus. »Wir versuchen bloß, einige Lücken zu füllen.«

Marc blickte von Nicola zu DI Jones und wieder zurück und spürte, dass sie mehr als nur ein Couchtisch trennte.

Nachdem sie weg waren, ging er wieder ins Wohnzimmer und nahm die Tasche mit meinen Sachen in die Hand. Er holte meine Zahnbürste und die Kleidung heraus und legte sie vor sich auf den Tisch. Er wühlte weiter in der Tasche herum und nahm zwei zerknitterte Blätter heraus, die am PC geschrieben worden waren. Sie waren einzeilig bedruckt, und es fehlten Seitenzahlen und Fußnoten. Ein früher Entwurf. Der Titel lautete: »Sind ästhetische Emotionen mehr oder weniger ›real‹ als die, die man im echten Leben empfindet?« Darunter war mit Kuli gekritzelt: *»Oder: Ich vermisse Tony Soprano??«*

Ich hatte ihm ein wenig von dem Artikel erzählt, den ich schreiben wollte. Wir hatten es kurz diskutiert, doch dann war uns klar geworden, dass wir uns wahrscheinlich nicht einigen könnten. Ich wollte etwas Witziges machen, die muffigen Regeln von Tagungen der Kunstgeschichte hinter mir lassen, mit ihren endlosen Folien und der Aufmerksamkeit, die auf die kleinsten Details der ältesten Bilder gelegt wurde. Als ich anfing, voller Begeisterung eine »echte« Wissenschaftlerin werden zu wollen, träumte ich davon, eine öffentliche Intellektuelle zu sein, verrückte Kolumnen im *Guardian* und *The New Yorker* zu schreiben. Marc spöttelte, dass dies nicht unbedingt die höchsten wissenschaftlichen Ambitionen seien, und ich streckte ihm die Zunge heraus und beschwerte mich, dass er zu langweilig sei, um das zu verstehen. Er unterstützte meinen Wunsch nach der Promotion voll und ganz, aber wir wussten beide, dass er einer dieser staubigen Wissenschaftler war, gegen die ich rebellieren wollte. Er mochte richtige Aufsätze und behandelte ernsthafte Themen. Er wollte Quellen und Literaturverzeichnisse, Texte, die tatsächlich Text enthielten, nicht kritische Analysen von *Big Brother* und Katie Price. Ich verdrehte die Augen, wenn er sich über die dürftigen Abschlussarbeiten seiner Studenten beschwerte, dann küsste ich ihn auf den Mund und sagte: »Ich liebe dich trotzdem, Dr. Gähn.« Unsere akademische Inkompatibilität sei irgendwie im Gleichgewicht, witzelten wir.

Er schob den Gedanken an das Blut am Fluss, DI Jones' Fragen und daran, wer um alles in der Welt gesagt haben könnte, wir seien nicht glücklich gewesen, weg und fläzte sich aufs

Sofa, seine in Hausschuhen steckenden Füße legte er auf die gegenüberliegende Lehne. *Okay, Al,* dachte er. *Ich gebe deiner verrückten Wissenschaft eine Chance. Mein Geist ist offen.*

SIND ÄSTHETISCHE EMOTIONEN MEHR ODER WENIGER ›REAL‹ ALS DIE, DIE MAN IM ECHTEN LEBEN EMPFINDET? ODER: ICH VERMISSE TONY SOPRANO?!

Im letzten Jahr haben mein Mann und ich monatelang alle sechs Staffeln von *The Sopranos* gesehen. Wie bei vielen anderen Menschen auf der Erde sind die Figuren wie Freunde und Feinde in unser Leben eingedrungen. Wir haben über ihre Motivationen und Probleme gesprochen, ihre Optionen und ihre Zukunft diskutiert. Dann waren sie weg.

Mit einer beunruhigend abrupten letzten Episode und einem letzten Drücken auf die Auswurftaste unseres DVD-Players waren sie aus unserem Leben verschwunden. Wir haben das Ende einige Tage lang diskutiert, dann haben wir mit *American Horror Story* weitergemacht. Nun, zwölf Monate später, vermisse ich immer noch die Figur Tony Soprano. Ich vermisse seine Anwesenheit in meiner bewussten Psyche; ich vermisse das Wissen, dass ich nach einem langen Tag in seine Welt zurückkehren kann.

Ich vermisse außerdem meinen Vater, der vor zehn Jahren den langen Kampf gegen den Krebs verloren hat. Ich vermisse diese Süßigkeiten, die nach Seife schmecken und die ich als Kind nur in den Ferien essen durfte. Ich vermisse meine Töchter, wenn sie in der Schule sind, und ich vermisse meine Studententage, als ich das Gefühl hatte, ich könnte alles erreichen. Ich vermisse es, Jane Austen nicht noch einmal zum ersten Mal lesen und mich nicht noch einmal neu in die Figuren verlieben zu können. Ich vermisse den Weihnachtsmann, Vampire, Einhörner und Digitaluhren.

Ich vermisse viele Dinge, reale und erfundene, unterschiedlich stark und entweder mit dem Wunsch oder auch ohne ihn, dass sie zu mir zurückgebracht werden. Aber gehören einige dieser Gefühle zu einer unterschiedlichen Klasse? Oder haben sie einen unterschiedlichen Stellenwert?

Ed S. Tan unterscheidet zwischen Ä- und R-Emotionen: Ästhetischen und Realen Emotionen. Mit anderen Worten, Emotionen aus der Welt der Kunst und des Lebens. Er beleuchtet die Unterschiede zwischen Emotionen, die zu tatsächlichen Kunstwerken gehören, und solchen, die zu den Dingen innerhalb des Kunstwerks gehören. Ich nenne sie A- und A2-Emotionen. Dass ich Tony Soprano vermisse, der kein echter Mensch ist und den ich nie kennengelernt habe, ist eine A2-Emotion, wohingegen das Betrauern des Endes der HBO-Serie – die eine Besonderheit in meinem echten Leben war – eine A-Emotion darstellt.

Gut und schön, aber warum sind die beiden verschiedenen A-Emotionen weniger wert als ihre Gegenstücke aus dem realen Leben? Klar, es hat keine körperliche Wirkung auf mein Leben, wenn der schwarze Bildschirm am Ende von *The Sopranos* bedeutet, dass Tony Soprano erschossen wurde, wohingegen meine Welt *tatsächlich* völlig aus dem Gleichgewicht geraten würde, wenn einer meiner engen Freunde beim Abendessen mit seiner Familie in einem Restaurant von einer Kugel getroffen werden würde. Aber ist es wirklich lächerlicher, bei seiner liebsten Seifenoper im Fernsehen zu weinen, als Tränen bei einer tragischen Geschichte in der Zeitung zu vergießen?

»Real« ist eine wertende Bezeichnung, die ich für das wertschätzende Ungleichgewicht zwischen R- und Ä-Emotionen verantwortlich mache, aber ich denke, dass die Ursachen tiefer liegen. Es ist in unserem sozialen Konstrukt verwurzelt, dass wir, egal, welchen Job wir wählen, für welche Religion wir uns entscheiden oder welche Lebensphilosophie wir verfolgen wollen, im Grunde wie unsere Nachbarn leben: in festen Schablonen von Zyklen von der Geburt bis zum Tod. Vielleicht ist es ein Produkt des Kapitalismus oder etwas stärker Angeborenes. Wie dem auch sei, ich würde behaupten, dass es ziemlich absurd ist, R-Emotionen derart hoch über Ä-Emotionen zu stellen, wenn die Rs nur ausmacht, dass alle anderen sie auch empfinden. Im Lauf der Zeit werden sich du und ich und all die Kids in der Straße verlieben, wir werden verlassen, werden von jemandem abgewiesen, der uns wichtig ist, werden etwas erreichen, das wir erreichen wollten, werden unsere Eltern begraben, unsere Kinder im Arm halten, unseren Gott infrage stellen und so weiter.

Es gibt eine endliche Anzahl von R-Emotionen – eine sehr große endliche Anzahl –, von denen jeder von uns nur einen winzigen Prozentsatz erleben wird. Aber bei den Ä-Emotionen ist es anders. Künstler arbeiten seit Jahrtausenden daran, unsere emotionalen Reaktionen auf ihre Arbeit zu beeinflussen, einen völlig neuen Pool an Emotionen und Gefühlen zu erschaffen und nach originellen Gedanken und einmaligen Erfahrungen zu streben. Sicher, allein aus diesem Grund sollten die Äs einen höheren Stellenwert haben.

Ich behaupte nicht, dass Rs nicht wehtun, brennen und deinen Körper vor Verlangen schmerzen lassen, aber warum müssen wir uns an ihnen festhalten, wenn sie jahrhundertelang wieder und wieder gefühlt wurden und sich nicht weiterentwickelt haben? Wäre es nicht sinnvoller, das Unbekannte zu verfolgen? Den Randbereich menschlicher Erfahrungen aufzusuchen, damit zu experimentieren, Gefühle zu manipulieren und kontrollieren, anstatt sich nur zurückzulehnen und darauf zu warten, dass die Welt uns sagt, was wir fühlen sollen? Die Künstlerin, die mich zum Weinen bringt, zeigt viel mehr Talent und viel mehr Geschick als der Freund, der mich fallen lässt. Die eine hat präzise über ihr Produkt nachgedacht, ihre Wirkung auf mich – die Betrachterin – berücksichtigt, ihre Performance geprobt und optimiert, während der andere einfach einem Bauchgefühl folgte, irgendeinem evolutionären Impuls, seine Verluste einzuschränken und zu flüchten. Und während der unbeabsichtigte Darwinist der beiden mir das Herz brechen und meine Situation mir für einige wenige Augenblicke meiner trivialen Existenz wie die tragischste auf der Welt erscheinen mag, leben die Künstlerin und ihr Werk – falls es von angemessenem Wert ist – nach meinem Liebeskummer noch weiter und sogar noch nach dem Leben der Künstlerin, eingerahmt in Galerien, jahrzehntelang wiederaufgeführt oder lediglich auf Bildschirmen auf der ganzen Welt. So traurig wie die Implikationen über den Wert eines einzelnen Menschen sein können, riskiere ich die Vermutung, dass mehr Menschen Tony Soprano vermissen als meinen Dad.

Hier endete der Entwurf. Marc starrte auf die Seiten in seiner Hand. Ich hatte diese Blätter berührt, diese Worte getippt und die Gedanken gedacht. Er wollte, dass meine Buchstaben ihn mit mir verbinden, durch seine Fingerspitzen bluteten und mich zurückbrachten. Aber argumentierte ich wirklich, dass hergestelltes Glück und Schmerz mehr Wert hatten als reale Dinge? Was brachte ihm das nun? Sollte er eher in eine Galerie eilen und in konzeptioneller Genialität schwelgen, als sich über meinen Aufenthaltsort zu sorgen? Sollte er mich abschreiben, wie es DI Jones so offensichtlich getan hatte, und im Kino emotionale Katharsis suchen?

»Verdammte Scheiße, Al«, sagte er laut und zerknüllte die Seiten. Er schob meine Kleidung und meine Zahnbürste auf dem Tisch zusammen und trug alles nach oben. Er schmiss die Sachen aufs Bett und nahm die Reisetaschen vom Kleiderschrank. Sie waren ineinandergepackt, und er zog sie auseinander, bis alle vier weit auseinanderklaffend auf dem Bett lagen. Mit zitternden Händen stopfte er alle Sachen, die die Polizei zurückgebracht hatte, in eine Tasche, dann ging er mit einer anderen zu meinem Schminktisch. Er schaufelte meine Bürste, die Cremes und das Make-up kurzerhand in die Tasche, Tränen liefen ihm die Wangen hinunter. Er sank auf den Boden, die Tasche lag auf seinem Schoß. Er schloss die Augen und sah Blut, Gangster und TV-Gewalt vor seinem inneren Auge. Die Glieder meines Mannes bebten, während er sich diesen echten Gefühlen hingab, die er hatte von sich fernhalten wollen. Die Tasche fiel von seinem Schoß, meine Sachen verteilten sich auf dem Boden. Er öffnete die Augen und kroch herum, um sie aufzuheben, fummelte an der Tasche herum. Seine Finger berührten etwas Hartes im Futter. Etwas kleines, rechteckiges und unverwechselbar Bekanntes. Er suchte nach dem versteckten Reißverschluss an der Innentasche und zog drei bordeauxrote Pässe hervor. Unbeholfen klappte er sie auf, suchte nach den Fotos und überprüfte, was er bereits vermutete. Er sah Lizzies Gesicht, Charlottes und sein eigenes.

—//—

Ich bin schon zu lange mit meinen Gedanken allein. Er hat mich seit drei Tagen nicht mehr besucht. Ein Tablett mit Essen steht jeden Morgen da, wenn ich aufwache, aber ich habe mit niemandem Kontakt. Ich habe gestern Abend versucht wach zu bleiben, damit ich sehe, wie das Tablett gebracht wird, aber vergeblich. Selbst wenn ich wach bin, sind meine Gedanken verschwommen.

Ich habe mir vorgestellt, dass ich erleichtert wäre, wenn er nicht mehr kommt, aber es ist schlimmer. Ich will in meinen Erinnerungen versinken, schlummern und von meinem früheren Leben träumen. Stattdessen habe ich Albträume, schlafend und auch, wenn ich wach bin. Ich versuche, mich an dem festzuhalten, was wir hatten, an unser Glück zu denken, unser Haus, unsere schöne Familie, aber es ist, als würde ich durch ein zerbrochenes Fenster sehen. Die Risse verzerren alles. Die Stunden fließen ineinander, es gibt nichts, um meine qualvollen Gedanken zu betonen. Ich denke immer, ich würde sein Lachen oder den Schlüssel im Schloss hören. Ich drehe mich um, aber es ist nur in meinem Kopf. *Er* ist in meinem Kopf. Ich kann nicht entkommen.

Ich werde mit dem Essen aufhören. Es ist das Einzige, worüber ich Kontrolle habe. Es wird schwer werden, aber ich habe schon Schlimmeres ausgehalten. Ich denke an Menschen, die es vor mir getan haben. Der Körper ist nur ein Werkzeug. Bislang hat er meinen gegen mich verwendet. Nun bin ich dran.

2001

SAMSTAG, 24. FEBRUAR

Patrick hatte sich weder rasiert noch angezogen, als wir ankamen. Er legte den Riegel um und ließ die Haustür in ihren Angeln schwingen, während er barfuß und mit wehendem Bademantel durch den Flur tapste. Mir fiel Fran auf, als wir ihm hineinfolgten. Patricks Bruder Rob befand sich weiter unten auf der Straße, wo er Papiere für einen Leihwagen ausfüllte, und wir hatten sowohl Marcs als auch Frans Auto, doch uns wurde schnell klar, dass wir mehrmals fahren und es fast den ganzen Tag dauern würde.

Fran stellte den Wasserkocher an, und Marc und ich setzten uns mit Patrick an den Esstisch, um eine Liste zu erstellen.

»Wo sollen wir anfangen?«, fragte Marc. Patrick stöhnte leise und legte den Kopf auf die Arme.

Rebecca hatte die fünfjährige Pip genommen und war zu ihren Eltern gefahren. Patrick meinte, sie denke darüber nach, dauerhaft nach Castleford zurückzuziehen und von dort aus zu ihrer Tanzschule zu pendeln. Ich dachte an die Zuckerfee, der ich letztes Jahr an Weihnachten hinter der Bühne in ihr Kostüm geholfen hatte, an Rebecca, die herumgelaufen war und Eltern und Kinder gleichermaßen beschwichtigt hatte. Patrick fing wieder an zu schluchzen, versuchte vergeblich, die Worte herauszubekommen, um uns zu sagen, was sie in Bezug auf Sorgerecht und Besuche besprochen hatten.

Marc legte die Hand auf Patricks Schulter. Ich fragte mich, ob ich jemals zuvor gesehen hatte, wie sie sich berührten. »Kumpel«, sagte Marc.

Fran und ich ließen sie in der Küche allein. »Komm, wir fangen im Schlafzimmer an«, sagte sie, und ich war erleichtert, dass sie das Kommando übernahm.

»Wie geht's Ollie?«, fragte ich, als wir zwei Koffer unter dem Bett hervorzogen.

»Hängt bei der Arbeit fest«, sagte Fran. »Jemand hat sich krankgemeldet, deswegen muss er eine Doppelschicht übernehmen. Ich weiß nicht, warum er das immer auffangen muss. Es scheint so, als wäre er der Einzige, der arbeitet.«

»Das ist ätzend«, sagte ich. Fran beschwerte sich immer mehr über Ollies Arbeit als er selbst, und für ihn war es bei all den Tiraden und der Art und Weise, wie die Inhaberin ihr Personal behandelte, schwer, seine Arbeit noch zu mögen. Ich hörte mir sehr gern seine lebhaften Geschichten über die dummen Dinge an, nach denen Menschen fragen, die Belastungen als Koch.

Fran und ich nahmen uns jeweils eine Seite des Bettes vor und machten uns über die Kleiderschränke und Schubladen her. Zumindest die Kleidung konnte man recht eindeutig in ihre und seine aufteilen, aber es fühlte sich fast schon kriminell an, so nah an Rebeccas Sachen zu sein. Ich schaute mir ihr Make-up und ihre Cremes an, die blonden Haare, die noch in ihrer Bürste hingen.

»Es fühlt sich wie ein Tatort an«, sagte ich. »Als wäre ihr Leben stehen geblieben.«

Fran nickte. »Kein Wunder, dass er in einem solchen Zustand ist, wenn er hier allein in diesem Haus ist.«

Ich kniete mich hin, um noch eine Tasche unter dem Bett hervorzuziehen. Im Inneren befanden sich Trikots in verschiedenen Farben, gefaltet und mit Tüll und anderem Stoff hineingequetscht. Ich dachte wieder an die Weihnachtsshow und sah Rebecca, wie sie winkte und am Bühnenrand flüsterte, während dreißig Sechs- und Siebenjährige durch Pliés und Pas de Chats stolperten. Wir hatten ihr anschließend noch beim Abbau geholfen und es zur letzten Runde in den Pub geschafft. Patrick hatte »eine Flasche der billigsten Brause dieses feinen Ladens« bestellt. Der Barmann sah aus, als würde er ihm am liebsten eine scheuern. Es fühlte sich an, als hätten wir die ganze Nacht gelacht.

Ich zog den Reißverschluss des Seesacks zu und schob ihn wieder unters Bett. Wir waren mit Patricks Kleidung fertig, und ich traf auf Rob, der im Wohnzimmer DVDs und Bücher in ungefähr gleich große Stapel einteilte. Patrick kam regelmäßig herein, nahm ein oder zwei heraus und legte sie auf einen anderen Stapel. Marc folgte ihm mit Pappkartons und Paketband. Fran nahm eine Kiste von Marc und begann, Fotografien und billigen Schmuck aufzusammeln. Ich beobachtete, wie sie einen Schieferuntersetzer mit der Aufschrift »Glücklich bis ans Lebensende«, dann drei Fotoalben, in die sie noch nicht einmal hineinschaute, in die Box warf. Ich verstand, was sie tat, und nahm eine Kiste von Marc, um es ihr gleichzutun, suchte Regale und Oberflächen nach den emotionalsten Gegenständen ab.

»Was werden sie mit diesem Zeug machen?«, fragte ich, nachdem Marc Patrick nach oben geführt hatte.

Fran zuckte die Achseln. »Sie werden es wohl einlagern. Und irgendwann wegwerfen.«

»Das ist so traurig«, sagte ich und dachte an das Album mit den Hochzeitsbildern in unserem Regal und an die Kissenüberzüge, die ich aus meinem Kleid gefertigt hatte.

»Das stimmt«, sagte Fran.

Wir hatten die Unterhaltung natürlich geführt. Die, die jedes Paar schon geführt hat, es aber niemals zugeben kann. »Eine von drei Ehen wird geschieden, wer wird es sein?« Wir saßen damals auf dem Wohnzimmerboden, packten Geschenke ein und lächelten darüber, wie perfekt unser erstes Weihnachten als Eheleute sein würde. Marc schnaubte, als ich das sagte, und schaute mich an, als könnte ich das nicht so meinen. Doch ich lockte ihn in die Unterhaltung, und schließlich fertigten wir eine Liste an.

Zunächst schauten wir uns die offensichtlich sichersten Paare an. Patrick war vor ein paar Jahren der Trauzeuge seines Bruders Rob gewesen, und wir waren zum stundenlangen Gottesdienst im York Minster eingeladen, wo sowohl Patrick als auch Rob früher einmal engelhafte Chorknaben gewesen waren. Nur weil wir nicht Gott an unserer Seite hatten, war unser Eheversprechen nicht weniger bedeutungsvoll, aber es war sehr feierlich, als Rob seiner zukünftigen Frau den Ring hinhielt, hinter ihm die Orgel ertönte und ihm Tränen über die Wangen liefen. Eher ginge die Welt unter, als dass die beiden ihren Schwur brechen würden.

Bei Fran und Ollie hätte es sein können, obwohl niemand von uns sich ein Szenario vorstellen konnte, das Fran in eine solche gefühlsmäßige Lage versetzte, die eine Trennung zur Folge hätte. »Was denkst du, wie sie im Bett ist?«, fragte ich, und Marc musste kichern. Als Patrick uns alle vorgestellt hatte, lauteten seine warnenden und passenden Worte: »Fran ist ziemlich wie eine Ärztin, aber die Mühe lohnt sich.«

Dann war da natürlich noch meine Schulfreundin Philippa. Sie hat einen Monat vor uns geheiratet. Ihr Ehemann Charles war wie sie Anwalt und wirkte nett, aber ein wenig öde. Wir hatten an jenem Abend entschieden, dass es – wenn es unsere anderen Freunde rettete – wahrscheinlich okay war, Philippa und Charles für die Statistik abzuschreiben.

Marc stellte sich hinter mich und legte die Hand auf meine Hüfte. »Ich denke, wir sind fast mit dem Packen fertig«, sagte er. »Rob und ich werden jetzt den Lkw beladen.«

Ich nickte und lehnte mich zu ihm, um ihn auf die Wange zu küssen, dabei roch ich das Aftershave, das ich ihm gekauft hatte.

Von Patrick und Rebecca war in der Unterhaltung gar nicht die Rede gewesen. Sie waren schon so lange zusammen, dass sie praktisch eine Person waren. Als ich Rebecca kennenlernte, legte sie mir ihren langen Arm um die Schultern und bestand darauf, dass wir uns nebeneinandersetzten, damit die Jungs sich wunderten, worüber wir tuschelten. Sie und Patrick waren drei Straßen voneinander entfernt aufgewachsen und gingen miteinander aus, seitdem sie fünfzehn waren. Marc erzählte mir, dass sie sich im zweiten Studienjahr getrennt hätten, aber nur für einen Monat. In diesen vier Wochen sei Patrick untröstlich gewesen, habe auf seinem Zimmer Trübsal geblasen und sich gegen sämtliche Versuche von Marc zur Wehr gesetzt, ihn aus dem Zimmer zu schleifen und angetrunkene Erstsemesterinnen anzusprechen. Ich habe nie erlebt, dass sie sich wegen Kleinigkeiten gestritten oder angemault haben. Rebeccas Telefon hat ständig geklingelt, und sie war immer auf dem Weg zu einer Unterrichtsstunde, lachte über ein Kind, das sich bei der Probe übergeben musste, oder darüber, dass sie Nasenblut aus Trikots waschen musste, aber sie war auch die Art Mensch, die dir das Gefühl gab, alle Zeit der Welt für dich zu haben. Ich vermisste sie. Ich wollte sie anrufen, fühlte mich aber Patrick und Marc gegenüber illoyal. Ich fragte mich, wann ich sie das nächste Mal sehen würde und wie das sein würde. Bis vor zwei Wochen, als Patrick mit verrotztem Gesicht bei uns vor der Tür stand und uns erklärte, Rebecca habe jemand anderen getroffen, hatte ich sie für das perfekte Paar gehalten.

APRIL

SEIT SECHS WOCHEN VERSCHWUNDEN

Marc ließ sich darauf ein, nach Ostern wieder arbeiten zu gehen. Mit Schuldgefühlen zwar, aber die Aussicht darauf, etwas Vertrautes wiederaufzunehmen, wirkte erleichternd. Nicola wollte ihn auf dem Laufenden halten, aber bislang waren keine neuen Hinweise eingegangen – jedenfalls keine, die sie ihm mitteilen wollten –, und mein Gesicht war fast vollständig von den Titelseiten der Zeitungen verschwunden. DI Jones hatte noch einmal nach meinem Pass gefragt, eine erneute Abfrage der Grenzbehörden hatte ergeben, dass er nirgends zur Ausreise benutzt worden sei. Marc sagte ihm, dass er wirklich nicht aufzufinden sei, und versuchte, vor sich selbst zu rechtfertigen, warum er dabei verschwieg, dass sein eigener Pass und die Pässe der Mädchen mittlerweile aufgetaucht waren. Er hatte sie sofort in die Ablage des Sekretärs, wo sie sonst aufbewahrt wurden, zurückgelegt und gleichzeitig verschiedene, mehr oder minder plausible Szenarien entwickelt, die erklärten, warum mein Pass nicht dabei war.

DI Jones hatte ihn auch um eine möglichst vollständige Liste aller Freunde und Bekannten gebeten, mit denen ich in den letzten zwölf Monaten vor meinem Verschwinden Kontakt gehabt hatte. Das fiel Marc nicht leicht, und er hatte sich bei Patrick beschwert, dass die Aufgabe kaum zu bewältigen sei. »Wüsstest du denn, mit wem Susan im vergangenen Jahr alles gesprochen hat?«, fragte er ihn. Patrick schüttelte den Kopf. »Absurde

Situation. Die reinste Zeitverschwendung.« Doch schließlich mailte er dem Inspektor eine Liste. Einige Tage später rief DI Jones an, um Fragen wegen einiger Namen zu stellen. Und eine weitere Woche später meldete er sich erneut wegen eines speziellen Namens.

»Wir konnten die meisten der Leute, die uns wichtig erschienen, erreichen und mit ihnen sprechen«, sagte er. »Aber diese Amelia Heldt ist einfach wie vom Erdboden verschwunden.«

»Verstehe.« Marc lehnte sich in seinem Bürostuhl zurück. Eigentlich hätte er den Polizisten für ihre akribische Recherche dankbar sein sollen, doch ihm war schleierhaft, worauf diese Ermittlungen abzielten, außerdem hatte er im Moment keine Lust auf ein Gespräch mit DI Jones.

»Können Sie uns Hinweise geben, wie wir sie aufspüren können?«, fragte Jones. »Irgendetwas, das uns weiterbringt?«

»Im Grunde nicht, sie ist ja nicht meine Freundin, sondern die von Alex.«

»Sie haben erwähnt, dass Alex ihr ab und zu geschrieben hat.«

»Stimmt.« Er scrollte durch die Schlagzeilen vor ihm auf dem Monitor.

»Dann ist es doch ungewöhnlich, dass ihre Mailanschrift nicht in Alexandras Adressbuch auftaucht, oder?«

»Kann man so sehen.«

»Wir haben sowohl ihr privates als auch ihr E-Mail-Konto an der Universität geprüft, aber Amelia Heldt befindet sich in keinem Verzeichnis.«

»Ich hab keine Ahnung, was das bedeutet«, sagte Marc. »Ich weiß nur, dass sie zusammen auf der Kunsthochschule waren.«

»Es würde uns wirklich helfen, wenn Sie einen Tipp hätten, wie wir sie kontaktieren können. Auch im Internet wahrt Ms. Heldt offenbar erfolgreich ihre Privatsphäre.«

»Tut mir leid«, sagte Marc, während er an seinem Computer »Amelia Heldt Kontakt« in die Suchmaschine eingab.

»Sie haben gesagt, dass Alex sie nur zweimal besucht hat?«

»Ja.« Erster Treffer war ein Artikel der *Washington Post* mit dem Titel »Der Anonymitätskult«.

»Wirklich nicht häufiger?«

»Warum fragen Sie mich das schon wieder?« Marc klickte auf den Artikel.

»Hat Alex noch zu anderen Personen in Amerika Kontakt?«

Amelias Name wurde im ersten Absatz des Artikels zusammen mit Banksy, Elena Ferrante, Daft Punk und Sia erwähnt, die als Künstler lieber im Verborgenen agierten, anstatt dem Reiz des Berühmtseins zu erliegen. »Nein«, sagte Marc.

»Nicht dass Sie wüssten«, soufflierte DI Jones.

»Nicht dass ich wüsste«, wiederholte Marc leicht gereizt. Die Verfasserin des Artikels sah in diesen Künstlern offenbar löbliche Vorreiter all jener, die den Narzissmus des Kunst- und Unterhaltungsbetriebs gründlich satthatten. *Sie wenden sich gegen Warhols Behauptung, dass jeder seine fünfzehn Minuten Ruhm suche*, las er, *und streben nach einer anderen, ehrlicheren und letztlich imponierenderen Form von Ruhm – Ruhm, der auf Ruhm verzichtet.*

»Aber Sie wüssten schon, wenn Ihre Frau mit anderen Personen in den USA in Kontakt gestanden oder sie besucht hätte?«

»Selbstverständlich.« *Für manch einen mag diese Vorstellung schwer nachvollziehbar sein*, las er weiter. *Davon zeugen die unglaublichen Summen, die Journalisten winken, wenn sie diese Künstler »ausfindig« machen, und das wirft die Frage auf, ob die Öffentlichkeit ein angestammtes Recht darauf hat, den Künstler hinter den Kunstwerken, die sie konsumieren, zu kennen.*

»Selbst wenn es ein verflossener Liebhaber wäre?«, fragte

DI Jones. »Jemand, bei dem Ihre Frau vermuten könnte, dass Sie auf ihn eifersüchtig sein könnten?«

Marc las nicht mehr weiter. »Das ist doch albern!«

DI Jones schwieg dazu am anderen Ende der Leitung.

»Wir haben keine Geheimnisse voreinander«, sagte Marc. »Ich habe keinerlei Grund, eifersüchtig zu sein.«

»Gut, Dr. Southwood. Falls Ihnen noch etwas einfällt, wie wir Amelia Heldt kontaktieren können, lassen Sie es uns bitte wissen.«

Marc war verstimmt, als er den Hörer auflegte. Eher zerstreut überflog er den Rest des Artikels, der ihn nicht überzeugte. Er war kein Verfechter des Starkults, der besonders junge Menschen nicht mehr aus dem Schwärmen und Tratschen herauskommen ließ, aber er hielt es auch nicht für eine Tugend, sich hinter einer Maske oder einem Pseudonym zu verstecken. Wenn Amelias Anonymität jedoch DI Jones Kopfschmerzen bereitete, sollte es ihm recht sein. Denn warum kümmerte er sich um meine alten Freunde und Freundinnen? Warum machte er sich nicht auf die Suche nach mir?

Mein Mann klammerte sich an die Vorstellung, dass ich am Leben war, wie ein Kind an seine Schmusedecke. Doch die Tage und Wochen vergingen, und der einzige Weg, die Hoffnung nicht zu verlieren, war, nicht genauer hinzusehen. Eines Morgens brachte er die Mädchen mit dem Auto zur Schule und fuhr dann durch den Nieselregen zum Einkaufszentrum. Ein Dichtungsring am Waschbecken im oberen Stockwerk war porös, und Charlotte hatte Johannisbeersaft auf dem Teppich in ihrem Zimmer verschüttet, was sich nicht mehr auswaschen ließ. Unsere Freunde kamen regelmäßig vorbei und brachten etwas zu essen, doch Marc beschlich langsam der Eindruck, dass er ihr Wohlwollen überstrapazierte. Der Vorrat an Grundnahrungsmitteln neigte sich gefährlich gen null, und ihm wurde klar, dass er den Kindern mehr Abwechslung bieten musste, als ständig nur Nudeln, Nuggets oder Essen vom Imbiss.

Er parkte vor Sainsbury's, steckte die Ein-Pfund-Münze in den Schlitz des Einkaufswagens und betrat den Supermarkt durch die automatisch aufgleitende Eingangstür. Er füllte den Wagen mit Obst und Gemüse, nahm sich vor, den Mädchen gesunde Mahlzeiten zuzubereiten, ihnen keine Junkfood-Snacks mehr zu servieren. Aber vielleicht trotzdem eine Tüte Popcorn, für einen kuschligen Filmabend mit ihnen. Beim Weinregal bog er ein, weil er ein paar Flaschen auf Vorrat kaufen wollte, um den Eltern von befreundeten Kindern nach einem Spielenachmittag noch ein Glas anbieten zu können. Und da sah er mich plötzlich.

Ich stand mit dem Rücken zu ihm vor einem Regal und las das Etikett einer Flasche Primitivo. Ein großer schwarzer Hut verdeckte mein Gesicht und Haar, aber ein paar widerspenstige Locken lugten im Nacken hervor. Statt eines Mantels hatte ich mich in eine dicke Wolljacke gehüllt. Er erkannte mich an der Art, wie ich stand: das Gewicht eher auf dem rechten Fuß, das linke Knie leicht angewinkelt. Die vertraute fließende Bewegung, mit der ich die eine Flasche wieder zurückstellte und nach einer anderen im Regal weiter oben griff. Er erkannte mich an meinen Wangenknochen mit den Sommersprossen auf der blassen Haut. Er stellte sich vor, wie meine Wimpern die Lider um meine blauen Augen herum berührten, während ich das Etikett las.

Er hielt am Ende des Ganges inne. Andere Kunden schoben ihre Einkaufswagen an ihm vorbei, ungeduldig, weil er im Weg stand und sie heute noch mehr zu erledigen hatten, als nur einzukaufen. Ich schien keine Eile zu haben, sondern legte eine Flasche in meinen Korb und wandte mich dann dem Regal mit anderen Rotweinen zu.

Ihm schien es nicht merkwürdig vorzukommen, dass er mir ausgerechnet hier zufällig begegnete. Vielleicht war es nur logisch, dass ich genau in dem Augenblick wieder auftauchte, als er aufhörte, Trübsal zu blasen, als seine Lebensgeister zurückkehrten. Ich würde doch nicht wollen, dass er flennend auf dem Sofa über alte Fotos von uns gebeugt herumlungerte, oder? Einen Trauerkloß als Mann braucht niemand, und jedes Kind weiß schon, dass man das, was man sich wünscht, nur kriegt, wenn man aufhört, den Eltern damit in den Ohren zu liegen. Sein Herz schlug ihm bis zum Hals. Er holte zum ersten Mal wieder Luft, seit er mich erblickt hatte, und schob den Wagen langsam in meine Richtung, den Blick starr auf meinen Rücken gerichtet.

»Passen Sie doch auf!«, knurrte jemand, den er beiseitedrängte. War das ein Rioja, den ich da gerade in der Hand hielt?

Er roch mein Parfum, als er hinter mir stand. Ein ungewohnter Duft, aber angenehm. Er streckte die Hand aus und legte sie mir sanft auf die Schulter. »Al?«

Die Frau zuckte zusammen. Ihre Schulter erbebte unter seiner Berührung. Sie rang nach Luft, während sie sich gleichzeitig umdrehte und die Flasche fallen ließ. Er zog die Hand zurück, als hätte ihre Strickjacke Feuer gefangen. Die Weinflasche zerschellte auf dem Boden. Die Frau mit meinen Haaren, aber einem anderen Mund und anderen Augen warf ihm einen wütenden Blick zu.

»Was erlauben Sie sich!«, rief sie und schaute auf ihre nassen Schuhe und dann in Marcs enttäuschtes Gesicht.

Der schwere Geruch von Rotwein stieg ihm in die Nase, während er langsam aus seinem tranceartigen Zustand erwachte. Einen Augenblick sah er sich selbst wie von oben. Was war nur in ihn gefahren? Warum sollte seine Frau, die nie Alkohol trank, plötzlich Wein kaufen? Warum sollte sie in einem Supermarkt

Einkäufe erledigen, obwohl sie seit sechs Wochen nicht nach Hause gekommen war?

»Es tut mir furchtbar leid«, stammelte er dümmlich. »Ich habe Sie verwechselt.«

»Ausgelaufene Flüssigkeit in Gang vierzehn«, dröhnte es aus der Lautsprecheranlage des Markts. Andere Kunden starrten sie an.

»Sie sind doch …«, fing die Frau an, hielt dann jedoch inne.

Marc nickte. »Tut mir furchtbar leid.« Er stolperte rückwärts, um Abstand zwischen sich und der Frau zu schaffen, die nicht ich war, aber mit der er gerade den intimsten Moment seit meinem Verschwinden erlebt hatte.

»Alles okay, ist ja nichts passiert«, sagte die Frau.

Sie wurden von einem Angestellten verscheucht, der mit Eimer und Mopp um die Ecke eilte, um den Wein aufzuwischen. Marc bot an, für die zerbrochene Flasche aufzukommen, doch nachdem der Angestellte ihn von oben bis unten gemustert und der Frau einen kurzen Blick zugeworfen hatte, meinte er, das sei nicht nötig, man könne es als Unfall verbuchen.

»Danke«, murmelte Marc und schob seinen Wagen zur Kasse. Er spürte beim Weggehen den Blick der Frau und war erleichtert, als er eine freie Kasse am anderen Ende des Geschäfts sah. Er packte seine Einkäufe ein und fuhr sie zum Kofferraum, knallte die Tür zu und raste vom Parkplatz.

Ein zweiter und kleinerer Appell wurde an diesem Abend bei *Crimewatch* ausgestrahlt. Nicola hatte erklärt, es sei erforderlich, dass ich weiterhin in den Nachrichten auftauche, und wie schnell die Presse von vermissten Personen gelangweilt sei, sobald es keine neuen Enthüllungen gebe. Marc schaute zu. Mein Fall wirkte wenig sensationell und lief zwischen einer internationalen Fahndung nach einem Typen, der zwei Frauen getötet hatte, und der Suche nach einem Vergewaltiger, der ein junges Mädchen auf dem Schulweg angegriffen hatte.

Nicola hatte sich keine zu großen Hoffnungen gemacht, dass der neue Aufruf zu zahlreichen Zeugenaussagen führen würde, doch sie rief Minuten nach der Ausstrahlung an. Es waren bereits ungewöhnlich viele Spenden eingegangen. Jemand hatte gerade fünfzigtausend Pfund über den Link auf der Website gespendet. Anonym, wie Nicola sagte. Ein PayPal-Account, der in Nordamerika registriert sei. Normalerweise, erklärte sie, wollten Menschen, die große Summen spendeten, dies im Licht der Öffentlichkeit tun. »Das ist sehr ungewöhnlich«, sagte sie.

»Aber gut?«, fragte Marc. So krass es sich auch anfühlte: Er fing an, sich Geldsorgen zu machen. Die bedruckten Milchflaschen und Flyer waren teuer, und einen Haushalt mit einem Einkommen zu bestreiten, wo früher zwei waren, war nicht leicht. Die Uni hatte mein Einkommen eingefroren und ihn informiert, dass sie Leistungen für Hinterbliebene nicht ohne Leiche auszahlen könnten. Unsere ganzen Konten waren auch durcheinander. Marc musste das Telefon ab- und wieder anmelden, weil die Gesellschaft es nicht ohne meine Erlaubnis auf seinen Namen umschrieb. Die Frau am anderen Ende der Leitung hatte Mitleid gezeigt, selbst als er wegen ihrer Unfähigkeit gemurrt hatte, doch sie erklärte, dass sie keine Leitlinien im Umgang mit Vermissten hätten. Mit der Hausratversicherung war es dasselbe. Marc hatte versucht, sie zu kündigen und die Police auf seinen Namen zu erneuern, doch der Mann sagte: »Sorry, wir brauchen die schriftliche Einverständnis von Mrs. Southwood.«

»Sind Sie bescheuert?«, hatte er entgegnet. »Wie sollte sie Ihnen schreiben, wenn sie nicht hier ist?« Der Typ am Telefon hatte gesagt, er würde diesen Ton nicht tolerieren, und legte auf.

Die Spenden würden nicht sämtliche Probleme lösen, aber zumindest könnten sie den Druck nehmen; zumindest war immer genug Geld für Poster und Anzeigen vorhanden, damit ich nicht in Vergessenheit geriet.

»Das Geld ist nützlich«, sagte Nicola vorsichtig. »Aber die Umstände sind seltsam. DI Jones will nachforschen, ob wir den Spender ausfindig machen können.«

»Glauben Sie, es könnte sich um einen Hinweis handeln?«, fragte Marc und war plötzlich alarmiert. Er stand auf und schloss die Wohnzimmertür, falls die Mädchen vorbeigingen. »Dass der Mensch, der Al entführt hat …«

Nicola unterbrach ihn. »Wir wissen noch nicht, ob etwas dran ist, aber wir behandeln es als verdächtig.«

Marc starrte auf den stumm gestellten Fernseher, versuchte, den Adrenalinstoß auszugleichen, weil endlich etwas passierte und wegen Nicolas Warnung, sich bloß nicht zu viele Hoffnungen zu machen.

»Wo wir gerade schon einmal sprechen«, sagte sie vor dem Auflegen, »ich habe noch eine Frage: Haben Sie in letzter Zeit versucht, mit Ihrer Schwiegermutter Kontakt aufzunehmen?«

»Nein«, antwortete Marc. Sollte er das gemacht haben? War es unhöflich und gefühllos, dass er die Frau vergessen hatte? Nein, dachte er. Sie hatte die Zuneigung nicht verdient. Sie verdiente mich auch nicht als Tochter. In Marcs Gesicht spiegelte sich immer Grauen, wenn ich über ihren Alkoholkonsum sprach, darüber, was sie mir entgegengeschrien hatte, über die Männer, die sie unterhielt, während ich oben spielte; wenn ich davon erzählte, wie ich entdeckte, dass sie die Köpfe all meiner Puppen abgeschnitten hatte, und meine verzweifelten Versuche, die Wahrheit vor meinem Vater zu verbergen. Die Frau hatte meine Kindheit zerstört; Marc war ihr gar nichts schuldig.

»Dann tut es mir leid«, sagte Nicola. »Aber ich habe schlechte

Nachrichten. Wir haben Anfang der Woche angerufen, um einen Termin für ein Gespräch festzulegen, und leider hat ihre Pflegerin Miss Morse zurückgerufen und gesagt, dass Mrs. Carlisle gestorben ist.«

Marc starrte auf die hellen, flackernden Lichter auf dem Fernseher. Was sollte er fühlen?

»Es tut mir sehr leid, Marc.«

»Es ist … es ist okay«, brachte er schließlich heraus. »Ich kannte sie kaum. Es ist nur … ein Schock, glaube ich.«

»Natürlich«, sagte Nicola. »Standen Alex und ihre Mutter sich nah?«

Marc schloss die Augen und kniff sich in den Nasenrücken. »Eigentlich nicht. Sie waren lange zerstritten, und dann mit der Krankheit …«, er sprach nicht weiter.

»Aber Alex hat sie häufig besucht?«, fragte Nicola.

Marc öffnete die Augen und starrte auf den Teppich, den wir in diesem kleinen Geschäft in Harrogate ausgesucht hatten. Er fragte sich, ob das eine offizielle Frage oder der höfliche Small Talk war, nach dem es sich anhörte. »Wie gesagt, sie hat sich einige Male im Jahr mit dem Zug auf den Weg gemacht. Diese Ausflüge waren stressig, kein fröhliches Familientreffen. Anschließend war Al immer ein oder zwei Tage lang wie benommen.«

»Es muss einen verunsichern, wenn die eigenen Eltern nicht mehr wissen, wer man ist«, sagte Nicola und hörte sich aufrichtig mitfühlend an. Marc fühlte sich schuldig, weil er ihre Motive infrage gestellt hatte.

Einen Augenblick lang blieb er stumm und wusste nicht, wie er die Unterhaltung weiterführen sollte. Er versuchte, sich zu erinnern, in welcher Straße in Harrogate das Geschäft gewesen war, fragte sich, ob es noch existierte. Anschließend hatten wir im *Betty's* Kuchen gegessen, Lizzie hatte ihren auf dem ganzen Tisch verschmiert, und Charlotte hatte so sehr geschrien, dass ich ihren Kinderwagen rausgeschoben und Marc die Rechnung bezahlt hatte.

Er bemerkte, dass Nicola sprach. »Wo wir nun Mrs. Carlisle nicht mehr fragen können, müssen wir noch einige Dinge mit Ihnen besprechen, Marc. DI Jones würde gern wissen, wie häufig Alex ihre Mutter besucht hat und ob es sein könnte, dass sie einige Male allein woandershin gefahren sein könnte.«

»Wie meinen Sie das?«, fragte Marc.

»Irgendwelche Urlaube oder Kurztrips, bei denen sie übernachtet oder das Land verlassen hat.«

»Das haben wir schon besprochen. Wir unternehmen Dinge zusammen, als Familie.«

»Wenn Sie nur kurz nachdenken würden, Marc, und eine Liste mit Daten in den letzten paar Jahren zusammenstellen, das würde uns wirklich bei Querverweisen helfen.«

»Querverweisen wozu?«

Nicola antwortete nicht.

»Was soll das alles?«, knurrte Marc in den Hörer.

»Selbst wenn wir Alexandra lebend finden«, sagte Nicola, »werden Sie sich mit einigen unangenehmen Fakten auseinandersetzen müssen …«

Marc konnte sich das nicht anhören. Nicola sprach weiter, aber er starrte auf den stummen Fernseher und versank in Gedanken. Je mehr er mit Nicola und DI Jones sprach, desto weniger hatte er das Gefühl, sie seien auf seiner Seite. Sie besaßen Informationen, die sie ihm vorenthielten, Gedanken und Annahmen über unsere Familie, die nicht zu seinen eigenen passten. Die nicht zu uns passten. Aber Marc kannte uns; er kannte mich. Die Polizei grub in den falschen Kaninchenlöchern. Er versuchte, ihnen das mitzuteilen, doch sie verstanden es nicht. Sie hatten keinen Zugang zu unserer Welt. Sie konnten – anders als Marc – nicht in unsere Erinnerungen eintauchen. Nicola konnte nicht zehn Jahre zurückspulen, wie er das gerade tat. Sie konnte ihm nicht nach Edinburgh folgen, um neben mir die Royal Mile entlangzulaufen, um das schreckliche Stück von Beckett zu diskutieren, das wir gerade in einem provisorischen Kellertheater gesehen hatten. Wir verscheuchten zerzauste Schauspieler, die uns Flyer anboten, wir waren am Scheitelpunkt unserer neuen Leben angekommen, mein anschwellender Bauch machte aus mir eine härtere Kritikerin als sonst. Wir eilten zurück zu unserem Hotel und sprachen auf dem Weg über Pellkartoffeln. Wir hatten sonst keine Gedanken. Wir waren glücklich.

Mein Mann hatte mich verloren. Das wollte er sagen. Aber das sagte man auch, wenn jemand stirbt. Nur dass man diese Menschen nicht verloren hatte. Sie waren da: anwesend, wie erwartet in ihren Särgen und Urnen. Die Hinterbliebenen wussten, wo sie standen. Sie konnten trauern. Er jedoch wusste nichts. Er hatte seine Seelenverwandte verloren. Aber stimmte das? Es hörte sich an, als hätte er mich verlegt, abgestellt und vergessen, wo er mich gelassen hatte, als wäre das alles seine Schuld. Hatte jemand anderes dazu beigetragen? War ich ihm unter viel grausameren Umständen gestohlen worden? Brauchte ich seine Hilfe?

Oder sollte er sich an Nicolas Version halten? Dass ich selbst mit meinem Verschwinden zu tun hatte? Wenn ich selbst wusste, wo ich war, war ich dann überhaupt verloren? War ich für irgendjemanden außer für ihn verloren? Er konnte nicht glauben, dass er das dachte, nicht von mir. Er hatte alle Videos auf der Internetseite für Vermisste gesehen und hatte Mitleid mit den armen Eltern und Kindern, die wollten, dass ihre Lieben wiederkamen. Er fand es traurig, dass sie wegen Menschen weinten, die grausam genug sein könnten, mit Absicht zu gehen.

Aber er konnte das nicht auf sich beziehen. Er konnte sich nicht vorstellen, dass ich so sein könnte. Das ergab auch keinen Sinn mit meinem Blut und meinen Sachen am Ufer.

Nicola würde ihn das nicht ignorieren lassen, sie sagte immer wieder, falls er sicher sei, dass ich noch lebte, wäre das eine Möglichkeit, die er in Betracht ziehen müsse. Aber ich würde sie nicht im Stich lassen. Ich *konnte* die Mädchen einfach nicht verlassen. Er kannte mich. Falls ich irgendeine Möglichkeit gehabt hätte, mit ihnen Kontakt aufzunehmen, hätte ich sie ergriffen.

»Und warum hat sie keinen Kontakt aufgenommen?«, fragte er mit einer für das leise Haus zu lauten Stimme. Das musste einfach bedeuten, dass ich irgendwo festgehalten und gefoltert und noch viel mehr wurde, was mein Mann sich nicht vorstellen konnte, andernfalls hätte ich doch angerufen. Es war absurd. Niemand konnte das seiner Familie antun. Die Frau war verrückt, wenn sie dachte, ich könnte freiwillig dafür sorgen, dass sie das mitmachte. Er brüllte. Man musste mich entführt haben. Nicola sagte, sie würden es ein andermal besprechen. Würden sie nicht. Es gab keine Diskussion.

»Finden Sie meine Frau«, rief er und legte auf.

Ich wache auf und halte mir den Bauch. Ich weiß, es war nur ein Traum, aber ich schluchze immer noch. Marc war da. Wir waren im Krankenhaus. Ich war schwanger. Anfangs nur ein wenig, dann immer mehr wie ein riesiger Luftballon. Ich schwebte durch die Flure, leuchtend und stolz, und legte mich aufs Bett, damit die Krankenschwester Ultraschallgel auf meinem Bauch verteilen konnte. Aber ihr kleiner Bildschirm blieb leer. Dann fingen die Ärzte, Marc, Lizzie und Charlotte an, mich anzustupsen, und zu rufen: »Wo ist es? Was hast du damit gemacht?« Und mein Ballonbauch platzte auf, ich lag mit einer klaffenden Wunde vor ihnen wie ein ausgenommener Fisch.

Ich versuche, gleichmäßig zu atmen. Es war nur ein Traum. Dieses Gefühl von Leere ist nicht echt. Meine Babys sind in Sicherheit. Ich drehe mich um und sehe das Tablett. Mein Magen krampft sich zusammen. Ich habe nur vier Tage nichts gegessen. Wirklich erbärmlich. Ich starre die Toastscheiben an, fokussiere meinen Blick, lasse ihn wieder schweifen, bis der Raum wie ein Kaleidoskop verschwimmt.

Meine Zeit war früher reglementiert. Schultage und Semesterzeiten, Vereine und Verabredungen gaben die Struktur vor. Ich hatte Kalender und Tagebücher. Nun habe ich einen hauchdünnen Lichtstrahl, der mir sagt, dass ein neuer Tag begonnen hat, eine Uhr, die ihre Runden dreht, wieder und wieder, nur seine Besuche unterbrechen die Eintönigkeit. Ich versuche, mich zu erinnern, worüber ich früher nachgedacht habe, wie ich meine Tage ausgefüllt, mein Hirn unterhalten habe. Aber es ist ein Muskel, oder? Ich habe gestern versucht, zwischen den Wänden zu joggen, bin nach einem Dutzend Mal zusammengebrochen.

Es gibt Kulturen, die glauben, dass körperliche Entbehrung der einzige Weg zum anderen ist, sei es ein Gott oder das eigenen Unterbewusstsein. Körperliches Leid kann in Macht umgewandelt werden. Wenn man das Leiden kontrolliert, kontrolliert man alles.

2001

11.12.01

Al,

Du kannst dir nicht vorstellen, wie es gerade in New York ist. Die ganze Stadt läuft im Nebel umher. Die Menschen sind nett zu Fremden, halten einander Türen auf und lassen anderen in der U-Bahn den Vortritt. Es ist unwirklich. Ich habe ein oder zwei Tage nach dem Ereignis darüber nachgedacht, ein Stück daraus zu machen, aber ich konnte noch nicht einmal ein Brainstorming durchführen, ohne mich schmutzig oder unangemessen zu fühlen. Ich denke, man muss es den großen Tieren überlassen. Laurie Anderson hat den Gig gespielt, den sie für den 11. September geplant hatte. Oder vielleicht am Tag danach, ich bin mir nicht sicher. Wie dem auch sei, es wurde als eleganter Zug und schöne Entscheidung aufgenommen. Ich bezweifele, dass irgendetwas, was ich mir ausdenke, elegant oder schön sein könnte, es ist nur wütend und verwirrt.

Ich denke viel über Verlust nach. Wie – wenn man jemanden verliert – nicht nur der Mensch, sondern auch die Erinnerung an ihn verloren geht. Stell Dir vor, wenn Du jemanden so unvorhergesehen wie in den Türmen verlierst, wie würde das Deine Wahrnehmung von ihm als Mensch beeinflussen? Am Tag zuvor hast Du Dich vielleicht beim Spülen an etwas Schönes, aber Unbedeutendes von vor zwanzig Jahren erinnert. Am Tag danach jedoch ist die Liebe tragisch, und man spürt bloß den Verlust. Man erinnert sich nur an den Tod dieser Menschen. Ich würde wetten, dass keiner der Hinterbliebenen im Augenblick zu einer willkürlichen, fröhlichen Erinnerung fähig ist. Es verfolgt sie, dass ihre Liebsten leiden und sie selbst einsam sind. Wie lange wird es dauern, bis sie sich die Zeit nehmen, bei der Erinnerung an ein Händchenhalten oder einen Begrüßungskuss zu lächeln?

Das hört sich auf tragische Weise sentimental an, oder? Gar nicht nach mir. Vielleicht werde ich im Alter sanftmütig. Ich glaube, das liegt gerade an der Stadt. Sie ist voller Schmerz, aber es fällt mir auf, dass jeder, der einen Verlust betrauert, das nur tun kann, weil er oder sie eine besondere Verbindung hatte, die nun weg ist. Es scheint doppelt tragisch, wenn sie das auch noch vergessen.

Also vergiss das nicht, okay? Du wirst die engste Bindung herstellen, die es gibt. Und solange Du nicht so sehr mit Kotze oder Kacke beschäftigt bist, dass Du mich vergisst, hoffe ich wirklich, dass es Dich glücklich macht. Vielleicht können wir ein Kunstwerk aus Deinem Baby machen. Es ist ja Deine Kreation, oder? (Möchtest Du ein Mädchen oder einen Jungen?) Allan Kaprow: »Die Linie zwischen Kunst und Leben sollte so durchlässig und vielleicht auch unbestimmt wie möglich gehalten werden.« Es gibt nichts Natürlicheres als ein 4,5-Kilo-Baby aus der Muschi zu pressen, oder?

Ich habe angefangen, kleine Videoprojekte mit meiner Mom zu machen. Ich denke immer noch über diese märchenhaften Erzählungen nach, über die wir gesprochen haben, und die Erwartungen, die sie erzeugen, die völlig unerreichbar sind. Meine Mom und ich hatten eine schwierige Zeit, aber sie ist wieder mit mir in Kontakt getreten und bei dem Zustand der Welt gerade bin ich froh, dass ich ihr noch eine Chance gegeben habe. Sie verhält sich eigenartig unterstützend. Ich stelle sie vor die Kamera, und sie versucht alles, worum ich sie bitte, ihr ist es egal, ob ich sie manipuliere oder in alten Wunden herumstochere. Danach sagt sie, sie verstehe es, sie wisse, dass es um Kunst gehe, und sie wolle, dass ich mich herausforderte, damit ich die beste Version von mir sein könne. Ich glaube, dass sie sich insgeheim darüber ärgert, dass sie Hausfrau ist und ihre Karriereambitionen für meinen Dad aufgegeben hat. Sie ist umgezogen, um mit ihm zusammen zu sein, und saß schließlich mit mir allein zu Hause. Als ich noch sehr klein war, hat sie gemalt, also vielleicht machte meine Tätigkeit als Künstlerin wett, dass sie nicht dabeigeblieben ist. Ich erinnere mich, dass ich sie angeschrien habe, dass sie mich nicht »bekommen« habe, dass sie keine Ahnung habe, wer ich sei und dass sie versuchte, mich zu kontrollieren. Nun frage ich mich, ob sie die Einzige ist, die es wirklich versteht.

Ich möchte, dass sie vor der Kamera einfach sie selbst ist, dass sie idealisierte Versionen von sich selbst als Mutter nachspielt. Wir haben diese ganzen Klischeefilme angeschaut – Sachen wie Meine Lieder – meine Träume, Magnolien aus Stahl, Seite an Seite, Überall, nur nicht hier *– alles mit einer Mutterfigur, alles, was zu dem zuckersüßen Bild beigetragen haben könnte, das wir von einer »MOM« haben. Ich habe ihr einige Szenen zum Anschauen und Inszenieren gegeben, außerdem sollte sie Modelle von Eigenkonstruktion und sozialer Interaktion erstellen, die Beziehung zwischen ihr vor der Kamera und mir hinter der Kamera überwachen. Obwohl sie nach Drehbuch spielt, gibt es diesen sichtbaren Subtext des echten Menschen, der für seine echte Tochter spielt, was ich irgendwie aufregend finde. Ich will den passiven Einfluss dieser märchenhaften Erzählungen untersuchen, die wir aus Filmen kennen, will herausfinden, wie schädigend es ist, diese Erzählungen auszurollen und zu sagen, dass sie auf alle passen. Ich will den Blick der Kamera betonen und ausschöpfen (meinen und den des Filmemachers), indem ich mich direkt mit ihm befasse, aus einer privaten Beziehung eine öffentliche Performance* *mache und damit hoffentlich einen Sinn für Voyeurismus erschaffe, zu dem man eingeladen ist.*

Ich weiß nicht, was ich mit den Videos anstellen werde, sie könnten irgendwann vielleicht anderen zur Recherche dienen, aber dieses ganze Ding zwischen Mutter und Tochter ist so vielschichtig und so komplex. Ich habe meine Mutter jahrelang gehasst, aber jetzt, wenn es so wirkt, als hätten wir vielleicht nicht mehr viele gemeinsame Jahre, überrascht sie mich. Sie war umwerfend, wirklich, auf eine seltsame Art, ich weiß nicht, ob mein momentanes Leben ohne sie möglich wäre.

Ich hoffe, dass Dein Baby später dasselbe über Dich denkt. Ich mache mir Sorgen, dass ich weder selbstlos noch egoistisch genug bin, um einem Kind alles, was ich habe, zu geben. Wenn man Mutter ist, muss man all seine Träume den Träumen der Kinder opfern und die ganze Welt für sich selbst und seine Familie. Ich hoffe, Du kannst das.

Am x

SONNTAG, 6. MAI 2001

»Wenn wir im Lotto gewinnen«, sagte ich und verschränkte meine Finger mit Marcs, »sollten wir dieses Haus kaufen und ein Kunstzentrum daraus machen.«

»Wir spielen noch nicht einmal Lotto«, meinte er.

Ich schaute ihn von der Seite an und blickte dann wieder auf das Gebäude. Ich zog meine Hand aus seiner. »Komm, wir schauen hinein.«

»Sei nicht albern«, sagte er. »Los, wir kommen schon zu spät zum Mittagessen.« Er ging weiter in Richtung Stadt und war sicher, dass ich jeden Augenblick wieder neben ihm auftauchen würde.

Stattdessen rüttelte ich an den Brettern, die eines der Fenster im Erdgeschoss verdeckten, bis ich eines entfernen konnte. Ich blickte mich um, ob mich jemand sehen konnte, dann schob ich mein rechtes Bein durch das Loch. Als ich auf der anderen Seite auf dem Boden angekommen war, zog ich den Oberkörper und Kopf hindurch, mein linkes Bein folgte, und das Brett knallte hinter mir wieder an die Wand. Ich blinzelte und wartete darauf, dass sich meine Augen an die Dunkelheit gewöhnten. Ich zog die Unterlippe zwischen die Zähne und ging auf Zehenspitzen über den mit Trümmern übersäten Boden.

»Alex!«, hörte ich Marc von draußen zischen. Er muss sich schließlich umgeschaut haben. »Alex! Komm wieder raus!«

»Komm du lieber rein«, antwortete ich. »Es ist toll hier.«

»Wir werden beide verhaftet.«

»Nur, wenn du da draußen stehen bleibst wie ein Idiot. Komm schon, ich will es mir anschauen.«

Er murmelte etwas über verrottete Holzböden, Gesundheits- und Sicherheitsanforderungen und unsere Freunde, die auf uns warteten, aber schließlich sah ich ein Bein an dem Eingang, den auch ich benutzt hatte, dann folgte der Rest seines Körpers.

»Hierhin«, sagte ich und war begeistert, dass er mir tatsächlich gefolgt war. »Ist das nicht schön?« Ich griff im Dunkeln nach seiner Hand und drückte ihm einen Kuss auf die geschürzten Lippen. »Schau«, sagte ich und führte ihn weiter ins Innere. »Wir könnten hieraus einen Theaterraum machen, und oben wären die Ateliers für die Künstler. Und dort ein kitschiges amerikanisches Diner, wo die Kellner auf Rollschuhen umherfahren … «

»Al …«, sagte Marc.

»Nein, hör zu«, entgegnete ich, löste meine Hand aus seiner und unterbrach ihn. »Die Künstler würden kommen, hier wohnen und in dem Diner oder wo auch immer einige Stunden am Tag für Kost und Logis arbeiten, in der restlichen Zeit könnten sie einfach Kunst machen. Schauspieler, Dramatiker wären hier, wir würden Workshops anbieten, überall im Haus wären Installationen – und jeder könnte einfach vorbeikommen und etwas ausprobieren. Der ganze Ort hätte diese magische Aura voller Experimentierfreude. Natürlich wäre auch alles brillant, deswegen würden uns die Kritiker lieben, es gäbe eine Warteliste, und Fördergelder würden einfach fließen …«

Ich ging weg von Marc, immer tiefer ins Gebäude hinein. Ich durchquerte vorsichtig einen Bereich ohne Bodenbeläge und schlüpfte durch einen noch dunkleren Raum. Ich ging zu den weit entfernten Fenstern, suchte nach einer Spalte in den Brettern, um auf den Fluss und den Pfad gegenüber zu schauen. Mein Herz schlug weiterhin wie wild von dem Adrenalin des Abenteuers und den aufregenden Vorstellungen, selbst als mein Hirn sich wieder beruhigte und mich daran erinnerte, dass ich sowieso niemals die nötigen Millionen haben würde, um so etwas zu machen, und York außerdem keinen sonderlich interessanten Ruf hatte. Ich dachte an Fran und Ollie, die uns im Restaurant erwarteten. Ich dachte an unsere Wohnung und den Brief, der seit Montagfrüh auf dem Esstisch lag. Ich dachte an die wackelige Handschrift meiner Mutter. An die geringe Chance, dass sie beim Schreiben nüchtern gewesen war. An ihre Entschuldigungen und ihr Flehen und dass – auch nach all dem, was passiert war – ein Teil von mir immer noch daran glauben wollte. Ich dachte an die Phrase, die sie verwendet hatte, so medizinisch und distanziert, und dennoch konnte ich sie unmöglich ohne eine Flut an Emotionen lesen. Daran, wie es gewesen sein musste, diese Worte der Tochter zu schreiben, die sie hasste. An das ungute Gefühl, dass ich mehr als ihre Wangenknochen und die Haarfarbe geerbt haben könnte.

Früh einsetzende Alzheimer-Demenz.

Als ich mich wieder zu dem baufälligen Zimmer drehte, war ich kurz blind.

»Marc?«, fragte ich.

»Ich bin hier«, antwortete er aus der Dunkelheit.

Ich hörte, wie er zu mir kam, stellte mir vor, wie er vom stummen Code meines Herzens und der geheimen Sprache von Mann und Frau angezogen wird. Dann hörte ich einen Schlag und die Geräusche eines Sturzes.

»Scheiße!«

»Marc!« Ich rannte wieder ins andere Zimmer, hielt mich am abgesplitterten Türrahmen fest, damit ich nicht durch die fehlenden Dielen fiel. Marc lag neben einer schattigen Wand auf dem Boden und fluchte.

»Scheiße, alles in Ordnung?«

»Sehe ich aus, als wäre alles in Ordnung?«, rief er. »Ich glaube, ich habe mir den Arm an einem Nagel aufgerissen. Ich blute.«

»O Gott, was machen wir?«

»Es ist okay«, sagte er ruhiger, aber mit vor Schmerz zusammengebissenen Zähnen. »Ich muss nur, äh, Druck auf die Wunde ausüben …«

»Ja«, sagte ich. Das Adrenalin tat seine Wirkung, mir wurde meine Rolle bewusst. Ich versuchte, mich an den Erste-Hilfe-Kurs zu erinnern, zu dem er mich geschickt hatte. Ich zog mir die Jacke aus, aber die bestand nur aus Reißverschlüssen und Taschen. Ich riss mir das T-Shirt vom Leib und kniete mich im Halbdunkel neben ihn. Er streckte mir den Arm entgegen. Von der Handfläche bis zum Ellbogen war alles nass und schwarz. »Fuck, da ist so viel Blut.«

»Was man nicht sagen sollte, wenn man erste Hilfe leistet«, entgegnete Marc schwach.

»Sorry.« Ich drückte mein T-Shirt auf die Wunde. »Ich kann nichts sehen. Wir müssen dich hier rausbringen. Ich glaube, du musst ins Krankenhaus.«

Marc stöhnte, schaffte es aber, sich mit dem anderen Arm auf mich zu stützen und sich mühevoll aufzurichten.

»Halt ihn weiter hoch«, sagte ich, während wir uns langsam wieder zum Fenster vorarbeiteten. Ich zog an den Brettern und schaffte es, zwei abzureißen, damit Marc ein wenig anmutiger hinausklettern konnte, als er hereingekommen war. Draußen nahm ich seinen Arm und inspizierte die klaffende Wunde. Sie war tief und reichte vom Knöchel seines kleinen Fingers ganz um sein Handgelenk herum. Ich drückte mein blutiges T-Shirt fester auf die Verletzung und legte Marcs gesunde Hand darauf, um es an Ort und Stelle zu halten. »Sollen wir einen Krankenwagen rufen?«, fragte ich.

Marc schüttelte den Kopf. Er war bleich. »Wir rufen einfach ein Taxi«, sagte er. Dann versuchte er zu lächeln. »Du kannst aber nicht so gehen.«

Ich blickte an mir herab. Ich stand im BH mitten auf dem Bürgersteig, Marcs Blut war auf meiner Haut verschmiert. Ich hätte in Tränen ausbrechen können, stattdessen fing ich an zu lachen, und Marc auch. Ich blickte meinen Mann an, der sich wie ein plumper Tänzer beide Arme über den Kopf hielt. Ich dachte an meine Jacke, die verlassen in Dunklen lag, an Marcs DNA, die auf die staubigen Dielenbretter getropft war, daran, wie wütend Fran geworden sein musste, als sie auf uns gewartet hat. Ich dachte an den Gencocktail meiner Eltern, aus dem genau ich hervorgegangen war, und den gleichermaßen verblüffenden genetischen Unfall, der genau diesen Mann vor mir erschaffen hatte. Ich dachte an die Zufälle, Launen und das

Schicksal, das uns alle genau in diesem Augenblick zusammengeführt hatte, und ich dachte auch an das seltsame Ungewisse unserer Zukunft.

»Marc?«, fragte ich.

»Ja?«

»Ich glaube, ich will ein Baby.«

KARFREITAG

SEIT ZWEI MONATEN VERSCHWUNDEN

Marc rief noch einmal in Dorset an. Caitlin ging dran und meinte, er hätte Glück, sie anzutreffen, sie sortiere gerade die Sachen meiner Mutter. Er versuchte, sich das Haus vorzustellen, das ich beschrieben hatte, fragte sich, was mit all den Dingen im Inneren passieren würde. Als ich sie nach der Diagnose zum ersten Mal besuchte, setzte ich mich bereits nach wenigen Stunden wieder in den Zug. Wir hatten uns in einem Café – also auf neutralem Boden – getroffen, aber gifteten uns ganz schnell an, jede erwartete von der anderen Entschuldigungen, zu der keine von uns bereit war. Schließlich brach sie in Tränen aus. Ich starrte sie an und fragte mich, welches Recht diese Frau hatte, zu weinen. Dann schnappte ich mir meine Tasche und ließ sie dort sitzen, schloss auf dem Heimweg Frieden mit dem Gedanken, dass ich meine Mutter vor langer Zeit verloren hatte und bereits Waise war. Aber sie ließ nicht locker. Sie schrieb mir wieder und wieder und sagte schließlich die Worte, auf die ich schon mein ganzes Leben wartete. Ich schrieb zurück, und letztendlich – gegen Marcs Rat – versuchten wir es noch einmal. Wir verbrachten ein Wochenende damit, schluchzend an den Klippen entlangzugehen. Nichts wurde gelöst, wir vergaben uns nicht, erklärte ich Marc, aber sie war endlich nüchtern, und ich hatte mich bereit erklärt wiederzukommen. Bei meinen nächsten Besuchen, berichtete ich ihm, verbrachten wir Zeit damit, zu kochen und Filme zu schauen, dabei sprachen wir nicht über unsere Verletzungen, ignorierten sie aber auch nicht völlig.

Die Verbindung war wieder schlecht. Marc wusste nicht, wie er Caitlin fragen konnte, was er wissen wollte. Er rieb sich die Narbe auf seinem kleinen Finger und platzte schließlich heraus: »Gibt es ein Testament?«

Stille am anderen Ende der Leitung.

»Muss ich etwas tun?«, fragte Marc, um etwas zu sagen. »Etwas erledigen? Das Haus verkaufen?«

»Es tut mir leid, Mr. Southwood, aber bis Ihre Frau wieder da ist, darf ich solche Dinge nicht mit Ihnen besprechen.«

Marc atmete tief ein. »Hätten Sie mich nicht wenigstens anrufen können, als es passiert ist?«

»Es tut mir leid, dass man Ihnen nicht Bescheid gesagt hat, aber ich bin für diese Dinge nicht verantwortlich«, antwortete sie.

»Aber irgendjemand muss die nächsten Angehörigen informieren, oder?«

»Sie sind kein nächster Angehöriger. Sondern Ihre Frau. Ich denke, man hat versucht, Ihre Frau zu erreichen, wenn das nicht gelingt, wird der Nachlass zwischen den anderen Erben aufgeteilt.«

»Wer wäre das?«

»Das darf ich Ihnen nicht sagen.«

»Meine Güte, ich bin der Vater der Enkel dieser Frau. Haben Sie ihr überhaupt gesagt, dass Alex vermisst wird?«

Caitlin sagte nichts.

Marc legte den Hörer auf und starrte auf den Küchentresen. Er nahm einige tiefe Atemzüge und öffnete schließlich die Faust. Er fragte sich, ob er sich nach der Beerdigung hätte erkundigen sollen. Ob er es den Mädchen sagen sollte. Aber hatten sie nicht schon genug durchgemacht?

Patrick überzeugte ihn davon, dass sie alle vor Semesterbeginn eine Pause brauchten. Er holte sie am Samstagmorgen ab, und sie quälten sich durch den Wochenendverkehr, während die Kinder »Ich sehe was, was du nicht siehst« spielten.

Sie kamen bei einer großen umgebauten Scheune im Lake District an. Dicke Holzbalken trennten einen großzügigen Wohnbereich ab, und eine Wendeltreppe führte von einem lang gezogenen Essbereich zu einem eleganten Wohnzimmer. Marc dachte zuerst, dass ich es wundervoll gefunden hätte. Er sagte es laut, wollte damit zeigen, dass es okay wäre, über mich zu sprechen. Er hatte zu Hause entschieden, dass er an diesem Wochenende mein Ehemann sein müsse, nicht irgendein einsamer Trottel, um den alle herumschleichen müssen.

Patrick machte eine Pause und sagte dann: »Ja, das glaube ich auch.« Marc lächelte dankbar, und sie holten ihr Gepäck aus dem Kofferraum.

Die anderen kamen an und saßen in der Küche, tranken Tee und unterhielten sich, während die Kinder den Garten erkundeten. Abgesehen von einigen seltsamen Pausen fühlte es sich fast schon normal an. Patrick erzählte von seinem aktuellen Angebot aus der Privatwirtschaft und wie zerrissen er sich fühle. Marc unterbrach ihn, um ihn mit dem Idealismus aufzuziehen, den er als Student an den Tag gelegt hatte. Susan lachte und sagte, sie werde immer überarbeitet und schlecht bezahlt sein, deswegen werde ihre Ehe – egal, wie er sich entscheide – in einem ethischen Gleichgewicht sein.

»Das käme ganz gelegen für die Studiengebühren«, sagte Patrick und stieß Pip an, die kurz von ihrem Handy aufblickte.

Es hätte sich seltsam oder unangenehm anfühlen können, so allein unter Paaren, aber Marc empfand es hauptsächlich als Erleichterung, mit Menschen zusammen zu sein, die ihn kannten, die uns kannten. Sie waren unsere ältesten und besten Freunde, er musste ihnen nichts vorspielen, nicht herumtoben oder behaupten, dass alles in Ordnung sei.

Fran schlug vor, eine Flasche Wein aufzumachen. Ollie sprang auf, verbeugte sich und murmelte: »Milady.« Alle außer Fran lachten. Sie sprachen über die Kinder. Ollie erklärte, sie würden darüber nachdenken, Emma für ihre Eignungstests im sechsten Schuljahr zu einem Privatlehrer zu schicken, woraufhin Susan über unnützen Druck auf derart kleine Kinder schimpfte. Marcs Gedanken schweiften ab. Er schaute sich am Tisch um, und trotz des beruhigenden Einflusses von Alkohol früh am Abend schockierte ihn, wie normal das alles war. Wie konnte es sein, dass sie hier waren? Wie konnten sie über so etwas sprechen? Wie konnte es sein, dass meine Abwesenheit nicht ständig präsent war?

Marc entschuldigte sich, weil er seine E-Mails lesen wollte. Das beruhigte ihn für eine kurze Weile, und dann zog er sich die Jacke an und ging mit den anderen spazieren. Sie machten sich auf in die weite grüne Landschaft, die Mädchen rannten mit Emma vor, lachten und schrien. Marc war froh, dass sie hierhergekommen waren. Sie wanderten über Zauntritte und durch Matschpfützen, unterhielten sich und waren dann wieder still, weil jeder von ihnen seinen eigenen Gedanken nachhing.

Marc wanderte mit Pip ein Stück hinter der Gruppe. »Wie läuft es mit den Bewerbungen?«, fragte er.

»Okay«, sagte sie und schaute ihn kurz an. »Ich habe drei Angebote.«

»Großartig!«

»Vielleicht, aber ich weiß nicht, welche Stelle ich will. Dad sagt, ich sollte das Angebot mit der besten Bezahlung als erste Wahl annehmen, aber ich weiß nicht, ob ich den Fachbereich Kunst dort mag.«

»Schwierige Entscheidung«, sagte Marc.

»Ich wünschte, ich könnte mit Alex darüber sprechen.«

Marc schaute weg. Er räusperte sich. »Sie hätte bestimmt einen guten Tipp.«

»Sorry«, sagte Pip, »ich wollte wirklich nicht …«

»Ist okay«, sagte Marc. »Wirklich.«

»Ich vermisse sie.«

Marc legte den Arm umständlich um Pips knochige Schultern. »Ich auch.«

Sie schlossen auf einer Bergspitze zu den anderen auf, betrachteten die Felder und Gewässer unter ihnen.

»Alex hätte es gut gefunden, runterzu*rollen*«, sagte er und hockte sich hin, als wolle er den Boden nach Nesseln absuchen.

»Was?«, fragte Pip.

Die anderen lachten ein wenig unsicher, doch ausgerechnet Fran antwortete mit ihrem vornehmen Akzent: »Warum denn nicht?«, und setzte sich neben Marc aufs Gras.

Er bemerkte ihre pinkfarbenen Fingernägel und die Diamantohrringe, als sie sich hinlegte und den unebenen Abhang herunterkullern ließ. Susan schnappte nach Luft, Pip kicherte, und Ollie jaulte gequält auf, während seine Frau zu den Feldern und Hecken weiter unten raste, immer mehr an Fahrt gewann und sich dabei Farn in ihrem Haar verfing. Sie hörten ihre Schreie und sahen, wie sie immer weiter rollte, schließlich auf einer Ebene angelangte und langsam zum Halten kam, direkt vor etwas, das verdächtig nach einem Kuhfladen aussah. Marc schielte vorsichtig auf den fragilen Körper weiter unten, bis dieser die Arme zu einer fröhlichen Geste ausstreckte. Der Wind trug ihr Lachen bis zum Hügel.

»Verdammt«, sagte Ollie. »Sie hätte sich den Hals brechen können.«

»Sie ist vielleicht eine wilde Hummel«, sagte Pip.

»Feiglinge!«, rief Fran und stand wieder auf.

Marc blickte Patrick an, der zu Fran und dann wieder zu Marc schaute.

»Erinnerst du dich noch, als wir bei den Abschlussprüfungen von der Brücke gesprungen sind?«, fragte Patrick. »Das ist doch gar nichts.«

Marc schnaubte. Aber als er sich an die tollkühnen Dinge erinnerte, die sie in ihren Zwanzigern mit ihren Körpern angestellt hatten, schloss er den Reißverschluss seiner Jacke und legte sich hin. Die Frauen kicherten, als Patrick es ihm gleichtat und sie sich den Berg hinabstürzten, nicht ganz synchron, ihre Angst- und Freudenschreie verhallten in der Luft. Als sie auf halber Strecke angekommen waren, sich die Welt vom Boden zum Himmel und zurück drehte, hörte Marc höhere Frauenschreie und bemerkte, dass Pip und Susan ihnen folgten. Marc stellte sich vor, wie ernsthafte Wanderer auf der Suche nach Ruhe den Berg hinabschauen und ihre mehrfarbigen Jacken den Berg gegenüber hinunterkullern sahen.

Als sie die Schreie der Erwachsenen hörten, rannten die Kinder zurück, um sich auf sie zu stürzen.

»Daddy, kann ich auch mal?«, fragte Char und sprang auf Marcs Bauch.

Er schüttelte den Kopf, sah, wie sie die Stirn runzelte und die Unterlippe vorschob. Sie sah immer so niedlich aus, wenn sie das tat; in fünfzig Prozent der Fälle gab ich nach und erlaubte ihr, was sie wollte. Marc lächelte sie aber nur an, sein Herz schlug ihm in den Ohren. Er hörte, wie Emma sich links neben ihm beschwerte, dass sie fast eine Erwachsene sei, deswegen sollte sie es dürfen. Ollie, der hinter ihnen heruntergekommen war, meinte, sie solle still sein. Zwischen den elterlichen Verboten hörte Marc ansteckendes Kichern und tiefe, zufriedene Seufzer.

Schließlich wollten die Kinder, dass sie vom Boden aufstanden. Als sie über Felder und durch Metalltore zurückgingen, erinnerten sie sich an andere gewagte Unternehmungen. Marc errötete, als Patrick erzählte, wie er damals auf dem Campus mit einem Verkehrsschild unterm Arm vor dem Sicherheitspersonal weggelaufen war.

Plötzlich erwähnte jemand mich, als wäre es das Natürlichste auf der ganzen Welt. Sie erinnerten sich an meinen mitternächtlichen Sprint durch den Schnee zum Whirlpool in Österreich, die unsichere Pose, die ich für einen dämlichen Fotografen auf einem Felsvorsprung auf halber Höhe auf dem Arthur's Seat eingenommen hatte, und damals, als ich darauf bestanden hatte, dass alle an einem Flashmob teilnahmen, bei dem wir bei *Betty's* auffällig laut Kaffee schlürften. Es fühlte sich an, als würde alles in Ordnung sein, wenn man mit Freunden lachte und über mich sprach, als hätte ich es dieses Wochenende einfach nicht geschafft, als wäre ich am Sonntag daheim, um Marc zu begrüßen, und wir würden alle gemeinsam nächsten Donnerstag zum Essen gehen.

»Vor einiger Zeit«, sagte Pip, »hat sie mir erzählt, dass sie eine Idee für etwas wirklich Großes hat.«

»Zum Beispiel?«, fragte Patrick.

Pip schüttelte den Kopf. »Sie wollte es nicht verraten, meinte, sie würde es noch planen, sagte aber auch, dass sie die Hilfe von uns allen dafür brauchen würde.«

Fran wandte sich an Pip. »Was, glaubst du, war es?«

Pip zuckte die Schultern.

»Zweifelsohne etwas Wunderbares«, antwortete Susan.

Als sie wieder im Haus waren, eilte Marc in sein Zimmer. Er lag auf der geblümten Decke und sprach laut mit mir, atemlos presste er die Worte heraus und weinte heiße Tränen. »Komm zurück zu mir. Bitte. Bitte, komm zurück.« Er leierte einfallslos Gebete herunter, machte aus seinem Schmerz dicke, flauschige Wattebäusche.

Er schlief ein und erwachte mit Schmerzen in Rücken und Beinen. Er spritzte sich Wasser ins Gesicht, dann ging er in die Küche und hielt inne, als er Stimmen hörte.

»... die Ungewissheit zerreißt ihn. Das ist auch für die Mädchen nicht gut.«

»Ja, ich meine, ich will auch nicht wahrhaben, dass sie tot ist, aber ich finde, das ist ziemlich offensichtlich ...«

»Sie müssen die Leiche finden, dann kann er es verarbeiten.«

Marc trat zurück in den dunklen Flur. *Sie machen sich nur Sorgen um dich,* hörte er meine Stimme im Ohr. Er schloss die Augen und fühlte meine Arme um sich, meine Lippen an seinem Hals.

Ollie kümmerte sich ums Essen, das die anderen verschlangen, wobei sie anerkennende Geräusche von sich gaben und wiederholten, dass er in der Serie *Masterchef* auftreten oder ein eigenes Restaurant eröffnen sollte. Die Unterhaltung blieb unbeschwert, drehte sich um die Arbeit, Nachrichten, Lokalpolitik, Bücher und landete wie so häufig bei Fernsehserien und Filmen.

»Wir haben letzte Woche den neuen Woody Allen gesehen«, sagte Ollie.

»Und, war er gut?«, fragte Marc.

»Wie könnt ihr es mit eurem Gewissen vereinbaren, irgendetwas von diesem Mann zu schauen?«, fragte Susan mit vom Wein geröteten Wangen.

»Ach, komm schon«, sagte Ollie. »Man kann nicht wegen eines Skandals sein gesamtes Werk ablehnen. Er wurde schließlich nicht verurteilt.«

»Polanski auch nicht«, sagte Patrick.

»Und sie sind beide großartige Filmemacher«, beharrte Ollie. »Habt ihr *Der Gott des Gemetzels* gesehen?«

Susan schüttelte den Kopf. »Ist mir egal. Man sollte nicht unterstützen, dass diese Männer Geld verdienen und Preise abräumen.«

»In gewisser Hinsicht stimme ich dir zu«, sagte Fran. »Aber ich erinnere mich an eine Unterhaltung mit Alex über diese Dinge, und sie hatte ein ziemlich gutes Argument, warum alles weniger schwarz-weiß ist. Marc, du kannst das wahrscheinlich viel besser erklären als ich. Sie fing an, von Kant zu sprechen, glaube ich, dem ich nicht richtig folgen konnte, aber es hatte damit zu tun, dass man Dinge auf verschiedenen Ebenen unterschiedlich bewertet.«

Marc nickte. Er hatte das häufig genug gehört. »Der Gedanke ist, dass sich der ästhetische und der moralische Wert unterscheiden, sie aber miteinander verbunden sind. Man kann über beide Dinge unterschiedliche Meinungen haben, aber wenn man eine Sache über die andere stellt, geht man in Richtung Absolutismus.«

»Hat irgendjemand einen blassen Schimmer, was er gerade gesagt hat?«, fragte Patrick und goss sich noch ein Glas Wein ein. »Wir befinden uns nicht in einem Klassenzimmer, weißt du, du kannst einfach Englisch mit uns sprechen.«

»Kann ich nicht völlig angewidert sein?«, fragte Susan und ignorierte ihren Mann.

Marc lachte. »Natürlich, aber Al würde argumentieren, dass du dich dann nicht auf das Werk einlassen und somit keine richtige Haltung einnehmen kannst. Um wirklich gegen den Sexismus von Hollywood oder was auch immer zu protestieren, müsstest du dich mit diesen Filmen sowohl auf einer moralischen als auch auf einer ästhetischen Ebene auseinandersetzen. Al würde sagen, man muss sie sich ansehen, um sie zu kritisieren.«

»Und dem stimmst du zu?«, fragte Patrick.

Marc umklammerte fest den Stiel seines Glases. »Ähm …«

»Ha! Siehst du?«, sagte Patrick. »Selbst du musst zugeben, dass Al manchmal komisches Zeug gelabert hat.«

Marc blickte seinen Freund an, seine Nackenmuskeln spannten sich an.

»Ich finde, das ist kein komisches Zeug«, sagte Pip. »Es ergibt Sinn.«

»Das beunruhigt mich«, sagte Patrick und legte den Arm um seine Tochter. Marc starrte immer noch Patrick an. Schließlich schaute Patrick ihm in die Augen. »Was ist los?«

Marc atmete ein. Seine Stimme klang sanft und beherrscht. »Bitte, sprich nicht in der Vergangenheitsform von meiner Frau.«

Ollie hörte auf, die Teller einzusammeln, und Susan hielt ihr Glas vor den Mund.

»Oh, Marc, es tut mir …«

»Nein«, unterbrach Marc ihn. Er sah in die Gesichter seiner Freunde. »Ich habe gehört, was ihr vorhin gesagt habt. Ich weiß, was ihr denkt, aber ihr seid im Unrecht. Ich kann nicht einfach weitermachen und so tun, als wäre Al tot. Ich weiß, wie das aussieht, ich weiß, was die Beweise vermuten lassen, und vielleicht kann ich sogar akzeptieren, dass ich – wenn sie eine Freundin gewesen wäre – dasselbe denken würde wie ihr. Aber im tiefsten Inneren weiß ich, dass sie dort draußen ist. Ich weiß, dass sie in Schwierigkeiten ist und dass sie uns braucht. Wir müssen sie finden.«

Schweigen am Tisch. Marc spürte die Worte »Es wird schon«, die unseren Freunden auf der Zunge lagen. Glücklicherweise sprach niemand sie aus. Schließlich schlug Susan vor, dass sie für einen Absacker ins Wohnzimmer gehen sollten.

Etwa eine Stunde später begegnete Marc Pip, als er mit seiner Zahnbürste in Richtung Badezimmer ging. Ihr Schlafzimmer lag am anderen Ende der Scheune, und er fragte sich, ob sie auf ihn gewartet hatte.

»Hey«, sagte Marc.

»Hey«, antwortete sie.

»Alles in Ordnung?«

Pip nickte.

»Brauchst du etwas?«

Sie schüttelte den Kopf. »Nein, ich … ich habe nur an meine Kursarbeit gedacht und – ist egal.« Sie drehte sich um und wollte gehen.

»Willst du kurz reden?«, fragte Marc, und sie wandte sich ihm wieder zu.

Er führte sie in sein Zimmer. Man konnte sich nur auf die beiden Einzelbetten setzen, deswegen nahm jeder eins, und sie blickten sich unbeholfen an.

»Was ist los?«, fragte Marc.

Pip spielte an ihrem Ärmel herum.

Marc schluckte. »Deine Projektarbeit?«

Sie nickte.

»Magst du es mal mit mir versuchen?«

Sie zuckte die Schultern.

»Komm schon, versuch's mal. Vielleicht kann ich helfen.«

Sie blickte ihn kurz an, dann sagte sie: »Glaubst du, Künstler dürfen jemals das Recht haben, grausam zu sein?«

Marc runzelte die Stirn. »Ähm, nein«, sagte er. »Künstler haben dieselben Pflichten wie jeder andere. Niemand darf grausam sein.«

Pip zog die Nase kraus. »Schon gut.« Sie wollte aufstehen.

»Warte«, sagte Marc, als er bemerkte, dass sie nach mir suchte und er gerade wie ihr Vater geklungen hatte. »Das ist bloß meine Meinung. Al hätte die Frage gefallen. Ist dir das wegen der Filme eingefallen, über die wir gesprochen haben?«

Pip setzte sich wieder. »Eigentlich nicht. Ich frage mich nur, ob der Zweck jemals die Mittel heiligen kann.« Sie kratzte an ihrem Nagellack herum. »Was ist denn, wenn ein Künstler ganz eindeutig spürt, dass er für die Arbeit, die er erschaffen will, jemanden verletzen muss? Dann würde vielleicht die Verantwortung für die Kunst schwerer wiegen als die Verantwortung für ein Individuum.«

»Das hört sich furchtbar moralisch an«, sagte Marc.

»Aber«, antwortete Pip, fuchtelte mit den Händen und erinnerte ihn dabei an mich, wenn ich mich für etwas ereiferte, »wenn man sich die Welt als Ganzes anschaut, mit dem ganzen Leid, den Vorurteilen und der Grausamkeit, dann kann man wegen der Schmerzen eines einzigen Individuums nicht sentimental werden, oder? Besonders, wenn sein oder ihr Leid einem höheren Zweck dient.«

»Welchem höheren Zweck?«, fragte Marc.

»Ich weiß nicht. Vielleicht, wenn es dazu dient, auf ein Problem hinzuweisen oder eine Aussage zu machen. Als würde man einen Menschen opfern, um viele zu retten.«

»Ist das wirklich für die Schule?«, wollte Marc wissen und fragte sich, ob er diese Unterhaltung überhaupt hatte anstoßen sollen. »An welchem Projekt arbeitest du?«

Pip kaute auf ihrer Lippe. »Ach, ich … Ich weiß nicht. Ich dachte nur: Was ist, wenn ein Mörder jemanden als ästhetischen Akt umbringt?«

»Wie bitte?«, fragte Marc laut.

Pip blinzelte, entschied sich aber dazu, weiterzusprechen. »Alex und ich haben über solche Sachen gesprochen, und ich weiß, du willst daran festhalten, dass sie irgendwo dort draußen ist, aber ich dachte nur …«

»Alex arbeitet an der Uni, Pip«, sagte Marc und unterbrach sie. Er stand auf und baute sich vor dem Teenager auf. »Sie spricht über alles Mögliche. Sie spielt gern den Advocatus Diaboli.«

»Ich weiß«, sagte Pip und blickte ihm mit aufgerissenen Augen ins Gesicht. »Aber was ist denn, wenn …« Sie sprach nicht weiter.

»Was ist wenn?«, wollte Marc wissen und wurde rot. »Was schlägst du vor? Dass sie eine Art Opferlamm war?«

»Nein«, antwortete Pip und sah verletzt aus. »Ich weiß nicht. Ich habe mich nur gefragt, ob es einen Zusammenhang gibt.«

Marc schüttelte den Kopf. »Das ist lächerlich. Es gibt einen Unterschied zwischen der Kunstwelt und der echten Welt, Pip. Es ist interessant, über diese Dinge nachzudenken, darüber zu diskutieren, ob man einen Film anschauen oder es lassen sollte, aber wenn du älter bist, wirst du verstehen, dass es wichtigere Dinge im Leben gibt.«

Er ging um die Betten herum und öffnete ihr die Tür. »Du solltest schlafen gehen«, sagte er, als würde er mit einem Kind schimpfen.

—//—

Heute ist er gekommen. Es ist fast eine Woche her. Er beugte sich mit verschränkten Armen über mich und fragte, warum ich nicht äße. Ich weiß nicht, warum, aber ich brach in Tränen aus.

Er beobachtete mich einige Zeit und sagte dann: »Ich weiß, dass das schwierig ist für Sie.«

Ich wollte ihn hassen, ihn anspucken oder anschreien. Aber ich war so schwach. Meine Arme waren mit Gänsehaut bedeckt. Ich hatte die ganze Nacht lang Magenkrämpfe gehabt. Als ich schlief, habe ich nur von Essen geträumt.

Er nahm eine kleine Taschentuchverpackung aus Plastik aus der Tasche und hielt mir ein Taschentuch hin. Ich starrte erst das Päckchen und dann ihn an, wollte einen klaren Gedanken fassen. Warum war er nett? Was wollte er? Meine Gedanken schweiften ab. Ich konnte mich nicht konzentrieren, noch nicht einmal darauf, ihn zu hassen.

»Nehmen Sie es«, sagte er, und ich hörte den vertrauten Frust in seiner Stimme. Ein Teil von mir wünschte, er würde mich schlagen.

»Danke«, sagte ich und nahm das Taschentuch. Ich wischte mir die Tränen weg, putzte mir die Nase. Vor meinem inneren Auge sah ich Ann Moore, die hungernde Frau von Tutbury, die aus dem neunzehnten Jahrhundert den Kopf über mich schüttelte. Ich sah Kafkas Hungerkünstler und die zahlenden Massen, die sich sein vierzigtägiges Durchhaltevermögen anschauten, von denen jeder Mensch angewidert von meinem Versagen die Arme verschränkte. Es war erst eine Woche, aber ich war so erleichtert, ihn zu sehen. Seine Stimme zu hören. Er zog den Plastikstuhl heran und setzte sich mit dem Gesicht zu mir hin. Ich lehnte mich wieder gegen das verklumpte Kissen. Ich hatte das Verlangen einzuschlafen, während er zuschaute.

»Sind Sie jetzt bereit zu kooperieren?«, fragte er.

Ich nickte und sah, wie mir Marina Abramović und Tehching Hsieh den Rücken zudrehten.

2002

19.8.02

Al,

ich vermisse Dich. Ich weiß, dass ich das nicht sagen sollte. Ich sollte bei Dir keine Schuldgefühle hervorrufen oder Deine Entscheidungen infrage stellen. Nicht jetzt. Du kannst nicht mehr zurück, oder? Du hast ein Kind. Du hast Leben erschaffen. Das ist so viel wirklicher als alles, was ich jemals erschaffen werde, oder? Das macht Dich vielleicht wirklicher als mich. Aber ich muss einfach für Dich trauern. Ist Mutterschaft wirklich so, wie alle sagen? Ist das wirklich unsere einzige Bestimmung? Verübelst Du es Marc nicht nur ein klein wenig, dass er sein Kind stolz auf dem Arm trägt und völlig unbeeinflusst davon auch arbeiten geht?

Sorry, ich bin eine wütende Feministin. In Deinem Körper müssen so viele Hormone herumschwirren, dass Du kaum wissen kannst, was Du denken sollst. Es ist grausam, mich in Dein Innerstes zu schlängeln, wenn Du so verletzlich bist. Auf gewisse Weise fühle ich mich auch verletzlich. Teile meiner Arbeit fügen sich zusammen, aber in den Augenblicken dazwischen erlebe ich Zeiten voller Zweifel, in denen ich nichts weiß, in denen ich mich unsichtbar oder inkonsequent fühle. Ich bekomme dieses unbehagliche Gefühl im Magen. Was denken die Leute von mir? Wie werden sie auf meine Arbeit reagieren? Ich weiß, dass ich Kritik offen gegen-

überstehen muss, aber ich weiß nicht, ob ich mit Ablehnung umgehen kann.

Was ist, wenn alles, was ich getan habe, alles, was ich tue, verdammt ist? Wird es jemand außer Dir verstehen? Manchmal habe ich den Verdacht, dass ich ein schlechter Mensch bin. Ich zähle sämtliche nicht-schlechten Dinge auf, die ich mache: die freundlichen Gesten, die Freiwilligenarbeit, das gespendete Geld, alles, was ich opfere. Doch dann frage ich mich, ob ich das alles nur mache, um mein wahres Selbst zu verdecken. Was ist, wenn ich im tiefsten Inneren einfach nicht nett bin?

Hast Du dieselben Ängste? Machst Du Dir Sorgen, dass Du das Kind Deiner Mutter bist? Machst Du Dir Sorgen um Dein eigenes Kind? Denkst Du über den Kampf von Natur gegen Kultur nach?

Ich habe Angst, Dich zu verlieren, Al. Ich habe Angst, dass Du Dein ganzes Selbst Deinem Kind gibst. Ich habe Angst, dass nichts für mich übrig bleibt.

Am x

DONNERSTAG, 4. JULI 2002

Die Krankenschwester zeigte mir, wie ich mir die Hände und Arme waschen sollte, und rollte mich dann zu einer beängstigenden Plastikkiste. Auf dem Schild an der Seite stand »Baby Southwood«. Ihre kleinen, verschrumpelten Gliedmaßen waren dunkelpinkfarben, ihre schlitzförmigen Augen geschlossen. Eine Kanüle führte in ihre Nasenlöcher. Ich beobachtete, wie sich ihre Brust im Takt der Maschine hob und senkte, in ihren zarten Händchen steckten Schläuche.

Ich griff nach vorne, spürte die Bewegungen jedes ruinierten Muskels zwischen meiner Brust und den Oberschenkeln. Ich ließ die behandschuhte Hand durch die Öffnungen an der Seite der Kiste gleiten.

»Ich lasse Ihnen ein wenig Zeit«, sagte die Krankenschwester und ging.

Ich hatte zweiundzwanzig Stunden lang Wehen gehabt, vier Wochen zu früh. Mein Muttermund war erst vier Zentimeter geöffnet, ich fing an zu bluten, und die Hebamme sagte, der Herzschlag des Babys würde schneller werden. Ein Arzt wurde gerufen. Marc wurde hinausgeschickt, um OP-Bekleidung anzuziehen, und ich wurde in den OP geschoben.

Seit dem Aufwachen hatte ich die Krankenschwester angefleht, mich hierherkommen zu lassen. Schließlich hatte sie sich meine Naht angeschaut und gesagt, es wäre sicherer, die Neugeborenenstation im Rollstuhl zu besuchen. »Ihr Mann schläft im Aufenthaltsraum«, sagte sie. »Soll ich ihn aufwecken?«

Ich schüttelte den Kopf. Marc war erschöpft. Er hatte sich Sorgen um uns beide gemacht, hatte die meiste Zeit im Stuhl neben meinem Bett gedöst und war aufgewacht, sobald ich mich nur das kleinste bisschen gerührt hatte. Er musste schlafen.

Ich schaute meine Tochter an, die wie eine Außerirdische verkabelt war, und hatte ein noch nie da gewesenes Gefühl. *Bitte*, dachte ich. *Ich verspreche* … Aber was versprach ich an jenem Abend? Ich kann mich nicht an den Wortlaut erinnern, aber ich weiß, dass ich versprach, ihr mein Leben zu widmen. Alles für sie zu tun. Sie sicher und warm zu halten. Sie glücklich und stark zu machen. Sie vor allem zu schützen und sie auf alles vorzubereiten, was ihr passieren könnte. Sie immer zu lieben.

»Es tut mir leid«, sagte ich laut. Das hier war mein Fehler. Es musste passieren. Das war die Strafe für meine Sorgen darüber, was sich ändern würde, dafür, dass ich meine Schwangerschaft nicht genossen hatte. Dafür, dass ich Kaffee getrunken und nicht pasteurisierten Käse gegessen hatte. Dass ich weitergearbeitet hatte. Dass ich gestresst gewesen war. Dass ich an mich gedacht hatte. Dass ich alles hatte haben wollen.

Bitte, dachte ich und berührte mein Baby durch eine Latexschranke, *bitte, lass sie einfach leben.*

MAI

SEIT ZEHN WOCHEN VERSCHWUNDEN

Ich weiß nicht, wie, aber schließlich fand Marc die Briefe.

Nicola rief ihn alle paar Tage an, um ihn auf den neusten Stand zu bringen, doch es gab kaum Neuigkeiten. Meine Mobilfunkdatensätze waren inzwischen da, aber meine letzten Verbindungen waren völlig normal: ein Anruf aus meinem Mobilfunknetz, eine SMS an Marc über den Schwimmunterricht der Mädchen, ein unbeantworteter Anruf bei Fran, noch einer von einem Kollegen. Das war's: keine Kommunikation nach meinem Verschwinden. Wenn das Telefon mit meiner Tasche gestohlen worden sei, sagte Nicola, habe der Dieb wahrscheinlich eine neue SIM-Karte eingelegt.

Weil die Polizei ihm keinerlei Grund zur Hoffnung lieferte, spürte Marc zwangsläufig die erdrückenden Ratschläge aller Menschen um ihn herum. Niemand hatte ihm explizit gesagt, er sollte aufgeben oder weitermachen, natürlich nicht, aber es schwang in jeder Frage nach den Mädchen und der Arbeit und seinem Befinden mit. Vorsichtige Erinnerungen, dass das nicht für immer so bleiben konnte; das Leben musste irgendwie weitergehen. Vielleicht dachte er an die Mädchen, und ihm wurde klar, dass er ihnen ein Zuhause und keinen Schrein anbieten musste. Ich stelle mir vor, dass er sie für ein Wochenende zu seinen Eltern schickte und festlegte, dass bei ihrer Rückkehr das Haus frei von meinen Besitztümern sein würde. Er hätte es nicht gern getan, doch er hatte keine Wahl.

Er hat nicht alles aussortiert, aber ich stelle mir vor, dass er meine Sachen in Kisten packte, die er über die kleine Leiter zum Dachboden trug. Vielleicht zögerte er, fragte sich, warum um alles in der Welt ich ein T-Shirt in Silbermetallic gekauft hatte und wann er mich zum letzten Mal in den pfirsichfarbenen Dessous gesehen hatte. Vielleicht stellte er meinen Schmuck ganz vorne an die Bodenluke, weil er nicht bewusst über ein Leben ohne mich nachdenken konnte, er sich unterbewusst aber schon vorstellte, dass Lizzie meinen Diamantenanhänger bei einem Schulball tragen wollen würde und Charlotte die Brosche meiner Großmutter als Erinnerungsstück einfordern würde, bevor sie zum Studieren wegzog.

Er fragte sich, ob er unsere Fotos abnehmen konnte. Wann war es genug? Meine Stimme ertönte auf dem Anrufbeantworter. Er wollte die Ansage nicht löschen, wusste aber auch, wie morbide es sich für alle Anrufer anhören musste.

Das Haus war voll mit meinen Sachen. Er konnte sie nicht alle in Kisten packen. Aber er konnte meine schlammverkrusteten Wanderschuhe auch nicht im Regal neben der Eingangstür stehen lassen, damit sie missmutig alle grüßten – angefangen beim Briefträger bis hin zu Charlottes neuer bester Freundin. Patrick und er wollten den Grand Prix gemeinsam schauen, und Marc hatte sich selbst gesagt, dass er es bis dahin erledigt haben wollte.

Er schob die letzte Kiste auf den Dachboden und versuchte, nicht daran zu denken, wie lange meine Sachen dort oben stehen würden. Er beschloss, dass das gerade keine Rolle spielte. Er musste nur an heute denken, an diesen einen Schritt, nicht an die vielen, die folgen würden oder auch nicht. Er kletterte durch die Luke und kniete auf den Spanplatten, um die Kisten auf einer Seite zu stapeln. Ich frage mich, ob er sich umschaute, versuchte, sich an den Inhalt der anderen Kisten zu erinnern, ob wir immer noch das Babybett und den Buggy hatten und was wir mit Charlottes Eisenbahnset und Lizzies Spielzeugküche gemacht hatten. Hatte er unter der nackten Glühbirne gesessen und über unsere Familie nachgedacht? An die Jahre gedacht, die wir in dem Haus unter ihm verbracht hatten. Windeln gewechselt hatten und in Nächten voller Geschrei schlafgewandelt waren. Daran, dass wir den Geländerpfosten repariert hatten, den Lizzie bei einem Wutanfall herausgetreten hatte und wie wir Charlotte hatten zusammenflicken lassen, nachdem sie ins CD-Regal gestolpert war. Rufe die Treppe rauf und runter. Wie wir sie durch den Flur, um die Frühstückstheke und hinaus in den Garten gejagt hatten, bis sie an die Apfelbäume gedrückt standen und sich nirgendwo vor unserem Gekitzel verstecken konnten. Wie wir aufgeschürfte Knie verarztet, Kaugummi aus Haaren geschnitten, Tränen von Wangen gewischt, die Mädchen ins Bett getragen und uns bei Fieber Sorgen um sie gemacht hatten. Marc sah sich auf dem staubigen Dachboden um, untersuchte die Überbleibsel dessen, was wir einmal gewesen waren. Sein Blick schweifte über die Kisten und das Gerümpel, landete schließlich auf einer schwarzen Archivbox mit Deckel. Sie stand diskret zwischen zwei Kisten mit alten Vorhängen, auf ihr lagen Schlafsäcke und unser Zelt. Es sah völlig normal aus, nicht fehl am Platz, nichts, was jemand bemerken würde. Außer Marc. Er wusste, dass wir nie Archivboxen kauften. Und er hatte die gleichen bei der Arbeit im Regal stehen. Wie jeder andere auch; ich denke, die Uni muss sie billig in großer Menge gekauft haben. Ich musste eine bei der Arbeit stibitzt haben, wurde ihm klar, aber wie war sie hier hochgekommen? Er legte die Schlafsäcke zur Seite und hob die Vorhangkisten hoch. Vielleicht dachte er, er würde noch mehr Essays von mir finden. Vielleicht hoffte er auf eine Kiste voller Kunstbücher oder Vorlesungsmitschriften oder alte Studienarbeiten.

Er hob den Deckel ab und sah einen Stapel verblichener Aktendeckel. Der oberste wölbte sich, die Klappe war nicht richtig geschlossen. Links oben las er »MARC« in meiner Schrift mit dickem Filzschreiber. Er starrte seinen Namen mit wild klopfendem Herzen an. Er hob den Deckel hoch und erblickte darunter »CHAR« und noch weiter unten einen mit der Aufschrift »LIZZIE«. Er öffnete den Deckel seines eigenen Ordners, und der Bon eines Supermarktes fiel heraus. Er ließ den Blick über die gekauften Artikel schweifen, dann drehte er ihn um und sah seine eigene Handschrift. *Bin spät zurück, liebe Dich.* Er drehte ihn wieder um. Der Kassenzettel war von 2005. Er nahm alles aus dem Ordner und breitete es auf dem Boden aus. Ich hatte alle Notizen, Briefe und Geburtstagskarten aufbewahrt, die er mir jemals geschrieben hatte. Ich weiß, dass Marc eine ähnliche Sammlung in einem Schuhkarton auf seiner Seite des Arbeitszimmers hat. Ich habe sie vor einigen Jahren gefunden, aber nie erwähnt. Manchmal, wenn er nicht da war, habe ich die Kiste geöffnet und einfach reingeschaut. Auch er hat alle Erinnerungen aufbewahrt, die ich an den Kühlschrank gehängt hatte und jede Postkarte aufgehoben, die ich ihm auf Reisen geschrieben, aber – weil ich der Post nicht traute – in meinem Koffer heimgebracht hatte. Er hatte jede Notiz, jede Nachricht, die ich an Türen geklebt oder in Büchern versteckt hatte, jedes Papierflugzeug aufbewahrt, das ich gefaltet und geworfen hatte, um ihn abzulenken. Bescheuerte Worte und Nachrichten, die ich kaum durchdacht hatte. Tausende einfache *Ich liebe Dichs* und Hunderte *Darlings*. Wir waren beide keine sentimentalen Sammler, aber wie hätten wir solche Dinge wegwerfen können? Ich hatte einen winzigen Papierschnipsel angeschaut, auf den Marc rasch mit Kugelschreiber ein Herz gekritzelt hatte, und wusste, dass ich es nicht in den Müll werfen konnte. Diese Dinge gehörten nicht in Müllbeutel, die von Männern in

Arbeitsschuhen dienstags morgens hinten in einen Lkw gehievt und dabei brutal umgedreht wurden. Ich hatte mir vorgestellt, dass sie sich von den Nachbarpapieren und Essensresten freistrampelten, im Wind flatterten und etwas suchten, dem sie ihre Gefühle auf einer lieblosen Müllkippe schenken konnten. Deswegen habe ich sie behalten. Einen ganzen Ordner mit Notizen, an die er sich wahrscheinlich gar nicht mehr erinnern konnte. Für den Hauch eines Augenblicks, als Marc auf unserem Dachboden kauerte, hatte er sich mit mir wieder vereint gefühlt.

Er wischte sich über die Wangen und nahm die Akten von Charlotte und Lizzie zur Hand. Bilder und Karten zum Muttertag, Krankenhausbändchen und zerknitterte Buntstiftnachrichten. Darunter befand sich eine Akte mit dem Etikett »SCHULE«, in der sich ein altes Kunstbuch, Zettelchen, die sie sich mit Philippa im Unterricht geschrieben hatte, und ein Leistungsnachweis befanden. Mein Vater hatte auch eine Akte: Briefe, die er mir geschrieben hatte, aber auch Ausdrucke der Aufnahmen nach seiner Chemo. Die Akte meiner Mutter war fast leer: ein Foto von einer rotwangigen jungen Frau mit einem Baby auf dem Arm und die einzige Karte, die sie mir geschrieben hatte, als ich zum Studieren weggezogen war.

Ganz unten entdeckte er einen prallvollen Ordner mit der Aufschrift »AMELIA«. Er erkannte den Namen meiner Mitbewohnerin aus Chicago und nahm aus lauter Neugierde die Akte aus der Kiste. Er erstarrte. Dort auf dem Karton, ganz unten in der Box, lag ein Pass.

Er legte den Ordner ab und griff nach dem Pass. Er drehte ihn auf die Seite mit dem Foto. Ich sah ihn an, jung und ernst. War ich auf dem Bild achtundzwanzig, neunundzwanzig? Mein Haar war länger, fiel mir locker über die Schultern, ich hatte es hinter beide Ohren gestrichen, das betonte meine Kinnspitze.

Kein schmeichelhaftes Bild, dennoch zog sich ihm der Magen zusammen.

Welche Gedanken gingen meinem Mann durch den Kopf? Welche Teile fügte er zusammen? Natürlich musste seine erste Frage lauten: *Was zum Teufel macht ihr Pass in einer Kiste auf dem Dachboden?* War er dort reingefallen, als ich diese Dinge zusammengepackt hatte? War er versehentlich auf meinem unordentlichen Schreibtisch eingepackt worden, zusammen mit diesen Ordnern? Wann hatte ich sie weggeräumt? Warum hatte ich diese Sachen auf den Dachboden gestellt, wenn sie so sentimental waren?

Ich weiß nicht, wie Marc an jenem Nachmittag diese Geheimnisse miteinander in Einklang brachte, ob er die Schultern gezuckt und gemeint hat, es muss sich um ein Versehen gehandelt haben, eines, das ärgerlich und teuer gewesen wäre, wenn ich dazu gekommen wäre, unseren nächsten Urlaub zu buchen und wir das Haus auf den Kopf gestellt hätten, bevor ich mich geschlagen gegeben hätte und mir beim Passamt einen neuen hätte ausstellen lassen. Oder ob ihm bereits Zweifel kamen.

Wie dem auch sei, er steckte meinen Pass in die Tasche und wandte sich wieder Amelias Ordner zu. Im Inneren befanden sich einige Hundert handgeschriebene Briefe. Er kannte das Gekritzel von den Umschlägen, die regelmäßig bei uns vor der Tür lagen. Marc wählte zufällig einen aus und glättete ihn auf den Oberschenkeln. Der Brief trug einen Poststempel vom Mai 2003. Ich hatte Amelia in jenem Sommer besucht und war mit Lizzie, die ich noch stillte, diese sieben fürchterlichen Stunden geflogen. Ich war erschöpft, aber übersprudelnd voller Geschichten über den Erfolg meiner Freundin zurückgekehrt. Marc erinnerte sich daran, dass er mich am Flughafen abgeholt und mir bei der Umarmung meine Tränen weggeküsst hatte. »Es war doch nur eine Woche«, neckte er mich, doch er verbrachte den ganzen Abend mit uns beiden, Lizzie und mir in den Armen, als hätte er Angst, wir könnten wieder verschwinden.

—//—

Mir wurde heute eine Tasse Tee gebracht, mit Zucker gesüßt, der Beutel hat länger gezogen, als die meisten anderen es mögen, genau wie ihn mein Mann zubereitete. Er sitzt nun bei mir, wenn ich esse, und schaut mir beim Kauen zu. Ich schlafe sehr viel, wache auf, ohne mich an meine Träume zu erinnern. Ich habe nicht mehr genug Energie, um gegen seine Fragen anzukämpfen. Heute wollte er, dass ich unser Sexleben beschreibe. Ich frage mich, was er mit dieser Information anfängt. Vielleicht speichert er sie für seine privaten Fantasien ab. Was erreicht er, indem er mich zum Reden bringt? Reicht es nicht, dass er mich hierbehält? Dass ich sein Spielzeug bin? Es ist, als wäre es nicht genug für ihn, dass ich ihm körperlich gehöre; er muss in meine Gedanken eindringen, darin herumwühlen und mir nichts übrig lassen.

Er hat mich allerdings nicht mehr angefasst, seitdem ich ihn mit dem Tablett geschlagen habe. Die Schnittwunde auf seiner Wange ist fast verheilt. Meine blauen Flecken verblassen auch zu einem hellem Gelb. Bald werden sie verschwunden sein.

Ich denke häufig darüber nach, wohin er geht, wenn er nicht bei mir ist, mit wem er redet, wie er sich gibt. Denkt er über mich nach? Mir gefällt der Gedanke, dass ein Teil von mir hinter ihm durch die Tür schlüpft, ihm durch das Schloss in sein Leben folgt. Er kann mich doch nicht einfach zurücklassen, wenn ihm danach ist. Ich hoffe, dass ich immer bei ihm bin, egal, wie sein Leben dort draußen auch aussehen mag.

2003

4.5.03

Al,

Du kommst nach New York! Ich kann es kaum erwarten. Ich habe eine Ausstellungseröffnung, Du kannst mir helfen und die ganzen wichtigen Ficker ausspionieren. Dein Baby wird eine großartige Tarnung sein – niemand achtet auf Mütter, oder? Der Gedanke an Häuslichkeit löscht jegliche Vorstellung von Kreativität aus.

Wie geht es Dir? Ich weiß, es ist gerade sehr schwer für Dich, ich weiß, dass Du immer noch trauerst, aber ich freue mich, dass Du kommst. Ich könnte das nicht ohne Dich machen. Ich bin mir sicher, dass Dein Dad das auf seine Art und Weise auch verstanden hätte. Ich glaube, er wäre stolz auf uns beide gewesen. Der Zeitpunkt dieser Ausstellung ist schlecht, aber ich konnte nicht Nein sagen. Es ist genau das, wovon wir damals an der Grad School geträumt haben. Es ist das scheißfucking Whitney Museum of American Art! Ich hoffe, dass ihnen mein Zeug gefällt. Ich meine, ich glaube, ihnen muss es gefallen, weil sie mich schon gefragt haben, oder? Aber ich muss mich immer noch kneifen, um zu verstehen, dass es wahr ist. Es erschreckt mich, dass es ein neues Stück ist. Wenn es ihnen gefällt, könnte es mir zu einem Stipendium verhelfen; wenn es ihnen aber nicht gefällt, könnte meine ganze Karriere hinüber sein. Was würde dann mit mir geschehen? Ich wäre vielleicht auch hinüber. Ich habe mal gedacht, mir wäre es egal, ich würde das alles nur für mich machen. Aber nun, wo es um mehr geht, wird mir klar, dass es mir sehr wohl etwas ausmacht.

Wird es seltsam sein, Marc zu verlassen? Oder insgeheim auch eine Erleichterung? Es wird der längste Zeitraum sein, in dem Du bisher allein auf Lizzie aufgepasst hast, oder? Machst Du Dir Sorgen darüber, dass Dir das noch siebzehn weitere Jahre bevorsteht? Ich fühle mich gefangen, wenn ich länger als einen Monat an einer Performance arbeite. Ich könnte nie die Linda Montano geben. Ich meine, es gibt schwierigere Dinge, als jeden Tag Kleidung in derselben Farbe zu tragen und in einem einfarbigen Zimmer zu leben, aber trotzdem. Es geht um die Hingabe, die Art der Meditation über die eigene Kunst: Die Entscheidung, sie jede Sekunde an jedem Tag zu leben, egal, ob jemand zuschaut oder nicht. Ich bin zu schlecht darin, Entscheidungen zu treffen und dabeizubleiben. Also ich meine, ich verdiene Geld und bekomme Provisionen, aber ich wache immer noch nicht auf und fühle mich wie ein Künstler. Musst Du darüber lachen? Ich bin sonst nichts, oder? Nicht wie Du: Mutter, Ehefrau, Lehrerin.

Ich wette, ORLAN fühlt sich beim Aufwachen wie eine Künstlerin. Die ganzen Schönheitsoperationen, um ihr die Augenbrauenpartie von Mona Lisa zu verleihen, das Kinn von Botticellis Venus, Dianas Augen – es ist ein geniales Konzept, aber wie fühlt es sich an, Frankensteins Monster der idealisierten weiblichen Schönheit zu sein? Kannst Du Dir vorstellen, Deinen Körper für die Kunst zu verändern? Diese Art Einsatz zu zeigen? Ich denke, Du hast Deinen Körper verändert. Wenn Du es für ein Kind machst, ist es anerkannter als das, was ORLAN macht. Ich finde es gut, dass jemand dort draußen das macht – ich finde, es muss um der Kunst willen existieren –, aber alle, die ich kenne, sagen: »Ja, sie macht schon coole Sachen, aber ich würde nie so weit gehen.«

Ich bin gern meistens anonym. Ich hatte einen Streit mit dem PR-Typen vom Whitneys, weil er wollte, dass ich ihm ein Bild für den Flyer schicke. Ich sitze gern im Publikum und erlebe dasselbe wie die Anwesenden. Darüber hinaus will ich, dass meine Identität zweitrangig ist. Es wird aber immer schwieriger, unerkannt zu bleiben. Die Menschen wollen ein Gesicht zum Werk, wollen Sinn aus deinem Wesen schöpfen, dich in eine sichere kleine Kiste stecken und sagen, dass sie dich verstünden. Und ich denke, was zum Teufel? Ich finde, der Fakt, dass mein Gesicht nicht berühmt ist, ist ebenso eine Errungenschaft, wie wenn es überall auf Reklametafeln plakatiert wäre. In dieser Stadt muss man an Heimlichkeit arbeiten. Was ist, wenn wir nicht alle Andy Warhol sein wollen? Ich meine, es ist schlimm genug, dass deine Hautfarbe, die Art, wie du redest, wo du zur Schule gegangen bist und die Partie zwischen deinen Beinen die Interpretation beeinflussen; nun dreht sich alles um deine Online-Präsenz und Markenentwicklung. Vito Acconci sagte, er habe mit Live-Performances aufgehört, weil er das Gefühl gehabt habe, dass alle gewusst hätten, wie er aussehe und dadurch eher der Kult seiner Berühmtheit als seine Handlungen im Fokus gestanden hätten.

Ich bin langsam ein wenig besessen von diesem Leben-als-Kunst-Berühmtheits-Dings. Britney hat vielleicht außer kitschigem Pop und einem Kuss mit Madonna nicht viel hervorgebracht, aber sie ist eine lebendige Performance, oder? Sie ist der Figur, die sie erschaffen hat, stärker verpflichtet, als ich es irgendeinem meiner Werke bin. Ich lasse sie in der Galerie oder auf der Straße liegen und gehe weiter. Sie macht immer noch Party und performt, egal, wo sie ist. Und wir alle schauen zu, als wäre sie dazu da, von uns konsumiert zu werden. Wäre es nicht absurd, wenn Kinder neben Montanos Seven Years of Living Art *auch Stars in der Schule durchnehmen würden?*

Das ist solch ein wunderbarer Mindfuck. Ich brauche Deine Hilfe bei der Ausarbeitung. Ich brauche Dich tatsächlich, Punkt. Manchmal denke ich, ich brauche Dich mehr als alle anderen, Al.

Mehr als Lizzie und Marc und Deine blöden Studenten. Ich kann kaum erwarten, bis Du endlich hier bist.

Bis ganz bald, Süße.

Am x

MONTAG, 6. JANUAR 2003

Ich schaute kurz das Gesicht der alten Frau an. Wer war sie? Eine Nachbarin vielleicht. Marc war neben mir, und ich hatte für einen Moment die Fantasie, dass er mich aufheben und weg von dieser Frau tragen könnte, weg von diesen feierlichen Fremden, die Häppchen aßen und alle Klischees bedienten.

»Der Gottesdienst war wunderbar«, sagte sie.

»Danke«, antwortete ich. Marc beobachtete mich. An jenem Morgen hatte ich so erbärmlich geweint, dass ich auf den Küchenboden gefallen war. Er hatte versucht, mich aufzufangen, und hatte sich schließlich neben meinen zusammengekauerten Körper gehockt und ihn gewiegt. Ich liebte ihn dafür, aber es reichte nicht aus, um mein Weinen zu beenden. Er versuchte, mein Fels zu sein, das wusste ich. Aber wozu ist ein verdammter Fels gut, wenn man seinen Vater beerdigt? Er hatte bei der Messe meine Hand gehalten, und nun, beim Leichenschmaus, hatte er sich zu meinem persönlichen Bodyguard ernannt. Er war dazu bereit, mich zu entführen, sobald ich mein Einverständnis gab, sobald er dachte, ich könnte es nicht mehr ertragen. Und Marcs Anwesenheit bedeutete mir unglaublich viel, auch wenn er natürlich nichts an der Situation ändern konnte.

Nun kondolierte mir ein Paar. Ich nickte und sagte das Richtige, aber meine Gedanken schweiften ab. Ich dachte an gestern

Abend, als ich Marc gesehen hatte, der tief in Gedanken versunken an Lizzies Babybett stand. Ich wollte ihn fragen, woran er denke, doch ich zögerte. In den letzten Wochen hatte auch ich am Bettchen unseres Kindes gestanden und das Undenkbare gedacht. Mein verdrehter Kopf hatte versucht, sich unser schönes kleines Mädchen vorzustellen, das eines Tages auf einer hölzernen Kirchenbank saß und um uns weinte. Wie konnte ich meine eigene Sterblichkeit mit der Liebe für mein Kind vereinbaren? Und wie konnte mein Ehemann das? Ich wollte diese Gedanken nicht haben, doch sie drängten sich in mein Gehirn. Wäre es besser, derjenige zu sein, der begraben wird, oder der, der jemanden begräbt? Würde ich es aushalten, das noch einmal durchzumachen? Mit Marc im Sarg? Ohne jemanden an meiner Seite, der mich auffängt, wenn ich auf den Küchenboden falle, oder der mir frische Taschentücher bringt und mir sagt, ich sei immer noch schön, selbst wenn mir Rotze über die Wangen laufe?

Ich blinzelte und mir wurde klar, dass ich gleich weinen würde. Ich sagte dem Paar vor mir nervös Auf Wiedersehen und wandte mich mit panischem Gesichtsausdruck an Marc. Er verstand. Er legte mir einen schützenden Arm um die Schultern und führte mich zur Tür. Ich sackte in seinen Armen zusammen und stellte mir den respektvoll entschuldigenden Gesichtsausdruck vor, den er für diejenigen aufsetzte, die unseren Abgang unterbrechen wollten. Einst, dachte ich, war ich eine unabhängige, fähige Frau. Ich war um die Welt geflogen, war Risiken eingegangen, hatte das Gefühl gehabt, mein Leben würde mir gehören. Heute aber brauchte ich diesen Mann. Ich brauchte unsere Familie, unser Leben. Die Erleichterung durch die Unterwerfung war absolut.

Marc führte mich zu seinem Auto. Er schnallte mich auf dem Beifahrersitz an, küsste mich auf die Stirn und ging dann zum

Fahrersitz. Ich schaute zu ihm rüber, als er die Handbremse löste, die Einstellung der Spiegel überprüfte, und mir entfuhr ein Schluchzen. Wenn ich nicht ohne Marc leben konnte, wurde mir klar, wäre die einzige Alternative, dass er mich begraben musste. Ihn zu einem gebrochenen Herzen zu verurteilen und dazu, das alles durchzumachen und den Rest seines Lebens allein zu verbringen. Konnte ich ihm das antun? Vielleicht könnten wir gleichzeitig sterben, auf romantische Weise abhängig voneinander, dass ein Herz nicht ohne das andere weiterschlagen könnte. Gab es das, außer in Filmen? Und was wäre dann mit unserer Tochter, die beide Eltern gleichzeitig begraben müsste?

»Wir sind daheim«, sagte Marc, als wir in unsere Straße einbogen. »Komm, wir gehen rein und schicken den Babysitter nach Hause. Wir können alle Türen verschließen, uns mit Lizzie zusammenkuscheln und die Welt aussperren.«

Ich nickte und lächelte schwach. Die Antwort war wirklich ganz offensichtlich. Marc wusste, was zu tun war, was er machen und wie er mit der Sache umgehen musste. Ich hingegen wäre ohne ihn verloren.

SEIT DREI MONATEN VERSCHWUNDEN

Der dreiundneunzigste Tag nach meinem Verschwinden war Charlottes Geburtstag. Marc wusste, dass es nur ein weiteres Datum im Kalender war, aber es wirkte irgendwie bedeutungsvoller. Er fragte sich, ob ich bemerkte, welcher Tag war – wo auch immer ich war. Ihm ging es so schlecht, dass er es selbst fast vergaß, bis Fran ihn ein paar Tage zuvor am Schultor abfing und ihn fragte, was er geplant habe. Als sie die Panik in seinem Gesicht sah, tat er ihr leid. Sie verbrachten den Rest der Woche mit geflüsterten Unterhaltungen am Telefon und planten eine Last-Minute-Party.

Er versuchte an dem Tag krampfhaft, unsere Töchter zum Lachen zu bringen. Er weihte Lizzie in den Plan ein, und sie sagte ihm augenrollend, dass Char nicht gern Prinzessinnen, Luftballons oder irgendetwas Pinkfarbenes haben würde. Sie bot ihm an, Frühstück zu machen, und brachte ein Tablett mit drei weich gekochten Eiern und in Marmite getunkten Toaststreifen, wie ich sie früher immer am Wochenende gemacht hatte.

Chars Unterlippe zitterte, als sie auf ihren Teller schaute, aber Lizzie drückte die Hand ihrer Schwester und sagte, sie solle ihr Geschenk öffnen.

Sie war am Freitag mit Geschenken von ihren Schulfreundinnen nach Hause gekommen, und Nana und Grandpa hatten eine riesige Kiste mit Geschenken geschickt. Sie packte Klamotten,

Bücher, DVDs und einen Zauberkasten aus. Lizzie hatte ihr eine kleine Tafel gebastelt, die sie an die Tür hängen konnte und auf der »Aktuelle Stimmung: …« stand.

»Ich habe auch eins«, erklärte Lizzie. »Dann muss Dad nicht immer fragen, wie es uns geht.«

Charlotte kicherte, Marc aber betrachtete Lizzies Gesicht und war sich nicht sicher, ob sie wirklich einen Witz machte.

Er schenkte Char eine Digitalkamera. Sie hatte wie Lizzie eine zu Weihnachten haben wollen, doch wir hatten gesagt, das sei zu teuer und sie müsse noch etwas warten. Sie strahlte, als sie das Geschenkpapier aufriss, und fing an zu knipsen, nachdem Marc ihr geholfen hatte, die Speicherkarte einzulegen. Marc und Lizzie versteckten sich unter der Decke und riefen »Paparazzi, Paparazzi!«

Sie eilten in die Stadt, damit Char Bilder vom Fluss und den Booten machen konnte. »Komm, wir fangen auf der Brücke an«, schlug Marc vor, als sie an der alten Feuerwache entlang zur Oper gingen. Sie stießen mit einer Menschenmenge zusammen, die an der Bushaltestelle ausstieg, und Marc und Lizzie blieben zurück, damit Char als Erste um die Ecke gehen konnte. Es hatte die erhoffte Wirkung. Sie drehte sich um und sah sechs Schulfreunde, die vorne in der Schlange für die *Dungeons* standen. Sie drehte sich wieder zu ihm und sagte: »Schau, Daddy, Emma, Rose und Becky sind hi…«, doch ihre Freunde unterbrachen sie, hüpften auf der Stelle und riefen »Überraschung!« Fran stand hinter der Gruppe und winkte ihm verschwörerisch zu.

Sie bekamen eine private Führung durch die Verliese, mit den obligatorischen Zombies, vor denen man sich erschreckte, und abscheulichen Masken. Charlotte klammerte sich einige Male an ihn, doch dann sah sie einen Schauspieler mit bluttränkten Ärmeln an der Stelle, wo eigentlich die Arme sein sollten, und schrie: »Das ist nur eine Fleischwunde!« Sie wurde von einem so heftigen Lachanfall durchgeschüttelt, dass sogar der Schauspieler lachen musste.

Am Ende der Tour gab der Führer Charlotte ein Souvenirbuch, und jedes Kind bekam eine Tüte mit kleinen Geschenken. Er stellte sie vor einer grausamen Erhängungsszene für ein Gruppenbild auf, und sie warteten auf die acht Ausdrucke. Marc fand, die Party war ein Erfolg, aber als er sich später die Bilder ansah, bemerkte er einen unverkennbar finsteren Blick auf Lizzies Gesicht.

Als sie wieder daheim waren und sich die Mädchen vor den Fernseher fläzten, zogen Marc und Fran sich für eine Tasse Tee in die Küche zurück.

»Danke«, sagte er und reichte ihr eine dampfende Tasse. »Wirklich, vielen, vielen Dank. Für heute und – du weißt schon – alles.«

»Gern geschehen.« Sie lächelte, und er bemerkte dunkle Augenringe unter ihrem Make-up.

»Ist bei dir ...«, setzte er unsicher an. »Es ist lange her, dass ich das einen von euch gefragt habe, aber ist bei dir alles in Ordnung?«

»Bei mir? Ja, alles okay.« Ihre Lippen verzogen sich dieses Mal zu einem weniger überzeugenden Lächeln. »Nur ein kleiner Streit mit Ollie, mehr nicht.«

»Das tut mir leid«, sagte er und wollte die Einzelheiten nicht wissen.

»Und bei dir?«

Marc fragte sich, ob sie seine Gleichgültigkeit spüren konnte, und fühlte sich schuldig. »Wie zu erwarten, denke ich.«

»Was sagt die Polizei?«

Marc zuckte die Schultern. »Dass ich mich aufs Schlimmste vorbereiten muss. Ich schwanke zwischen, dies zu akzeptieren und gegen all diese Gedanken zu rebellieren. Am schlimmsten ist es für Lizzie, denke ich.«

»Sie macht auf mich einen guten Eindruck«, sagte Fran und berührte seinen Arm. »Sie hatte heute einen schönen Tag und ist Char so eine gute Schwester.«

Marc nickte. »Danke, dass du das alles organisiert hast. Wirklich, du bist ein Geschenk des Himmels. Ich habe dich viel zu stark beansprucht. Wenn ich mich irgendwie revanchieren kann ...«

»Ist nicht nötig«, sagte sie. »Ich möchte helfen. Mir bricht das Herz wegen deiner Situation, weißt du? Du verdienst das nicht.«

Marc sah Besorgnis in ihrem Gesicht aufblitzen.

»Bist du sicher, dass alles in Ordnung ist?«, fragte er diesmal nachdrücklicher und legte ihr die Hand auf die Schulter.

Fran lehnte sich an ihn. Er nahm ihr den Becher aus der Hand und stellte ihn auf die Arbeitsplatte, dann legte er ihr die Arme auf den Rücken, fühlte sich seltsam, weil er zum ersten Mal seit Monaten eine Erwachsene auf diese Art berührte.

»Es tut mir leid«, murmelte sie an seiner Schulter. »Ich sollte dir das nicht antun.«

»Alles ist in Ordnung«, sagte er und streichelte ihr über den Rücken.

»Ist es nicht. Nichts ist okay.«

Marc tätschelte ihre dicke Strickjacke und machte beruhigende Geräusche, während sie an seiner Schulter schluchzte, aber er wusste immer noch nicht, ob es ihm etwas ausmachte. Monatelang hatte er die Leben der anderen kaum wahrgenommen, außer sie um deren Einfachheit zu beneiden. Ehestreitigkeiten und kleinkarierte Eifersüchteleien, Geldsorgen und persönliche Konflikte wirkten nicht mehr wichtig. Wenn ich zurückkommen würde, wusste er, dass er sich um diese

Dinge keine Sorgen mehr machen würde. Selbst als er Fran im Arm hielt und versuchte, sie zu trösten, verspürte er Abscheu, als wäre ihre Traurigkeit – deren Grund er nicht kannte – widerwärtig. Ein grausamer Teil seines Gehirns wollte sie wegstoßen, am Arm schütteln und ihr sagen, sie solle nach Hause gehen und sich mit Ollie vertragen, weil sie es zumindest immer noch könne.

Aber er hielt sie weiter im Arm. Das stille Weinen ging weiter, und er fragte sich, ob es unhöflich wäre, seinen Tee zu nehmen und über ihrem Kopf einen Schluck zu trinken.

»Alex und ich haben wegen Kleinigkeiten herumgenörgelt«, sagte Fran beim Weinen. »Darüber, dass wir zwischen dem, was wir für uns selbst, und dem, was wir für unsere Familien wollten, hin- und hergerissen waren. Aber sie hatte dich. Ollie versteht es einfach nicht.«

Mein lieber Ehemann widerstand dem Drang, die Augen zu verdrehen.

»Es ist einfach nicht fair, wenn jemand wie du ...« Fran hielt inne, und Marc wurde steif. Sie nahm den Kopf von seiner Schulter, klammerte sich aber immer noch an seine Brust. Sie sah ihm ins Gesicht, die Augen waren geschwollen, die Mascara war auf den Wangen verlaufen.

»Alles wird wieder gut«, sagte er.

»Alex wusste dich nie zu schätzen.«

Marc runzelte die Stirn. Er wusste, dass es Fran nicht gut ging, wusste, dass sich ihre Aussage auf sie und Ollie bezog, nicht auf uns, aber dennoch. Er sagte nichts, wollte unsere Freundin in diesem Augenblick unterstützen.

Ein Moment verging, in dem er vielleicht wusste, was kommen würde, dennoch war es ein Schock, als Fran sich auf die Zehenspitzen stellte und ihre heißen, vollen Lippen auf seine drückte.

»Was machst du da?«, fragte er und wollte würgen.

»Es tut mir leid«, sagte sie und wich mit ängstlichem Gesicht zurück.

»Was für eine erbärmliche Schlampe bist du?«, rief er und dachte nicht an die Kinder im Nebenzimmer.

Ihr traten wieder Tränen in die Augen, doch sie schaute ihn kalt an. »Vielleicht hatte ich unrecht, vielleicht bist du wie alle anderen. Ihr Männer seid so verdammt ahnungslos. Ihr verdient alles, was ihr bekommt.«

Fran stolzierte aus der Küche. Marc folgte ihr in den Flur. »Was soll das bedeuten?«

Sie drehte sich zu ihm um und lachte trocken. »Du tust so, als wäre das eine riesige Überraschung, als wären wir plötzlich aufgewacht und hätten uns über Nacht verändert, aber du bist wohl mit verschlossenen Augen herumgelaufen, um nicht zu sehen, wie unglücklich wir waren.«

»Wer ist wir?«, fragte Marc wütend, aber mit der Angst im Nacken. »Es tut mir leid, dass du und Ollie Probleme habt, aber Alex und ich waren ...«

»Glücklich?«, unterbrach sie ihn mit einem sarkastischen Lächeln. »Perfekt? Genauso verliebt wie beim Kennenlernen?«

»Warum machst du das?«

»Ich mache nichts«, sagte sie. »Ich kann es einfach nicht mit ansehen, wie du wegen Alex Trübsal bläst, als wäre sie eine Heilige gewesen. Alex war nicht die stets glückliche Frau, für die du sie gehalten hast. Sie hat an meiner Schulter geweint, weil alles so öde war. Sie hasste diese Stadt, ihren Job, sie hat sogar gesagt, dass sie das Haus hasst.«

»Das stimmt nicht«, sagte Marc und schüttelte den Kopf. »Alex liebt ...«

»Nein, stimmt das nicht?«, sagte Fran und lächelte grausam. »Deine Frau hat mir gesagt, dass sie ihr Leben hasst.«

Marc fühlte sich erschöpft. Er starrte unsere Freundin an, als wäre sie eine Fremde. Wo war die Frau, die uns beim Streichen des Wohnzimmers geholfen hatte, die unsere winzigen Kinder auf dem Arm getragen hatte, die uns abgeholt hatte, als wir auf halbem Weg nach Newcastle liegen geblieben waren, bei der er gesehen hatte, wie ich sie an dem Tag umarmte, als sie ihre Fehlgeburt hatte?

»Emma!«, rief Fran und schaute Marc dabei immer noch in die Augen. »Komm, wir gehen!«

Marc sah zu, wie Emma sich die Schuhe band, und bemerkte, dass sich Lizzie und Charlotte neugierig im Flur herumdrückten. Fran rang sich ein Lächeln ab und sagte den Mädchen Auf Wiedersehen, dann zog sie Emma aus dem Haus. Marc schloss die Tür hinter ihnen und starrte durch die Buntglasscheiben an der Tür, stellte sich vor, dass er immer noch ihre Lippen schmecken konnte. Er wollte seine Hautschichten zusammen mit der Erinnerung abschrubben. *Alex ist nun nicht mehr der letzte Mensch, den du geküsst hast,* dachte er völlig entsetzt.

—//—

»Denken Sie wirklich, dass Fran sich dermaßen angebiedert hat?«, fragt er belustigt. Er hat mich nach unserem Leben befragt, als würde er einen Ständer beim Gedanken an den lieben, sanften Ehemann bekommen, den ich verloren habe. Ich bin es aber leid, gegen ihn zu kämpfen. Seine Fragen zu beantworten ist leichter als die Alternative.

»Nun?«

Ich zucke die Schultern. Warum nicht? Ich habe gesehen, wie diese Frau Marc anschaute.

»Okay, in Ordnung«, sagt er. Ich frage mich, ob er eifersüchtig ist. Der Ehemann, den ich mir gerade vorstelle, ist attraktiv und sexy und begehrenswert, während der Mann vor mir eine Frau in ein Zimmer einsperren muss, damit sie mit ihm spricht.

»Vielleicht hat sie das«, grübelt er. »Vielleicht hat Nicola sich auch auf ihn gestürzt, vielleicht standen sie bei Ihnen vor dem Haus Schlange. Aber warum sind Sie so sicher, dass er sie weggestoßen hat? Der Mann verliert Sie scheinbar für immer, und Sie wollen dennoch, dass er rein und treu ist?«

»Was wollen Sie?«, frage ich und bin zu erschöpft zum Schreien. »Soll ich mir vorstellen, dass sie bei uns auf dem Küchenboden ficken? Dass jemand bei uns einzieht, auf die Kinder aufpasst und meinen Platz einnimmt?«

Während ich das sage, wird mir klar, dass er genau das will. *Genau* das. Dass ich mir meine Familie ohne mich vorstelle. Er schaut mich an, als würde er mich kennen, als würde er sehen, was in meinem Kopf vor sich geht.

Er lacht und dreht sich zur Tür. »Die Zeit wird knapp, Alexandra. Ihre Zeit wird knapp.«

2004

27.9.04

Liebe Al,

wie geht es Dir? Und wie geht es der kleinen Lizzie? Wie ist es, wieder zu arbeiten? Es muss sich anfühlen, als hätte man Dir das Gehirn zurückgegeben, wo Du nun wieder über mehr sprechen kannst als über Kacke und aufs Töpfchen gehen!

Sorry, ich mach nur Witze. Aber Du musst mit Marc sprechen. Ich weiß, dass er noch ein Kind will, und ich weiß, dass Du ihm geben willst, was er will, aber Du kannst Dir das nicht antun, Süße. Und Du kannst auch nicht weiter die Pille nehmen und es ihm nicht sagen. Deine Wünsche sind ebenso wichtig wie seine – vor allem, wenn es um Deinen Körper geht. Er muss respektieren, was Du durchgemacht hast, was Du geopfert hast. Ich meine, das ist genug für jede Frau, aber besonders für dich. Wenn man – nachdem, was Deine Mutter Dir angetan hat – selbst Mutter wird, ist das nicht nichts. Du hast sehr viel erreicht. Ich kenne nicht viele Frauen, die sich davon so gut erholen. Ich erinnere mich an Dein Gesicht in diesem Tattoo-Laden in Boystown, als Deine Narbe endlich durch etwas Schönes ersetzt wurde. Ich erinnere mich an Deinen Ausspruch, dass Du nie Kinder haben wolltest. Ich weiß, dass sich das alles verändert hat und Lizzie Dein großes Glück ist, aber nur, weil Du einmal Deine Meinung geändert hast, bedeutet das nicht, dass Du Dir nun glauben kannst. Du bist in einer tollen

Position: Du hast ein Kind und die Möglichkeit, etwas von Dir selbst zurückzuerlangen. Gib es nicht auf, weil Marc irgendwelche Ideen von einer perfekten glücklichen Familie hat.

Ich werde nun den Mund halten, ich habe meine Meinung mitgeteilt.

Ich will nichts beschreien, aber auch ich bin schließlich an einem positiven Ort angekommen. Ich habe das Gefühl, ich finde das Gleichgewicht zwischen den Dingen, die ich liebe. Ich bin in der Endphase und binde hübsche pinkfarbene Schleifen um etwas, das ich einer Galerie präsentieren will, und ich habe außerdem dieses andere, winzige Stück, das ich ursprünglich für einen kleinen Spaß gehalten habe und das total außer Kontrolle geraten und zu dem geworden ist, worüber jeder Arsch spricht. Ich habe mir die Videos noch einmal angeschaut, die ich vor ein oder zwei Jahren mit meiner Mom gemacht habe, und hatte das Bedürfnis, noch ein wenig mit dem Projekt herumzuspielen. Ich dachte mir diese Brettspiel-Installation auf Grundlage des Films Zeit der Zärtlichkeit aus. (Hast du den gesehen? Es ist so ein furchtbarer, ganz und gar wunderbarer Streifen, den hier jeder liebt – ein total kitschiger, rührseliger Familienfilm über eine Mutter und eine Tochter, die sich verkrachen und heiraten und sich scheiden lassen und Krebs bekommen und sich versöhnen und wieder zerstreiten und wieder versöhnen und so weiter, sich die Seele aus dem Leib kotzen und mir dann alles ins Gesicht schmieren und so weiter. Hat natürlich alle Oscars gewonnen.) Ich habe es PS1 vorgestellt und sie hatten diese Eröffnung in allerletzter Minute, deswegen habe ich es innerhalb weniger Wochen entwickelt. Ich dachte, es würde zehn Tage lang existieren, und das war's dann, aber nun sind es zwei Monate, und jeden Tag scheinen sich mehr und mehr Leute über den Fluss zu bewegen, um sich hinzusetzen und mein Spiel zu spielen. Es ist ein einfaches Würfelspiel, das Mütter mit ihren Töchtern spielen können, aber auf jedem Feld müssen sie sich mit *etwas Persönlichem aus ihrer Beziehung auseinandersetzen, ein Geheimnis verraten oder etwas fragen, wovor sie Angst haben. Ich dachte, dass niemand freiwillig mitspielen würde, doch an den meisten Tagen stehen sie Schlange. Diese ganzen Arschlöcher, die für das Publikum ihre private Therapiesitzung durchspielen. Sie zahlen mich, damit ich weitermache, und ich habe gehört, dass einige Museen Interesse haben. Zudem habe ich eine Rezension in der* New York Times *bekommen, und nun möchte jeder rotzige Journalist über mich schreiben. (Ich bin sehr schüchtern und erkläre ihnen, ich würde »für Interviews nicht zur Verfügung stehen«.)*

Außerdem hat mich die Werbeagentur, bei der ich meine Empfangsgalerie hatte, vor einigen Tagen kontaktiert, um mir zu sagen, dass sie Unternehmen als Kunden haben, die an »alternativer« Werbung interessiert sind und die gern mit einem Performance-Künstler zusammenarbeiten würden. Sie zahlen mich nur dafür, dass ich sie am Telefon berate; wenn also alles gut läuft, könnte das ein nettes kleines finanzielles Polster ergeben.

Es ist so aufregend, wieder fleißig und überanstrengt zu sein, als würde man nach langem Schlaf erwachen. Wenn wir zusammen gewesen wären, hätten wir – um unsere neue Freiheit zu feiern – kreischen, kichern und tanzen können. Vielleicht ist dies unser Jahr, Al.

Am x

FREITAG, 10. OKTOBER 2004

Ich radelte wütend die Heslington Road hinauf, verfluchte die Autos, die mir am Hinterrad klebten, um zu überholen, und dann gleich vor mir auf die Bremse stiegen, wenn sie eine Bodenschwelle erreichten. Ich dachte an mein Seminar um neun, dass wir die Zählerstände diese Woche einschicken mussten und dass wir nicht mehr viel Fiebermittel hatten und dass wir – wenn ich zur Apotheke gehe würde – wahrscheinlich auch noch andere Dinge brauchten und dass ich eine Liste machen musste und – meine Beine traten langsamer, als mir etwas auffiel, und ich versuchte, mich an das Datum zu erinnern und zurückzuzählen und daran zu denken, wann das letzte Mal war.

»Vorsicht!«, rief ein Fußgänger, den ich gerade auf dem Zebrastreifen geschnitten hatte, und ich richtete meine Aufmerksamkeit wieder auf die Straße. Ich schaute hinter mich, hob den rechten Arm und fuhr durch den Verkehr zum Campus. Ich schloss mein Fahrrad am selben Ort ab wie immer und eilte zum Unterricht.

Es war fast drei, als ich es schaffte, mich von den Studenten und Abteilungsbesprechungen loszueisen, und auch das nur für eine halbe Stunde. Ich eilte durch die Hochschule zu dem winzigen Supermarkt auf dem Campus und betete, dass es dort gab, was ich brauchte. Ich musste den verpickelten Studenten bitten, mir den Test von hinter der Theke zu reichen, und ich fragte mich, warum niemand an Spender neben den Tampons und Kondomen auf allen Unitoiletten gedacht hatte. Ich hatte wenig Zeit, wollte aber so viel Privatsphäre wie möglich haben, deswegen nahm ich den Aufzug zur fünften Etage der Bibliothek und eilte zur Toilette hinter den Magazinen.

Ich pinkelte und wartete, hielt das Plastikstäbchen mit Toilettenpapier fest. Ich zählte wieder rückwärts, versuchte mich daran zu erinnern, ob ich in der Orientierungswoche geblutet hatte, und betete dafür, dass ich es nur irgendwie vergessen hatte. Ich dachte an die versteckte Pillenpackung unten in meiner Make-up-Tasche und fragte mich, ob ich womöglich eine vergessen hatte, ob ich sie an einem Tag vielleicht zu spät eingenommen hatte. Wie hatte ich derart leichtsinnig sein können? Marc lag mir seit Monaten damit in den Ohren, dass Lizzie einen Spielkameraden brauche. Ich hielt dagegen, dass es zu früh sei, dass gerade zu viel passiere, dass wir uns eine Zeit lang auf die Arbeit und uns konzentrieren müssten, doch Marc hatte diesen Hundeblick aufgesetzt, und irgendwie hatten wir uns darauf geeinigt, »abzuwarten und zu schauen«, »der Natur ihren Lauf zu lassen«. Ich hatte ihm nicht gesagt, dass ich mir wieder ein Pillenrezept geholt hatte und der Meinung war, wir sollten mindestens noch ein Jahr, besser noch länger warten. Marc und ich waren beide Einzelkinder, sagte ich mir – war das wirklich so schlimm? Ich liebte Lizzie wie verrückt, aber ich hatte gerade erst mein Leben wieder zurück. Dinge passierten langsam. In den letzten Wochen erinnerte ich mich daran, dass ich mehr war als ein Paar Titten und eine beruhigende Stimme, mehr als nur eine Mutter.

Ich hörte auf, mit dem Stäbchen zu wackeln, und schaute auf die beiden blauen Striche.

JUNI

SEIT VIERZEHN WOCHEN VERSCHWUNDEN

Marc las Amelias Briefe jeden Abend vor dem Schlafengehen. Sie schrieb häufig, wiederholte sich oft, dachte über dieselben Themen und Projekte nach, jammerte wieder und wieder über die Distanz und unsere unterschiedlichen Leben. Marc erinnerte sich an meine Aufregung, wenn ich diese Briefe erhielt. Ab und zu hatte ich ihm ein wenig vom Inhalt erzählt, und er hatte versucht, meine Begeisterung für die seltsam klingenden Kreationen meiner Freundin zu verstehen, war aber zuvor nie neugierig gewesen. Nun boten ihm die Briefe – wie auch mein Essay – ein Fenster zu einer lange verlorenen Welt. Sie waren etwas Greifbares, das er in den Händen halten konnte. Ein Beweis für meine Existenz.

Manchmal langweilte Marc sich, dann wieder hielten ihn Amelias Worte wach. Er war erschrocken, als er entdeckte, wie sehr ich einem zweiten Kind gegenüber abgeneigt gewesen war. Wir hatten natürlich darüber gesprochen, aber ich hatte meine Bedenken nicht nachdrücklich genug geäußert. Ich frage mich, ob er in unserem Bett lag und versuchte, sich an die Male zu erinnern, die wir in jenem Herbst gefickt hatten, er dachte, wir würden ein Lebewesen zeugen, und ich wusste, dass ich es unmöglich gemacht hatte. Nur, dass das eben nicht stimmte. Ich hatte einen Tag die Pille vergessen, mehr hatte es nicht gebaucht. Marc erinnerte sich an den Abend, als ich mit dem abgewischten Stäbchen in der Handtasche nach Hause kam und ihm erklärte, dass aus uns dreien bald vier werden würden. Er erinnerte sich auch daran, eine Flasche Champagner aufgemacht und mich in dieser Nacht geliebt zu haben, so glücklich und männlich, wie sich ein Mann nur fühlen konnte.

Er dachte auch an mein Tattoo, fragte sich, warum ich ihm nie gesagt hatte, dass es etwas verdeckte und fragte sich auch, was genau darunterlag. Ich hatte über den emotionalen und psychologischen Missbrauch meiner Mutter gesprochen, dass ich sie in Pfützen ihres eigenen Erbrochenen gefunden hätte und dass sie mich stundenlang durch meine Kinderzimmertür angebrüllt habe, aber ich hatte nie gesagt, dass sie gewalttätig gewesen war. Ich hatte Amelia ganz offensichtlich mehr erzählt als ihm. Ich hatte meine schmerzhaftesten Geheimnisse nicht mit meinem Ehemann, sondern mit einer Frau auf der anderen Seite des Ozeans geteilt. Es muss ihm wehgetan haben, als er das bemerkte. Als Marc ihre Briefe nacheinander las, empfand er Amelia als tragische Figur. Er zweifelte daran, dass sie sich das von irgendjemandem ohne zu fluchen sagen lassen würde, aber soweit er sagen konnte, war sie ein ewiger Single, der sich nur um die Arbeit und sich selbst kümmerte. Sie sprach kaum über ihre Familie und erwähnte niemals Freunde. Marc empfand sie als grob und kritisch; als männerhassende Misanthropin. Was hatte ich zurückgeschrieben? Diese Worte würde er nie zu Gesicht bekommen. Er hasste den Gedanken, dass Amelia über unser Leben Bescheid wusste, dass ich meine Gedanken und Gefühle mit dieser Fremden teilte.

Irgendwann Anfang Juni hatte er das Jahr 2005 erreicht, in dem Charlotte geboren wurde. Es war kein gutes Jahr, daran erinnerte er sich. Der Zustand meiner Mutter verschlechterte sich rapide, ich musste sie immer wieder besuchen und ihn und die Mädchen mit einem Kühlschrank voller abgepumpter Milch zurücklassen. Zu dieser Zeit hatte ich außerdem noch eine

Lungenentzündung bekommen. Ich kam von einem Besuch bei meiner Mum zurück und brach einfach zusammen. Marc fuhr mich ins Krankenhaus, panisch und verängstigt, aber ich war innerhalb weniger Wochen wieder die Alte. Diese Erinnerungen wirkten unglaublich weit weg, als er von Amelias seltsamen Ideen und Installationen las.

Einige Tage später schlug er die Zeitung auf und las, dass James Gandolfini gestorben war. Er überflog den Artikel und erfuhr, dass der Schauspieler mit seiner Familie in Italien gewesen war. Nach einem Tag mit Sightseeing in Rom entdeckte ihn sein Sohn zusammengebrochen auf dem Badezimmerboden. Er hatte einen Herzanfall gehabt und starb etwas später im Krankenhaus. Obwohl er erst vor Kurzem von Amelias Spott über Starkult gelesen hatte und obwohl er wusste, dass er nichts über James Gandolfini wusste, außer der Rollen, die er gespielt hatte, war Marc traurig. Und mehr noch. Als er Zitate von Politikern und Produzenten, Filmemachern und anderen Schauspielern las, die alle dem »wilden Schauspieler«, der »einfühlsamen Seele« und dem »wirklich witzigen Mann« Tribut zollten, stiegen Marc Tränen in die Augen.

»Das ist lächerlich«, sagte er zu sich und wischte sich die Nase am Ärmel ab. Es *war* lächerlich. Er hatte James Gandolfini höchstens in einer Handvoll Rollen gesehen – am besten erinnerte er sich natürlich an Tony Soprano, den er genauso gern gemocht hatte wie ich, ja, aber das bedeutete nicht, dass er eine Verbindung zu dem Mann selbst hatte. Der Tod des Schauspielers hatte nichts mit den Figuren zu tun, die er spielte, egal, wie gut die Serie war. Bevor er es an jenem Tag in der Zeitung gelesen hatte, wäre ihm vielleicht der Name des Mannes nicht auf Anhieb eingefallen. Dennoch war seine Trauer echt. Sie blieb, als er den Rest des Artikels las, und hing noch den restlichen

Tag über ihm. Unter der Dusche und dann, als er auf den Wasserkocher wartete, erinnerte er sich wieder an das Grauen eines Kindes, das seinen Vater bewusstlos auffindet. Er dachte an Charlotte und Lizzie, daran, dass er ihr einziger Elternteil war, ihr einziger Beschützer. Er machte sich einen Salat zum Mittagessen, verschwendete zwanzig Minuten damit, einen alten Artikel im *Independent* über die besten Übungen für ein gesundes Herz zu lesen, dann ging er – als er die Mädchen abholte – absichtlich schnell genug, um ins Schwitzen zu kommen, und merkte, wie sein Herz schneller schlug.

Char kam ihm grinsend am Tor entgegen, doch ihre Hose war von den Knöcheln bis zu den Knien voller Schlamm.

»Was um alles in der Welt ist passiert?«, fragte Marc bestürzt. Es war ein Dienstag, er hatte ihre Uniform gerade erst gewaschen.

»Sie hat das entscheidende Tor geschossen«, sagte Lizzie und kam zu ihnen, in ihrer Stimme lag ein wenig Stolz.

»Das ist toll, Süße, aber jetzt musst du morgen wieder deinen Rock anziehen.«

»Auf keinen Fall«, sagte Charlotte.

Ihre untypische Sturheit brachte Marc durcheinander, und er stockte, schließlich murmelte er ziemlich wenig bestimmt: »Ich kann versuchen, deine Hose heute Abend zu waschen, aber ich weiß nicht, ob sie bis morgen trocken sein wird.«

Char verschränkte die Arme und starrte ihn an.

Auf dem Heimweg sprachen sie nicht viel. Nachdem sie ins Haus gegangen waren, ließ Char ihre Tasche im Flur fallen und rannte die Treppen zu ihrem Zimmer hinauf. Nach einigen Minuten kam sie in Jogginghose wieder herunter und reichte Marc ihre gefaltete Schulhose, bevor sie still wieder in ihr Zimmer ging.

»Ist was mit Char?«, fragte Marc ihre Schwester.

Lizzie zuckte die Schultern. »Sie spielt gern mit den Jungs Fußball, ich glaube, das ist in einem Rock schwierig. Hab ich dir schon erzählt, dass sie letzte Woche Probleme hatte, weil sie einen älteren Jungen vors Schienbein getreten und er geweint hat?«

»Nein, hast du nicht«, sagte Marc.

Lizzie lächelte, ihre robuste kleine Schwester schien ihr zu gefallen.

Marc verbrachte den Abend damit, über Char nachzudenken. Verwandelte sie sich in einen Wildfang? Und falls ja: War das schlimm? Er konnte nicht mehr sagen, wie sich gewöhnliche Elternsorgen anfühlten. Er bemerkte, dass er übermäßig aufmerksam war, nach kleinsten Veränderungen bei unseren Mädchen Ausschau hielt und sich fragte, ob diese normal oder auf mein Verschwinden zurückzuführen waren. Heischte Char um Aufmerksamkeit? Versuchte sie, ihrem Dad und nicht ihrer Mum nachzueifern? Oder interpretierte er zu viel in ihr Verhalten hinein? Er fand es unmöglich zu sagen, wann Sorgen berechtigt waren. Die Mädchen schienen die Situation akzeptiert zu haben. Sie sprachen über mich und waren manchmal traurig, aber Marc achtete darauf, dass sie die Hoffnung nicht aufgaben. Er hatte angefangen, Dinge in ein Buch zu schreiben, die wir nach meiner Rückkehr machen konnten. Lizzie hatte still dagesessen, als er das Konzept erklärte, Char jedoch hatte pflichtbewusst eine Seite mit einer Liste von Spielen, Urlaubsorten und Ausflügen vollgeschrieben.

Vielleicht klammerten sie sich mehr an ihn als andere Kinder im selben Alter. Lizzie, die für gewöhnlich so ruhig und gefasst war, hatte sich geweigert, mit ihrer sechsten Klasse campen zu gehen, und als er mühsam den Grund dafür herausgefunden hatte, meinte sie, sie wolle nicht wegfahren, falls in ihrer Abwesenheit etwas passiere. Er hatte gefragt, was denn passieren könnte, und sie schaute ihn an, als wäre er dumm, und sagte: »Du könntest verschwinden.«

Er klopfte an ihre Tür, wenn er dachte, sie könnte traurig sein, doch er wurde ebenso oft weggeschickt wie hineingelassen. Wenn er hineindurfte, saß er nervös neben ihr, hielt unsere schluchzende Tochter im Arm und hatte das Gefühl, dass sie das gar nicht mochte. Er allein war nicht genug, das war eine einfache Tatsache. Es ging darum, was Lizzie dachte und was sie zum Weinen brachte, aber unser kleines Mädchen war viel zu sensibel, um ihm das zu sagen, deswegen tat sie, als würde er sie trösten, obwohl er zu ihrer Traurigkeit beitrug. Diese Augenblicke der hilflosen Vertrautheit mit Lizzie waren vielleicht das Schlimmste in dieser Zeit, übertrumpften die Wutausbrüche von Charlotte, bei denen sie um sich trat, sich weigerte, die Situation zu verstehen, und ihn mit demselben Unbehagen fertigmachte, das er vor Fernsehteams und neugierigen Polizisten empfand. Das waren seine schlimmsten Stunden, die von der Demütigung noch schlimmer wurden, die ein Mann verspürt, wenn er seiner Familie nicht gerecht wird.

Nach dem, was mit Fran geschehen war, und dem Unbehagen über unsere gemeinsamen Freundschaften mit ihr, war Paula der einzige Mensch, mit dem Marc über seine Ängste sprach. Sie hatten sich gut angefreundet, nachdem er wieder zur Arbeit zurückgekehrt war. Zunächst hatte er gedacht, sie würde an seine Tür klopfen, um nach ihm zu sehen, von einem seltsamen wohltätigen Pflichtgefühl getrieben. Doch bei Sandwiches und Kaffee bemerkte er, dass sie eine Verbindung hatten. Er sah langsam, was sie und mich zu Freundinnen gemacht hatte. Auf den ersten Blick verband uns nicht viel: eine frivole, radfahrende, Dada liebende Dozentin und eine strenge, ernsthaft akademische Feministin, die Anzug trug. Paula lächelte selten und analysierte lieber die grammatikalischen Ambiguitäten seiner

Rhetorik, als Witze zu reißen. Aber hinter der gerunzelten Stirn und dem kurzen Bob entdeckte er eine liebenswürdige, Tacheles sprechende und einschüchternd intelligente Frau. Während Freunde, die er seit Jahren kannte, auf Zehenspitzen um ihn herumschlichen und hinter seinem Rücken über ihn sprachen, fand er in ihr eine ehrliche und erfrischend mitleidslose neue Freundin. »Du machst das gut«, sagte sie ihm immer wieder. »Die Mädchen können froh sein, dass sie dich haben.«

Abgesehen davon, dass ihm ihre Unterstützung guttat, genoss Marc es auch, wieder mit jemandem zu sprechen. Bei all dem Drama und Herzschmerz, mich als Frau und Mutter zu vermissen, hatte er vergessen, dass ihm intelligente Unterhaltungen und intellektuelle Gesellschaft fehlten. Paulas Armreifen klimperten, wenn sie sich wegen eines Antrags auf eine Doktorarbeit nächstes Jahr ereiferte, und sie fummelte am Kragen ihrer Jacke herum, wenn sie sich angeregt über das Thema des Einflusses der industriellen Revolution auf Kunst und Literatur unterhielten. Ich hätte gegähnt, dachte er, wenn ich einige ihrer Unterhaltungen gehört hätte – diese muffige akademische Verschrobenheit, die mich veranlasste, meine Studenten angestrengt davon zu überzeugen, dass es auch anders ging.

Sie sprachen auch über mich, über die stagnierende Suche und die Unmöglichkeit, das absolut offensichtliche zu akzeptieren. Marc hatte DI Jones nichts davon erzählt, dass er meinen Pass in der Kiste mit den Ordnern gefunden hatte, aber er sprach mit Paula über Amelias Briefe, durch die er sich las. Er rief sie eines Abends an, nachdem er mit einem fertig war. Es war spät, und er dachte, er würde sie vielleicht aufwecken, doch er wusste, dass er nicht einschlafen könnte, bis er mit jemandem Amelias Worte besprochen hatte.

»Sie hat ihre Freundin *betrogen*«, sagte er in den Hörer.

»Marc? Weißt du, wie spät es ist?«

»Sorry, ich muss mit jemandem reden.«

Paula seufzte. »Was ist los?«

»Also, tut mir leid, vielleicht ist es keine so große Sache. Leg dich wieder ins Bett, wir können morgen darüber sprechen.«

»Nein«, antwortete sie. »Du hast mich aufgeweckt, jetzt erzähl mir auch, was los ist.«

»Ich habe gerade einen Brief von Amelia fertig gelesen, und sie beschreibt dieses Stück, für das sie irgendeinen Preis gewonnen hat«, sagte er. »Aber ich habe Probleme zu verstehen, wie das Kunst oder überhaupt moralisch vertretbar sein kann. Ich weiß, dass es eigentlich egal ist, ob ich es verstehe, und Alex würde mich wahrscheinlich auslachen, weil ich es eben nicht schnalle, aber irgendwie habe ich mich darein verbissen.«

»Was für ein Stück?«, fragte Paula.

»Sie hat eine Freundin benutzt – ihre Agentin, denke ich, aber es hört sich an, als hätten sie sich auch nahegestanden. Die Frau hatte sich gerade von ihrem Verlobten getrennt, und ihr ging es ganz offensichtlich nicht gut, doch Amelia hat entschieden, sie als Kunst zu benutzen. Sie hat eine Psychologiestudentin dafür bezahlt, sich mit der Frau anzufreunden und die Beziehung wie Therapiesitzungen zu dokumentieren. Die Agentin wusste nicht Bescheid. Sie hat die Studentin in einem Café kennengelernt und ihr ihr Herz ausgeschüttet, weil sie anscheinend dasselbe durchmachten. Sie dachte, sie hätten sich gut angefreundet, aber die ganze Zeit über schrieb die Therapeutin abends Berichte über den ›Zustand‹ ihrer Freundin. Und dann hat Amelia die ganzen Dokumente und einige Fotos der Freundin und der Therapeutin in einer Galerie ausgestellt, neben Fotokopien von den Schecks, die sie der Therapeutin ausgestellt hatte, um zu beweisen, dass es sich um eine monetäre Transaktion und keine menschliche Verbindung gehandelt hatte. Und ohne der Agentin zu sagen, was sie erwarten würde, schickte sie ihr Karten für die Eröffnung, ließ jemanden ihre Reaktion filmen und zeigte auch das am nächsten Tag in der Galerie.«

»Wie hat die Agentin reagiert?«, fragte Paula, in ihrer Stimme lag kein Funken Empörung.

»Amelia sagt, sie sei ausgerastet. Sie wirkte ein wenig überrascht, als hätte sie erwartet, sie würde es lustig finden oder so, aber die Frau brach in Tränen aus und rief sie nicht mehr zurück. Warte, ich lese es dir vor.« Er blickte auf die Seite auf seinem Schoß und sprach Amelias Worte in den Hörer: »›Selbstverständlich bestand ein riesiger Teil des Stückes daraus, ihre Reaktion zu beobachten, nachdem alle anderen in der Galerie die Therapieberichte gelesen hatten. Sie war außer sich. Das hat dem Stück zu Erfolg verholfen, mich aber irgendwie aus der Fassung gebracht. Sehr. Ich bin eine schlechte Freundin, Al. Aber eine gute Künstlerin, denke ich. Ich glaube, das bedeutet etwas.‹«

Paula lachte.

»Sie hört sich bis zu einem gewissen Grad an, als würde es ihr leidtun, oder?«, fragte Marc. »Aber nicht genug, um es zu bedauern. Und später gibt sie zu, dass die gefilmte Reaktion das Stück so fesselnd gemacht und ihr wahrscheinlich den Preis eingebracht hat.«

»Daraus ergeben sich einige interessante Fragen«, sagte Paula.

»Aber stell dir mal vor, du würdest Einzelheiten deiner zerbrochenen Beziehung auf einer Wand in einer Galerie sehen – intime Dinge, die du jemandem im Vertrauen erzählt hast, jemandem, der dir ähnlich war, doch dann findest du heraus, dass er für die Freundschaft bezahlt worden war. Das ist grausam.«

»Ja«, sagte Paula zögernd. »Aber niemand hat gesagt, dass Kunst nett sein muss. Künstler machen die ganze Zeit grausame Dinge, um etwas zu beweisen.«

»Aber darin sehe ich *gar keinen* Sinn, es ist einfach fies.«

»Ich weiß nicht, ich müsste mehr über das Stück wissen, aber vielleicht ist es ein Kommentar zum Kapitalismus oder zu Therapien, Beziehungen unter Frauen oder Vertrauen. Oder vielleicht erweitert sie nur die Grenzen von Kunst im Allgemeinen, beweist genau den Punkt, den du gerade aufgeführt hast: Kunst ist grausam, und Künstlern kann man nicht vertrauen; sie können für ihre Arbeit alles nehmen, was man ihnen anbietet – sogar dich selbst.«

»Aber wie konnte Alex mit so jemandem befreundet sein?«

»Komm schon, Marc, du weißt, dass Alex Kunst mochte, die eine Reaktion hervorrief. Ich weiß nicht, ob sie Amelias Methoden gebilligt hätte, aber ich glaube, dass sie das Stück interessiert hätte. Du hast von Guillermo Vargas gehört, der einen Hund in einer Kunstgalerie hat verhungern lassen, oder?«

»War das nicht eine Falschmeldung?«

»Das war egal, es ging darum, dass die Leute dachten, ein Hund sollte für die Kunst zu Tode gehungert werden. Sie wurden so wütend und starteten eine Petition, um sich zu beschweren, doch kein einziger Mensch versuchte, den Hund aus der Galerie zu befreien oder zu füttern.«

»Du willst damit sagen, dass sie es furchtbar und grausam fanden, es aber dennoch als Kunst akzeptierten?«

»Ja, es *war* Kunst«, antwortete Paula. »Ebenso wie Amelias Betrug an ihrer Freundin. Bei einem Streuner, der in den Straßen von Nicaragua verreckt, denkt man: So ist das Leben eben, aber Vargas' Hund, der in einer Galerie stirbt, wurde zu etwas anderem erhöht, und deswegen richteten Menschen überall auf der Welt ihre Aufmerksamkeit darauf. Ich glaube, dass ständig Freundschaften wegen größerer und kleinerer Dinge in die Brüche gehen und dass es nichts Besonderes ist, aber Amelia hat die Zerstörung einer ihrer Freundschaften zu Kunst erhöht, und die einfache Frage, ob ihr die Agentin vergibt oder nicht, in einen viel komplexeren ästhetischen Akt verwandelt. Sie hat aus den Menschen in ihrem Leben unwissentliche Künstler gemacht, Objekte, die hinterfragt werden.«

»Aber wie kann das in Ordnung sein?«, fragte Marc.

»Vielleicht ist es das nicht«, sagte Paula und unterdrückte ein Gähnen. »Das müssen Publikum und Kritiker entscheiden. Aber genau das ist interessant, denn soweit ich weiß, hat kein zeitgenössischer Künstler etwas getan, das verabscheuungswürdig genug wäre, um einen einhelligen Aufschrei zu provozieren. Ich stelle mir vor, dass an einem gewissen Punkt jemand die Grenzen ein wenig zu stark erweitern wird, und jemand anderes wird sich umdrehen und sagen müssen: ›Das reicht! Das ist keine Kunst mehr.‹ Aber sobald jemand das sagt, denke ich, wird das entsprechende Werk als *ultimatives* Kunstwerk in die Geschichtsbücher eingehen.«

»Also gibt es keine Grenzen?«, fragte Marc und dachte an Pips Fragen zu Moral und Kunst. Hatte ich ihr von Amelia erzählt und dieses Stück beschrieben? »Was ist mit einem Menschen? Kunst kann nicht Schmerzen, Gefühle und Empathie übertrumpfen. Alex hätte das niemals akzeptiert. Wie konnte sie nur mit dieser Frau befreundet sein?«

Paula seufzte. »Ich weiß es nicht. Schau, Marc, es ist spät, und ich kann nur Dinge vermuten. Können wir morgen weiter darüber sprechen?«

»Natürlich«, sagte er und zuckte wegen seines Mangels an Sensibilität zusammen. »Tut mir leid, danke, sorry!«

»Das muss dir nicht leidtun«, sagte Paula. Sie zögerte und fügte dann hinzu: »Marc, ich mache mir Sorgen um dich. Vielleicht solltest du eine Pause mit den Briefen machen.«

Marc legte auf und sank wieder in die Kissen, versuchte, Paulas Begründungen nachzuvollziehen, und fragte sich, ob er ihren Ratschlag annehmen sollte. Er versuchte, sich vorzustellen, was ich zu der Unterhaltung beigetragen hätte. Er stellte sich vor, dass ich wegen dieser altmodischen Ansichten zum Thema »Was ist Kunst« lachte, aber er konnte nicht glauben, dass ich Amelias Aktionen duldete. Er kannte mich als Freundin. Ich war loyal und vertrauenswürdig. Ich gab mir die allergrößte Mühe, Versprechen nicht zu brechen. Er wollte wissen, wie ich auf diesen Brief geantwortet hatte, ob ich Bedenken gehabt hatte, meiner Freundin zu ihrem jüngsten Erfolg zu gratulieren, und warum ich ihm gegenüber dieses Stück nie erwähnt hatte. Er lag lange wach, dann nahm er sein Telefon. Die Google-Suche »Amelia Heldt Freundschaft Stück« brachte ein Dutzend Rezensionen in unterschiedlichen Begeisterungsgeraden. In einer waren ein Bild und ein Zitat von der Agentin zu sehen, die als Serena Graves, Galeristin, bezeichnet wurde. Ein paar weitere Klicks führten ihn zu einem beruflichen Profil. Ohne zu viel über seine Motive oder die Konsequenzen nachzudenken, schickte Marc eine kurze E-Mail, in der er mich und Amelia erwähnte und Graves bat, sich zu melden. Bei Einbruch der Morgendämmerung fiel er in unruhigen Schlaf, in dem ihn kläffende Terrier und schluchzende Frauen quälten.

—//—

»Ich habe etwas für Sie.«

Er sieht anders aus. Erwartungsvoll.

»Sind Sie nicht neugierig?«, fragt er.

Ich versuche, ein ausdrucksloses Gesicht zu machen. Meine Augenlider prickeln. Die Zunge kratzt an meinem Gaumen.

Er reicht mir einen zusammengefalteten Zeitungsausschnitt.

Ich glätte ihn und blicke auf ein winziges Bild von sechs Schulkindern, die Zertifikate in der Hand halten. Die zweite von links ist meine Tochter. Sie ist größer als der Junge neben ihr.

Sie ist in die Höhe geschossen. Und ihr Gesicht sieht dünner aus, die Pausbacken sind verschwunden. Ihr Lächeln ist aber noch dasselbe. Mein Baby grinst mich an. Sie hat Silber im Mathewettbewerb gewonnen, damit ist sie im ganzen Land unter den besten fünfzig.

»Schlaue kleine Lizzie«, sagt er, und ich will ihm den Namen von den Lippen schrubben.

Ich lege den Finger auf ihr Gesicht, versuche, mir vorzustellen, wie ich ihr gratuliert hätte. Ich kann die Tränen nicht zurückhalten.

»Sie können das leider nicht behalten«, sagt er.

Ich schaue auf. »Warum nicht?«

Er starrt mich bloß an, mit diesem geduldig-herablassenden Gesicht, als wären die Regeln an diesem Ort – seine Regeln – ganz offensichtlich.

2005

3.11.05

Al!

Wie geht es Dir? Wie geht es Marc und den Mädchen? Lässt Charlotte Dich schon schlafen? Es tut mir leid, dass sich der Zustand Deiner Mom so stark verschlechtert hat. Ich weiß, dass Deine Gefühle ihr gegenüber vielschichtig sind, aber Du schuldest ihr wirklich nichts, weißt Du? Du hast jedes Recht der Welt, Dir selbst Priorität einzuräumen, selbst jetzt. Besonders jetzt.

Herzlichen Glückwunsch zu Marcs Beförderung. Ich denke, das ist eine große Sache für ihn. Es ist gut, dass Du so eine hilfsbereite Frau bist. Hinter jedem großen Mann und so weiter … Ganz ehrlich, Du bist eine hilfsbereite Frau. Ich weiß, dass Du Dich selbst infrage stellst, ich weiß, dass Du Marc für ein heiliges Wesen hältst, der einfach der brillanteste Dad ist, während Du im Dunklen tappst und alles falsch machst, aber Du bist besser, als Du denkst, Al. Als Frau, als Mutter, als Lehrerin, als Freundin.

Ich bin Gegenstand eines Seminars, kannst Du das glauben? Nicht nur ich natürlich, sondern meine Arbeit im Kontext mit einigen anderen modernen Performancekünstlern. Kannst Du Dir vorstellen, wie unsere alten Professoren Handouts mit meinem Namen ganz oben austeilen und meine Performances aus allen möglichen Perspektiven analysieren? Dabei fühle ich mich fast wie eine Erwachsene, weißt Du, eine richtige Künstlerin. Aber doch nicht ganz.

Das Stück, das ich gerade vorbereite, ist total kindisch. Eine kleine Galerie in Chelsea hat mich gebeten, etwas für sie vorzubereiten, und ich hatte wirklich keine Einfälle. Ich hatte noch vier Tage, bevor ich aus New York weggeflogen bin, und musste mir etwas ausdenken. Ich übernachtete in einem Hotel in Uptown Manhattan. Ich hatte mich dazu entschieden, die Stadt aus Touristenperspektive zu erforschen, weißt Du? In einem Hotel übernachten, mir die Kamera um den Hals hängen, mich beim Empire State Building anstellen, auf die Fähre nach Staten Island steigen und irgendwo auf dem Weg Inspiration finden.

Aber ich habe mir dieses furchtbare Fieber eingefangen, wachte am ersten Morgen auf und fühlte mich wie der Tod. Ich bestellte mir Essen beim Zimmerservice, blieb im Bett und schaute Fernsehen. Ich sah mir drei Tage trashiges Reality-TV an. Am vierten Tag fühlte ich mich immer noch scheußlich, aber ich musste meine ganze Energie aufwenden, um mit den Leuten in der Galerie zu sprechen. Ich hatte nichts, keine einzige Idee in meinem Zuckerwattekopf. Deswegen griff ich zum Hörer, und sie plapperten: »Dahling dies, Dahling das«, und ich dachte mir, Mann, mit solchen Leuten habe ich es also zu tun. Aber ich habe den Mund aufgemacht, und diese dämliche Idee kam hervorgesprudelt. Ich habe ihnen gesagt, ich wollte auf dem Dach eine Waffe aufstellen (sie haben diese hohe Decke in der Galerie und einen großartigen Balkon, der um die Galerie herumläuft), vernünftig getarnt und ernst aussehend. Die Besucher der Galerie würden persönlich von einem Wächter eingeladen – einer nach dem anderen –, an den Ort hinaufzuklettern und ihr Opfer auszuwählen. Sie würden dazu ermutigt werden, auf irgendeine Person in der Galerie zu zielen und abzudrücken, dabei hatten sie keine Ahnung, was beim Betätigen des Abzugs passieren würde. Wenn sie die Eier hätten, es zu tun, würde aus der Waffe Konfetti auf das Opfer fallen. Das Stück würde A Shot At Love *heißen und mit versteckten Kameras aufgenommen werden. Ich schwafelte darüber, dass das ein sozialer Kommentar über die Kommerzialisierung von Liebe und eine Verbindung der amerikanischen Verehrung von Gewehren mit dem Gefallen an der Welt der Stars sei.*

Ich meine, Scheiße, ich war total auf Paracetamol, ich hätte alles sagen können, aber mein Kopf hämmerte, ich hatte Schüttelfrost, und mir war einfach alles egal. Auf jeden Fall kauften mir diese dämlichen Dahlings das alles ab. Ihnen gefiel die Idee, deswegen wird das Stück gemacht. Ich fühlte mich wieder wie eine Studentin, die sich in letzter Minute etwas aus den Fingern saugt.

Ich bin allerdings gespannt, was daraus wird. Einer der Kuratoren machte sich Sorgen, dass niemand tatsächlich abdrücken würde. Da bin ich anderer Meinung. Ich denke, tief im Inneren können wir alle einen Abzug betätigen; wir brauchen nur jemanden, der uns sagt, es sei okay.

Wie dem auch sei, mein DAHLING, ich entlasse Dich jetzt wieder in Dein liebliches Leben. Gib den Hosenscheißern einen Kuss von Tante Amelia, sag ihnen, wie berühmt ich bin und dass ich eines Tages kommen und sie entführen werde, damit sie in dem viel spannenderen New York ein Künstlerleben führen können.

Hab dich lieb!

Am x

DONNERSTAG, 22. SEPTEMBER 2005

Ich trat durch die Haustür und hielt inne. Marc war nicht daheim, das wusste ich. Charlotte schlief. Ich zog den Mantel aus, streifte die Schuhe ab und schlüpfte in meine Hausschuhe. Ich nahm Marcs Hausschuhe vom Boden und legte sie auf die Heizung. Ich streichelte Charlotte über ihr weiches Haar und ging in die Küche. Ich füllte den Wasserkocher und schaute auf die Uhr. Ich hatte noch fünfundvierzig Minuten, bis ich Lizzie von der Kinderbetreuung abholen musste. Marc sollte in etwa einer Stunde zu Hause sein, zwei, wenn er noch etwas trinken ging. Wenn ich mein Telefon anstellte, hätte ich wahrscheinlich eine Nachricht, in der er mir Bescheid sagte. Ich hatte meine Tasche aber im Flur stehen lassen.

Ich schenkte mir Tee ein, legte die Hände um den Becher, um sie zu wärmen. Ich könnte mit dem Abendessen anfangen, etwas Schönes planen, den Tisch decken und Kerzen anzünden. Ich könnte mich aufs Sofa legen und Charlottes Nickerchen nutzen, um selbst ein wenig zu schlafen. Aber Zeit für mich war selten. Ich hob Char sanft aus ihrem Kinderwagen und trug sie zu ihrem Bettchen. Sie bewegte sich und gluckste, wachte aber nicht auf. Ich ließ die Tür offen und ging ins Arbeitszimmer. Ich setzte mich hin und griff ganz hinten in die mittlere Schublade nach Amelias letztem Brief. Ich legte ihn auf die Tastatur und nahm ein leeres Blatt Papier aus Marcs Drucker. Ich dachte an New York, ihre letzte Ausstellung in einer Galerie, über die Welten, die zwischen einer Rezension in der *New York Times* und Scheiße vom Wickeltisch wischen liegen. Amelia füllte Förderanträge aus und wurde auf Feiern eingeladen. Mein Leben bestand darin, Lizzies eifersüchtigen Schreien zu lauschen, während mir Charlotte die Brustwarzen wund saugte. Ich nahm einen Kuli und rollte ihn einige Male zwischen den Fingern hin und her.

Ich warf den Brief auf dem Weg zur Kinderfrau ein, hielt auf dem Rückweg kurz an, um eine Pizza im Supermarkt zu kaufen. Lizzie hatte einen Wutanfall im Gang mit den Milchprodukten, weil ich sie nicht aus dem Buggy lassen wollte. Ich griff nach unten, um sie zu beruhigen und sie biss mich in den Arm, sodass ein deutlicher Abdruck ihrer Zähne auf meiner Haut zurückblieb.

»Du ätzendes kleines ...«, rief ich intuitiv, dann eilte ich zur Kasse und bemerkte die Blicke der Fremden. Als ich den Buggy durch die Tür schob, war Marc daheim, Lizzie schrie immer noch und zog an den Gurten, die sie angeschnallt hielten. Charlotte hatte sich die Socken ausgezogen.

»Wie war dein Tag?«, fragte Marc und küsste mich auf die Lippen, dann hockte er sich hin, um Lizzie zu befreien. In den Armen ihres Daddys beruhigte sie sich, wimmerte bloß noch und schmiegte sich an seinen Hals.

Ich verdrehte die Augen. »Wunderbar«, antwortete ich. »Char und ich waren bei der Kindergruppe, haben einige Hundert Male ›Es tanzt der Bi-Ba-Butzemann‹ gesungen, waren am Fluss spazieren, haben eine Gans angebrüllt. Wie immer eigentlich.«

Marc lachte. »Und was hat es mit diesem Drama auf sich?«, fragte er und hielt Lizzie dabei weiter im Arm. Sie jammerte ganz leise.

»Ich habe sie nicht im Supermarkt herumlaufen lassen, deswegen hat sie mich gebissen«, sagte ich und zeigte ihm meinen Arm. So fingen unsere Abende häufig an: Ich erzählte ihm, auf welche Arten unsere Tochter mich gefoltert hatte, während sie sich – wie ein kleiner süßer Engel – in Marcs verzeihende Arme kuschelte.

»Wie war dein Tag?«, fragte ich und wollte meine schlechte Laune abschütteln.

»Nun«, sagte Marc, hob Lizzie hoch, woraufhin sie trotz der Tränen kicherte. »Ziemlich gut, um ehrlich zu sein. Richard hat sich endlich dazu entschlossen, Ende des Jahres in den Ruhestand zu gehen. Ich habe mit dem Dekan gesprochen, und er möchte, dass ich mich als Leiter des Fachbereichs bewerbe.«

»Wow«, sagte ich und verzog den Mund zu einem Lächeln. Ich suchte im Inneren nach der Performance »stolze Ehefrau«, die ich bei Abendessen der Fakultät spielte, bei Familienfeiern und jedes Mal, wenn Marc ein Paper veröffentlichte. *Heute Abend, Matthew, werde ich eine Frau sein, die über die steile Karriere ihres Mannes entzückt ist, während sie mit den Kindern zu Hause sitzt.*

Ich ging zu Marc, um ihn zu küssen. Er setzte sich Lizzie auf die Hüfte, und sie beugte sich nach hinten, um zuzuschauen, während er mir die Hand auf die Wange legte. Ich spürte leicht die raue Narbe auf seinem kleinen Finger, wegen des Schreckens der Erinnerung drehte ich mich zu unserer Tochter. Ihre Wangen waren immer noch rot vom Weinen, aber ihre Laune hatte sich gebessert, und sie sah in Marcs Armen niedlich und bezaubernd aus. Was stimmte nicht mit mir? Das waren tolle Neuigkeiten. Ich freute mich tatsächlich für Marc, für uns beide, ich lächelte Lizzie an, und sie lächelte zurück. »Das ist unglaublich«, sagte ich und fragte mich, was ich mir schnell ausdenken könnte, das feierlicher wäre als Fertigpizza zum Abendessen, wie ich Marc vernünftig gratulieren könnte, sobald die Mädchen im Bett wären.

»Unlaublisch«, sagte Lizzie, und wir mussten beide lachen.

JULI

SEIT FÜNF MONATEN VERSCHWUNDEN

Am Freitag, den 26. Juli, erhielt Marc eine Nachricht. Seit knapp fünf Monaten wollte er Neuigkeiten haben und fürchtete sie gleichzeitig, doch als die Nachricht ihn erreichte, wusste er nicht, wie er sie einordnen sollte. Sie gehörte weder in die Kategorie »gut« noch »schlecht«, passte zur Verwirrung, aus der sein Leben bestand.

Nicola und DI Jones sagten nicht viel, als er sie hereinließ, und lehnten zum ersten Mal seit der ersten Befragung damals im Februar einen Tee ab. Er fragte sich, ob ihr Besuch mit der E-Mail zusammenhing, die er heute beim Aufwachen gelesen hatte. Über einen Monat, nachdem er Serena Graves kontaktiert hatte, hatte sie ihm endlich geantwortet. Er hatte den Text mehrmals gelesen, verstand ihn aber immer noch nicht ganz.

Lieber Mr. Southwood,

ich bitte Sie höflichst, meine Privatsphäre zu respektieren und mich nicht erneut wegen Amelia Heldt zu kontaktieren. Ich habe dasselbe Ersuchen bereits bei der britischen Polizei gestellt und war aus diesem Grund beunruhigt, dass Sie mich ebenfalls kontaktieren. Ich habe sehr unter Amelia gelitten, und ich würde Ihnen raten, sich von ihr fernzuhalten. Falls Ihre Frau etwas mit Amelia zu tun hat, tut es mir für Sie beide leid. Dieser Frau kann man nicht trauen. Sie ist gefährlich, und ich möchte mit ihr und Ihnen nichts mehr zu tun haben.

Auf Rat meines Rechtsbeistandes hin muss ich Sie informieren, dass ich – sollten Sie mich weiter belästigen – rechtliche Schritte gegen Sie einleiten werde.

Mit freundlichen Grüßen

Serena Graves

—//—

Marc hockte auf dem Sofa und fühlte sich wie ein Idiot. Natürlich hatte DI Jones vor ihm bereits Kontakt mit Serena Graves aufgenommen; es war nicht sonderlich schwer gewesen, ihre Kontaktdaten herauszufinden. Welche anderen Wege hatten sie sonst bereits erforscht? Mit wem hatten sie außerdem gesprochen? Wie viel wussten sie, was er nicht wusste?

Aber DI Jones und Nicola waren nicht hier, um über Serena zu sprechen. Es dauerte eine Weile, bis ihre Worte Sinn ergaben. Selbst als Marc die Bedeutung jedes einzelnen Wortes herausgefunden hatte, blieben die Sätze unverständlich. Aber sie zeigten ihm die Kopie einer Sterbeurkunde, deswegen musste es wahr sein.

Meine Mutter war bereits seit 2007 tot. Sie starb im Krankenhaus, nachdem sie aus ihrem Haus abgeholt worden war. Sie litt an Demenz, aber sie lebte nicht mehr lange genug, um sie so weit fortschreiten zu lassen, wie ich angedeutet hatte.

»Wir haben es durch einen zufälligen Querverweis herausgefunden«, erklärte Nicola ihm. »Wir haben zu Beginn der Ermittlungen einige Nachforschungen durchgeführt, hatten aber keinen Grund, den Tod infrage zu stellen, der dieses Jahr eingetreten sein sollte.«

Allerdings hatte eine Untersuchung eines anderen Zuständigkeitsbereichs zur Überprüfung von Unterlagen im Bridport Hospital geführt. »Zufällig«, sagte Nicola, »ist einer der Officer, die diesem Fall zugeteilt wurden, kürzlich aus der Behörde aus North Yorkshire hierhergezogen. Er hat mit einer Krankenschwester im Bridport Hospital gesprochen, die den Fall Ihrer Frau erwähnt und gefragt hat, ob er daran gearbeitet habe. Sie meinte, sie würde fragen, weil sie sich an ein Zusammentreffen mit Ihrer Frau erinnern könne, als ihre Mutter eingeliefert worden sei. Unser Officer fragte sie, ob sie sich sicher sei. Sie bejahte und meinte, sie erinnere sich, weil ihr der Name Carlisle im Kopf geblieben sei, von dort stammte sie nämlich.«

Nicola hielt inne, und DI Jones fiel ihr ungeduldig ins Wort: »Die Krankenschwester hat die Akten herausgesucht, und darin stand, dass Alexandras Mutter am 7. April 2007 einen Schlaganfall gehabt hat.«

»Das wusste ich schon«, sagte Marc. Er richtete seine Aufmerksamkeit auf Nicola, spürte aber DI Jones' Blick.

»Sie ist zwei Tage später gestorben«, sagte Nicola.

Marc starrte die Sterbeurkunde an. Nicola und DI Jones waren still. Marc fragte sich, ob sie seine Gedanken lesen konnten. Seine Haut fühlte sich heiß an.

»Was bedeutet das?«, fragte er schließlich. Er wusste, dass er ihnen von den Briefen erzählen sollte, von den Dingen, die er über meine Mutter herausgefunden hatte, von meiner Narbe. Doch dann wurde ihm klar, dass es nun keinen Unterschied mehr machen würde. Die Frau war tot.

DI Jones räusperte sich. »Sind Sie sicher, dass Alexandra gesagt hat, ihre Mutter würde noch leben?«

»Natürlich«, sagte Marc zu schnell und zu abwehrend. »Sie ist sie besuchen gefahren.«

»Wann hat sie sie zum letzten Mal besucht?«, fragte Nicola.

Marc runzelte die Stirn, als das Gesagte endlich bei ihm ankam. Ich hatte ihn angelogen. Nicht nur über den Tod meiner Mutter – der ihm offen gestanden ziemlich egal war –, sondern darüber, wohin ich fast sechs Jahre lang gefahren war.

»Es wäre wirklich hilfreich, wenn Sie sich daran erinnern könnten«, sagte Nicola sanft.

»Im Dezember«, sagte er, sein Gehirn war im Notfallmodus. »Nachdem das Semester beendet war, aber vor Weihnachten. Sie hat fünf Tage bei ihr verbracht.«

Nicola und DI Jones tauschten Blicke aus.

»Es scheint, dass Ihre Frau nicht ganz ehrlich zu Ihnen gewesen ist.«

Bildete sich Marc das ein, oder wirkte DI Jones erfreut? »Sie würde nicht …«, setzte er an, sprach aber nicht weiter.

»Wir wissen nicht, was es bedeuten soll«, sagte Nicola. »Es könnte auf zahlreiche Dinge hinweisen.«

»Wir werden anfangen, die Gegend um das Haus von Alexandras Mutter zu untersuchen. Sie hat das Haus scheinbar nie verkauft, deswegen hat sie es vielleicht irgendwann einmal besucht. Es wäre hilfreich, wenn Sie uns die genauen Daten ihrer Reisen geben könnten. Und letztlich würden wir gern herausbekommen, worin die Absichten Ihrer Frau lagen.« Beim Wort »Absichten« schaute Marc DI Jones wieder ins Gesicht. Er stellte sich vor, er könnte ein anderes Wort – »Affäre« – sehen, das ihm auf der Zunge lag.

»Was ist mit der Krankenschwester? Sie hat mir gesagt …« Marc konnte nicht zu Ende sprechen. Seine Gedanken fühlten sich an, als wären sie verknotet.

»Wir werden auf jeden Fall mit Miss Morse sprechen. Sie hat

zumindest in einer laufenden Ermittlung irreführende Informationen gegeben, was zu einer Anklage wegen Behinderung der Justiz und Zeitverschwendung der Polizei führen könnte. Wir werden versuchen herauszufinden, warum sie gelogen hat und worin die Verbindung zu Ihrer Frau besteht.«

Marc starrte ihn an. Er wollte nicht über Motive oder laufende Untersuchungen sprechen; er wollte gleich wissen, was zum Teufel das alles zu bedeuten hatte. Er wollte DI Jones so lange schütteln, bis die Wahrheit aus ihm herausrasselte. Er wollte in dieses herablassende, bedeutungsschwangere und völlig ruhige Gesicht schlagen. Er wollte schreien, toben, etwas zerschmettern und mich fragen, was um alles in der Welt ich mir dabei gedacht hatte, ihm ein solches Ereignis vorzuenthalten.

In jener Nacht konnte er nicht gut schlafen. Er hatte alle gelesenen Briefe noch einmal durchgeblättert und suchte nach Stellen, an denen meine Mum erwähnt wurde, war erleichtert, dass ich wohl auch Amelia nicht die Wahrheit gesagt hatte. Er wusste nicht, ob er sich verärgert, wütend oder anders fühlte, aber er lag mit geschlossenen Augen wach, während sein Gehirn verzweifelt versuchte, die Puzzlestücke unserer Ehe zu etwas Wiedererkennbarem zusammenzufügen. Schließlich gab er auf und schlich ins Arbeitszimmer. Er öffnete die Archivbox, die er vom Dachboden geschleppt hatte, und wühlte sich durch die Ordner, bis er den meiner Mutter fand. Er starrte das Foto an, suchte in den Bäumen im Hintergrund nach Hinweisen. Wann war es aufgenommen worden – 1974, 1975? Marc schätzte, dass ich das Baby darauf sein musste, aber es war so klein, hatte noch diese fremde Form, die nicht an einen Menschen erinnerte. Stattdessen konzentrierte er sich auf die Frau. Er suchte nach etwas, das er wiedererkennen würde. Sie sah ein wenig aus wie ich, dachte er, vielleicht die Nase und der Mund, aber vielleicht wollte er auch nur, dass es so war. Sie hatte dickes, glattes, dunkles Haar, das zu einem schulterlangen Bubikopf geschnitten war, und trug einen schwarzen Rollkragenpullover, der ihr blasses Gesicht in einem schattigen Rahmen verschwimmen ließ. Nur ihre rosigen Wangen kämpften gegen das Einfarbige, während sie den Menschen hinter der Kamera anlächelte. Meinen Vater? Marc fragte sich, wie er damals wohl ausgesehen hatte. Er kannte ihn als alten Mann, der Rautenpullis, Cord und Brille trug und sehr seriös aussah. Wie war er gewesen, als ich klein war, als meine Eltern gemeinsam in einem Haus lebten, als meine Mutter sich an mich erinnerte? Wie war das Leben meiner Eltern gewesen, bevor meine Mutter mit dem Trinken angefangen hatte? Waren sie glücklich? Haben sie den anderen als selbstverständlich angesehen? Ich hatte Marc einmal gesagt, dass eines der traurigsten Dinge nach ihrer Trennung für mich darin gelegen habe, dass all die guten Zeiten, meine ganzen Kindheitserinnerungen und jeder Augenblick der Zuneigung, hätten getilgt werden müssen, um Raum für die Gegenwart zu schaffen. Aber was hätte mein Vater damals gemacht, wenn seine Frau eines Tages nicht nach Hause gekommen wäre?

Mit einem verschrobenen Sinn für Logik fragte Marc sich, ob ich – falls er beim Tod dieser Frau an meiner Seite gewesen wäre – immer noch bei ihm wäre. Deswegen heiratet man doch, oder? Krankheit und Gesundheit, gute und schlechte Zeiten. Vielleicht hätte er anbieten sollen, häufiger mitzufahren, mehr darauf bestehen sollen. Das hatte er natürlich, als sie gerade ihre Diagnose bekommen hatte, aber ich hatte Nein gesagt, meinte, einer von uns müsse bei den Mädchen bleiben. Er hatte gesagt, wir könnten die Mädchen mitnehmen, er wolle für mich da sein. Ich hatte gelächelt und gesagt, dass das reizend sei, aber die Stirn gerunzelt und hinzugefügt, dass es meine Verantwortung sei, ich nicht wolle, dass meine Töchter in das Schlamassel mit meiner Mum verwickelt würden. Er hatte meine

Begründung geschluckt. Er wollte mich unterstützen, aber ich meinte, ich bräuchte ihn dabei nicht. Warum hatte er es nicht nachdrücklicher versucht?

Er steckte das Bild wieder in den Ordner und nahm die Karte heraus. Sie war handgemalt. Eine einfache Blume auf der Vorderseite, zarte Pinselstriche, zueinander passende Farben. Die Nachricht war kurz: *Viel Glück an der Uni, Liebes. Hab Dich lieb, Mama.* Er fragte sich, was ich gefühlt hatte, als sie angekommen war. Sie habe nicht geschrieben, hatte ich ihm gesagt. Sie hatte keine Anstrengungen unternommen, mich zu kontaktieren, nachdem sie ihre Sachen gepackt hatte und weggefahren war. Deswegen muss diese Karte unerwartet gekommen und ihre Krallen in mich geschlagen haben, als ich gerade ein neues Leben beginnen wollte. Warum hatte ich sie behalten? Meine Mutter war nicht die Frau auf dem Foto, die Lady, die mich tröstete, wenn ich mir das Knie aufgeschlagen hatte und mir Suppe kochte, wenn ich mich erkältet hatte. Sie war nicht die liebende »Mama«, die ihrem Kind alles Gute wünschte, wenn es zum Studieren wegzog. Meine Mutter war eine Frau mit vielen Schwierigkeiten am anderen Ende des Landes, die gegen Krankheit und Alter ankämpfte und sich nur manchmal an ihre Tochter erinnerte.

Aber selbst das war nicht wahr, oder? Sie war zwar krank gewesen, aber nicht seit 2007. Seitdem nicht mehr. Und ich hatte es ihm noch nicht einmal gesagt. Wohin zum Teufel war ich in den ganzen Jahren gefahren? Warum hatte ich gelogen? Was hatte ich ihm noch vorenthalten?

Marc ließ die Karte fallen und holte den Ordner mit seinem Namen aus der Kiste. Er stand auf, trug ihn die Treppen hinunter durch die Küche, hielt an, um eine Streichholzschachtel aus der Küchenschublade zu holen. Er ging aus der Hintertür und bahnte sich den Weg bis zum Ende des Gartens. Dort brauchte er sechs Streichhölzer, um die dicke Pappe anzuzünden. Er sah, wie die Flammen flackerten und zuckten, sich durch die Klappe des Ordners fraßen und sich dann die Inhalte vornahmen. Er hätte sich Gedanken um Caitlin machen sollen, warum eine seltsame Krankenschwester diese Lügen auf sich nehmen würde. Er hätte so viel mehr hinterfragen sollen, als er getan hat. Stattdessen stand mein Ehemann in unserem Garten, Tränen flossen ihm die Wangen hinab, während er seinen eigenen Worten beim Verbrennen zusah. Um ihn herum begann das morgendliche Vogelgezwitscher, aber er stand dort, bis jede Notiz, jedes Post-it, jeder Papierschnipsel und jede Weihnachtskarte, jedes Wort der Liebenden zerstört war.

—//—

Ich habe wieder von ihm geträumt. Ich hatte mich immer gefragt, ob andere Menschen dieselben verdorbenen Fantasien hatten. In der Schule dachte ich, ich wäre ein Sonderling. Unser fieser, notgeiler Sportlehrer hielt mit uns Versammlungen ab und trug dabei diese winzigen Shorts, kratzte sich am Arsch, und ich konnte ihm nicht zuhören, weil ich versuchte, mir das Teil unter dem Stoff vorzustellen, das dicke Ding, das dort sein musste, wie auch in den Hosen aller Jungs, die im Schneidersitz um mich herumsaßen, wie auch zwischen den Beinen meines Nachhilfelehrers, meines Arztes, meines Klavierlehrers und sogar meines Vaters. Und dann wurde mir klar, dass ich über den Schwanz meines eigenen Vaters nachdachte, und ich fühlte mich so eklig und beschämt. Ich hatte mich mit brennenden Wangen umgeschaut und mich gefragt, ob irgendjemand meine Gedanken lesen kann. Hatten die anderen Mädchen bei diesen Versammlungen dieselben Gedanken im Kopf? Das konnte ich mir nicht vorstellen. Es war unvorstellbar. Aber machte mich das zum Freak?

Ich fragte mich dasselbe, als Marc und ich gerade zusammengezogen waren. Unser Sex war toll, keine Frage, aber ich hätte ganze Tage oder sogar Wochen im Bett verbracht, während Marc darauf bestand, dass wir aufstehen und uns wie Erwachsene benehmen mussten. Da fingen die Träume an von unseren Freunden, meinen Kollegen und allen, die ich tagsüber gesehen hatte und an die ich mich schmiegen wollte. Ich fühlte mich so schuldig, weil ich neben Marc aufwachte und diese Gedanken hatte. Ich weiß, dass ich im wahren Leben nichts davon machen wollte, aber ich konnte nichts gegen diese Fantasien tun. Ich hörte mit dem Trinken auf, das half ein wenig, aber das Verlangen war immer noch da.

In meinem Traum letzte Nacht waren wir in der Universitätsbibliothek. Seltsam, dass uns mein Unterbewusstsein dahin führte. Ich war nackt, saß auf einem Stuhl neben einem Fenster, während er mich anstarrte und fragte, was ich denken würde. Dann kam er zu mir rüber, öffnete den Reißverschluss seiner Hose und fragte mich, was ich denken würde, was ich meinte, dass ich verdienen würde.

Ich halte das für nachvollziehbar. Er ist im Augenblick der einzige Mann in meinem Leben. Aber außerdem gibt es einen Teil meines Gehirns, den ich nie richtig unter Kontrolle hatte, einen Teil, der sich immer in den unpassendsten Momenten bemerkbar machte und dafür sorgte, dass ich ein Bild des erigierten Penis meines Chefs oder die gespreizten Schenkel von Lizzies Lehrerin vor Augen hatte. Sind andere Menschen auch so? Vielleicht ist es etwas Britisches. Wir verdrängen Sex so stark, beharren darauf, dass Sex vom Rest des Lebens getrennt bleiben muss, dass er sich in alle Bereiche des Lebens drängt.

Ich hatte nie gedacht, dass ich jemals heiraten würde. Aber ich hatte eine Ahnung, dass ich zum Betrügen neigen würde, falls ich es doch täte. Ich wollte das nicht; ich hatte gesehen, was die Untreue meiner Mutter mit meinem Dad angerichtet hatte, doch ich wurde das Gefühl nicht los, dass ich dieses Verlangen in mir trug. Ich hatte eine Freundin in Cambridge, die mir einmal gesagt hatte, dass Sex schon in Ordnung sei, sie aber eine Tasse Tee bevorzuge. Ich hielt sie für verrückt. Sex war damals alles für mich: Sex war eingewoben in meine Lieblingsliteratur, Teil jeder Performance, die ich mir anschaute, jedes Werkes, das ich bewunderte. Sex ließ sich nicht isolieren, sondern war Bestandteil aller Elemente des Lebens. Der omnipräsente Eros. Ich schaute viele italienische Kinofilme, irrte durch mein College und gab mich wie Monica Vitti. Ich verschlang den Marquis de Sade.

Marc war so anders. So rein. Für ihn war alles aufgegliedert. Es war ihm unangenehm, wenn ich an unangemessenen Orten flirten wollte. Er wurde nicht gern geneckt. Wenn er sich auf die Arbeit konzentrierte, dann konzentrierte er sich auf die Arbeit, und es gab keinen Raum für mich, keinen Raum für mein Fleisch. Ich glaube, ich habe mich einfach gefügt. Anfangs fiel es mir nicht auf, weil ich glücklich war, und dann drehte sich natürlich die ganze Welt um die Kinder, aber schließlich wurde mir klar, dass mir etwas fehlte. Ich hatte vergessen, wie es war, eine Straße entlangzugehen und das Prickeln kühler Luft auf meiner Haut zu spüren, einer Melodie zu erlauben, mit mir zu verschmelzen, Lachen und Trauer, Zuneigung und Verärgerung, die alle in meinem Schritt zusammenliefen. Als ich mich an diese Dinge erinnerte, fühlte ich mich tölpelhaft und beschämt, aber auch wütend. Marc wirkte so geordnet, so reif. Im Vergleich dazu war ich ein sexbesessenes Wesen. Ich brauchte lange, um mir darüber klar zu werden, dass ich gern ein solches Wesen war.

Ich kann nicht die Einzige sein. Was wäre, wenn wir uns alle wie Erwachsene benähmen und diese Gedanken zugeben? Was wäre, wenn ich ihm erzählte, dass ich in der letzten Nacht von ihm geträumt hatte? Was wäre, wenn er nickte und sagte: »Ja, ich denke daran, dir meinen fetten Schwanz in den Mund zu stecken und deinen Kopf festzuhalten, bis du würgen musst. Ich will, dass du dich vor mir bückst, will dich gegen Bücherregale drücken, will, dass du mich anflehst, dich noch stärker zu bestrafen, dich eines Besseren zu belehren?« Oder würde meine Ehrlichkeit die Illusion zunichtemachen? Würde seine Fantasien zerstört werden, wenn er herausfindet, dass ich nicht bloß die auf dem Boden kauernde Frau bin, die er gefangen hält?

2007

22.4.07

Al,

heute kann ich nicht arbeiten. Ich habe mir zwei Stunden freigeschaufelt, dennoch sitze ich hier völlig ideenlos. Ich fühle mich an diesen Schreibtisch und diesen Raum gekettet. Meine ganzen Ängste und Paranoia klopfen an den Innenseiten meiner Schläfen an. Ich könnte glücklich sein, denke ich. Ich habe die Fähigkeit dazu. Dennoch würde ich meine Hand dafür ins Feuer legen, dass niemand in dieser Stadt gerade so mies gelaunt ist wie ich.

Jemand hat mich heute auf der Straße angehalten, um mich zu fragen, ob ich das Licht gesehen hätte. Sie war eine Verrückte, die von Gott sprach, klar, aber ihre Worte begleiteten mich bis daheim. Habe ich es gesehen? Hast Du es gesehen? Was ist, wenn das Licht die Wahrheit ist? Was ist, wenn die Spiritualität alles herausgefunden hat? Mein Licht und Dein Licht sind vielleicht völlig verschieden, aber bedeutet das, wir können es nicht teilen? Ich weiß nicht so genau, was ich sage. Als ich nach Hause gekommen bin, habe ich meine Einkäufe fallen lassen, mich auf den Boden gesetzt und geweint. Ich mache mir Sorgen, dass ich kein Licht habe. Ich mache mir Sorgen, dass ich nur falsche Entscheidungen getroffen habe, dass ich eines Tages alles bedauern werde. Was ist, wenn meine ganze Arbeit, die ganzen Dinge, bei denen ich so tue, als würden sie meinem Leben Sinn geben, dicke Filzstifte sind, die mein Licht beschmieren? Was ist, wenn alle Künstler egoistisch sind? Was ist, wenn wir nur Licht erschaffen, indem wir es anderen stehlen? Manchmal frage ich mich, ob es außer Dir jemandem etwas ausmachen würde, wenn ich sterben würde.

Ich wünschte, Du würdest vorbeikommen und etwas Zeit hier verbringen. Ich könnte helfen, ich weiß, dass ich das kann. Wir könnten die Dinge gemeinsam verarbeiten. In Deinem Leben gibt es niemanden, der Dich so gut versteht wie ich. Wir kennen uns, Al, wir können uns gegenseitig alles beibringen.

Am x

DIENSTAG, 12. JUNI 2007

Eine Hand berührte mich an der Schulter. »Al?«

»Häh?«, ich zuckte zusammen und drehte mich genervt um. Doch langsam erkannte ich Marcs Gesichtszüge und meine eigenen wurden weicher. »Sorry. Hi, Darling.« Ich lächelte schwach, schob meine Tasche weg, damit ich mich für einen Kuss zu ihm beugen konnte.

»Du warst meilenweit entfernt, ich habe deinen Namen fast geschrien.«

Ich starrte ihn an, bemerkte, dass er böse war, konnte aber nicht die Worte aussprechen, die ihn besänftigen würden. Tatsächlich war ich – und das war viel schlimmer – auch böse. Warum das? Woran hatte ich gedacht, bevor er mich unterbrochen hatte? Ich hob die Hand, um mir das linke Auge zu reiben, aber mein Gesicht verzog sich zu einem Gähnen, und ich hielt mir stattdessen die Hand vor den Mund. Wie spät war es? Verdammt, ich war müde. Wenn ich mich nur zusammenrollen und mich um alles Weitere später kümmern könnte. Vielleicht würde ich mich sogar daran erinnern, woran ich gedacht hatte. Vielleicht war es wichtig gewesen, egal. Eine Idee vielleicht? Verdammt, sie war weg.

Marc beobachtete mich, während ich mich durch diese Überlegungen kämpfte, sah nur eine Reihe von unlesbaren Gedanken, die hinter meinen Augen aufblitzten. Der Bahnsteig wurde leerer, weil die anderen Reisenden aus meinem Zug zum Ausgang liefen. Weil ihm sein Ton leidtat, versuchte er es erneut. »Sorry, hallo, du bist bestimmt müde.« Er beugte sich zu mir, um mich zu küssen, und ich widerstand der Versuchung, seinen Bartstoppeln und seinem bekannten Geruch auszuweichen. »Wie war deine Reise? Wie geht's deiner Mum?«

Ich blinzelte und öffnete den Mund, hatte Schwierigkeiten, etwas zu sagen. »Ich, äh, ja, ihr geht's, ähm, ganz okay. Sie ist daheim. Ihr geht's nicht blendend, aber okay.«

»Sie ist zu Hause?«, fragte er. »Das ist großartig, oder? Haben sie jemanden engagiert, der nach ihr schaut?«

»Ähm, ja«, sagte ich und versuchte angestrengt, Augenkontakt mit ihm zu halten. Ich wollte duschen, mich umziehen, Zähne putzen, eine große Tasse Tee trinken und mich einige Stunden hinlegen. Anschließend wäre ich vielleicht bereit hierfür. Marc schaute mich aber an und wartete darauf, dass ich mehr erklärte. »Ja«, sagte ich wieder. »Es wird jeden Tag jemand vorbeischauen. Man kümmert sich um sie.«

Marc nahm mich in die Arme. »O Al, du armes Ding. Ich wünschte, du würdest zulassen, dass ich dich begleite.«

»Das würde nicht helfen«, murmelte ich in seinen Pullover, atmete tief ein, als würde mich sein Geruch hier erden, hier bei uns. Noch ein Zug fuhr auf dem Gleis ein, und ich löste mich aus Marcs Umarmung, nahm aber seine Hand. »Komm schon, wir stehen allen im Weg. Lass uns nach Hause gehen. Ich will die Mädchen sehen.« Als ich seine Finger in meinen hielt, spürte ich eine Woge aus Energie und Klarheit. »Du kannst dir nicht vorstellen, wie sehr ich euch alle vermisst habe.«

AUGUST

SEIT SECHS MONATEN VERSCHWUNDEN

Im Sommer verschmolzen die Tage miteinander, in denen Kinder durch das Haus liefen, den Kühlschrank durchwühlten und sich stumpfsinnige Fernsehsendungen ansahen. Marc wusste, dass er sich mehr Mühe hätte geben müssen, die Mädchen bei Kursen, Fahrten oder all dem anzumelden, worum ich mich für gewöhnlich kümmerte. Doch als er Lizzie und Charlotte fragte, was sie machen wollten, antworteten sie, sie würden am liebsten daheimbleiben. Marc erleichterte diese Antwort. Sie versuchten, sich zu beschäftigen. Er und Lizzie pflanzten Blumen in die Töpfe im Garten, während Charlotte ihnen hinterherlief, ein Kartenspiel auffächerte und darauf bestand, dass sie immer wieder eine Karte zogen, damit sie ihre Zaubertricks üben konnte. Sie machten einen Ausflug nach Bridlington, um dort Fish and Chips zu essen, und fuhren auch zu den Brimham Rocks, wo Marc fast einen Herzinfarkt bekam, als Lizzie ihm von der Spitze eines tödlich anmutenden Steingebildes zuwinkte.

Trotz ihrer ganzen Unternehmungen hatte Marc das Gefühl, als würden die Tage einfach ineinander übergehen. Er erinnerte sich an das Gefühl aus seiner eigenen Kindheit. Er hatte damals weder Computer noch Playstation gehabt, doch trotz der ganzen Technik sahen Lizzie und Char immer noch genauso gelangweilt aus wie er, als er damals den ganzen Sommer lang durch seine verschlafene walisische Stadt gezogen war. Und dieses Jahr machte er mit. Sie faulenzten, warteten darauf, dass ich nach

Hause kam und ihnen etwas zu tun gab, dass ich sie über den Sinn des Lebens aufklärte. Marc musste ein wenig Arbeit erledigen, und Nicola kam gelegentlich vorbei, um immer wieder dieselben Fragen zu stellen und ihn über den stockenden Fall auf dem Laufenden zu halten, aber im Allgemeinen hielt er sich an die Mädchen, versuchte, ihre komplizierten Videospiele zu erlernen, oder bestand darauf, dass sie für eine Runde Monopoly ins letzte Jahrhundert zurückkehrten. Oder sie backten Kuchen und aßen ihn vor dem Fernseher ganz auf, schalteten blind durch Trickfilme und Seifenopern, nichts konnte sie fesseln. Wenn die Mädchen ins Bett gingen, faulenzte Marc noch weiter herum und schweifte von einem uninteressanten Film ab, anschließend ging er hoch, um sich in Amelias Briefe zu flüchten. Zeit fühlte sich nicht wie Zeit an. Er las keine Zeitung und sprach – mit Ausnahme der Kassiererin im Supermarkt – eine Woche lang mit keinem anderen Erwachsenen. Sie lebten in einer Blase. Und irgendwie gefiel das meinem Mann.

Als er sich schließlich aus seinem Kokon herausbewegte und in die Stadt fuhr, um die Mädchen bei einem Freund abzuliefern, und danach teetrinkend im Wohnzimmer von Patrick und Susan saß, bemerkte er, dass sich die ganze Welt weitergedreht hatte, während er dem Stillstand gefrönt hatte. Als Susan einen Stapel mit Pips Skizzenbüchern vom Couchtisch räumte und Patrick die Plastikfolie von einer Packung Bourbon abzog, erfuhr er, wie absolut selbstversunken er gewesen war.

»Sie wollten dich nicht beunruhigen«, sagte Susan. »Ich denke, es stand schon länger zur Debatte, trotzdem ist es nicht leicht.«

»Warum hat mir niemand davon erzählt?«

»Du hattest so viel um die Ohren«, sagte Patrick. »Und wir haben gehofft, sie würden es regeln können.«

»Wie lange ist es her?«, fragte Marc und dachte an Charlottes Geburtstag.

»Fran ist einige Wochen nach unserem Ausflug zum See ausgezogen«, sagte Susan. »Vielleicht wirkt das von außen immer so, aber es fühlte sich sehr plötzlich an.«

»Wie geht es Ollie?«, fragte Marc; ihm war ziemlich schlecht.

»Wie zu erwarten, würde ich sagen.« Patrick lehnte sich auf der Couch wieder zurück. »Emma wohnt bei ihm, und er und Fran reden miteinander, aber wir haben neulich ein paar Bier zusammen getrunken, und sobald er sich entspannt, jammert er über den Verlust seiner Seelenverwandten. Er ist wirklich am Boden.«

Marc versuchte, seine Gedanken zu ordnen, als sie auf der Umgehungsstraße nach Hause fuhren. Ihm war klar, dass er in letzter Zeit nicht der beste Freund gewesen war, doch die Geheimniskrämerei seiner Freunde schmerzte ihn. Er fragte sich, ob mehr als nur Rücksichtnahme auf seine Trauer dahintersteckte, ob Fran jemandem von dem Kuss erzählt hatte. Er verdrängte den Gedanken. Er hatte nichts falsch gemacht. Er hatte großes Mitleid mit Ollie, der plötzlich mit dem Leben allein klarkommen musste, doch unter Marcs Empathie brodelte etwas anderes. Auf rationaler Ebene konnte er akzeptieren, dass Ehen auseinandergingen, sich Paare auseinanderlebten, doch dass zwei unserer Freunde ihr Bündnis in die Brüche gehen ließen, wo unseres doch im selben Jahr brutal auseinandergerissen worden war, fühlte sich wie ein persönlicher Verrat an. *Sie hätten sich mehr Mühe geben müssen*, dachte er. *Für Emma, für Alex, für mich.* Und nun beweinte Ollie bei einem Bier den Verlust seiner Seelenverwandten. Was gab ihm das Recht dazu, wo er doch immer noch die Möglichkeit hatte, seine Beziehung zu retten. Fran lebte nur zehn Minuten entfernt, und ich war weiß Gott wo.

Er besuchte Ollie ein paar Tage später in jener Woche, aber nicht, um ihn mit seinen egoistischen Anschuldigungen zu konfrontieren oder sich von seinen nagenden Schuldgefühlen zu befreien, sondern um der Freund zu sein, der er seit Februar nicht mehr gewesen war.

»Wie geht es dir? Brauchst du jemanden zum Reden? Kann ich helfen?« Diese Fragen hatte er gestellt, dieselben nutzlosen Phrasen, die Menschen *ihm* monatelang aufgesagt hatten. Aber was war da noch? Ollie gab unverbindliche Antworten, lachte verlegen über sich selbst und spielte Marc den Ball zurück.

Schließlich, nach einigen Bieren, unterhielten sie sich vernünftig. Ollie rieb sich den Nasenrücken und gähnte.

»Ich denke immer wieder, die Situation wäre nur vorübergehend«, sagte er und deutete auf das Zimmer.

Marc nickte und realisierte, wie hilflos sich in den letzten paar Monaten alle bei Gesprächen mit ihm gefühlt haben mussten. »Bist du sicher, dass dem nicht so ist? Kannst du es nicht wieder geradebiegen?«

Ollie schüttelte den Kopf. »Ich denke, es ist eindeutig dauerhaft.«

»Was ist passiert?«

»Ich weiß nicht«, sagte Ollie. »Ich dachte, bei uns wäre alles in Ordnung, weißt du, auf unsere Weise. Und dann fing Fran einfach an zu mosern, wies auf Dinge hin und beschwerte sich, dass ich sie nicht verstehen würde.«

Marc trank einen Schluck Bier. Hätte er nach dem Kuss zu Ollie gehen und ihm sagen sollen, was Fran erzählt hatte? Hätte das geholfen?

»Ich habe zu ihr gesagt, ich würde sie gerne verstehen, sie solle mir eine Chance geben. Aber sie kanzelte mich ab, sagte, es sei das Dilemma einer Frau, sich zwischen Familie und Karriere entscheiden zu müssen. Da wurde ich wütend. Ich meine, ich habe alles für ihre Karriere geopfert. Ich bin die verdammte Verkörperung des feministischen Mannesn und sie dreht sich um und sagt, ich hätte keine Ahnung, wie sie sich fühle …« Ollie sprach nicht weiter, seine Wut wich Trauer.

Still saßen sie eine Zeit lang beieinander, jeder in den eigenen Gedanken verloren.

Marc sprach als Erster: »Hat sie etwas über Alex gesagt?«

Ollie schaute ihn an. »Warum fragst du das?«

Etwas am Klang seiner Stimme machte Marc nervös. Fast hätte er die Schultern gezuckt und gesagt, lass gut sein, es ist egal. »Ich bin einfach neugierig«, sagte er. »Fran hat mir vor einiger Zeit einige dieser Sachen erzählt.«

»Wirklich?«, fragte Ollie überrascht oder misstrauisch, das konnte Marc nicht erkennen.

»Nur beiläufig«, sagte Marc und schaute auf sein Bier.

»Sie meinte, sie hätten darüber gesprochen«, sagte Ollie. »Über die Schuldgefühle, etwas mehr zu wollen, aber auch glücklich mit dem zu sein, was sie hatten. Fran hatte diese Theorie.«

Marc schaute auf, aber Ollie sprach nicht weiter. »Welche Theorie?«

»Ach nichts, ich hätte nichts sagen sollen.« Ollie stand auf. »Willst du noch ein Bier? Etwas zu essen?«

Marc versuchte, ihm in die Augen zu blicken, doch Ollie schaute weg. »Welche Theorie?«

Ollie setzte sich wieder hin und stützte den Kopf auf die Hände. »Mann, das ist doch nicht wichtig, oder?«

Marc atmete aus. »Sag es mir.«

»Wir haben uns darüber gestritten. Es war nicht das Einzige, aber es hat dazu beigetragen. Ich habe dadurch eine Seite von Fran gesehen, die ich nicht mochte. Und sie war wütend, dass ich ihr nicht glaubte.«

»Was nicht glaubte?«

Ollie seufzte. »Glaub mir, das willst du nicht wissen.«

»Doch, Ollie! Falls es wichtig ist, *musst* du es mir sagen.«

Schließlich schaute Ollie ihn an. »Fran glaubt, dass Alex dich verlassen wollte.«

Das Zimmer schluckte die Worte, und sie saßen kurz schweigend da. Es gab Fragen, die Marc stellen wollte, doch in seinem Hirn fügten sich die Worte nicht aneinander. Ollie hörte sie durch die Stille und sprach weiter. »Sie dachte, Alex würde es bald machen. Sie sprachen anscheinend schon eine Weile darüber. Ich wusste noch nicht einmal, dass sie sich nahestanden, vor allem nach der Sache mit Emmas Ohren …« Ollie zögerte.

Marc stellte seine leere Flasche auf den Couchtisch und räusperte sich. »Was genau hat Fran gesagt?«

»Sie meinte, dass Alex hinter ihrem Lächeln und euren grandiosen Partys genauso unglücklich war wie sie. Sie waren sich einig, dass sie feststeckten, in der Falle eines ›von Natur aus patriarchischen Systems‹.«

Marc blinzelte wegen Ollies angedeuteter Anführungszeichen. Er musste fast schon bei der Idee lachen, dass ich diesen Satz sagte. Ich musste das einfach scherzhaft gemeint haben.

»Ich habe Fran gesagt, sie solle sich eine verdammte Zeitschrift kaufen«, sagte Ollie plötzlich aufgebracht. »Du weißt schon, die ganzen Schlagzeilen darüber, dass man ›alles haben‹ und ›einen Mittelweg gehen‹ kann. Ich konnte nicht fassen, dass wir diese Unterhaltung im einundzwanzigsten Jahrhundert führten. Ich meine, Fran hat ihre Karriere und auch eine Familie, was könnte sie außerdem noch wollen? Sie meinte, sie wurde dennoch dazu gebracht, sich schuldig zu fühlen. Deswegen verstand sie Alex. Sie sagte mir, nur eine Frau könnte eine andere Frau voll und ganz verstehen. Es hörte sich an wie in den verdammten Siebzigern: ›Feminismus ist die Theorie, Lesbianismus ist die Praxis.‹ Fran zog die Augenbrauen hoch, als ich das gesagt habe, und ich lachte. Ich dachte, sie wollte mir sagen, sie habe eine Frau kennengelernt. ›Nicht ich‹, sagte sie, und ich fragte, ob sie Alex meinte. Sie antwortete, das wisse sie nicht, aber es würde sie auch nicht überraschen. Ich dachte, sie würde spinnen, einfach grausam sein, weil wir Streit hatten. Aber sie beharrte darauf, dass Alex ihren Abgang plante.«

Marc senkte den Kopf und schirmte mit der Hand sein Gesicht ab. Er suchte nach Worten, die er brüllen oder Tränen, die er weinen konnte. Nichts kam.

»Fran wollte es der Polizei sagen«, sagte Ollie nun sanfter. »Ich habe ihr nicht geglaubt, aber ich bin mit ihr zur Polizeiwache gefahren. Dort haben sie ihre Aussage aufgenommen. Als sie herauskam, war sie wütend.«

Unter seinen Fingern und seinem herabhängenden Haar, hinter seiner schlaffen Zunge und den trockenen Augen drang eine Erkenntnis in Marcs erstarrte Gedanken. DI Jones und Nicola hatten das alles gehört, sie hatte ihm nichts gesagt. »Sie war's«, sagte Marc und schaute auf. »Sie war diejenige, die ihnen gesagt hat, wir wären unglücklich. Ich konnte mir einfach nicht vorstellen, wer das gesagt haben könnte. DI Jones kam und behandelte mich wie einen Verdächtigen. Aber Fran kannte uns. *Du* kanntest uns, Ollie. Ihr seid doch unsere Freunde gewesen.«

Ollie schluckte und schaute überallhin, nur nicht zu Marc. »Wenn du mich fragst, haben sie ihr nicht geglaubt. Sie meinte, die Polizisten hätten sie in die Mangel genommen, sie gebeten, sich an den genauen Wortlaut der Unterhaltung zu erinnern, sie gefragt, ob sie weitere Beweise hätte, Namen oder Details. Sie meinten, sie würden es ›berücksichtigen‹, aber sie hatte den Eindruck, sie hätten sie herablassend behandelt. Das konnte ich verstehen.«

Er wartete darauf, dass Marc etwas sagte. Als er schwieg, fuhr Ollie fort: »Ich dachte, damit wäre die Sache gegessen, aber sie gab keine Ruhe. Sie wollte dir davon erzählen. Ich meinte, dass sie dir das nicht antun könnte, nicht ohne Beweise. Ich versuchte, es zu begründen, aus ihrer Perspektive zu argumentieren. Ich sagte ihr, es wäre gerade nicht wichtig, falls jemand …« Ollie zögerte. Seine Wange zuckte. »Weißt du, nach dem, was dort am Fluss passiert ist, ist es doch egal, was sie davor machen wollte, oder? Wenn ich in deiner Lage wäre, hätte ich gern auf verrückte Verschwörungstheorien über das Unglück meiner Frau verzichtet.«

Marc schaute hoch zu seinem Freund. Ollie hatte sich im Stuhl zurückgelehnt und seinen linken Knöchel auf das rechte Knie gelegt. Er sah fast entspannt aus. Es musste ihn erleichtern, es ausgesprochen zu haben. Als Marc redete, hörte er sich langsam und kontrolliert an: »Du kannst dir überhaupt nicht vorstellen, was du in meiner Lage gewollt hättest.«

Ollie wurde ganz steif. »Es tut mir leid«, sagte er, erhob sich, als Marc aufstand und nach seinem Mantel griff. »Ich wollte dich beschützen.«

Marc antwortete nicht. Er ging in den Flur und verließ schweigend das Haus. Gedanken drängten sich durch sein Hirn, als er das Auto anließ und auf die Straße fuhr. Er fühlte sich taub. Frans Version von mir als unglückliche Frau passte nicht zu seinem Wissen über die Wochen und Monate vor meinem Verschwinden. Er kannte mich besser als sie, besser als jeder andere. Wir waren die besten Freunde. Obwohl er zum feindlichen Geschlecht gehörte. Aber es machten sich auch Zweifel breit.

—//—

Wenn er heute kommt, bin ich nackt.

»Was machen Sie da?«, fragt er, als er in der Tür steht. Er sieht aus, als wäre ihm das alles unangenehm. Ich habe in ihm ein unangenehmes Gefühl ausgelöst.

Ich schaue ihm in die Augen. »So wollen Sie mich, oder? Völlig entblößt.«

»Ziehen Sie sich etwas an«, sagt er und dreht den Kopf weg.

Ich rühre mich nicht.

»Ich habe gesagt, Sie sollen sich etwas anziehen.« Seine Stimme klingt so schneidend, dass mir die Haare auf den Armen zu Berge stehen.

»Sind Sie nun etwa prüde?«, frage ich lächelnd. »Sie wollen alles wissen, oder? Also, das hier ist alles.«

»Ich zähle bis zehn«, entgegnet er. »Eins ...«

»Hier«, sage ich, spreize die Beine und denke an Annie Sprinkle, die ihrem Publikum bei ihrer Performace *Public Cervix Announcement* ein Spekulum und eine Taschenlampe für die Untersuchung ihrer Vagina gereicht hat. »Schauen Sie gut hin, holen Sie Ihre Lupe. Sie wollen meine Geheimnisse wissen? Sie sind alle hier drin.«

Er ist erst bei sechs, aber er dreht sich um und schließt die Tür auf. Ich höre den Schlüssel auf der anderen Seite und seine verhallenden Schritte. Ich schließe die Beine. Ich zittere, und mein Herz dröhnt mir in den Ohren, aber zum ersten Mal seit Ewigkeiten ist mir fast zum Lachen zumute.

2009

8.4.09

Al,

ich habe neulich an Dich gedacht. Ich bin zu Tiffany's gegangen und wollte nur versuchen, mich wie die Frauen zu fühlen, die dort einkaufen. Ich schaute mir die ganzen funkelnden Dinge an, und dann erblickte ich mitten in einer Vitrine einen kleinen silberfarbenen Anhänger in Form eines winzigen Papierflugzeugs. Ich dachte, wie zuckersüß es gewesen wäre, wenn Marc ihn an meiner Stelle gesehen und Dir gekauft hätte, um Deinen Hals mit der Ikonografie Deiner Liebe zu umhüllen.

Ich bin allein, Al. Ist das komisch? Ich bin immer allein gewesen, aber gerade traf mich die Erkenntnis mit voller Wucht. Niemand wird jemals zu Tiffany's gehen und einen Anhänger sehen, der die Reinheit seiner Gefühle für mich abbildet. Ich weiß nicht, ob ich es noch länger aushalte. Ich gehe belebte Straßen entlang und will schreien. Alle sind außer Reichweite. Und ich weiß, dass ich es nie werde ändern können. Ich werde mich nie an jemanden binden können.

Es geht nicht um Sex. Ich könnte meine petites morts haben, wenn ich wollte. Es geht um die Möglichkeit. Es geht um die Freiheit, zu sein, wer ich sein will. Darum, die Freiheit mit jemandem zu teilen, der es versteht. Ich verdiene inzwischen wahnsinnig viel Geld, bekomme mehr Aufträge, als ich bearbeiten kann, aber es fühlt sich sinnlos an, wenn ich derart isoliert bin.

Jede Entscheidung, die wir treffen, verschnürt uns in immer engeren Knoten. Ich lebe für Lob und vergrabe mich unter Kritik. Dennoch: Je erfolgreicher ich mit meiner Arbeit bin und je wichtiger und wirklicher ich werde, desto beschränkter fühle ich mich. Früher einmal hätte ich alles werden können. Nun bin ich Amelia Heldt. In den Augen aller, die ich nicht kenne, bin ich jemand. Irgendjemand. Nur ein Irgendjemand.

Ich habe eine Idee für ein Stück über Einsamkeit und Identität. Über die Schichten, die wir um uns wickeln und von denen wir uns insgeheim wünschen, dass sie von dem Menschen, den wir lieben, abgelöst werden. Denkst Du, dass alle geheimen Hoffnungen schließlich entdeckt werden? Ich denke, man würde sich wie der einsamste Mensch auf der Welt fühlen, wenn niemand einen kennt.

Aber ich habe meine Entscheidungen getroffen, oder? Ich lebe dieses eine Leben, und es gibt kein Zurück mehr. Für niemanden von uns. Wir müssen mit dem zurechtkommen, was wir haben, an den uns möglichen Dingen Freude empfinden, alles Positive zu schätzen wissen. Aber ich muss einfach von etwas anderem träumen. Mir eine Welt vorstellen, in der unsere Identitäten nicht so festgelegt sind.

Ich weiß nicht, ob aus dem Stück etwas wird. Ich denke, ich versuche immer noch herauszufinden, ob aus mir etwas wird.

Am x

MONTAG, 19. JANUAR 2009

Ich glaube nicht, dass es bei vielen Leuten ganz oben auf dem Wunschzettel zum dreiunddreißigsten Geburtstag steht, auf einer feuchten Badezimmermatte zu sitzen und ein krankes dreijähriges

Kind zu baden, aber auf eine seltsame Art war es gar nicht so schlimm. Lizzie hatte sich den Virus als Erste eingefangen, an diesem Tag behielt sie eine Schale Nudeln ohne alles bei sich, Charlotte hatte Marc beides vorne und hinten aufs Hemd gespuckt. Wir hatten über eine Woche mit Kotzerei hinter uns, und hier saß ich nun und verabschiedete mich von einem weiteren Lebensjahr, stützte Char in der Badewanne und versuchte, ihr das Erbrochene aus dem Haar zu waschen.

Charlotte schaute mich an. »Mummy lächeln«, sagte sie, und ich lächelte.

»Das ist ein ziemlich guter Geburtstag, oder?«, fragte ich und spülte das letzte bisschen Schaum aus.

Charlotte nickte. Dann erbebte ihr kleiner Körper in meinen Händen, und ich wusste, was kommen würde, war dennoch nicht schnell genug, um mich auf die Kotze vorzubereiten, die über den Badewannenrand hinaus auf meine Jeans schoss, und das flüssige Braun, das am anderen Ende aus ihr herauskam.

»Verdammt«, rief ich, und Charlotte fing an zu schreien.

Marc kam hereingelaufen, sah uns beide und fing an zu lachen.

»Das ist nicht lustig«, sagte ich.

»Tut mir leid, ich weiß. Es ist nur …« Er hielt sich die Hand vor den Mund, damit er nicht noch mehr lachte. »Hier«, sagte er, hockte sich vor die Badewanne und nahm mir Char ab. »Ich kümmere mich um sie. Du kannst dich umziehen und schauen, was Lizzie treibt.«

Ich übergab ihm die immer noch brüllende Charlotte und stand auf. »Danke«, sagte ich.

»Happy Birthday!«, entgegnete er mit einem Grinsen, bei dem ich einfach mitlächeln musste.

Ich zog meine Klamotten aus und ließ sie auf dem Boden

liegen, dann ging ich nach oben ins Bad neben dem Schlafzimmer. Ich traf auf Lizzie, die zum zweiten Mal an diesem Morgen gewaschen und angezogen worden war und mit ihren Puppen im Kinderzimmer spielte. »Darf ich mitspielen?«

Sie rutschte mit ihrem kleinen Hintern ein wenig beiseite.

»Worum geht's heute?«, fragte ich.

»Barbie und Ken heiraten«, antwortete sie.

»Schon wieder? Ich dachte, das hätten sie gestern schon getan.«

Lizzie schaute mich an, ihr Mund war eine gerade Linie. Die Hochzeit von Marcs Cousin war schon über einen Monat her, aber Lizzie sprach von nichts anderem.

»Entschuldige«, sagte ich. Lizzies Benehmen war besser geworden, und ich wollte auf keinen Fall einen Wutanfall provozieren. »Okay. Wo geht die Hochzeitsreise hin?«

»Nach New York«, antwortete sie.

»Oh, toll. Sie werden so viel Spaß haben.«

»Und dann bekommen sie ein Baby, und Ken geht arbeiten, und sie werden bis ans Lebensende glücklich und zufrieden sein.«

»Wird Barbie auch arbeiten?«, fragte ich.

»Nein. Sie muss zu Hause bleiben, damit das Baby nicht einsam ist.«

»Okay«, antwortete ich und hatte Schuldgefühle. Marc hätte mir gesagt, ich solle es gut sein lassen. Obwohl Lizzie die meiste Zeit in der Schule war, fand sie es furchtbar, dass Marc und ich beide arbeiten gingen. Wenn ich abends oder am Wochenende Essays korrigieren musste, hämmerte sie an die Tür des Arbeitszimmers, bis ich dachte, mein Kopf würde gleich explodieren. Wenn ich herauskam und zur Toilette gehen wollte, klammerte sie sich an meine Beine, sodass ich sie über den Teppich schleifen musste.

Ich atmete tief ein und nahm mir zwei Puppen mit glattem blondem Haar. »Sind das die Gäste auf der Hochzeit?«

»Ja«, antwortete Lizzie.

Ich kramte in den Tupperdosen mit der Kleidung und zog Kleider über ihre spitzen Gliedmaßen. Ich stellte sie auf ihre winzigen Zehen, bog die Arme so, dass sie sich um die Hüften der anderen Puppe legen konnten. »Okay«, sagte ich. »Sie sind bereit für die Hochzeit.«

»Sie brauchen eine Verabredung«, antwortete Lizzie.

»Können sie nicht als Paar hingehen?«

Lizzie schaute mich an, als wäre ich der dümmste Mensch, den sie jemals getroffen hatte. Sie drehte sich um und griff nach zwei Bären auf ihrem Bett. »Hier, sie können mit Podge und Ted gehen.«

Ich schaute auf meine angezogenen Puppen und die fetten, nackten Bären. Ich hielt mir eine der Puppen ans Ohr und nickte, während Lizzie mich beobachtete. »Savannah meinte, sie will mit Michelle gehen«, sagte ich. »Sie sagt, Podge und Ted würden auch gern zusammen gehen. Sie sagen, Liebe ist Liebe und sollte nicht durch Konventionen oder Vorurteile diktiert werden.«

Ich beobachtete meine Tochter, als sie versuchte, den Sinn dieser Aussage zu verstehen. Ihr Mund war zu diesem erschreckenden Strich zusammengekniffen, und nun verengte sie die Augen zu Schlitzen. Ihre Nasenlöcher blähten sich auf, dann öffnete sie die Lippen und schrie: »Neeeeeeeeeeeeeeeeeeein!«

»Elizabeth«, sagte ich mit meiner Stimme für die erste Warnung.

»Nein, nein, nein, nein, nein! Warum musst du immer alles kaputt machen?« Sie wischte mit den Armen über den Teppich, schmiss alle Puppen und Bären um und zerstörte ihren Schauplatz. »Ich will nie mehr mit dir spielen!«

»Okay«, sagte ich, ließ Savannah fallen und stand auf. »Du brauchst eine Auszeit.«

»Ist mir egal«, sagte Lizzie mit rotem Kopf. »Ich hasse dich!«

»Ich werde diese Tür schließen und dir Zeit geben, darüber nachzudenken, was du gerade gesagt hast. Du hast zehn Minuten; wenn ich zurückkomme, will ich eine Entschuldigung.«

Ich schaffte es, hinauszugehen, bevor ich meine erste Träne weinte. Marc stand auf dem Treppenabsatz. Charlotte, sauber und in einen neuen Schlafanzug gekuschelt, saß auf seiner Hüfte und lutschte am Daumen. »Was ist passiert?«, fragte er.

Ich schüttelte den Kopf, konnte nichts sagen und war zu beschämt, um zuzugeben, dass ich es wieder einmal vermasselt hatte.

SEPTEMBER

SEIT SIEBEN MONATEN VERSCHWUNDEN

Einige mag es nicht überrascht haben, dass Lizzie sich in ihrem ersten Halbjahr auf dem Gymnasium mit schwierigen Kindern anfreundete. Meinen Mann allerdings überraschte es, und er brauchte Wochen, um es zu bemerken. Wenn Paula nicht gewesen wäre, hätte er es vielleicht gar nicht bemerkt. Sie traf sich eines Nachmittags mit ihm in Langwith und fragte, ob er immer noch ihr Buch über Marina Abramović habe.

»Mist«, sagte er, und es war ihm peinlich, dass er es so lange ausgeliehen hatte. »Ich werde es dir morgen zurückgeben.«

Aber an jenem Abend konnte er es nicht finden. Er stellte das Arbeitszimmer auf den Kopf und zermarterte sich das Gehirn, um sich zu erinnern, wo er es gelassen hatte. Es war wie vom Erdboden verschluckt. Am nächsten Tag entschuldigte er sich verlegen bei Paula und bestellte ein neues Buch. Eine Woche darauf jedoch brachte er Lizzie eine Tasse Kakao, und dort lag es, auf dem Boden neben ihrem Bett, achtlos neben Zeitschriften und Nagellack geworfen.

»Ich habe es mir nur ausgeliehen!«, sagte sie, als er es in die Hand nahm. »Hannah wollte, dass ich es ihr zeige.«

Ihre Abwehrhaltung verwirrte Marc, und er sorgte sich, dass einige der Inhalte für Mittagspausen im fünften Schuljahr nicht angemessen sein könnten. Er setzte sich auf die Bettkante und fragte, warum Hannah es habe sehen wollen.

»Ich habe ihr von dem Stern erzählt, und sie meinte, das sei cool.« Lizzie schaute ihn nicht an.

»Welchem Stern?«, fragte er.

Widerstrebend nahm sie das Buch und schlug eine Seite mit einem Bild der Performance *The Lips of Thomas* auf. Mein Mann ließ das Bild von Abramović' blutigem Bauch sacken.

»Verstehst du die Zusammenhänge, Süße?«, fragte er.

»Sie fühlt sich durch Schmerzen besser?«

»Ich glaube, es ist ein wenig komplizierter«, sagte er und hatte furchtbare Angst, unsere Tochter von sich wegzustoßen. »In dieser Performance befindet sich viel Symbolismus und Struktur; es geht um viel mehr, als sich zu peitschen und zu schneiden. Ich verstehe, dass du dieses Buch vielleicht gern liest, weil Mummy Performancekunst mag, aber es verwirrt mich, dass sich Hannah dafür interessiert hat.«

»Es hat nichts mit Mum zu tun«, sagte sie.

Er atmete ein. »Kannst du mir sagen, womit es dann zu tun hat?«

Unsere Tochter sprach mit gesenktem Kopf: »Wenn du es unbedingt wissen musst: Hannah wollte es selbst machen. Nun weißt du Bescheid, zufrieden? Jetzt will sie nicht mehr meine Freundin sein.«

»Was wollte sie selbst machen?«

Lizzie zuckte die Achseln.

Marc ging nun instinktiv vor, nahm ihre Schultern und richtete sie auf, damit sie ihn ansah. »Das ist eine ernste Angelegenheit, Liebes. Du musst mir erzählen, was es damit auf sich hat.«

Sie blinzelte ihn an, versuchte, weiterhin trotzig zu bleiben, haderte aber mit ihren natürlichen Instinkten. Gott sei Dank hatte sie diese Instinkte. In diesen Sekunden stellte er sich vor, er würde die nächsten zehn Jahre ohnmächtig auf der anderen Seite einer zugeschlagenen Tür verbringen, außer sich wegen eines unverschämten, einsilbigen, drogennehmenden Teenagers mit gepiercter Nase und Tattoos. Aber schließlich gab sie nach, und er hatte wieder unsere wunderschöne, wundervolle, liebe und sensible Tochter vor sich sitzen. Sie erzählte ihm, Hannah und Katy hätten versucht, sich im Sommer die Oberarme aufzuritzen. Sie hätten es ihr in der Mädchentoilette gezeigt, selbstzufrieden wegen des Geheimnisses, das sie vor Eltern und Lehrern versteckt hätten. Sie hätten Lizzie erzählt, die Narben bedeuteten, sie seien echte Freundinnen bis in alle Ewigkeit, die nie getrennt werden würden. Lizzie wollte sie beeindrucken und hatte das Buch beschrieben, das sie in unserem Wohnzimmer gefunden hatte, erzählte ihnen, ihre Mutter hätte solche Dinge »gemocht«. »Voll cool«, konnte Marc sie fast auf der leeren Toilette sagen hören. Lizzie hatte das Buch am nächsten Tag mit in die Schule genommen, und ihr wurden in der kleinen Gang umgehend Gastprivilegien eingeräumt.

»Ich muss Hannahs Mum anrufen, das weißt du, oder?«

Lizzie nickte.

»Und ich muss auch fragen«, sagte er und versuchte, mit fester Stimme zu sprechen, »du hast dich nicht – ich meine, du hast dich nicht selbst verletzt, oder?«

Lizzie schüttelte still den Kopf und ließ sich von ihm umarmen.

»Gott sei Dank. Versprich mir, Baby, versprich mir bitte, dass du immer zu mir kommst. Versprich mir, dass du niemals so etwas machen wirst.«

»Ich verspreche es«, sagte sie in seinen Pullover. Marc umklammerte den Körper, den wir gezeugt hatten, seine Lungen waren kurz vor dem Zerspringen.

Einige Tage später fuhr er zum letzten Mal auf das Polizeirevier. Nicola erwartete ihn in der düsteren, mit Linoleum ausgelegten Rezeption und führte ihn in eines der spartanischen Sprechzimmer. DI Jones wartete bereits. Marc entdeckte einen Stapel formal aussehender Briefe auf dem Tisch. Er hatte den gestrichelten Linien wenig Beachtung geschenkt, auf die Nicola ihn in der Vergangenheit hingewiesen hatte, aber als er in den tristen, zellenähnlichen Konferenzraum ging, wurde ihm klar, dass diese Linien etwas mit einer Anzeige wegen Fehlverhaltens zu tun haben mussten. Was auch immer Nicola und DI Jones ihm sagen würden, sie mussten für Rückendeckung sorgen und sichergehen, dass er sie in der Zukunft nicht verklagte, weil sie etwas übersehen hatten.

»Dr. Southwood.« DI Jones stand auf, um ihm über den Tisch hinweg die Hand zu schütteln. »Setzen Sie sich.« Er zeigte auf den Stuhl gegenüber, und Nicola ging durchs Zimmer, um neben ihm Platz zu nehmen.

DI Jones räusperte sich und fing an, über den Fall zu sprechen. Um alles, was mit meiner Mutter zu tun hatte, redete er herum, sagte nur, sie hätten »Nachforschungen« durchgeführt, aber wenige »schlüssige Beweise« gefunden.

»Was bedeutet das?«, fragte Marc.

»Also«, sagte Nicola und schlug unterm Tisch die Beine übereinander. »Wir haben das Haus von Alexandras Mutter durchsucht und die Telefon- und Stromdatensätze untersucht …«

»Aber …«, drängte Marc ungeduldig.

»*Aber* …«, sagte sie nickend. »Es gibt nichts Eindeutiges. Das Haus ist voll von den Sachen ihrer Mutter. Sie war Künstlerin, oder? Dort liegen Leinwände und Abfall herum. Wir glauben – wegen des Staubes auf ihnen und wegen einiger Kleidungsstücke, die im Haus gefunden wurden –, dass Alexandra seit 2007 ab und zu da gewesen sein muss, aber der Stromzähler zeigt in den letzten Jahren nur einen minimalen Verbrauch an, der noch nicht einmal ausreicht, um einen Wasserkocher zum Laufen zu bringen. Auf der Rückseite des Gebäudes ist eine Fensterscheibe eingeworfen, sonst gibt es keine Anzeichen für Vandalismus oder Diebstahl. Kein Nachbar hat etwas bemerkt, aber es konnte auch niemand mit Sicherheit sagen, dass das Grundstück die gesamte Zeit über leer gewesen ist. Bei vielen Gebäuden in der Gegend handelt es sich um Ferienhäuser, und anscheinend war Mrs. Carlisle zu Lebzeiten nicht die Sozialste.«

»Was ist mit der Krankenschwester?«, fragte Marc. »Wer zum Teufel ist das?«

DI Jones räusperte sich noch einmal. Marc ballte unterm Tisch die Hände zu Fäusten. »Sagen Sie es mir einfach ehrlich, in Ordnung?«, sagte er.

»Schauen Sie, Dr. Southwood, ich werde nicht lügen. Alles wirkt immer rätselhafter. Wir konnten die Krankenschwester nicht ausfindig machen. Wir konnten noch nicht einmal die Meldeadresse einer Caitlin Morse in der Gegend feststellen. Wir haben die Telefonleitung untersucht, und sie ist immer noch angeschlossen, deswegen haben wir die Telefongesellschaft kontaktiert, und deren Aufzeichnungen zeigen nicht nur, dass es in den vergangenen zwölf Monaten keine ein- oder ausgehenden Anrufe gab, mit Ausnahme von Ihnen und unserer Dienststelle, sondern auch, dass eine Rufweiterleitung eingerichtet wurde.«

»Eine was?«

»Alle eingehenden Anrufe werden an einen Skype-Account weitergeleitet. Das bedeutet, die Frau, die drangegangen ist und so getan hat, als wäre sie Miss Morse, hätte überall im Land oder sogar auf der ganzen Welt ans Telefon gehen können.«

»Also denken Sie ...«

»Wir haben im Augenblick viele Fragen«, sagte DI Jones

und unterbrach ihn. »Und es scheint so, als hätte sich jemand viel Mühe damit gegeben, dass sie unbeantwortet bleiben. Vorsichtshalber haben wir noch eine Ausreisekontrolle durchgeführt. Alexandras Pass ist immer noch nicht benutzt worden.«

Marc versuchte, DI Jones' Blick standzuhalten, aber schließlich schaute er weg, guckte auf die Kamera in der Ecke des Raumes. Er schluckte, fragte sich, ob DI Jones erkennen konnte, dass er bereits wusste, dass mein Pass noch nicht benutzt worden war, weil er in unserem Arbeitszimmer lag.

DI Jones hustete. »Ich muss ganz deutlich sagen, dass das alles nichts an den Beweisen ändert, die wir am Fluss gefunden haben. Wir untersuchen einen mutmaßlichen Mord, Dr. Southwood.«

Marc schüttelte leicht den Kopf, als könnte er DI Jones' Worte abtun. »Was ist mit der Zeit, bevor sie verschwunden ist?«, fragte er und versuchte, sich seine Verzweiflung nicht anmerken zu lassen. »Es muss Ihnen möglich sein, herauszufinden, ob sie tatsächlich nach Dorset gefahren ist, wenn sie es gesagt hatte, oder?«

DI Jones und Nicola schauten sich kurz an. »Wir arbeiten an verschiedenen Theorien darüber, wo sie in diesen Zeiten vielleicht hingefahren ist, aber wir haben Probleme damit, herauszufinden, *wie* sie sich fortbewegt hat.«

»Welche Theorien?«, fragte Marc; in ihm stieg Panik auf.

»Wir haben die Bewegungen von Alexandras persönlichem Konto überprüft«, fuhr DI Jones fort und ignorierte Marcs Frage, »und auch Ihr Gemeinschaftskonto und die Kreditkarten, aber es gibt keine Anhaltspunkte dafür, dass Alexandra gereist ist oder in diesen Zeiträumen irgendwo geblieben ist. Noch nicht einmal besonders große Mengen abgehobenes Geld, das auf Barzahlungen schließen lassen könnte.«

»Das bedeutet?«

»Das bedeutet, sie hat vielleicht nicht selbst bezahlt.«

»Aber …«

»Wir gehen davon aus«, sagte DI Jones, »dass Alexandra auf ihren Ausflügen – wo immer diese sie auch hingeführt haben – von jemandem finanziert worden ist.«

»Wer hätte das machen können?«, fragte Marc laut. »Was sind das für Theorien? Was wollen Sie mir sagen?«

DI Jones räusperte sich. Nicola vermied Blickkontakt mit Marc.

»Wir suchen nach Verbindungen mit der PayPal-Spende, die wir nach dem Aufruf erhalten haben. Wer auch immer involviert ist, hat genügend Geld und interessiert sich für unseren Fall.«

»Sie glauben, Alex hatte eine Affäre, oder?«, fragte Marc weniger ungläubig, als er gewollt hatte.

Weder Nicola noch DI Jones sagten etwas. Marc spürte, wie sich Stille um seine Kehle und Brust legte. Er glaubte an mich, das tat er ganz aufrichtig. Er liebte mich. Er vertraute mir. Aber wie bei einem Mantra, das gesungen wird und bei dem plötzlich alle Worte zu einem einzigen Ton verklingen, verloren diese Phrasen langsam ihre Bedeutung. Sosehr er auch wollte, dass der Glaube an mich unerschütterlich blieb, fühlte er doch zwangsläufig die Panik, dass unsere Welt auseinanderfiel. Obwohl ich schon seit Monaten verschwunden war, spürte er mich immer noch ganz nah bei sich, in seinem Herzen und in seiner Fantasie, vielleicht sogar in seinem Körper. Doch nun sah er bloß noch von Regentropfen verzerrte Spiegelungen in einem einst ruhigen Teich. Er hatte aufgehört zu schlafen.

»Schauen Sie, Dr. Southwood«, sagte DI Jones, »wir versuchen nicht, das alles für Sie schwieriger zu machen. Wir wissen, dass diese Informationen schwer für Sie sein müssen. Aber wir müssen uns die Beweise anschauen. Ihre Frau hat Sie wegen ihrer Mutter angelogen, Ihnen immer wieder gesagt, sie würde sie besuchen. Zusätzlich gibt sich jemand als Pflegekraft der Mutter aus, um nach Alexandras Verschwinden weiter zu lügen. Die Theorie, die wir verfolgen, lautet, dass Alexandra Pläne für eine weitere kurze Pause hatte, aber etwas schiefgelaufen ist. Vielleicht hat ihr Komplize seine oder ihre Meinung geändert und etwas ist aus dem Ruder gelaufen. Wir wissen es nicht.«

Marc blickte ihn an. Warum hat er »ihre« gesagt? Marc wollte diese Frage stellen, konnte es aber nicht, ohne seine eigenen Vermutungen zuzugeben, ohne Frans Anschuldigungen in Betracht zu ziehen. Er verwarf den Gedanken. »Bei den anderen Malen«, sagte er und folgte einem anderen Gedanken, »hat sie mir gesagt, wohin sie gefahren ist und wie lange sie weg sein würde. Sie wollte nicht, dass wir uns Sorgen machen. Egal, was sie auch gemacht hat, ihr war es immer noch wichtig, mich und die Mädchen zu schützen. Aber in jener Nacht, als wir sie zu Hause erwartet haben, haben wir …«

»Deswegen glauben wir, dass etwas schiefgelaufen ist«, sagte Nicola. »Vielleicht hat der andere Mensch Alexandra überrascht, vielleicht gab es eine Konfrontation. Marc, nichts daran ändert etwas an der Tatsache, dass es sehr unwahrscheinlich ist, Alexandra noch lebend zu finden.«

»Was ist der nächste Schritt?«, fragte er und ignorierte ihren Ton.

Nicolas Blick huschte von ihm weg.

»Wir sind bereits einigen anderen Spuren nachgegangen«, sagte DI Jones und schob ausgedruckte Berichte über den Tisch. »Aber wir haben in den vergangenen Monaten viele Ressourcen für Alexandra verwendet.«

Marc schaute von den Papieren auf. »Was bedeutet das? Geben Sie auf?«

»Nein«, antwortete DI Jones und schaute Marc in die Augen. »Wir werden den Fall weiterhin überprüfen. Sollte sich noch etwas ergeben, werden wir den Einsatz von notwendigen Ressourcen neu überdenken, doch im Augenblick werden wir sie wieder unseren ›nicht dringenden Fällen‹ zuordnen. Die Untersuchung wird nun von einem auf vermisste Personen spezialisierten Officer für den Norden des Landes geleitet.«

Marc starrte ihn stumm an. Nicola hatte den Blick gesenkt.

»Sie müssen uns einige Formulare unterschreiben, um zu bestätigen, dass Sie die Vorgehensweise verstanden haben.« DI Jones schob ihm noch mehr Papiere und einen Kuli zu.

Als er ging, reichte Nicola ihm die Karte für das zentralisierte Amt und schlug vor, dass er mit der Wohltätigkeitsorganisation für vermisste Menschen Kontakt aufnehmen solle.

»Es tut mir leid, Marc. Ich habe erst gestern davon erfahren.«

Er saß lange im Auto und konnte den Zündschlüssel nicht umdrehen. Als er wieder daheim war, dachte er über Nicolas Ratschlag nach und besuchte die Website der Organisation für Vermisste. Er las von einer inzwischen vierundzwanzigjährigen Frau aus Peckkam, die seit dem 22. Dezember 2006 vermisst wurde: 160 cm groß, mittlerer Körperbau mit braunen Augen und schwarzen, zum Zopf gebundenen Haaren. Marc starrte die traurigen Augen und geschminkten Lippen auf dem Foto an und stellte sich eine Familie vor, die sie immer noch verzweifelt finden wollte. Neben ihr befand sich ein Foto einer lächelnden sechsundsiebzigjährigen Frau, im Hintergrund war ein Garten zu erkennen. Der Fall hatte die Nummer 13-000981: vermisst aus Boston, Lincolnshire, seit dem 12. April 2003. Daneben ein Fünfundzwanzigjähriger mit langem dunklem Haar, der ohne zu lächeln auf einer verhangenen Klippe posierte: seit dem 19. Mai 2013 in Southampton vermisst.

Marc klickte sich weiter durch die Seite, die immer sechs Artikel auf einmal lud. Er schaute kurz auf die hauptsächlich männlichen Gesichter, die ihn anblickten, konzentrierte sich auf die Frauen, fragte sich, wie ihre Geschichten lauteten, was ihre Ehemänner, Kinder und Eltern fühlten. Eine Sechzehnjährige aus Coventry, die ihn aus einem Passbildautomaten spöttisch anblickte, vermisst seit dem 28. Mai. Eine Neununddreißigjährige, die grinste und einen Badeanzug trug, mit jemandem im Urlaub war, den sie liebte, dachte Marc, war seit dem 19. August aus Wrexham verschwunden. Eine Achtundfünfzigjährige mit stechendem Blick, Lippenstift und gerunzelter Stirn, die seit dem 22. Juli aus Enfield verschwunden war, unter ihrer Beschreibung stand nur ein Satz: »Lorraine, wir würden so gern von dir hören.« Eine Zweiundzwanzigjährige, die eine Studentin von ihm sein könnte, elegant angezogen, die Sonnenbrille ins Haar gesteckt, neugieriger Blick, war seit dem 7. Juni aus Edinburgh verschwunden.

Immer mehr Bilder erschienen. Er war überrascht, dass im Jahr 2013 so viele Menschen als vermisst gemeldet worden waren. Diese ganzen Frauen waren dieses Jahr verschwunden. In den Monaten, die er verloren hatte, weil er mich vermisste, hatten andere auch geliebte Menschen vermisst. *Dennoch fühle ich mich so allein*, dachte er.

In einer Spalte auf der linken Seite der Website drückte er auf »An der Suche teilnehmen«. Ein Bild der Britischen Inseln erschien. Als er mit der Maus darüberfuhr, konnte er sehen, wer im jeweiligen Bereich gesucht wurde. »Wir geben zurzeit zweiunddreißig Vermisstenfälle aus Yorkshire bekannt sowie sieben, die in der Gegend vermutet werden.« Er klickte auf den Link, und auf der ersten Seite von sechs Bildern sah er mich. Dieses viel zu häufig veröffentlichte Bild, das sie bei ihrem ersten Besuch im Haus von seinem Laptop kopiert hatten. »Alter beim Verschwinden: siebenunddreißig. Alexandra Southwood wird seit dem 21. Februar 2013 in York vermisst. Ihre Familie macht sich große Sorgen um Alexandra, die als sehr zuverlässig gilt. Alexandra soll sich umgehend telefonisch bei unserem vertraulichen Dienst namens Message Home melden, dort bekommt sie Beratung und Unterstützung. Alexandra ist 163 cm groß, zierlich und hat kurzes dunkelbraunes gelocktes Haar und blaue Augen. Sie trägt einen Ehering.«

Er lehnte sich im Stuhl zurück und erwiderte meinen Blick. Je länger er mich anschaute, desto mehr ähnelte ich den anderen unbekannten Gesichtern, desto mehr schien ich in ihre Welt zu gehören als in seine.

»Bist du dort draußen, Al?«, fragte er laut. »Was weiß ich nicht? Was verstehe ich nicht?«

Er schloss mich und mein Profil mit den sechsundsechzig Wörtern, verließ das Arbeitszimmer, ging die Treppe hinunter und band sich die Schuhe zu. Er zog sich die Jacke über und schloss die Tür hinter sich. Der graue Himmel tanzte hinter den letzten orangen und roten Blättern auf den Ästen. Er atmete die feuchte Luft ein und bog seine Finger in der Kälte. Er hätte es Nicola oder DI Jones gegenüber nie zugegeben, doch ein winziger Teil von ihm glaubte langsam an ihr Bild von mir.

//

Das war's dann. Er hat genug davon, dass ich ihm eine Reaktion entlocken will. Er hat mich daran erinnert, dass er mir mit allem, was er getan hat, und allem, was er tut, helfen will. Um mich »in Ordnung zu bringen«. Wir haben nur wenige Wochen, erinnert er mich. Wenige Wochen, bis er eine Entscheidung über meine Zukunft fällt.

»Es ist mir egal, ob ich lebe oder sterbe!«, rufe ich. Mir wird klar, dass es stimmt. Ich mache mir einzig und allein Sorgen um meine Kinder. Er kichert und erklärt mir, dass ich das auf seltsame Weise zeigte.

Also nun nicht mehr. Er sagt, er werde nicht mehr jeden Tag kommen, ich verdiente sein Mitleid und seine Fürsorge nicht. Er sagt, er werde mich so behandeln, wie ich es verlangte.

»Sie denken, ich wäre Ihr Feind«, sagt er. »Aber ich bin alles, was Sie noch haben.«

Er geht, ich lege mich aufs Bett und schließe die Augen. Ich wünschte, ich könnte mich in Marcs Welt gleiten lassen, auf seine Zunge rutschen und seinen Schmerz wie eine lebendige Alka-Seltzer auflösen. Alles hätte so anders enden können, wenn er weiterhin an mich geglaubt hätte. Wenn ich mich in diesen elenden Wochen neben ihn hätte setzen können, während er sich durch alle Kanäle schaltete, die Zeitungen durchforstete und jedes Zitat von Studenten, Kellnern und Zeitungsjungen las. Er wollte unbedingt wissen, was sie wussten, war überzeugt davon, dass es dort draußen einen Menschen mit den Informationen gab, die er brauchte. Er hangelte sich von einer Sekunde zur nächsten. Manchmal fing er an, an die Beweise zu glauben. Es fühlte sich wie Betrug an, es in Erwägung zu ziehen, aber was, wenn ich wirklich tot war? Sollte er versuchen, das zu akzeptieren?

Ich stelle mir vor, dass Marc die Augen schloss, als er sich auf dem Bildschirm sah. Er sah unrasiert und erbärmlich aus, als er den einzigen Menschen, der Bescheid wusste, anflehte, mit der Wahrheit herauszurücken. Wie weit waren die Vorstellungen meines Mannes nun von meiner Wahrheit entfernt? Hat sich seine Fantasie ausgeweitet, sodass er mich gegen diese Mauern hat schlagen sehen, was in diesem schallisolierten Raum niemand hörte? Hat er mein verfilztes Haar und meine aufgesprungenen Lippen gesehen?

Ich liege hier und frage mich, was der Marc, an den ich mich erinnere, machen würde, wenn er meinen Entführer in die Finger bekäme. Ich träume davon, dass mein Ehemann ihm die Augen rausreißt. Ich sehne mich schmerzlich nach Rettung.

2010

19.4.10

Al,

wie geht's? Seid Ihr schon mit der Küchenerweiterung fertig? Ist das alles, wovon Du jemals geträumt hast?

Ich lebe natürlich immer noch in meiner heruntergekommenen Bude. Ich kann mein eigenes Zuhause nicht aufregend umgestalten. Einige lustige Sachen widerfahren Deiner alten Freundin aber immer noch. Ich wurde diesen Monat eingeladen, an der NYU eine Vorlesung zu halten. Ich musste natürlich ablehnen – es wäre ziemlich schwierig, eine Vorlesung zu halten, ohne sein Gesicht zu zeigen –, aber es war schön, dass ich gefragt wurde.

Um ehrlich zu sein, stimmt das nicht, es hat mich wirklich traurig gemacht, das Angebot abzulehnen. Stell Dir vor, man steht vor den ganzen Studenten und erzählt ihnen etwas Wirkliches. Stell Dir vor, wenn nur einer von ihnen hört, was ich sage, und daraus etwas mitnehmen kann. Ganz offensichtlich kann ich nichts von dem bedauern, was ich getan habe. Mein Name ist in der Öffentlichkeit bekannt, er bedeutet etwas. Ich habe mehr Geld auf dem Konto, als ich mir jemals vorstellen konnte. Meistens bevorzuge ich es immer noch, mein Gesicht zu verstecken, wirklich. Aber immer wieder frage ich mich, was ich erreichen könnte, wenn ich aus meinem eigenen Schatten treten würde. Was für eine Plattform ich haben könnte.

Ich vermisse Dich, Al. Ich will den Tag damit verbringen, mit Dir durch die Stadt zu laufen. Ich will mit Dir in Museen und zu Performances, ins Theater und Kino gehen. Ich will unsere Gehirne füttern und uns dann mit Junkfood vollstopfen, in Coney Island auf den Achterbahnen fahren und wie die ausgelassensten Touristen in der Mitte der Brooklyn Bridge stehen. Ich vermisse es, mit Dir zu sprechen, mit Dir zu lachen, mit Dir zu wüten. Mich in Deiner Anwesenheit völlig aufzugeben. Das ist nicht dasselbe mit irgendwem anders.

Am x

SAMSTAG, 6. MÄRZ 2010

»Wir müssen uns das ansehen«, sagte ich und verschlang immer noch den Artikel vor mir. »Im Whitechapel nächsten Monat.« Ich blickte aufgeregt von der Zeitung auf, wollte, dass mein Mann mich anschaute, meine Begeisterung teilte.

»Hmm?«, fragte er und löffelte Kaffee in die Cafetière.

»Das neue Stück von Sophie Calle«, sagte ich. »Es heißt *Pass auf dich auf*. Der Titel stammt aus einer Trennungsmail, die ihr jemand geschickt hat. Sie hat eine Reihe Frauen engagiert, die ihre eigene Ablehnung erneut vorführen. Wie brillant ist das bitte? Das Private wird öffentlich gemacht, das Persönliche universal – das ist wirklich tiefgründig.«

Trotz allem, was ich in den vergangenen zehn Jahren, in denen ich diesen Mann kannte, gelernt haben müsste, hatte mich meine eigene Aufregung kurz so blind gemacht, dass ich – als ich gleich neben ihm sitzen, der *Guardian* auf unserer edlen Arbeitsplatte ausgebreitet liegen würde und Bagel auf unserem

Kenwood-Toaster mit den vier Schlitzen geröstet würden – wirklich erwartete, Marc würde von diesen Neuigkeiten berührt. Ich verlangte nicht, dass er die Kaffeetasse fallen ließ, das Glas auf der italienischen Schieferplatte zerschlug, die wir gerade erst eingebaut hatten, und eine winzige Katastrophe an unserem sonst perfekten Morgen verursachte. Aber ich wollte, dass er zumindest ein wenig Enthusiasmus empfand, kurz innehielt und nach den Daten fragte, sich über die Ethik Gedanken machte und Interesse zeigte, nur ein wenig Interesse.

Marc lächelte und griff nach dem Wasserkocher. Er schüttete das Wasser, das gekocht haben musste, aber nicht mehr kochen durfte, mit einer kreisenden Bewegung über den gemahlenen Kaffee, achtete darauf, dass er gut bedeckt war. Er schüttete weiter, bis das Wasser den unteren Rand der außen liegenden Metallhülle erreichte, dann legte er den Stempel auf das Gebräu und schaute auf die Jones&Co-Uhr über dem Herd, um – das wusste ich – den Filter in genau vier Minuten hinunterzudrücken.

Schließlich drehte er sich zu mir und sagte: »Ist sie diese verrückte Stalkerin?«

Ich verzog den Mund. Er wollte sich nur ein wenig über mich lustig machen, wie wir es beide mit unseren Töchtern taten, wenn sie kreischend mit einer Zeitschrift ins Zimmer gestürzt kamen und begeistert den neusten Klatsch über Justin Bieber erzählten. »Du bist ein Arsch, weißt du das?«, fragte ich und wollte seine unbekümmerte Stimme nachahmen, vergeblich. Meine Enttäuschung war nicht gespielt. »Sie ist keine verdammte Stalkerin. Sie ist total bahnbrechend. Sie ist die *Königin* des Unerwarteten.«

Marc verschränkte die Arme. »Aber sie hat jemandem nachspioniert, oder?«

Ich atmete durch die Zähne aus. »Sie untersucht Identität, indem sie die Grenzen der Privatsphäre erweitert. Sie hat ein verloren gegangenes Adressbuch dazu verwendet, das Bild eines Menschen zu erstellen, auf Grundlage von Menschen, die ihn kannten. Es war eine *ästhetische* Handlung …«

»Hat er sie nicht verklagt?«, unterbrach Marc mich.

»Darum geht es doch überhaupt nicht«, sagte ich. »Oder wenn es darum geht, dann eben genau darum. Bei ihren Performances geht es darum, diese Grenze zu überschreiten, in Privatsphären einzudringen und innerhalb des Raumes zu arbeiten, der uns zu Fremden macht. Wir denken alle, dass wir in diesen Blasen umherlaufen; wir vergessen, dass uns vielleicht jemand beobachtet.«

»Ich verstehe nicht, wie das nicht gruselig sein sollte.«

»Nur weil dich allein tote Dichter interessieren, die in ihren Gräbern vergammeln. Mann, es ist so, als würdest du lesen, dass Byron gerade als Vampir aufgewacht ist und dich zu einer Laudanumfeier einlädt.«

Marcs Schultern erbebten vor Lachen. »Ich hab nur einen Witz gemacht, Schatz. Hört sich aufregend an – genauso wie die Laudanumfeier. Sollen wir zu beidem gehen?«

Ich starrte ihn an. In diesem Augenblick hasste ich ihn.

Marc fing an, sich zu entschuldigen, und fragte, wann die Ausstellung beginne, stellte Bezüge zum Roman von Paul Auster her, den ich ihm einmal zu Weihnachten geschenkt hatte – ich denke, er wollte beweisen, dass er mich ernst nahm. Ich hörte kaum zu. Nichts davon war wichtig, erinnerte ich mich. Was wichtig war: Heute war Samstag, ich musste die Uniformen der Mädchen in die Maschine werfen, damit sie auf der Wäscheleine trocknen konnten; wichtig war auch, dass wir kurz rausgingen und vor Emmas Party um drei Geschenkpapier kauften; dass wir – falls heute Abend genug Zeit war – ein Hotel für Ruths sechzigsten Geburtstag buchen mussten. Dass ich meinen Ehemann, meine Familie und mein Leben liebte.

Marc drehte sich um, um den Stempel der Cafetière runterzudrücken. Ich ließ ihn mir eine Tasse Kaffee eingießen und nahm sie mit nach oben. Charlotte war in ihrem Zimmer, auf dem Teppich waren Buntstifte und Papier ausgebreitet. »Was malst du da, Süße?«, fragte ich und setzte mich auf die Bettkante.

»Eine Prinzessin«, sagte sie und breitete ihre Blätter aus, damit ich sie betrachten konnte. »Das ist ihr Pferd, und das wird das Schloss sein, wo der Prinz lebt.«

»Großartig«, sagte ich.

»Mummy, kennst du Prinzessinnen?«

»Klar«, antwortete ich. »Ganz viele.«

»Wen denn?«

Ich kratzte mich am Kopf. »Also gut, ich denke mal nach. Ich kenne Prinzessin Pip, Prinzessin Fran, Prinzessin Lizzie und Prinzessin Charlotte.«

»Nein, ich meine *echte* Prinzessinnen«, sagte Charlotte und nahm einen blauen Stift. »Nicht bloß Leute, die wir kennen.«

»Okay, sorry«, sagte ich. Ich sah kurz zu, wie meine Tochter einen wolkigen Himmel ausmalte. »Es gibt noch diese eine Prinzessin, Prinzessin Amelia, die anders ist als die Prinzessinnen aus deinen Märchenbüchern.«

Charlotte schaute von ihrem Bild auf. »Warum anders?«

»Also, sie war einmal wie sie, wie deine Prinzessin hier. Sie suchte nach ihrem Prinzen und träumte von einem Schloss. Doch dann, eines Tages, wurde ihr klar, dass sie keinen Prinzen und kein Schloss zu ihrem Glück brauchte, weil sie bereits alles Nötige in sich trug.«

»Was hat sie gemacht?«

»Sie lebte natürlich glücklich bis ans Ende ihrer Tage.«

Ich nahm einen Schluck Kaffee und beobachtete, wie Char sich am Knie kratzte und dann weitermalte.

OKTOBER

SEIT ACHT MONATEN VERSCHWUNDEN

»Sag mir, was du der Polizei mitgeteilt hast«, forderte Marc.

Fran verschränkte die Arme und starrte ihn auf ihrer Türschwelle an.

»Dir auch einen guten Tag«, sagte sie.

Marc wollte sie schütteln. »Alex hat dich angerufen«, sagte er. »Kurz bevor …«

»Ich habe den Anruf nicht gehört«, sagte Fran leise. »Sie hat keine Nachricht hinterlassen.«

Marc beobachtete ihr Gesicht, Fran sah traurig aus.

»Komm besser rein«, sagte sie, und Marc folgte ihr in die tadellose Wohnung. »Es war nicht seltsam, dass sie mich angerufen hat«, sagte sie und stellte den Wasserkocher an. »Wir haben viel miteinander geteilt, Alex und ich.«

»Das habe ich schon gehört«, sagte Marc. Er saß auf einem harten Esszimmerstuhl.

»Ich denke, du hast mit Ollie gesprochen«, sagte Fran und drehte sich zu ihm um. »Ich hatte Alex erzählt, dass ich ihn verlassen wollte. Sie hat wahrscheinlich angerufen, um zu fragen, wie es mir geht. Es war nur ein Zufall.«

»Wann habt ihr euch so gut angefreundet?«

»Warum spielt das eine Rolle?«, fragte sie.

»Warum das eine Rolle spielt? Weil du der Polizei erzählt hast …« Marc atmete tief ein und versuchte, sich zu beruhigen. »Ich will wissen, was Al gesagt hat.«

Fran brachte zwei Teetassen zum Tisch und setzte sich ihm gegenüber. »Marc, wegen Lizzies Geburtstag …«

Marc schüttelte den Kopf. »Das ist mir egal. Ich will nur hören, was du der Polizei gesagt hast.«

»Die Polizisten sind Arschlöcher«, sagte Fran.

»Warum bist du nicht zu mir gekommen?«

Fran sah ihn an, als wäre er ein Kind, das sie bat, ihm die Geheimnisse der Welt zu erklären. »Hättest du mir zugehört? Als wir uns das letzte Mal gesehen haben, hast du mich rausgeschmissen.«

Marcs Halsmuskeln spannten sich an. »Es tut mir leid«, rang er sich ab. »Ich hätte das nicht sagen sollen … Jetzt höre ich dir zu.«

Fran starrte ihn einen Augenblick lang an, hatte die Hände um die Teetasse gelegt. »Ich weiß immer noch nicht, ob es überhaupt wichtig ist«, sagte sie. »Vor Ewigkeiten waren wir in der Stadt und haben etwas getrunken. Es muss vor Weihnachten gewesen sein, weil die Beleuchtung gerade angegangen war. Alex fragte mich, ob ich mich um die Mädchen kümmern würde, wenn sie nicht da wäre, wenn ihr etwas passiert. Ich habe gesagt, dass ich das machen würde, wenn sie dasselbe auch für mich tun würde.«

»Das war's?«, fragte Marc.

»Ich weiß, es hört sich unwichtig an, aber daran musste ich bei ihrem Verschwinden denken. Sie war so ernst, als sie es sagte, als würde es sie schon länger belasten.«

»Warum hast du es mir nicht gesagt?«

Fran seufzte. »Der Polizei schien es egal zu sein, und dann haben sie Alex' Blut am Fluss gefunden. Ollie hat mir gesagt, ich solle darüber nachdenken, wie es für dich wäre, wenn ich es erzählte. Er hatte recht. Ganz offensichtlich war ihr etwas Schreckliches passiert, deswegen verdrängte ich es. Ich sah keinen

Sinn darin, das alles zur Sprache zu bringen, wenn es nicht relevant war. Ich entschied, selbst wenn es eine Bedeutung haben sollte, falls Alex irgendwie gewusst hatte, was mit ihr passieren würde, hätte sie mir diese Bitte im Vertrauen gesagt. Sie hat mit mir gesprochen, weil sie wusste, dass sie mir vertrauen kann, sie wusste, ich würde es verstehen.«

»Was verstehen? Verdammt, Fran. Wie hätte sie es wissen sollen? Ihr hattet eine morbide Unterhaltung, und du denkst, Alex hätte irgendeine übernatürliche Vorahnung gehabt?«

Fran lehnte sich weg von ihm. Seine zu Fäusten geballten Hände und die erhobene Stimme schienen ihre Position zu bestätigen. »Ich habe es dir gesagt, Marc. Alex war nicht glücklich«, sagte sie. »Nicht wirklich.«

Marc atmete genervt ein, versuchte, sich zu beruhigen. Er schluckte die angesammelte Spucke hinunter und traute sich, die Frage zu stellen, die ihn am meisten ängstigte. »Gab es jemand anderen?«

Fran schüttelte den Kopf. »Ich weiß nur, dass sie sich zerrissen gefühlt hat. Wir haben über unsere Liebe für unsere Familien gesprochen, die im Widerstreit war mit unseren Hoffnungen für uns selbst, unseren Ambitionen, unseren *Identitäten*. Alex wollte mehr …«

»Aber darüber haben wir gesprochen«, sagte Marc. »Sie hätte ihren Doktor gemacht.«

Fran zuckte die Schultern. »War das ihr Traum oder deiner?«

Marc beobachtete sie, betrachtete ihren maßgeschneiderten Hosenanzug und das ordentliche Haar, er erkannte die Frau nicht wieder, die einmal eine Freundin gewesen war.

»Wir haben darüber gesprochen, warum es so ist«, sagte sie. »Warum Männer nicht verstehen, wie viel eine Frau opfert. Ich habe es der Polizei gesagt, und es war allen egal. Sie dachten, ich wäre nur eine weinerliche Frau. Ich weiß, dass es scheint, als würden die Aufgaben nun gerechter verteilt werden, dass beide Parteien nun Kompromisse eingehen müssen, dass in jeder Zeitung ein Artikel darüber steht, »wie man das Gleichgewicht findet«, doch selbst das ist nur eine subtilere Form der Unterdrückung, nur eine neue Art, uns zu beruhigen. Es sind immer noch bloß die Frauen, die ihren Wünschen zugunsten denen des Mannes nicht nachgehen. Diese Welt ist für euch gemacht und nicht für uns.«

»Unsinn!«, sagte Marc. »Weißt du, wie herablassend das ist?«

»Tatsächlich?«, fragte Fran und schaute ihn herausfordernd an. »Hättest du deine Dissertation aufgegeben, um mit Alex nach Chicago zu ziehen? Wärst du daheim bei den Mädchen geblieben, während sie die Karriereleiter hinaufklettert? Warum konnte sie sich erst dieses Jahr auf ihre eigene Doktorarbeit konzentrieren?«

»Alex hat mich nie um solche Dinge gebeten. Sie hat diese Entscheidungen getroffen. Sie hat es so gewollt.«

»Sie musste nicht fragen. Du hättest das nie gemacht. Das Höchste der Gefühle wäre eine Fernbeziehung oder Vollzeitkinderbetreuung gewesen. Alex wusste, dass sie diese Entscheidungen treffen musste, damit du dein Leben so leben kannst. Deswegen hat sie ihre Wünsche verändert. Frauen machen das ständig. Wir passen unsere Bedürfnisse und Sehnsüchte an die unserer Familie an, wohingegen Männer die Strukturen ihrer Familien so gestalten, dass sie ihre Bedürfnisse und Sehnsüchte befriedigen.«

»Was ist denn mit dir und Ollie?«, fragte Marc. »Er war Hausmann und hat auf Emma aufgepasst, du kannst nicht sagen, dass er nichts geopfert hat.«

Fran lachte. »Komm schon, er hat in der Küche eines Pubs

gearbeitet, als ich schwanger geworden bin, er hätte uns als Familie nicht versorgen können. Das war meine Aufgabe; aber nur, weil ich meine Karriere behalten habe, heißt das nicht, dass ich alles bekommen habe, was ich wollte. Alex und ich hatten diesen Insiderwitz, dass wir zusammen eine vollständige Frau wären. Zusammengenommen hätten wir ein vollständiges Leben.«

Marc wollte etwas sagen, aber Fran unterbrach ihn. »Ich hätte Emma gern ab und zu in den Kindergarten gebracht, weißt du? Ich wäre gern der Elternteil gewesen, zu dem sie hinläuft. Ich hätte die finanzielle Verantwortung auch gern geteilt. Ab und zu die Betreuerin zu sein, die weichere Seite von uns als Paar: diejenige, die unsere Freunde mit leckeren Mahlzeiten beeindruckte und die sie für Gefallen anriefen, nicht die Griesgrämige, die immer spät von der Arbeit nach Hause kommt und praktisch denkt. So habe ich mir mein Leben nicht vorgestellt. Ich wollte einen Partner, mit dem ich es teilen konnte, nicht in genau gleiche Hälften aufteilen.«

»Warum habt ihr es uns nie gesagt?«, fragte Marc.

»Ihr hättet das nicht verstanden«, sagte sie. »Wir waren ja nie unglücklich und haben uns nie für etwas entschieden, das wir nicht wollten. Aber wenn man immer wieder verändert, was man will – wer man ist –, fordert das seinen Tribut. Und ich denke wirklich, dass das nur Frauen verstehen: Wir verändern unsere Träume, damit sie in die Welt um uns herum passen. Das ist fest in der Geschichte verankert.«

Marc kniff sich in den Nasenrücken. »Also denkst du, dass Alex jemand anderen kennengelernt hat, weil sie nicht mit mir sprechen konnte?« Er zögerte und war unsicher, ob er die Frage stellen konnte: »Eine Frau?«

Fran sah ihn mitleidig an. »Es tut mir leid, ich weiß, dass es hart ist. Ich weiß auch, dass du ein guter Typ bist, Marc. Vielleicht hättest du versucht, Alex zu verstehen, wenn sie dir die

Chance dazu gegeben hätte. Sie hat nie etwas Genaueres gesagt. Ich habe nur den Eindruck gehabt, sie hatte das Gefühl, es gebe eine andere Möglichkeit – irgendwo anders und vielleicht mit jemandem, mit dem sie ihren eigenen Weg verfolgen konnte.«

Sie waren beide kurz still.

»Und ich glaube nicht, dass das ein Mann hätte sein können«, sagte Fran schließlich. »Trotz all dieser Dinge hat sie dich geliebt. Deswegen war es so schwer für sie. Sie hasste es, dich wegen dieser Gefühle anzulügen. Sie wollte frei darüber sprechen.«

Marc wollte mit ihr darüber streiten, ihre Argumente auseinandernehmen, schreien und grummeln, wenn es sein musste, aber im tiefsten Inneren spürte er, dass es vergeblich war. »Wusstest du von ihrer Mum?«, fragte er, bevor er ging.

»Nein«, antwortete Fran. »Aber ich würde lügen, wenn ich sage, dass es mich überrascht. Alex war komplizierter als sie uns hat wissen lassen.«

—//—

»Möchten Sie mir etwas sagen?«

Ich starre auf den Boden und bete, dass er geht. Ich habe heute nicht die Energie dafür. Ich habe von Lizzie und Charlotte geträumt. Einer dieser schönen, normalen Träume, wo wir in einem Park sind und lachen, als könnte uns niemals etwas Schlimmes passieren, ein Traum, aus dem man völlig niedergeschmettert erwacht.

»Wie Sie wollen«, sagt er. »Ich bin sowieso fast fertig mit Ihnen. Sie haben noch eine Woche hier und dann …« Er spricht nicht weiter und wartet darauf, dass ich aufschaue, dann wirft er mir einen Blick zu, der wohl bedeutungsvoll sein soll. Ich schaue ihm kurz in die Augen, atme durch die Nase.

Wenn ich die Augen zusammenkneife, kann ich fast meinen Ehemann vor mir sehen: die Farbe des Lichtes auf seinem Haar, seine Kinnpartie, die Art und Weise, wie ihm das Hemd von den Schultern hängt. Doch dann räuspert sich das Monster, und die Illusion ist weg. Er kann mich so sehr bedrohen, wie er will. Ich weigere mich, ihm meine Angst zu zeigen. Im tiefsten Inneren ist er ein Mann, der sich – wie der Rest seiner Geschlechtsgenossen – einbildet, er hätte die Kontrolle. Ich bin stärker als er. Ich habe mehr mitgemacht, als er sich vorstellen kann. Ich werde es überstehen.

2012

6.3.12

Al,
ich kann das nicht mehr machen. Erinnerst Du Dich an die Zeile in dem Lied: »If loving you is wrong, I don't want to be right?« So ähnlich fühle ich mich. Wenn das alles falsch ist, bin ich mir nicht sicher, ob ich recht haben möchte. Ich will es nicht rationalisieren und realisieren, dass alles Bullshit ist, worauf ich hingearbeitet habe. Ich will nur weiterhin glauben, dass es richtig ist. Weil es sich richtig anfühlt. Es ist die einzige Sache, die sich richtig anfühlt. Ich weiß, dass Du das verstehst. Ich weiß, dass Du diese ganzen anderen Gedanken hast, die alles verkomplizieren und verhindern, dass dDu klar siehst. Ich weiß, Du hast Verantwortung und Ängste. Aber ich weiß auch, dass Du alles regeln kannst. Ich weiß, dass Du Dich am Ende für das Richtige entscheiden wirst. Du musst. Weil ich das nicht länger mitmachen kann. Ich würde es nicht überleben. Das ist ein Versprechen. Ich brauche Dich mehr als jeden anderen Menschen. Ich werde sterben, wenn Du es nicht regeln kannst. Wie würdest Du Dich dann fühlen?
Denk drüber nach.

Am x

SAMSTAG, 18. FEBRUAR 2012

Charlotte hatte gerade mit dem Karatetraining samstags morgens begonnen, das sie bald wieder aufgeben würde und an dem Lizzie »null Interesse« hatte, wie sie sagte. Marc hatte sich freiwillig angeboten, Charlotte zu fahren, und hatte vorgeschlagen, dass er anschließend mit ihr essen gehen würde und Lizzie und ich den Tag miteinander verbringen könnten. Er wollte nur nett sein, das wusste ich, aber es irritierte mich, dass er es nötig fand, Zeit, die Lizzie und ich allein miteinander verbrachten, zu organisieren. Lizzie war erst neun, aber ich konnte die Teenager-Attitüde bereits wie einen schlimmen Sturm herannahen fühlen. Sie war dermaßen ein Papakind, dass Marc es nicht bemerkte, aber in letzter Zeit war ich das Objekt beunruhigend häufig verdrehter Augen und zugeknallter Türen gewesen.

»Warum geht ihr nicht gemeinsam ins Kino oder etwas in der Art?«, fragte Marc.

Ich nickte, dachte aber, dass mir etwas Besseres einfallen würde. Ich hatte eine Idee. Lizzie malte in der Schule seit einigen Wochen Stillleben, und es amüsierte mich, dass ich häufig in die Küche kam und unsere Obstschale neben einem Marmeladenglas und einer Flasche Saft arrangiert sah.

»Zieh dir was an, Liz«, sagte ich, nachdem die anderen beiden gegangen waren. »Wir gehen raus.«

»Wohin?«, fragte sie misstrauisch, ging aber schließlich nach oben und zog sich etwas an.

»Nimm dein Skizzenbuch mit«, sagte ich, als sie wieder runtergekommen war.

Wir nahmen den Zug um 10.23 Uhr, der kurz vor zwölf in Manchester ankam.

»Was machen wir hier?«, fragte Lizzie zum hundertsten

Mal, in ihrer Stimme lag nicht zu überhörende Aufregung. »Gehen wir shoppen?«

Ich schüttelte den Kopf, und wir bahnten uns den Weg durch die belebten Straßen zur Kunstgalerie.

»Oh«, sagte sie, als wir davor anhielten.

»Komm schon, das wird lustig.«

Gehorsam folgte sie mir ins Innere, und ich nahm mir einen Flyer mit einer Karte. »Wir müssen uns nicht alles ansehen, ich will dir bloß ein paar unterschiedliche Versionen von Stillleben zeigen. Dann können wir einkaufen gehen, wenn du magst. Okay?«

Lizzie seufzte, nickte aber.

Wir gingen durch die Räume, konzentrierten uns auf Obstschalen und Objekte, die vor Fenstern arrangiert waren. Lizzie war nicht völlig abwesend, bemerkte ich glücklich. Wir sprachen über die Dinge, die ihr Lehrer über Licht und Schatten erklärt hatte, und ich betrachtete einen Augenblick lang das ernste Profil meiner Tochter, als sie sich ein Bild von Vanessa Bell anschaute.

»Mir gefällt, dass man nicht sehen kann, was in die Zeitungen eingewickelt ist«, sagte sie. »Es wirkt, als wäre es einfach aus der Wohnung von irgendwem und derjenige könnte jeden Moment nach Hause kommen und es mitnehmen.«

Ich schaute kurz von Lizzie zu dem Bild und wieder zurück. Ich wünschte mir fast, Marc wäre hier, um es zu sehen. Zaghaft legte ich den Arm um Lizzies Schultern und küsste sie auf den Kopf. Sie erwiderte die Umarmung nicht, aber sie lehnte sich leicht an mich. Dann löste sie sich und ging zum nächsten Raum.

»Was ist mit diesem hier?«, fragte ich, nahm ihre Hand und drehte sie zu einer Leinwand mit flachen unregelmäßigen Farbblöcken.

Lizzie verdrehte die Augen. »Das ist kein Stillleben.«

Ich zeigte auf die Beschriftung neben dem Bild: »1946 (Komposition, Stillleben) Ben Nicholson«.

»Das sind aber nur Farben«, sagte Lizzie.

»Es ist abstrakt«, antwortete ich. »Schau mal, dort ist eine Tasse, siehst du den Griff?«

Lizzie verschränkte die Arme. »Ich mag so was nicht.«

»Was meinst du mit ›so was‹?«

»Na, alles was so ist.«

»Das ist eine ziemliche Pauschalaussage«, sagte ich.

Sie zuckte die Schultern.

»Es ist in Ordnung, dieses eine Bild nicht zu mögen«, sagte ich, »aber du solltest mit Pauschalaussagen vorsichtig sein, wenn du etwas noch nie gesehen hast.«

»Mum, ich mag *normale* Kunst.«

Ich runzelte die Stirn. »Was ist normal? Warum ist das hier nicht normal?«

»Weil es das nicht ist. Es ist doof«, blaffte sie. »Du magst dumme Kunst, und du willst, dass alle anderen sie auch mögen, aber ich und Dad und Char, wir mögen normale Sachen.«

Ich drehte mich zu Lizzie um und wusste nicht, was gerade passiert war. »Das ist aber nicht sehr nett«, sagte ich. »Menschen dürfen unterschiedliche Geschmäcker haben, das bedeutet nicht, dass sie dumm sind.«

»Wohl«, sagte Lizzie und bekam rote Wangen. »Du kannst einfach nicht erkennen, wie doof es ist, dass du immer so angestrengt versuchst, anders zu sein. Warum kannst du nicht einfach normal sein? Warum lässt du *uns* nicht normal sein?«

Ich betrachtete meine Tochter kurz, war mir der Menschen um uns herum bewusst. »Worum geht es hier?«, flüsterte ich.

Lizzie zuckte die Schultern. »Ich habe den Eindruck, du willst, dass ich so was in der Schule male«, sagte sie und zeigte auf das Bild. »Aber kannst du dir überhaupt vorstellen, wie doll ich ausgelacht werden würde? Macht dir das überhaupt etwas aus?«

Ich runzelte die Stirn. »Ich will überhaupt nicht, dass du irgendwas machst«, sagte ich. »Ich will nur, dass du einen ein klein wenig offenen Geist hast, ein wenig anders denkst.«

Lizzie schüttelte den Kopf. »Jeder hasst dich, wenn du anders denkst.«

»Das stimmt nicht. Die Welt wird von denen geformt, die das tun.«

Lizzie schnaubte. »Nicht in meiner Klasse. Dein Leben wird dir vermiest, wenn du anders bist.«

»Das ist wirklich traurig«, sagte ich und betrachtete Lizzies zusammengepressten Kiefer und die geschürzten Lippen. »Aber es ist immer noch kein Grund dafür, sich zu wünschen, normal zu sein.«

Lizzie starrte mich an.

»Den meisten Menschen, die auf dieser Welt etwas Sinnvolles machen, ging es wahrscheinlich irgendwann einmal schlecht«, sagte ich. »Aber manchmal hat Schmerz einen höheren Zweck und kann am Ende zu etwas Gutem führen. Wenn jeder Künstler und Erfinder, jeder Aktivist und Revolutionär beim ersten Anflug von Elend aufgegeben hätte, wäre die Welt heute ein anderer Ort.«

Lizzie verdrehte die Augen. »Mum, du verstehst das nicht.«

»Vielleicht ja doch«, sagte ich und hoffte, ich würde sanft und liebevoll klingen.

»Argh!«, seufzte Lizzie frustriert. Eine Frau am anderen Ende des Raumes starrte uns an. »Tust du nicht! Ich will einfach nur gemocht werden und mir keine Gedanken darüber machen müssen, mit wem ich in der Mittagspause abhängen kann und ob jemand hinter meinem Rücken über mich redet.«

»Baby«, sagte ich, beugte mich zu ihr und nahm ihre Hand. Lizzie zog sie weg. »Niemand, der hinter deinem Rücken über dich redet, verdient deine Freundschaft. Ich weiß, dass es im Augenblick nicht einfach zu verstehen ist, aber all das wird dich stärker machen. Du wirst brillante Sachen machen.«

»Was für welche?«, fragte sie. »Wie du?«

»Was soll das bedeuten?«

»Was hast du jemals Brillantes gemacht?«, fragte sie. »Ich will etwas Wichtiges, Interessantes und Sinnvolles mit meinem Leben machen. Ich will einen Job haben, der etwas bewegt, Menschen helfen, Dinge entdecken oder Leben retten. Ich wäre lieber Fran als du.« Lizzies Gesicht war pinkfarben, ihre Nasenlöcher bebten.

Ich stellte mich gerade hin. »Ich weiß nicht genau, wie wir vom Stillleben hierhingekommen sind«, sagte ich und versuchte, ruhig zu sprechen. »Ich bin froh, dass du Träume und Ambitionen hast, aber Fran ist nicht die Einzige, die etwas Wichtiges macht, weißt du? Und auch sie hat Entscheidungen getroffen, um Dinge zu opfern.«

Lizzie verschränkte die Arme vor ihrer schmalen Brust und verdrehte ganz langsam die Augen.

»Verdammt«, sagte ich. »Du kannst manchmal ein ganz schöner Quälgeist sein. Du bist verwöhnt und undankbar und …« Ich zwang mich, den Mund zu halten, und senkte die Hand, die ich unbemerkt gehoben hatte. Ich wandte mich von meiner Tochter ab, sah die Tür zum nächsten Raum und ging in diese Richtung. Dann lief ich weiter, folgte den Ausgangsschildern, bis ich auf der Straße war. Ich bog zweimal rechts ab und bewegte die Füße weiter, bis ich die Straßenbahnschienen überquerte, in eine Gruppe geschäftiger Einkäufer geriet und mit ihnen in ein Geschäft voller Klamotten und Mannequins gespült wurde. Überall um mich herum Stimmen; Unterhaltungsfetzen beschossen meine Ohren, an der Tür gellte der Sicherheitsalarm, draußen hupten Autos. Ich legte die Hand auf einen Stapel gefalteter T-Shirts und schloss die Augen.

»Warum weinst du?«, hörte ich eine entnervte Mutter am anderen Ende des Geschäfts brüllen. »Hör einfach auf!« Die Sprache klang verwaschen, und der Wein schwappte fast aus ihrem Glas. Ich war neun Jahre alt, und ich hatte den ganzen Abend lang versucht, meinen Eltern nicht zuzuhören, die sich anschrien. Um halb neun hatte es einen lauten Knall gegeben, anschließend wurde die Haustür zugeschlagen, dann Stille. Ich hatte noch eine halbe Stunde gewartet, bevor ich mich zum oberen Treppenabsatz traute. Ich wusste nicht, wer gegangen war, meine Mum oder mein Dad, aber ihr Streit hatte schon vor dem Abendessen begonnen, und mein Magen zog sich vor Hunger zusammen. Auf Zehenspitzen schlich ich hinunter und den Flur entlang zur Küche, blieb aber an der Tür stehen. Der Esstisch war umgekippt, Besteck und Teller und das, was vermutlich unser Essen hätte sein sollen, war auf dem Boden verteilt. Meine Mutter lehnte sich gegen den Küchentresen und nahm lange, methodische Schlucke aus einem Glas.

»Tut mir leid wegen dem Abendessen, Liebes«, sagte sie langsam und mit glasigem Blick. »Möchtest du Käse auf Toast?«

Ich drückte mich im Türrahmen herum, als sie vier Scheiben aus dem Brotkasten nahm und im Kühlschrank nach dem Cheddar suchte. Als das Brot im Toaster war, stellte sie ihr Glas ab und richtete den Tisch mit beiden Händen auf, stellte zwei Stühle daneben. Dann nahm sie zwei neue Teller aus dem Schrank, neues Besteck und eine neue Flasche Wein. Als ich mich weigerte, über das zerbrochene Geschirr und das herumliegende Essen zu gehen, bahnte sie sich ihren Weg zu mir und trug mich zu meinem Stuhl.

Wir aßen unseren Käse und den Toast; ich spürte, wie mir

die Tränen die Wange hinunterliefen. Als mein Teller abgeräumt wurde, schniefte ich und atmete stockend.

»Warum weinst du?«, fragte sie zuerst liebevoll. »Was kann Mummy für dich tun?« Aber als ich nicht antworten konnte, wurde sie ungeduldig. »Hör auf«, sagte sie. »Du machst mich verrückt.« Sie packte meine Schulter und schüttelte mich.

Dann kam sie mit dem Mund ganz nah an mein Ohr und rief: »Warum weinst du?«

Ich weinte neue Tränen, ihr Gebrüll klang in meinen Ohren nach. Ich schaute hoch in das fleckige, aufgedunsene Gesicht und brüllte zurück: »Weil du betrunken bist!«

Ich erstarrte. Ich hatte ihr Wasser gebracht, wenn sie nicht aus dem Bett aufstehen konnte, sie mit kleinen Brotstücken gefüttert und ihre fleckigen und verschmutzten Klamotten aufgesammelt und im Wäschekorb versteckt, damit Dad sie nicht fand, aber niemals zuvor hatte ich sie herausgefordert. Ich hatte noch nie die Sache ausgesprochen, die uns zerstörte.

Einen Augenblick lang dachte ich, sie würde die Hände wegnehmen, es bedauern, mich geschüttelt zu haben, sich bei mir entschuldigen und um Vergebung bitten. Doch dann spürte ich die ganze Kraft ihrer Hände, als sie sich von mir wegdrückte. Ich spürte, wie mein Stuhl nach hinten und zur Seite kippte, bis er nur noch auf einem Bein stand, ich riss die Arme zur Seite und griff in die Luft. Ich schlug auf dem Boden auf, landete in unserem Abendessen auf dem Boden, die Zinken einer Gabel stachen mir in den Arm, ein Glas schnitt mir den Oberschenkel auf, und eine dicke Scherbe bohrte sich unter meiner linken Schulter ins Fleisch.

Ich öffnete die Augen. Die Haut unter meinem Tattoo juckte von der Erinnerung. Die genervte Mutter und ihr heulendes Kind waren verschwunden. Andere Einkäufer liefen um mich herum, schauten sich Jacken und Oberteile, Jeans und Leggings an. Plötzlich wurde mir klar, wo ich war. Was ich getan hatte.

Ich drängte mich durch die Menschen zur Straße, versuchte, durch die Menge zu rennen, bog falsch ab. Mein Herz dröhnte mir in den Ohren, und ich konnte kaum atmen, aber ich schaffte es, nach dem Weg zu fragen, und eilte zurück zur Galerie.

Lizzie stand in der Lobby neben einem Sicherheitsmann, ihre Augen waren rot vom Weinen.

»Oh mein Gott«, sagte ich, rannte zu ihr, umarmte sie fest. Ich spürte, wie ihr Körper steif wurde.

»Ist das Ihr Kind?«, fragte der Wächter. »Wir haben sie aufgegriffen, sie ist allein hier rumgelaufen und war ziemlich traurig.«

»Es tut mir so leid«, sagte ich zu Lizzie und dem Wächter.

»Sie müssen mir erzählen, was passiert ist«, sagte der Wächter.

Lizzie beugte sich weg und wandte sich aus meiner Umklammerung. »Es war meine Schuld«, sagte sie. »Ich bin weggelaufen. Ich hätte das nicht machen sollen.«

Ich sah Lizzie an, und sie blickte zu mir zurück, ihre Augen waren dunkel und unergründlich.

»Stimmt das?«, fragte der Wächter.

Ich drehte mich wieder zu ihm und hatte Schwierigkeiten, den Blickkontakt mit Lizzie zu unterbrechen. »Ähm ja, genau so war's.«

DEZEMBER

SEIT ZEHN MONATEN VERSCHWUNDEN

Am Weihnachtsmorgen wachte Marc in seinem Kinderzimmer auf. Er hörte, wie die Mädchen im Nachbarzimmer aufgeregt mit seinen Eltern kicherten. Er hatte sich Sorgen gemacht, dass seine Mutter schimpfen und sagen würde, die beiden seien zu alt, um morgens bei den Erwachsenen ins Bett zu schlüpfen, aber sie schien sich über den Besuch zu freuen.

»Bist du sicher, dass du in dem Haus bleiben willst?«, fragte sie und spießte ein Stück Truthahn auf.

Mit einem Blick auf die Kinder murmelte er, dass sie das vielleicht ein anderes Mal besprechen könnten.

»Ich will mich doch nur unterhalten«, sagte sie.

Beim Abräumen versuchte er ihr zu erklären, dass er nicht umziehen konnte, selbst wenn er wollte.

»Also bleibst du für immer dort wohnen? Nur für den Fall, dass sie zurückkommt? Weißt du, wie grotesk sich das anhört?«

Er hatte nicht genug Energie, um sich mit ihr zu streiten, und ein Teil von ihm wusste, wie grotesk es sich anhörte, wie morbide und grausam es war, die Mädchen zu zwingen, in den Relikten unseres alten Lebens zu bleiben, besonders nach dem, was er über dieses Leben herausgefunden hatte. Würde er irgendwann ein neunzigjähriger Mann mit Treppenlift und Elektromobil sein, dessen Herz bei jedem Türklingeln wie wild schlug?

Aber was wäre wenn? Was wäre, wenn ich – trotz der

Anschuldigungen von DI Jones und Fran, trotz seiner eigenen wachsenden Zweifel und obwohl er wusste, dass die Chancen eine Million zu eins standen – was wäre, wenn ich versuchte, sie zu erreichen, und eine andere Familie vorfinden würde? Falls sie umziehen würden, wäre es, als würde man meinen Sarg zunageln, ohne zuerst nach meinem Puls zu fühlen. Es wäre Resignation, würde bedeuten, es wäre sinnlos, darauf zu hoffen, ich würde sie finden, weil sie akzeptiert hätten, dass ich nicht mehr irgendwo dort draußen wäre und nach ihnen suchen würde.

Sie fuhren zurück nach York, und Emma lud die Mädchen zum Schlittschuhlaufen ein. Mein Ehemann war allein zu Hause, trank um drei Uhr nachmittags schon sein zweites Glas Wein, saß in unserem Arbeitszimmer und las Amelias letzten Brief.

14.12.12

Al,

ich bin endlich an einem guten Ort. Ich fühle mich so ruhig und fokussiert. Ich habe einen Mietvertrag für ein Apartment unterschrieben und etwas von dem Geld investiert, das ich bei der Reception Gallery verdient habe, was bedeutet, ich muss mich jetzt nur noch darauf konzentrieren, meinem Leben eine Bedeutung zu geben. Ich habe mich bereits entschieden, dass es darum geht. Und auch wenn es mir irgendwie Angst macht, den Sprung zu wagen, ist es auch befreiend. Ich daddele schon seit Jahren herum, und nun ist es an der Zeit, sich voll und ganz etwas zu widmen.

Ich bin neulich zu einem kleinen Kunstfestival gegangen. Die Hälfte des Zeugs war nicht viel besser als das pathetische Gedöns, mit dem wir am Art Institute herumgemacht haben. Erinnerst Du Dich noch, als Nico in Unterwäsche vor der Bibliothek stand, mit einem Bettlaken über dem Kopf, und sich mit einem Stück Seil auspeitschte, bis die Sicherheitsleute gekommen sind und sie weggetragen haben? Ich schwöre Dir, diese Zwanzigjährige mit dem Augenbrauenpiercing machte fast genau dasselbe. Sie trug eine Burka statt eines Bettlakens, und um sie herum standen viele Schilder, die ihre Handlung in einen Kontext setzten, aber für mich war es dadurch eher weniger eindringlich als mehr. Werde ich alt, wenn mich die Kunst der Jüngeren nicht mehr amüsiert? Bei solchen Veranstaltungen bin ich froh, dass ich mein Gesicht nicht zusammen mit meiner Kunst ausgestellt habe. Ich sah, wie die Augenbrauengepiercte einen Künstler erkannte und zu ihm ging, um nach Feedback zu fragen. Sein Blick streifte umher, und er murmelte etwas von Subtilität und Interpretation. Ich wäre fast zu ihr gegangen und hätte ihr gesagt, ihre Kunst sei nicht besser als ein Stück Scheiße und sie solle wieder zurück auf die Kunsthochschule. Bin ich grausam? Auf jeden Fall bin ich vulgär. Das hättest Du nie gedacht, oder? Du hättest sie angeschaut und als Kind oder Liebhaberin von jemandem gesehen.

Aber das Leben ist kurz, Al. Wir können das alles nur einmal machen. Ich will Dir helfen. Denk doch mal drüber nach, wie erleichtert Du sein wirst, wenn Du endlich zu Deinen Gedanken stehst, sagst, was Du im Kopf hast, und Deinen Wünschen nachgibst. Ich will, dass Du es ausprobierst. Ich will, dass Du bist, wer Du sein willst. Du musst mir nur vertrauen.

Immer Dein

Am x

Marc hatte unsere Freundschaft vom Anfang bis zum vorzeitigen Ende verfolgt. Dies war der neuste und zuletzt eingegangene Brief, der nur einige Monate vor meinem Verschwinden verschickt wurde. Natürlich hatte er die ganze Zeit über auf diesen Brief hingearbeitet. Aber nun, wo er angekommen war, verspürte er erneut Verlust. Nicht nur hatte ihn diese Reise nicht zu seiner vermissten Frau geführt, zudem ließen ihn die kleinen Bruchstücke von Informationen, die er auf dem Weg aufgesammelt hatte, nach mehr lechzen. Was ist vor diesen Briefen geschehen? Und dazwischen?

Er blätterte zum ersten Brief zurück und versuchte sich vorzustellen, wie ich ihn in unserer ersten Wohnung gelesen hatte. Wir waren glücklich damals, oder? Unsere Leben fühlten sich verheißungsvoll an. Aber irgendwann war ein Umschlag angekommen, und seine zukünftige Frau las, dass sie einen Fehler machte.

Was passiert nach den Flitterwochen, wenn die Künstlerin in Dir rauswill?

Hatte ich gelacht? Hatte ich Amelias Sorgen abgetan? Oder hatte ich inmitten unserer Sachen und unseres Lebens gestanden und war in meine Gedanken abgetaucht, hatte mich gefragt, ob meine Freundin womöglich recht hatte?

Dann wirst Du sauer auf ihn sein!

Und dann dieser letzte Brief. Ich hatte vor knapp einem Jahr vielleicht in genau diesem Arbeitszimmer gesessen, und mir war erklärt worden, das Leben sei kurz und meine Freundin wolle mir helfen, meinen Wünschen nachzugeben, mein wahres Selbst zu sein. Was sagte das über das Selbst aus, das ich mit ihm gewesen war? Was wusste Amelia, das er nicht wusste?

Marc legte beide Briefe oben auf die Kommode und nahm sein Glas Wein. Er konnte nicht darüber nachdenken. Wir waren glücklich. Er wusste, dass wir es waren. Amelia hatte unrecht;

ich hatte sehr wohl gesagt, was ich fühlte. Aber ich hatte gute Dinge gefühlt. Amelia hatte vielleicht gewollt, dass ich so krass und grausam und grob war wie sie, aber das war ich einfach nicht. Ich war lieb, sanft und fürsorglich. Marc konnte immer noch nicht glauben, dass mein Herz voller Zweifel war. Jede Entscheidung, die wir getroffen hatten, hatten wir zusammen getroffen. Ich hatte immer gesagt, ich sei mir sicher. Ich hatte ihm versichert, ich würde nichts bedauern. Ich hatte Dinge und Menschen vermisst, deswegen hatte ich geschrieben und Besuche gemacht. Wenn Freunde sagten, sie würden einen Urlaub in den Staaten planen, hatte ich ihnen eine Liste mit guten Cafés zum Frühstücken, tollen Aktivitäten und Dingen, die man gesehen haben muss, gegeben. Aber Heimweh und Bedauern waren nicht dasselbe.

In diesem ersten Brief stand etwas anderes, eindringlicheres, das er vergeblich versuchte zu analysieren. Er ließ die beiden Briefe im Arbeitszimmer und ging die Treppe hinunter, um sich den Rest Wein zu holen, doch die Worte folgten ihm bis in die Küche. Er goss die letzten Tropfen aus der Flasche und nahm sein Glas mit an den Tisch, bevor er sich mit den Worten auseinandersetzte:

Ich wünschte, Du könntest es mit mir sein.

Sosehr Marc sich auch gegen den Gedanken sträubte, musste er schließlich doch einsehen, dass Amelia und ich mehr als nur Mitbewohnerinnen gewesen waren.

Er schüttete den Wein mit einem Zug hinunter. Warum hatte ich es ihm nicht gesagt? »Es hätte nichts geändert«, sagte er und verteidigte sich selbst in dem leeren Zimmer. Es hätte nichts geändert, wenn er gewusst hätte, dass ich sie für ihn verlassen hatte.

Du weißt, warum Alex es dir nicht gesagt hat, erklärte ihm sein grausames Gehirn. Marcs Augenlider fielen zu, und sein Magen knurrte. Er legte den Kopf auf die Arme, presste die Augen zu und leugnete seine Tränen.

Dann öffnete er die Augen, erinnerte sich an etwas aus einem der Briefe, etwas, das er vor Monaten gelesen, aber nie analysiert hatte. Amelia schrieb in einem Brief am Ende: *Ich kann es kaum erwarten, Dich hierzuhaben*. Und in einem anderen Brief sagte sie, sie sei krank gewesen, als ich zur selben Zeit Lungenentzündung gehabt hätte. Er hatte es für einen Zufall gehalten, aber wie hatte er so dumm sein können? Plötzlich machten sich seine Gedanken selbstständig, fädelten einen flackernden Film in einen alten Projektor ein, zwangen ihn, sich eine geheime Affäre mit meiner amerikanischen Geliebten vorzustellen, leidenschaftliche Rendezvous am anderen Ende des Landes, unbemerkt im Haus meiner toten Mutter Unterschlupf zu finden und grausam über meinen betrogenen Ehemann zu lachen.

»Verdammte Axt«, murmelte er und schüttelte den benebelten Kopf. Wie konnte er nur so denken. Er vermisste mich. Das war alles. Diese Verdächtigungen waren nur verrückte Paranoia eines Betrunkenen. Er musste etwas essen und sie vergessen. Er musste weiterhin an mich glauben.

Aber er ging nicht zum Kühlschrank, sondern wieder ins Arbeitszimmer und griff in den Aktenschrank. Aus dem ersten Ordner, wo sie alle an dem ersten Tag hätten sein sollen, als die Polizei vorbeigekommen war, nahm er meinen Pass heraus. Warum hatte er sich das zuvor nicht angesehen? Er hatte nach hinten geblättert, um sich traurig mein Bild anzuschauen, aber er hatte sich die ersten Seiten nicht angesehen, niemals infrage gestellt, wo ich gewesen war. Mit den Fingern fächerte er die Seiten auf, und dort, vor ihm, sah er ein Dutzend ovale Stempel.

»Department of Homeland Security US Customs and Border Protection, Admitted NYC«. Er las die Daten: 4. Aug. 2003 und 7. Mai 2010 – damit hatte er gerechnet, voller Grauen aber erfuhr er, dass ich auch an folgenden Daten in die USA eingereist war: 14. Okt. 2005, 17. Juli 2006, 8. Juni 2007, 22. Sept. 2008, 14. Juli 2009, 19. Sept. 2010, 28. Feb. 2011, 16. Mai 2011, 3. Nov. 2011, 28. März 2012, 4. Sept. 2012 und schließlich 18. Dez. 2012, nur zwei Monate vor meinem Verschwinden.

—//—

Er erklärt mir, dass ich eine ärztliche Untersuchung bräuchte. Ich verdrehe die Augen, aber ich habe keine Wahl. Ich muss mich ausziehen. Hände betasten und untersuchen mich. Er starrt lange die Narbe auf meinem Bauch an.

»Das ist schon schwerwiegend«, sagt er, beeindruckt oder stolz, ich weiß es nicht.

Ich werde allein gelassen, um mich wieder anzuziehen. Ich denke an die verschiedenen Arten von Berührungen, an die ganzen Hände, die meine Haut gestreichelt und umarmt, festgehalten und ihr wehgetan haben. Ich denke an die Arten, wie ich diese Berührungen gewollt und gefürchtet habe, wie ich mich selten wohl in meiner Haut gefühlt habe, wenn ich nicht die eines anderen an mir spüren konnte.

Ich liege auf dem Boden, nehme war, wie sich der Beton in meine Haut drückt. Auf welche Berührungen kann ich mich noch freuen? Auf welche Art von Intimität? Ist das wirklich die gerechte Strafe für das, was ich getan habe?

2013

FREITAG, 15. FEBRUAR 2013

Ich hatte mir das Haar eingerollt und festgesteckt und trug dieses streng geschnittene Tweedkostüm, das ich in einem Secondhandladen gefunden hatte. Ich hatte versucht, Marc zu überzeugen, meine Eva Braun als Hitler zu begleiten, aber er meinte, das wäre zu viel, deswegen musste ich mit meinen Accessoires kreativ sein. Lizzie hatte die Augen verdreht und mir erklärt, das alles sei eine dumme Idee, aber Charlotte hatte mir geholfen, einen Reichsadler auf Pappe zu malen, den ich mir dann an die Brust steckte, einige Ausweispapiere mit schwarzem Tee zu färben und aus einer Minzdose unechte Zyanidkapseln zu machen.

»Ich weiß nicht, wie angemessen das ist«, hatte Marc gesagt, als er uns bei unserer Bastelstunde besuchte. »Was passiert, wenn sie ihrem Lehrer sagt, dass sie am Wochenende Hakenkreuze gemalt hat?«

»Sie lernt dadurch etwas«, hatte ich gesagt. »Und außerdem ist es nicht weniger angemessen als diese fiesen Papierherzen, die sie in der Schule ausschneiden mussten. Ich würde mich am liebsten bei der Schule beschweren, weil man dort einen klischeehaften, furchtbar heteronormativen Feiertag unterstützt, der von kapitalistischen Konzernen erfunden wurde, um Schokolade und Grußkarten zu verkaufen.«

Marc hatte die Augenbrauen hochgezogen und uns malen lassen.

Ich hatte diesen Abend Anti-Valentinsparty getauft. Auf der Einladungskarte hatte ich unsere Gäste gebeten, sich als »Die schlimmsten Pärchen der Geschichte« zu verkleiden. Ich hatte Marc überredet, indem ich ihm erzählt hatte, dass T. S. und Vivienne Eliot Feiern als Dr. Crippen und dessen Geliebte Ethel Le Neve besuchten. »Das ist literarisch!«, hatte ich gesagt, ihn auf die gerunzelte Stirn geküsst und versucht, nicht zu sehr über den Zustand von Toms und Vivs Ehe nachzudenken, weil sie diese Kostüme angezogen hatten.

Fran und Ollie waren als Bonnie und Clyde gekommen, während Patrick und Susan als Dracula und Aileen Wuornos verkleidet waren, was nicht zueinander passte. Marc hatte sich für Lord Byron entschieden, wie schon bei den letzten drei Kostümpartys. Ich hatte mich über seine Faulheit beschwert, aber er sah in seiner Seidenkrawatte und dem Hausrock gut aus.

Bei uns waren unter anderem Heinrich der VIII., Jack the Ripper, eine Kleopatra und Myra Hindley. Ich war besonders beeindruckt von Philippa, die ihren Hosenanzug abgelegt und ihren Mann davon überzeugt hatte, mit ihr fast nackt als Adam und Eva zu gehen. »Schlimmstes oder bestes Pärchen aller Zeiten? Was meint ihr?«, hörte ich sie sagen, als sie sich einem Pärchen aus Marcs Kollegenkreis vorstellten.

Ich ging herum, schenkte Getränke nach und ermutigte Menschen, an den albernen Karten- und Wahrheit-oder-Pflicht-Spielen teilzunehmen, die ich überall im Haus aufgebaut hatte. Marc hatte mir dabei geholfen, eine Schatzsuche für gebrochene Herzen auszurichten, und ich hatte das Wohnzimmer in eine *Chapel of Love* wie in Las Vegas verwandelt, wo sich die Gäste in der unheiligsten Eheschließung überhaupt aneinander binden konnten. Ich schaute mich um, fragte mich, ob die Menschen Spaß hatten und wann sie wohl gehen würden.

»Wow!«, sagte Philippa und nippte an ihrem Wein, den ich mit Lebensmittelfarbe koloriert hatte. »Du hast dir so große Mühe gegeben.«

»Genau wie du«, sagte ich und zeigte auf ihre Feigenblätter aus Papier.

Es klingelte, und ich drängte mich durch die Leute, um die Tür zu öffnen. Ich ließ noch mehr Gäste herein, kreischte beim Anblick ihrer Kostüme, plauderte mit ihnen und führte sie in die Küche, um ihnen blutroten Gin Tonic einzuschenken. Nachdem ich sie unserem Ripper und Myra vorgestellt hatte, Susan quer durch das Zimmer angelächelt hatte und eine Schale mit Snacks aufgefüllt hatte, ging ich wieder in die Küche, um mir ein Glas Wasser einzuschenken.

»Alles in Ordnung?«

Ich drehte mich um und sah Fran hinter mir. Sie trug ein Barett und hielt in einer ihrer behandschuhten Hände eine Plastikpistole.

»Mir ging's nie besser«, sagte ich lächelnd. »Wie geht's dir?«

»Ich komm schon zurecht«, sagte sie. »Tolle Party. Ich denke, alle haben Spaß und entdecken ihre dunklen Seiten.«

Ich lachte. »Ich glaube, man kann immer wieder neue Seiten an seinen Freunden entdecken.«

»Auf jeden Fall«, entgegnete Fran. Sie blickte mich einen Augenblick lang an. »Bist du sicher, dass mit dir alles in Ordnung ist?«

»Ganz sicher«, sagte ich. Sie blickte mich so lange an, bis ich wegschaute.

»Okay«, sagte Fran, setzte mir die Pistole auf die Brust und tat, als würde sie mich erschießen. »Dann sollten wir wieder reingehen.«

Ich nahm meine Minzdose aus der Jackentasche. »Zyanid?«

Wir gingen ins Wohnzimmer und beteiligten uns an einer Unterhaltung über die Entwicklung eines neuen Business Parks. Ich hörte eine Weile lang zu, dann ging ich in den leeren Flur, weil ich einige Minuten für mich haben wollte. Nach einer Weile kam Marc mir hinterher und legte mir die Hand auf den Rücken. Er beugte sich zu mir und drückte mir die Lippen aufs Ohr. »*Fräulein*«, sagte er auf Deutsch. Ich hatte in der Woche mit meinem deutschen Akzent rumgespielt und wollte, dass Marc mitmachte. Ich spürte, wie meine Lust wuchs; vielleicht klappte es endlich.

»*Ja?*«, antwortete ich und drehte mich zu ihm um. Ich berührte seine Krawatte. »*Alles ist gut?*«

»Yeah«, sagte Marc wieder mit normaler Stimme. Ich ließ die Hand sinken. Er hörte sich angeschickert an. Sein Blick fiel auf das iPhone in meiner anderen Hand. »Von wem ist das?«

»Äh, ich weiß nicht. Das muss jemandem aus dem Mantel gefallen sein«, sagte ich und zeigte auf die überladene Garderobe. Ich legte das Telefon auf die Ablage unter dem Spiegel und lächelte ihn an. »Wie ist die Party?«

»Die Menschen wirken glücklich. Ich schau nur kurz nach den Mädchen.«

»Ich mach das«, sagte ich und löste mich aus seiner Umarmung.

Charlotte saß auf der obersten Stufe und naschte aus einer geklauten Schale mit Chips. »Hey, du solltest längst schlafen.«

»Ihr seid zu laut.«

»Tut mir leid, Süße. Willst du kurz runterkommen?«

Sie schüttelte den Kopf.

»Willst du in unserem Bett schlafen? Dort ist es ruhiger.«

»Okay.«

Ich führte sie in unser Zimmer und zog Schuhe und Blazer aus, um mich unter der Decke an sie zu kuscheln.

»Warum gebt ihr Partys, Mummy?«

»Ich weiß nicht, Süße. Um meine Freunde zu sehen, um Menschen zusammenzubringen und sie glücklich zu machen.«

»Aber alle stehen nur rum.«

Ich lachte. »Das stimmt wohl. Aber das scheint ihnen zu gefallen.«

»Gefällt es dir auch?«

»Manchmal«, sagte ich. »Aber auch wenn dich etwas anfangs nicht glücklich macht, dann lächelst du einfach und spielst Freude vor, und dann wirst du sie vielleicht tatsächlich irgendwann empfinden.«

Charlotte kräuselte die Nase.

»Aber natürlich macht mich nichts so glücklich, wie hier mit dir zu liegen.«

»Bleibst du, bis ich eingeschlafen bin?«, fragte sie.

»Sicher«, sagte ich und streichelte ihr übers Haar. »Ich werde so lange hierbleiben, wie du mich brauchst.«

JANUAR 2014

SEIT ELF MONATEN VERSCHWUNDEN

Das Undenkbare geschah: Im Laufe des Januars kehrte Routine ins Leben ein. Die Sonne ging auf und unter, die Uhren tickten, und die Kalenderblätter wurden umgedreht – Marc wusste vom ersten Tag an, an dem ich nicht zurückgekommen war, dass sich die Welt dennoch weiterdrehen würde. Damals jedoch hatte es absurd gewirkt, dass er auch einfach weitermachen würde. Aber die Mädchen und er hatten eine neue Existenz in die Wände unseres alten Daseins geschnitzt. Sie liefen auf denselben Teppichen desselben Hauses und atmeten dieselbe Luft in denselben Zimmern. Aber Marc fing an, in diese Räume zu gehen und nur zu sehen, was wirklich da war: Charlotte in einem Stuhl oder Lizzie mit ihrem Laptop und nicht mehr mein Schatten, der Fernsehen schaute oder eine Zeitschrift durchblätterte.

Nicola hatte ihm eine Nachricht hinterlassen, dass sie gern einmal vorbeikommen würde, aber er hatte sie nicht zurückgerufen. Am Morgen nachdem er die Stempel in den Pässen gefunden hatte, wurde ihm trotz seines Katers etwas klar: Die Polizei wusste bereits Bescheid. Sie hatten eine Ausreisekontrolle durchgeführt und einen Bericht über jedes Mal erhalten, wenn ich das Land verlassen hatte. Sie hatten ihn zu meinen Reisen und Amelia befragt, und dabei war ihnen klar, dass sie viel mehr wussten als er. Er hatte die ganze Zeit über gewusst, dass sie ihm Informationen vorenthielten, ihm nicht jede Einzelheit des Falles mitteilten, aber dass sie gesehen hatten, wie er die ganzen Monate über an mich geglaubt hatte, dass er sich derart zum Idioten gemacht hatte, das konnte er Nicola nicht vergeben.

Er hatte das Haus von zwei Immobilienmaklern schätzen lassen und einem erlaubt, ein »Zu-verkaufen«-Schild im Vorgarten aufzustellen. Die Mädchen wollten nicht gern die Schule wechseln, Marc jedoch hatte sich in Knaresborough verliebt und fing an, sie jedes Wochenende mit dorthin zu nehmen, um nach Häusern zu schauen.

Er dachte nach wie vor jeden Tag an mich, erwachte aber mit einem Gefühl der Taubheit und grübelte eher über die Ereignisse des kommenden Tages nach, als die Vergangenheit zu betrauern. Er holte die Mädchen von der Schule ab, und sie plauderten über Dinge, die passiert waren, machten Pläne fürs Wochenende oder die nächsten Ferien. Sie fingen an, gemeinsam zu kochen, und legten dazu ein Buch von Jamie Oliver oder Rick Stein auf den Küchentresen. Charlotte rief die Mengenangaben, während Lizzie die Vorratskammer durchwühlte. Char – bemerkte Marc – war besonders gut darin, Kartoffeln zu zerstampfen, die dann Pies bedeckten, und er und Lizzie hatten gelernt, eine verdammt gute Lasagne zu machen. An Freitagabenden kam Emily, die sechzehnjährige Tochter des Paares von gegenüber, in ihren Skinny-Jeans und mit dick aufgetragenem Mascara zum Babysitten. Marc traf sich mit Patrick und Ollie im Swan. Ollie ging es den Umständen entsprechend gut. Fran hatte eine Wohnung in der Stadt gekauft und hatte Emma an den Wochenenden, aber Marc hatte sie seit kurz vor Weihnachten nicht mehr gesehen. Die Mädchen hatten donnerstags Schwimmen, er ging dienstags einkaufen, samstags bestellten sie etwas zu essen, und er stopfte die Schuluniformen grundsätzlich sonntags abends hektisch in die Waschmaschine. Die Mülltonnen wurden mittwochs rausgestellt und donnerstags ganz früh geleert, Recyclingmüll alle zwei Wochen. Lizzie musste daran denken, freitags ihre Flöte einzupacken, und Charlotte brauchte jeden dritten Mittwoch im Monat einen Gegenstand, den sie mit zur Schule nehmen und zu dem sie etwas erzählen konnte. Sie hatten Termine beim Zahnarzt und nahmen Vitamine ein, hatten Hausaufgabenplaner und Geburtstagskalender. Sie spielten Monopoly und Space Dice, lasen den ganzen *Harry Potter* noch einmal und sprachen aufgeregt über die neuste Veröffentlichung von Marvel.

Wenn die Mädchen mich erwähnten, sprach Marc von mir, als wäre ich tot. Nicht auf eine morbide Art, sondern ganz nüchtern. »Das hätte Mummy gefallen«, nicht: »Mummy würde das gefallen«. Er versuchte, seine Gedanken für sie rein zu halten, versuchte, nicht an seinem Schmerz, der Wut und dem Verlust festzuhalten. Nur nachts allein, in den Augenblicken vor dem Einschlafen, gestattete er sich, sich meine blaue, kalte Haut vorzustellen, die Klinge eines Messers. Vielleicht würde er nie herausfinden, was am Fluss geschehen war, niemals wissen, warum ich dort gewesen war oder welche Rolle Amelia spielte oder nicht spielte, aber mein Ehemann hatte schließlich akzeptiert, dass ich weg war. Und darin lag zumindest ein wenig Erleichterung. Meine Familie erreichte gerade das Ende des ersten Monats des ersten Jahres, das sie ohne mich verbracht hatte, und allen Widrigkeiten zum Trotz kam sie zurecht.

Bis Mitte Februar hatte es immer noch keine Angebote für das Haus gegeben, und Marc kämpfte gegen ein Gefühl von Stagnation an. Er wurde von Susan ermutigt, die ihm Artikel über die Notwendigkeit von positiven Veränderungen und neuen Gewohnheiten weiterleitete, und fuhr zum Tierheim. Über eine Stunde lang sprach er mit einem begeisterten Freiwilligen und streichelte das weiche schwarze Fell eines Terriers, der kurz nach Weihnachten an der A64 ausgesetzt worden war. Eine Woche später kam er wieder und nahm den Welpen mit nach Hause. Lizzie sollte Charlotte nach dem Sportverein treffen und sie mit nach Hause nehmen, aber wenn er sich beeilte, würde er es rechtzeitig schaffen.

»Oh. Mein. Gott«, sagte Lizzie und ließ ihre Schultasche auf den Bürgersteig fallen. Mit offenem Mund starrte sie auf den Welpen am anderen Ende der Leine, die Marc in der Hand hielt. »Ist das wirklich wahr?«

Marc lächelte unsere Tochter an, und ihm ging das Herz auf, weil er sie so unkompliziert glücklich sah. Der Welpe wedelte mit dem Schwanz, als Lizzie sich hinkniete, um ihn zu streicheln.

»Was ist hier los?«, fragte Charlotte, als sie näher kam. Sie ging um Lizzies Tasche herum, dann landete ihr Blick auf dem Hund. »Ein Welpe?«, quietschte sie, und Marc konnte sein Lachen kaum unterdrücken. Ihre Klassenkameraden hatten den Tumult inzwischen bemerkt und rissen sich von ihren Eltern los, um zu sehen, was los war. Der Hund kläffte und drehte sich im Kreis.

»Können wir sie behalten?«, fragte Charlotte.

»Ihn«, sagte Marc und nickte.

Sie verabschiedeten sich von den anderen Kindern und Eltern und gingen nach Hause. Lizzie nahm die Leine, und Charlotte sprang vorneweg, der Hund tanzte um ihre Füße herum.

»Wie nennen wir ihn?«, fragte Lizzie.

»Ich weiß nicht«, antwortete Marc. »Wir müssen uns einen Namen ausdenken.«

Charlotte drehte sich zu ihnen um. »Wie wär's mit Prinzessin?«, fragte sie. »Prinzessin Amelia.«

Marc blieb stehen. Ihm wurde flau im Magen.

»Das ist ein Junge, Blödie«, sagte Lizzie. »Er kann keine

Prinzessin sein.« Sie drehte sich um und sah, dass Marc stehen geblieben war. »Was ist los, Dad?«

Alle drei standen mitten auf dem Bürgersteig, der verwirrte Welpe kam zurückgelaufen und schnüffelte an Lizzies Knöcheln.

»Wo hast du diesen Namen gehört?«, fragte Marc.

Charlotte wand sich unter Marcs Blick. »Was meinst du damit?«, fragte sie.

Marc versuchte, mit ruhiger Stimme zu sprechen. Er wusste, dass er unsere Tochter erschreckte. »Ich muss wissen, wo du den Namen Amelia gehört hast.«

Charlotte runzelte die Stirn und wusste nicht, was sie falsch gemacht hatte. »In einer Geschichte, die Mummy mir erzählt hat«, sagte sie nervös.

»Was für eine Geschichte?«

»Äh, über eine Prinzessin, die bemerkt, dass sie für ihr Glück keinen Mann braucht.«

»Das ist ein blöder Name für einen Hund«, sagte Lizzie. »Selbst wenn er ein Mädchen wäre. Er sieht nicht wie ein Prinz oder eine Prinzessin, sondern wie ein Otter aus.«

Beide Mädchen starrten Marc an. Er hörte den Herzschlag in seinen Ohren. Sie sollten gerade nicht auf der Straße sein. Er musste sie nach Hause bringen. »Kommt«, sagte er, als hätten ihn die Mädchen aufgehalten. »Wir nennen den Hund Otter, das ist ein toller Name. Gut gemacht, Lizzie.«

Die Mädchen spielten abends mit Otter und gingen Marc aus dem Weg. Als um acht das Essen noch nicht einmal erwähnt worden war, nahm Lizzie eine Pizza aus der Tiefkühltruhe und steckte sie in den Ofen. Sie klopfte zaghaft an die Tür des Arbeitszimmers. Marc saß in der Mitte des Zimmers auf dem Boden, der Inhalt des Aktenschranks und meiner Kisten mit Ordnern waren um ihn herum verstreut: Rechnungen, Briefe und Papierschnipsel, alles durcheinander. Einen Augenblick sah Marc sich selbst durch die Augen unserer Tochter und wusste, dass das, was sie sah, schlecht war. Aber er war zu tief in sich versunken, um mehr als ein einfaches »Danke« herauszubringen, bevor sie die Tür schloss und wieder nach unten ging.

Die Pizza wurde kalt, als er das Arbeitszimmer auf den Kopf stellte. Er schwitzte unter den Achseln, und seine Augen kribbelten, während er immer verzweifelter wurde. Er versuchte, es zu ignorieren, sich mit Alkohol zu betäuben und die Briefe und ihre Auswirkungen zu vergessen. Er hatte sich selbst eingeredet, er solle auf die Polizei hören, die Beweise hinnehmen, sich auf seine Töchter konzentrieren und auf das Leben zu dritt, das sie immer noch haben konnten. Er hatte sich gesagt, er könnte weitermachen. Aber er hatte ihre neue Stabilität auf einem Erdbebengebiet erbaut, und die Vulkane meiner Vergangenheit ruhten kein bisschen.

Auf Amelias Briefen stand keine einzige Adresse. Ein paar Umschläge lagen herum, aber auf ihnen war bloß ein Stempel aus New York zu sehen. Marc fischte mein Adressbuch aus den Sachen, die die Polizei zurückgebracht hatte, und wusste schon, dass Amelias Name fehlte. Er untersuchte jeden Papierschnipsel, jeden zerknitterten Einkaufszettel und alte Kontoauszüge. Schließlich ging er ins Internet und überflog die Artikel, die über ihre Anonymität spekulierten, an Rezensionen hatte er kein Interesse. Es gab eine Website mit Standbildern ihrer Arbeit. Er hatte früher schon einmal darauf geklickt, nun aber las er die Erklärung der Künstlerin:

Identität treibt mich an, durch die Stabilität, die sie einem Individuum bietet, ebenso wie die Möglichkeit, sich zu verändern, zu verwandeln und schließlich zu entkommen. Die Menschen wollen wissen, wer ich bin, die Antwort darauf ist nur meine Arbeit. Ich könnte ein Produkt von Immigration sein, könnte an der SAIC studiert und als Kind Kool-Aid getrunken haben, aber das ist weniger relevant, als Sie denken. Einige Menschen nennen Leute, die in zwei oder mehreren Ländern aufwachsen, »Kinder der dritten Kultur«; ich würde mich als Kind einer »vierten Kultur« postulieren. Meine Identität ist keine Fusion von Dingen, Menschen und Kulturen in meinem Umfeld, es ist eine Destillation daraus.

Bei diesem unverständlichen Gewäsch konnte Marc nur den Kopf schütteln, aber er erinnerte sich an seine Aufgabe. Doch natürlich fand er keine Kontaktdaten, keine Adresse und auch keine Informationen zu kommenden Shows auf der Website. Noch eine Einbahnstraße.

—//—

Ich habe noch drei Tage. Was auch immer geschieht, dann wird es passieren. Er wirkt aufgeregt. Er fühlt sich gerne wichtig, glaube ich. Als hätte er die Kontrolle.

»Wie fühlen Sie sich?«, fragt er.

»Weswegen?«, frage ich und mache einen auf blöd.

»Wegen Ihrer Zukunft. Ihres Schicksals.«

Ich zucke die Schultern. »Sie haben mir ganz deutlich gezeigt, dass ich keinen Einfluss darauf habe.«

»Im Gegenteil«, sagt er. »Das alles liegt in Ihren Händen.«

Ich lache.

»Sie akzeptieren immer noch nicht, dass Sie die Verantwortung haben, oder?« Er wirkt enttäuscht. Was hat er erreicht, wenn er mich nicht vollständig gebrochen hat? Wenn ich nicht zu seinen Füßen winsele und dankbar für jede noch so kleine Gnadenfrist bin, die er mir vielleicht anbietet.

»Sie haben sich das ausgesucht, Alex.«

»Habe ich nicht.«

»Vielleicht nicht explizit, aber alles, was Sie getan haben, alles, was Sie hatten, hat Sie hierhergeführt. Zu mir. Zu diesem Augenblick, der über den Rest Ihres Lebens entscheiden wird. Ich hätte gedacht, Sie würden die Schönheit darin erkennen.«

2013

MEINE LETZTE ERINNERUNG

DONNERSTAG, 21. FEBRUAR

Ich erinnere mich, dass ich »noch fünf Minuten«, gesagt und ihn faul auf die Schulter geküsst hatte.

»Ich muss aufstehen«, sagte Marc stöhnend.

Ich fuhr ihm mit den Fingern über den Bauch und streifte sanft in Richtung des Bündchens seiner Shorts.

»Tut mir leid«, sagte er. Er wand sich weg und drehte sich um, um mir einen liebenden, aber entschiedenen Kuss auf die schmollenden Lippen zu drücken. »Heute Abend? Ich verspreche es.«

Ich drehte mich auf die andere Seite und blickte auf den Frisiertisch, während Marc sich aus dem Bett hievte und ins Bad schlurfte. Ich biss mir auf die Unterlippe, um nicht zu weinen, lag dort, während die Uhr tickte, und wusste, dass ich bald die Mädchen wecken und unseren Morgen beginnen musste, aber ich konnte nicht unter der Decke hervorkriechen, das Bett nicht verlassen. Ich wollte nicht akzeptieren, dass der Tag angebrochen war.

Marc hatte – als er wieder in das Zimmer schlich, um sich frisch geduscht die Jeans von gestern und ein zerknittertes gestreiftes Hemd anzuziehen – keine Ahnung, dass er dieses Versprechen nicht würde halten können. Wäre er so eifrig ins Büro geeilt und hätte sich derart intensiv mit den Gedanken eines

Studenten im zweiten Jahr über Keats befasst, wenn er gewusst hätte, dass das unsere letzte Gelegenheit war?

Als er in die Küche kam, stand ich am Waschbecken und spülte seine liebste Kaffeetasse. Die Mädchen aßen Cornflakes und trugen noch ihre Schlafanzüge.

»Morgen, Daddy«, sagte Charlotte mit vollem Mund, dann kicherte sie, als ihr Milch übers Kinn floss.

Er küsste jede Tochter auf die Stirn, dann kam er zu mir und schlang von hinten die Arme um mich. Ich spürte die Wärme seiner Finger durch meinen Bademantel, seine kalte Nasenspitze, als er mir damit über den Hals strich. Ich hielt mich am Rand der Spüle fest und hatte Angst, dass meine Knie nachgeben könnten.

Ich atmete lang und leise aus, dann drehte ich mich um. »Vergiss nicht, dass sie heute Schwimmen haben«, sagte ich und zeigte auf den Kalender auf dem Kühlschrank.

»Bäh, muss ich echt?«, fragte Lizzie.

»Ja«, sagten Marc und ich, dann schauten wir uns lächelnd an.

»Aber ich muss wieder Schmetterling schwimmen. Dabei bekomm ich Wasser in die Nase.«

»Können wir die Ferien in den Center Parcs verbringen?«, fragte Charlotte.

»Das wäre cool«, sagte Lizzie und setzte sich gerade hin. »Ich bin jetzt groß genug für die Stromschnellen.«

»Ich mag das Rollschuhlaufen«, sagte Charlotte. »Und die Pancakes.«

Marc lachte und schaute mich an. »Vielleicht können wir das machen?«, fragte er und hob die Augenbrauen. Ich unterdrückte ein plötzliches Verlangen, diese beiden Augenbrauen zu küssen und seine Haut zu schmecken. »Wir könnten uns ein

Chalet mieten und schauen, wer alles mitkommen will«, sagte er.

»Darf Thomas mitkommen?«, fragte Charlotte.

»Du bist voll verknallt in den«, entgegnete Lizzie.

»Stimmt gar nicht!«

»Wohl. Der ist dein Freund!«

»Ist er nicht!«, sagte Charlotte, den Tränen nah. »Mum, sag ihr, sie soll nicht so gemein sein.«

Lizzie verdrehte die Augen. »Ich bin nicht gemein. Warum regst du dich so auf? Du bist so ein Baby.«

»Ich bin kein Baby.«

»Wohl.«

»Mädels!«, ermahnte ich. »Kommt schon, ihr müsst euch fertig machen.«

»Ich geh schon«, sagte Marc.

Ich stand in der Küche und hörte, wie Marc sie nach oben führte und Charlotte Lizzie erklärte, sie sei nicht der Messias, sondern ein sehr verzogener Junge. Ich ballte die Hände zu Fäusten und löste sie wieder. »Komm schon«, sagte ich laut. Ich nahm mir meine Tasse und ging im Haus ganz nach oben. Ich zog mich aus und stellte die Dusche an, bis das Wasser fast zu heiß war. Ich presste mich gegen die Fliesen, ließ das Wasser über meinen Körper rinnen, öffnete den Mund, damit es meine Zunge kitzelte. Ich schmeckte Salz und hob den Kopf in den Dampf.

Ich zog die dunklen Jeans und den abgewetzten Pullover mit Hahnentrittmuster an, den Ruth mir vor einigen Jahren zu Weihnachten geschenkt hatte, dann schlich ich mich zum Treppenabsatz auf der ersten Etage. Charlottes Tür stand auf. Ich lauschte. Marc war dort drinnen und suchte zweifellos nach einer Schuluniform.

»Was machst du da?«, hörte ich ihn fragen.

»Mr. Panda und Mr. Potato heiraten und bekommen ein Baby«, antwortete unsere Jüngste sachlich.

»Gib mir den Stift«, sagte mein Ehemann. »Und jetzt zieh das an.«

Ich ging an Lizzies verschlossener Tür vorbei, durch die keine Geräusche drangen, und spürte aus irgendeinem Grund einen stechenden Schmerz, ging aber weiter in den Flur. Ich band mir die Schuhe, dann rief ich die Treppe hinauf, dass wir ganz bald losmüssten.

Nun wartete ich auf meine Familie, drehte mich zum Spiegel über der Schlüsselablage. Ich betrachtete mein Spiegelbild, versuchte, etwas Bekanntes zu entdecken. Ich zog mit dem Finger an der erschlaffenden Haut unter meinem linken Auge.

»*Now you're older and I look at your face*«, sang Marc, als er die Treppe herunterkam und sich dabei das Hemd zuknöpfte. Er stellte sich hinter mich und küsste mich auf die Schulter. »*Every wrinkle is so easy to place, and I only write them down just in case …*«

»*I should die!*«, beendete ich das Lied und streckte ihm im Spiegel die Zunge raus. Ich nahm mir eine Spange von der Ablage und steckte sie mir ins Haar, dann wandte ich mich an die Mädchen. »So, sind wir fertig?« Ich band noch einen Schuh und legte einen Schal um einen Hals.

Marc öffnete die Tür und küsste beide Mädchen auf die Wangen. »Ich wünsche euch einen schönen Tag in der Schule.«

»Bye, Daddy!«, sagten sie, und ich wollte sie an die Hände nehmen. Lizzie schüttelte mich ab und ging ein paar Schritte vor uns, während Charlotte mir erzählte, welchen Unterricht sie heute haben würde.

»Hey, Liz, warte auf uns«, sagte ich, während sie sich der Ampel nährte.

Sie blickte zu uns und wartete, bis wir da waren, bevor sie

auf den Knopf drückte. Wir standen da und schauten uns den roten Mann an.

»Ihr wisst, dass ihr beide euch immer auf die andere verlassen könnt, oder?« Ich spürte, wie die vier Augen mich anblickten. »Das ist das Besondere an Schwestern. Versprecht mir, dass ihr immer auf euch aufpassen werdet. Egal, was auch passieren mag.«

»Was wird denn passieren?«, fragte Charlotte.

»Nichts«, sagte Lizzie. Es wurde grün, und wir überquerten die Straße. »Mum sagt nur, dass wir uns nicht streiten sollen.«

»Ich will gar nicht streiten. Du fängst immer an.«

Ich umarmte beide Mädchen vor dem Schultor, drückte sie fest an mich, während sie sich dagegen wehrten. »Ich liebe euch«, rief ich ihnen hinterher. Charlotte drehte sich zum Winken um. Lizzie ließ in ihrer Jacke die Schultern hängen.

Als ich wieder zu Hause war, saß Marc an seinem Schreibtisch und murmelte: »*Take a look at these crows' feet … Just sitting on the prettiest eyes …*«

»Wir müssen dieses Formular für das Camp nächste Woche abgeben«, sagte ich.

»Mmmmhmm«, sagte er und hatte den Blick auf die Essays vor sich gerichtet.

»Sieht aus, als könnte es regnen, deswegen werde ich mich nun schnell aufs Rad schwingen, um es vielleicht vorher zu schaffen.« Ich ging zu ihm und strich ihm über die Schulter.

Er schaute zu mir hoch. »Ich kann dich gern fahren.«

Wir lachten beide.

»Okay.« Er seufzte, während meine Finger seinen Hals abtasteten. »Ich wünsch dir einen schönen Tag.«

Ich legte ihm den Arm um die Schultern. Wir küssten uns ungeschickt, aber leidenschaftlich.

»Wofür war das denn?«, fragte er und blinzelte erregt.

»Weil du einfach du bist«, sagte ich. Ich drückte meine Lippen erneut auf seine. »Bye, ich liebe dich.«

»Ich liebe dich auch.«

Er drehte sich wieder zu seinem Schreibtisch, und ich verschwand auf der Treppe. Er hörte, wie sich die Hintertür schloss und der Riegel des Tores wieder einrastete, als ich hinausging.

SEIT EINEM JAHR VERSCHWUNDEN

Marc hatte den Mädchen nicht gesagt, warum oder wohin, er hatte einfach die Koffer gepackt und sie und Otter ins Auto gesetzt. Außerdem hatte er einen guten Last-Minute-Preis herausgeholt. Der Mann am anderen Ende der Leitung war sehr zuvorkommend gewesen, hatte ihm die Buchungsgebühr erlassen und die beste tierfreundliche Unterkunft empfohlen, die in den Semesterferien noch frei war.

Sie spielten »Ich sehe was, was du nicht siehst«, sangen den Soundtrack von *High School Musical* mit und hörten ein Hörbuch, während sie über die M5 krochen. Zweimal machten sie Klopausen, einmal aßen sie, weshalb die Fahrt anstrengende siebeneinhalb Stunden dauerte.

»Ich sehe das Meer!«, schrie Charlotte schließlich, und Otter fing auf der Rückbank an zu bellen. Marc trat auf die Bremse, während sie die steile, gewundene Straße von Uplyme nach Lyme Regis hinunterfuhren, entsprechend seiner ausgedruckten Wegbeschreibung wendeten und in einer der drei Parkbuchten vor der Rezeption hielten, um die Schlüssel zu holen. Dann schlängelten sie sich durch die Stadt und wieder einen steilen Hügel hinauf zum Parkplatz über dem Meer. Die Mädchen rannten durch das Cottage und bewunderten die schwarzen Balken und die schiefen Fenster ihres vorübergehenden Heimes.

»Das ist wie in einer Geschichte, Daddy«, rief Charlotte aus einem der Schlafzimmer.

»Gefällt es euch?«, fragte er, stieg die steile Treppe hinauf und suchte sie.

Er las die Hinweise für Mieter in einem Ordner beim Wasserkocher und drehte die Heizung voll auf. Nachdem sie sich eingerichtet hatten, nahmen sie Otter an die Leine und gingen das kurze Stück bis zum Strand. Sie betrachteten das schwarze Meer im Mondlicht.

»Es sieht aus, als könnte es dich verschlingen und niemals wieder hergeben«, sagte Charlotte.

»Angsthase«, antwortete Lizzie wenig begeistert.

Sie kauften Fish and Chips und nahmen das Essen mit zurück ins Cottage, hockten sich zusammen auf das Sofa und schauten sich einen Film an.

»Was machen wir hier, Dad?«, fragte Lizzie und runzelte die Stirn.

»Was wir wollen. Wir sind im Urlaub.«

»Aber es ist Winter«, sagte sie, »es ist kalt.«

Vielleicht, räumte Marc ein, war es eigenartig, im Februar Urlaub am Meer zu machen. Kalt war es definitiv. An einem Tag paddelten sie und rannten dann zurück, setzten sich an die Heizung und tranken heiße Schokolade. Sie spielten »Pitch and Putt«, aber der Wind in Kombination mit Otters beharrlicher Jagd nach den Bällen trieb sie wieder ins Haus. Immerhin packten sie sich ein und machten einen Spaziergang auf der mächtigen Hafenmauer, The Cobb, wo die Fischer ihren Fang auf die Steine schleppten. Marc wollte den Mädchen erklären, wie berühmt dieser Ort war, wie oft er in Büchern und Filmen vorkam, aber sie interessierten sich mehr für die Schmuck- und Fossilienläden. Lizzie kaufte sich einen Anhänger aus Rosenquarz, und Charlotte gab ihr Taschengeld in einem der Buchläden aus, in die er sie mehrmals mitnahm. Marc gefielen auch die kleinen Kunstgalerien, die in windigen Gassen versteckt waren und ihr Angebot auf Staffeleien präsentierten. Lizzie gefiel eine rosa Meerlandschaft im Schaufenster der Galerie gegenüber ihrem Cottage, während Charlotte die Porträts in dem Raum oben neben der Bäckerei bevorzugte. Sie fanden ein Café, das auch außerhalb der Saison Cream Tea servierte, und bestellten dort jeden Tag einen. Marc hoffte, sie könnten am Strand entlang bis Charmouth gehen, woran er sich aus seiner Kindheit erinnerte, aber auf großen Tafeln wurde gewarnt, dass es wegen Erosion der Küste gefährlich sei. Die Mädchen wirkten erleichtert und schlugen vor, ins Cottage zurückzugehen und das Puzzle zu Ende zu machen, mit dem sie angefangen hatten.

Am dritten Tag bestand er darauf, den gegenüberliegenden Hügel hinaufzusteigen. Die Mädchen protestierten wegen der Kälte und Schmerzen in den Beinen, aber er beharrte darauf, dass Otter einen richtigen Spaziergang brauchte, und versprach ihnen, auf dem Rückweg Süßigkeiten zu kaufen. Am Ende stapften sie zufrieden los. Er suchte nach St. Georges Hill, einer Straße, die von der Haye Lane abging, wenn er die Karte richtig gelesen hatte. Ohne große Mühe fand er die Sackgasse mit dem Blick über die Bucht. Die Mädchen sahen ihn verwirrt an. Er zuckte mit den Schultern und sagte, er habe wissen wollen, wie es von oben aussehe, aber sein Blick wanderte immer wieder hinüber zu den Hausnummern, bis er schließlich eine geringelte 5 aus Bronze fand. Er betrachtete das moderne Haus, das nicht sehr außergewöhnlich, aber teuer wirkte. Kurz überlegte er, ob er klopfen solle, doch er wusste, es würde niemand aufmachen. Solange ich nicht gesetzlich für tot erklärt worden bin, kann es nicht verkauft werden. Seit dem Tod meiner Mutter gehört es mir. Obwohl er nicht glaubte, etwas zu entdecken, was die Polizei nicht gefunden hatte, wollte er unbedingt einen Blick hineinwerfen. Er stellte sich vor, ich würde oben aus dem

Fenster aufs Meer schauen, wie bei einer meiner vorgetäuschten Reisen. Er wandte sich den fragenden Mienen der Mädchen zu und wollte oder konnte den Gedanken nicht weiterverfolgen.

»Wie wäre es jetzt mit etwas Süßem?«, fragte er.

»Na endlich«, sagte Lizzie, die Marc nicht aus den Augen gelassen hatte.

Ich hätte nicht mit ihnen hierherkommen sollen, dachte er.

Am Abend brachte er die Mädchen ins Bett, setzte sich vor ihre Tür und lauschte auf ihren Atem. Sobald er sicher war, dass sie schliefen, schlich er hinunter und holte sich Mantel und Schuhe. Otter hoffte auf einen Spaziergang und wedelte mit dem Schwanz. An der Tür zögerte Marc, ging dann aber hinaus in die Nacht und schloss unsere Kinder und den Welpen in dem fremden Cottage ein.

Er stieg durch die schlafende Stadt hinauf zu der Sackgasse und schlich über den seitlichen Weg zur Hinterseite des Hauses, wo er nach dem eingeschlagenen Fenster suchte, das die Polizei erwähnt hatte. Es war locker vernagelt, und daran hatte sich offensichtlich schon jemand zu schaffen gemacht. Er zog an dem Holz, immer bemüht, leise zu sein. Schließlich löste es sich. Als er erst ein und dann das andere Bein durch das kleine Fenster schwang, kam er sich lächerlich vor.

Drinnen stellte er fest, dass er nicht weitergedacht hatte. Wonach suchte er überhaupt? Er tastete nach einem Lichtschalter, eine Birne flammte auf und erhellte eine staubige Küche. Er ging nach vorn, dann die Treppe hinauf, machte Lampen an und hoffte, die Nachbarn wären tatsächlich so unaufmerksam, wie die Polizei behauptet hatte. Unten sah es so aus, wie er sich das Haus seiner Schwiegermutter vorgestellt hatte: Polstermöbel mit Blumenmuster und verstaubter Nippes auf dem Kaminsims. Oben fand er ihr Schlafzimmer: ein ordentlich gemachtes Bett mit Steppdecke und ein Schrank voller unberührter Kleider. Das nächste Zimmer war nicht so ordentlich: ein nicht gemachtes Bett und Schubladen, die nicht geschlossen worden waren. Das Gästezimmer, nahm er an. Oder mein Zimmer. Mit mulmigem Gefühl ging er zu einer Schublade und holte eine Bluse heraus. Sie könnte meine Größe haben, aber er kannte das Kleidungsstück nicht. Er wühlte ein wenig weiter und entdeckte ein Durcheinander aus Unterwäsche und Pullovern.

Er atmete tief durch und bemühte sich, klar zu denken, während er zum vorderen Schlafzimmer ging, dem mit dem Ausblick. Dort gab es kein Bett, doch der Boden war mit leeren Blättern und verstreuten Stiften übersät. Eine Staffelei stand erhaben am gardinenlosen Fenster, auf der Leinwand war nichts zu sehen. Es war seltsam, einen so chaotischen und offensichtlich benutzten Arbeitsplatz ohne die geringste Spur eines angefangenen Werkes zu sehen. Als hätte jemand einen Radiergummi genommen und alle Spuren ausgelöscht. Er trat an den Einbauschrank und fragte sich, ob er dort etwas Persönlicheres finden würde. Einerseits hätte er gern ein unwiderlegbares Beweisstück für Amelia gefunden, nur damit er wusste, dass er den Verstand nicht verlor, aber andererseits klammerte er sich an den Gedanken, dass er eine alte Damenjacke und einen Stapel der traditionellen Aquarelle meiner Mutter in gedämpften Farben finden könnte.

Mein Mann schlug gegen die Schranktür. Er zerrte daran, schlug wieder und wieder dagegen, riss sie aus den Angeln und drückte das zersplitterte Holz schließlich in den leeren Hohlraum. Der Schrank war leer. Was hatte er erwartet? Er war gerade in das Haus einer toten Frau eingebrochen, wo er Beweise für die lesbische Affäre seiner Frau zu entdecken hoffte. Hat er sich vorgestellt, überall wären Dildos und Liebesbriefe verteilt?

Was war eigentlich mit ihm los? Er ging nach unten, machte überall das Licht aus, übersah dabei auf dem Treppenabsatz ein Foto im Passepartout, auf dem eine Taube in eine Pfütze schaut. Er las auch nicht den Titel: *By the way*. Stattdessen stieg mein Mann nach einem letzten Blick in die Küche durch das Fenster wieder nach draußen und eilte in der Morgendämmerung den Hügel hinunter. Dabei betete er, dass unsere Töchter die Nacht allein gut überstanden hatten.

Am nächsten Morgen unternahmen sie einen langen, mürrischen Spaziergang. Marc ging schweigend mit Otter voraus, während Charlotte und Lizzie hinterhertrödelten und sich dabei ganz gegen ihre Gewohnheit gegen die Gereiztheit ihres Vaters verbündeten. »Wir sind doch schon fast da«, ermunterte Lizzie die müde Char. Sie schlossen zu ihm auf und blieben am Ende des Cobb stehen. Otter schnüffelte an der Betonkante. Marc betrachtete die Felsen, die hinaus ins schwarze Meer führten. Lizzie zog die Kordel ihrer Kapuze zusammen und versteckte sich von der Gischt, die der Wind aufpeitschte.

»Können wir wieder nach Hause?«, fragte Char.

Marc drehte sich um und sah, wie sie angesichts seiner Miene zusammenzuckte. Irgendwo tief in sich verspürte er einen Stich.

»Natürlich«, antwortete er und bemühte sich um einen milderen Ausdruck. Er musste sich die Tränen verkneifen, als er die zitternde Char in den Arm nahm und sich der eingemummelten Lizzie zuwandte. »Tut mir leid, Mädchen. Gehen wir zurück und packen wir.«

Lizzie nickte und beäugte ihn durch das Loch in ihrer Kapuze. Sie gingen an der Innenseite des Cobb zurück, wo sie vor dem Wind geschützt waren. Charlotte winkte den Fischern zu.

Sie kehrten in die Coombe Street zurück. Marc reichte Lizzie

Otters Leine, damit er in der Tasche nach dem Schlüsselbund suchen konnte, den die Agentur ihm ausgehändigt hatte. Char schlenderte hinüber zur anderen Seite der schmalen Straße und betrachtete die Bilder im Schaufenster der Galerie. Marc hatte die Tür geöffnet, drehte sich um und wollte unsere Jüngste rufen, als sein Blick an einem Bild in der Auslage hängen blieb.

»Augenblick mal«, sagte er und ging hinüber. Er starrte durch das Glas auf eine Schwarz-Weiß-Fotografie, die so weit vergrößert war, dass es ihr schon an Schärfe fehlte. Das Ergebnis war eher impressionistisch als naturalistisch. Er erkannte einen molligen Mann, der eine Schürze umgebunden hatte und sich prüfend über einen Stapel flacher Schachteln beugte. Irgendetwas klingelte bei meinem Mann, irgendein unheimliches Gefühl, das Bild zu kennen. Schweigend zog er die Mädchen in die Galerie, nickte knapp dem Mann zu, der auf einem Hocker in der Ecke saß, ehe er zu der Fotografie ging. Charlotte lief zu den Leinwänden an der anderen Wand, Lizzie blieb gleich hinter der Tür stehen und tröstete Otter. Marc überließ sie einfach sich selbst und hatte nur noch Augen für das Foto. Er betrachtete den Abzug, dessen Unschärfe eine voyeuristische Note erzeugte. Der Bauch des Mannes hing schwer nach unten, während er sich über das Pflaster beugte, das Doppelkinn verschmolz mit dem Hals, die Haut im Gesicht war unvorteilhaft fleckig. Das einzig Scharfe in dem Bild waren die Schachteln, nach denen er langte. Im Kontrast zu der weichen Atmosphäre im Rest des Bildes verkündete dort eine klare Schrift: »Papa John's Pizza«. Auf das Passepartout war eine einzige Textzeile geklebt. *Nachbarschaftswache: Was zum Teufel?*

Ein Gummiband zog Marc zurück in den Laden in Lyme, zu seinen Kindern, seiner Umgebung und seinem Leben … *dieses großartige Bild von einem Bäcker, der herauskommt und alle Pizzen in den Müll wirft …*

»W-woher ist das?«, fragte Marc den Mann in der Ecke.

Charlotte und Lizzie drehten sich um und schauten das Bild an.

»Das?«, fragte der Mann und rutschte von seinem Hocker. »Hat mir eine Frau vor Jahren gebracht. Ich hatte es ewig ausgestellt, aber es hat sich nicht verkauft. Letzte Woche habe ich es hinten gefunden und dachte, ich könnte es noch einmal probieren. Ist ja verrückt, nicht? Und Sie sind dran hängen geblieben.«

»Wissen Sie, wer sie war?« Marc bemühte sich, ruhig zu bleiben, aber er fragte sich, ob der Mann sein Herzklopfen hören konnte.

Der Galerist sah ihn mit größerem Interesse an und zupfte sich am Bart. »Die Frau? Ist schon lange her. Irgendeine Frau mit Locken, glaube ich. Sie sagte, es sei von ihrer Freundin, und es würde ihr eine Menge bedeuten, wenn ich versuchen würde, es zu verkaufen. Normalerweise hätte ich mich nicht darauf eingelassen, aber vermutlich hatte ich besonders gute Laune.«

»Ich kaufe es«, sagte Marc. »Ich meine, was kostet es? Ich würde es gern kaufen.«

Der Mann lächelte. »Sehr schön. Wie wäre es mit dreihundert Pfund?«

Marc griff nach seiner Brieftasche. Die Mädchen glotzten ihn an, denn das Gesicht des Galeristen bedeutete vermutlich, dass ihr Daddy ausgenommen wurde. Das war ihm gleichgültig.

»Wissen Sie Genaueres über die Künstlerin?«

»Häh?«, fragte der Mann und tippte Zahlen ins Kartengerät.

»Haben Sie eine Adresse oder eine Telefonnummer. Irgendetwas?«

»Äh.« Der Mann sah ihn an. »Ich meine, natürlich habe ich irgendwo aufgeschrieben, wohin ich ihr das Geld für den Verkauf schicken soll, aber das darf ich nicht weitergeben.«

»Ich würde vielleicht noch mehr kaufen«, sagte Marc, traf rasch eine Entscheidung und hoffte, es wäre die richtige. »Ich bin Sammler und ein riesiger Fan von Amelia Heldt. Wirklich erstaunlich, dass Sie dieses Stück so lange nicht verkauft haben, es ist einfach etwas Besonderes. Also, leider ist ihre Website nicht online, und ich weiß nicht, ob Sie davon gehört haben, wie sie sich mit ihrer Agentin zerstritten hat, aber man erreicht sie sehr schlecht. Ich würde gern mehr von ihrem Werk kaufen und ihr vielleicht auch einen Auftrag erteilen. Sie wäre bestimmt nicht böse, wenn Sie mir ihre Kontaktdaten geben. Schließlich würde sie dadurch verdienen.«

Marc schaute zu, wie der Mann die Informationen aufnahm. Hatte er es geglaubt? Instinktiv war Marc davon ausgegangen, dass er mit einer rührseligen Geschichte über seine vermisste Frau bei diesem Kerl keinen Erfolg haben würde, aber ob er Marc den reichen Kunstsammler abnähme?

»Gut, wie viel ist es Ihnen wert?«

Marc spürte, wie ihm das Blut in die Fäuste rauschte. Am liebsten hätte er diesen bärtigen Idioten an den Schultern gepackt. Er holte durch die Zähne Luft und kniff die Augen zusammen. Er hatte sich auf das Spiel eingelassen. »Fünfzig.«

»Hundert«, erwiderte der Mann. »Bar.«

»Passen Sie auf«, sagte Marc und zog die Brieftasche wieder hervor. »Ich habe fünfundsechzig, mehr nicht.«

Der Galerist streckte lächelnd die Hand aus, und Marc schüttelte sie widerwillig. Der Mann nahm die Scheine und verschwand hinten. Dann kam er mit einem gelben Klebezettel zurück. Marc überflog die gekritzelte Adresse, ehe er sie in die Brieftasche steckte.

»Können wir auch das rosa Meerbild kaufen?«, fragte Lizzie draußen.

»Nein«, antwortete Marc und lenkte sie zum Cottage. Er

schob sich an ihr vorbei und stieg die Treppe zu seinem Schlafzimmer hinauf.

Charlotte folgte ihm nach oben. »Daddy«, sagte sie leise, »ist die Künstlerin die Prinzessin? Ist sie echt?«

Marc blieb in der Tür stehen und drehte sich zu ihr um. »Du bist zu alt für Märchen«, sagte er, schloss die Tür vor ihrem verdutzten Gesicht und opferte seine väterliche Pflicht, um sich einem heftigen Verlangen hinzugeben. Erschöpft lehnte er sich an den Rahmen, holte ein Papiertaschentuch hervor und starrte auf den neuesten Beweis meiner Untreue.

—//—

Ich würde es ihm gegenüber niemals zugeben, aber jetzt habe ich Angst. Ich weiß nicht, wann es passiert ist, aber ich habe mich an diesen Ort gewöhnt. Seine Vertrautheit tröstet mich. Von hier ist es mir gelungen zu verschwinden, zu der Familie zu fliegen, die ich in meiner Erinnerung bewahre, zu meinem Zuhause. Wenn ich das nun morgen verliere? Wenn ich alles verliere?

APRIL

SEIT 404 TAGEN VERSCHWUNDEN

Ich habe mir den Rest genau ausgemalt. Ich weiß, es sind Monate der Hölle, der Ungewissheit, der Abnormität, die Gewohnheit geworden ist und eine Qual für meine Familie sein muss. Für meinen Mann. Aber ich denke ständig an die letzten Tage. Ich frage mich, was passiert wäre, wenn Marc hätte loslassen können.

Das klingt, als wäre ich absolut selbstsüchtig. Bin ich aber nicht. Ich denke überhaupt nicht an mich. Ich denke an Marc. An meinen lieben, sanften Mann, der das alles nicht verdient hat, der mich aber zu sehr geliebt hat, um mich aufzugeben; der nicht anders konnte, als sich durch das alles verändern zu lassen. Ich träume von ihm. Ich sehe ihn, gehe neben ihm. Sein Flugzeug setzt auf, und er fühlt sich beschwingt von der Stadt, weil er vielleicht nur ein paar Dutzend Blocks von Amelia entfernt ist. Das ist New York – *the city that never sleeps*: die ganzen Klischees, Songs, Filme und Beat-Gedichte, die Kriminalitätsstatistiken und Obdachlosenzahlen. Alle Geschichten, die ich über wahnsinnige Metropolen und kosmopolitischen Schick erzählt habe, abgefahrener, als sich ein Brite vorstellen kann.

Er taumelt vom Flugzeug in die Pass- und Visakontrolle und weiter durch den Zoll. Die bekannten Fremden, mit denen er geflogen ist, verschwinden bei Freunden und Verwandten, in Taxis, Zügen und Bussen. Er folgt Pfeilen zu einem Shuttle, der zur Subway führt, geht durch die Unterführung und nimmt den Fahrstuhl zum Bahnsteig. Er schaut durch zerkratzte Fenster, wenn sie anhalten und losfahren, wenn neue Passagiere einsteigen. Van Siclen, Liberty, Broadway, Rockaway, Lafayette und in einen Tunnel, der unter dem East River hindurchfährt. Schließlich 59th Street: Columbus Circle. Er treibt in der Menge zu einem anderen Bahnsteig, fällt in einen anderen Sitz. Drei Haltestellen noch, und er steht auf, nimmt die Tasche und betritt den Beton von Manhattan.

Er findet sein Hotel ein paar Blocks von der Subway entfernt, checkt ein und geht die Treppe zu seinem Zimmer hoch. Eine kleine Box, fröhlich gelb gestrichen, mit einem Bett, einem niedrigen Plastiknachttisch und einer gebogenen Lampe. Er putzt sich die belegten Zähne und schluckt einen Mundvoll Wasser.

Um dreizehn Uhr hat er ein Diner um die Ecke gefunden, mit Neonlicht und karierten Plastiksitzen, und sich sein erstes amerikanisches Frühstück bestellt, Pancakes und so. Er ist wach, aber unglaublich erschöpft. Er trinkt einen Becher Kaffee, und die Kellnerin kommt mit der Kanne vorbei.

Sein Plan war, sofort zu Amelia zu gehen, doch hier in Manhattan ist er plötzlich nervös. Wie konfrontiert man eine Frau, die vielleicht die eigene Ehefrau ermordet hat? Wer hat sie definitiv gefickt? Er denkt an die Warnung der Agentin. Wenn er nun wegen des Jetlags nicht bei Sinnen ist? Wenn sie gefährlich ist? Vielleicht sollte er warten, bis er ausgeschlafen ist.

Bis er zu dieser Entscheidung kommt, hat er schon eine Riesenmenge Kaffee getrunken. Draußen ist es sonnig und warm. Er könnte einen Spaziergang durch den Park machen und sich ein Museum auf der anderen Seite ansehen. Das macht man doch, wenn man nach New York fliegt, oder? Er fühlt sich seltsam abgehoben, als wäre er hier gar nicht Marc Southwood, sondern jemand anders, eine normale Person, die sich seinen

Körper geliehen hat. Er fragt sich, wie es unseren Mädchen geht. Er hätte wirklich bei ihnen bleiben sollen, hätte sich um ihre Anmeldung an der neuen Schule kümmern sollen, hätte sicherstellen sollen, dass alles mit den Käufern in Ordnung ist, und einen Gutachter beauftragen sollen. Aber während das Leben in York seinen gewohnten Gang geht, ist Marc hier und macht Urlaub von sich selbst.

Sein Jetlag-Kopf sucht sich den Weg zu den Gesichtern auf der Vermissten-Website. Über die armen zurückgelassenen Familien hat er viel nachgedacht, die Leidtragenden, die nach ihren geliebten Menschen suchen. Die Statistik behauptet, viele verschwänden freiwillig. Jetzt sitzt Marc hier, wo ihn niemand kennt und niemanden interessiert, was er als Nächstes tun wird, und er sieht beinahe den Reiz daran. Er liebt unsere Kinder und würde sie natürlich nie verlassen, aber er liebt dieses Leben nicht mehr. Es ist befreiend, allein dazusitzen und für einen Nachmittag vergessen zu können, wer er ist. Hier kann er alles machen, und es würde niemandem etwas bedeuten, nicht einmal ihm selbst.

Er geht durch den Park zum Metropolitan Museum of Art. Er folgt Touristen und Schulkindern in die Räume mit den berühmten Bildern, steht allein vor anderen, eher obskuren Werken. Immer wieder muss er sich abwenden und tief Luft holen. Seine Verbindung zu einigen dieser Arbeiten ist so verzurrt mit meiner Passion, dass er unmöglich vor Hokusais *Die große Welle vor Kanagawa*, Jasper Johns' *Weiße Flagge* oder den komplizierten Spritzereien von Jackson Pollock stehen kann, ohne meine Stimme zu hören. Er geht weiter zu *Das Mahl des Blinden* und ist von der kalten Einsamkeit des Gemäldes so beeindruckt, dass er zu zittern beginnt. Ist er nicht Picassos Blinder, der in dieser grausamen Stadt erfolglos nach seiner Frau sucht? Danach wirkt alles verdorben: Georgia O'Keeffe spottet über seine impotente Männlichkeit, Roy Lichtenstein kleckst künstliche Farben in seine verdrehte Welt, und Modiglianis *Juan Gris* starrt ihn von der Leinwand mit dem gleichen Mitleid an, wie er es bei den Nachbarn gesehen hat.

Auf der Treppe kauft er eine Brezel von einem Karren und geht. Er nimmt wahllos jede grüne Ampel und bewegt sich im Zickzack zum Times Square, wo ihm von den Menschenmassen und den Reklamen der Kopf schwirrt. Er flieht durch eine Seitenstraße in die nächste, und dann wird er angehupt, als er trotz roter Ampel auf die Kreuzung läuft. Sein Magen knurrt, er betritt einen hell erleuchteten Laden und kauft sich einen Hotdog, der in toxischen Soßen ertrinkt. Seine Füße tun weh. Er macht sich zum Hotel auf und betrachtet die Passanten, die an ihm vorbeieilen. Eine Frau mit High Heels ruft ein Yellow Cab, und er muss an Joni Mitchell denken. Ein asiatischer Junge, der zu jung aussieht, um allein herumzulaufen, rempelt Marc an und geht weiter, ohne sich zu entschuldigen. Ein Paar, das sich aufgeregt auf Spanisch unterhält, überholt ihn. Aus Kapuzen und hinter Sonnenbrillen starren ihn Augen an. Er hat das Gefühl aufzufallen, als würde jeder hier mehr über diese Welt wissen als er. Was hat mein armer Mann mit diesen harten New Yorkern gemeinsam? Seine Ohren und seine Augen und sein Kopf werden so mit Stimuli überflutet, dass er nichts mehr verarbeiten kann. Er findet das Hotel und kehrt in sein Zimmer zurück. Er wirft sich aufs Bett und schläft augenblicklich in seiner Kleidung ein.

Um halb fünf am nächsten Morgen wacht er auf. Er zieht sich um und wartet in dem engen Zimmer, bis es spät genug ist. Während die Vögel die Stadt ins Leben singen und die Straßenlaternen mal wieder erlöschen, geht er in denselben Diner. Er isst Arme Ritter, die in Ahornsirup schwimmen. Die Mädchen würden neidisch sein. Er versucht, sich zu konzentrieren. Er wird Amelia heute aufsuchen.

Er zahlt die Rechnung und geht zur Subway. Einmal umsteigen und zwei Haltestellen weiter ist er an der Penn Station. Er wird mit der Menge um eine Ecke und eine Treppe hinaufgeschoben in einen von Leuchtstofflampen erhellten Gang, der in alle Richtungen führt. Er wählt irgendeinen Ausgang.

Die Sonne scheint weiß auf das glühende Pflaster, und er riecht eine Mischung aus Beton mit gerösteten Nüssen und Galle. Sein Gehirn erinnert sich an den 11. September und an den 7. Juli in London. Eine kindliche Stimme redet darüber, warum er sich immer Städte wie Durham und York ausgesucht hat, warum Männer wie er nicht über Ozeane fliegen, um die Geliebten ihrer Ehefrau zur Rede zu stellen. Er spürt etwas hinter sich, Ungeduld, dass er aus dem Weg gehen und dass er aufhören soll, ihren Morgen mit seiner erbärmlichen Existenz zu ruinieren. Er geht schneller. Eilige Fußgänger, Bäume, die aus dem Bürgersteig wachsen, Bushaltestellen, die mit Plakaten beklebt sind, und wahllos herumliegende Betonblöcke bilden Hindernisse auf seiner ziellosen Reise. Als er schließlich sicher ist, dass sich niemand in den Meter vor ihm drängen wird, blickt er auf. Dunstig verschwommen sieht er über der schnurgeraden Straße die unverkennbare Silhouette des Empire State Building.

»Passen Sie doch auf, Idiot«, knurrt ein Anzug im Vorbeigehen. Marc ist fast stehen geblieben, um sich das ikonische Gebäude anzusehen. *Was ist bloß los mit dir?,* knurrt er sich selbst diesmal an. *Natürlich kannst du hier das Empire State Building sehen, du bist ja in New York – Idiot!*

Er blickt über vier Spuren Taxis hinweg. An einer Kreuzung schaut er nach rechts und liest ein blaues Schild mit weißen Buchstaben, das die Fashion Avenue angezeigt. Schräg gegenüber steht auf einer bunt erleuchteten Reklametafel *MACY'S*. Darunter verschlucken Drehtüren Käufer und spucken sie mit Tragetaschen wieder aus. Er schaut kurz zu, sein Puls beruhigt sich, dann geht er die 7th Avenue entlang. Er geht, bis die eleganten Boutiquen aufhören und auffällige Neonreklamen anfangen. An der fünften Kreuzung hat er das Gefühl, in eine andere Stadt geraten zu sein. Die Straßenschilder sind nicht mehr so schick, die Ampeln hängen tiefer und sind eher schmuddelig gelb als elegant schwarz. So langsam kommt er der Sache näher. Er biegt in die West 29th ein.

Auf dem Bürgersteig wimmelt es nicht mehr so von Menschen, aber er muss um Autos herumgehen, die in Parkhäuser fahren oder herauskommen, um Baugerüste, die an Fassaden kleben, und um rote Hydranten, die mitten auf dem Gehweg aus dem Boden ragen. Nach und nach gehen Geschäftshäuser in Apartmentblocks über. Er passiert die 329 und kramt in der Tasche nach dem zerknitterten Zettel, um sich noch einmal dessen zu vergewissern, was sich längst in sein Gedächtnis eingebrannt hat: 522 West 29th Street.

An der nächsten Ecke sieht er eine blaue Bar namens *Tom & Fi's* und fragt sich, wie jung und cool man sein muss, damit man sich dort hineintraut. Ohne langsamer zu werden späht er durch das dunkle Glas und glaubt, er könnte schon Gäste in der Bar sehen. *Ob Amelia hierhin geht?,* fragt er sich. Die Tür schwingt auf, und er fühlt sich ertappt.

»Bis morgen«, ruft eine dünne junge Frau nach hinten und tritt aus der Bar. Sie wirft ihren dunklen Zopf zurück und blickt Marc in die Augen. Sie sagt nichts, wendet aber den Blick auch nicht ab, starrt ihn nur verwirrt an. Wird sie oft von fremden Männern auf der Straße angesehen? Hat sie eine Art Verteidigungsmechanismus entwickelt, bei dem sie andere niederstarrt? Natürlich wendet er als Erster den Blick ab, ihre Taktik geht also auf, aber davor fällt ihm noch ihr Tanktop auf, das kurz über dem Bund der Jeans endet, der lange, schmale Hals, der Metallstecker unter ihrem geschwungenen Mund und die Sommersprossen auf den hohen Wangenknochen. In diesem Sekundenbruchteil fühlt er sich schuldig wie ein alter geiler Bock, dabei hat er doch nur einen Blick in eine Bar geworfen. Er schiebt seinen Rucksack zurück, wendet sich ab, geht zum Fußgängerüberweg weiter und muss dort beschämenderweise auch noch vor der roten Ampel warten.

Als er auf die andere Seite schaut, wird ihm klar, dass er nur noch ein paar Blocks von seinem Ziel entfernt ist, und zum ersten Mal denkt er über die Frau nach, die er sucht. Wie sie wohl aussieht? Wie zieht sie sich an? Hat sie langes oder kurzes Haar? Bislang hatte er sich seine Vorstellung über sie aus meinen Freundinnen in England zusammengebastelt: aus den Müttern in der Schule in ihren praktischen Jeans, Philippa in ihren teuren Kostümen und Pumps, Susan mit den Silberringen und Sommerkleidern. Amelia sah für ihn genauso aus: eine Frau, Ende dreißig oder Anfang vierzig, die ihren modischen Geschmack den wachsenden Pflichten ihres Alters angepasst hat. Aber wenn er damit falschliegt? Vielleicht ist es ja gerade der Unterschied, der mich zu ihr hingezogen hat. Sie ist Künstlerin, hat keine Kinder und braucht auf niemanden aufzupassen außer auf sich selbst. *Jedenfalls nicht seit Al,* erinnert ihn sein grausamer Verstand. Er drängt den Gedanken in den Hinterkopf und versucht erneut, sich Amelia vorzustellen. Trägt sie eine farbbekleckerte Latzhose und hat das ungeschnittene wilde Haar zu einem unordentlichen Knoten zusammengebunden? Er vergisst, in welchem Jahrzehnt wir sind, und stellt sie sich als eine Art Doris Lessing oder vielleicht als eine Art Radclyffe Hall vor. Was macht sie an einem Freitagmittag? Steht sie an der Staffelei und hört Tschaikowsky? Liegt sie im Bett mit einer viel jüngeren

Liebhaberin und raucht Nelkenzigaretten? Marc betrachtet seine Jeans und seine Lederschuhe. Er fühlt sich eine Million Meilen von sich selbst entfernt. Was weiß er schon über Künstler und New York und das Leben dieser Amelia? Was soll er dieser Fremden sagen, wenn sie ihm die Tür aufmacht? Er kratzt sich am Kopf. Schweiß bildet sich an seinem Kragen. Ist sie überhaupt zu Hause? Wenn sie nun in dieser Bar sitzt und gerade einen Whisky nach dem anderen trinkt? Oder im Museum of Modern Art ihr neuestes unverständliches Kunstwerk installiert? Was macht er, wenn er niemanden antrifft?

Er geht durch einen schlecht beleuchteten Tunnel und blinzelt am anderen Ende ins Sonnenlicht. Die hohen Gebäude haben aufgehört, und er sieht den Himmel, der Parklifte und Eisenbahnbrücken umschmeichelt. An einem dürren Straßenbaum hängt eine verwaiste Jacke. Halb abgerissene Plakate an Geländern und Bauabsperrungen fordern ihn auf: »Just Dance.« Er geht an einem orangefarbenen Mietlager vorbei, auf dessen Scheibe die Nummer 517 gemalt ist. Als Nächstes kommt ein leeres graues Gebäude mit einer auf die schwer gesicherte Tür gedruckten 525.

»Es muss auf der anderen Seite sein«, murmelt er und macht sich daran, die Straße zu überqueren. Gegenüber steht ein flacher, einstöckiger Zweckbau, der in zwei Grautönen gestrichen ist und in dessen undurchsichtigen Fenstern Marc sein Spiegelbild erblickt. Er sieht nach links und rechts, dann geht er über die Straße. Ein kleines vertikales Schild verkündet: »Alison Graves Gallery«. Der Mut verlässt ihn. Ist es doch nur eine Galerie-Adresse? Der Laden sieht nicht einmal geöffnet aus.

Er blickt die Straße hinauf und entdeckt zwei amerikanische Flaggen und ein Schild mit der Aufschrift »Jesus ist das Licht der Welt«. Ihm wird übel. Was macht er hier? Wenn Amelia nun tatsächlich etwas mit dem zu tun hat, was am Fluss passiert ist? Er hätte lieber zu DI Jones gehen und die Sache der Polizei überlassen sollen.

Der Graves-Block nimmt ein Drittel der Straße ein, aber er kann keine Hausnummer entdecken. Er geht zurück auf die 10th Avenue. Neben der Military Gallery, nur durch eine dünne Säule aus Ziegelsteinen getrennt, findet er eine verbeulte, mit Graffiti überzogene Tür, auf der in Augenhöhe 522 zu lesen ist. Links davon befindet sich ein Metallblock mit Klingelknöpfen und Apartmentnummern. Er sucht die kleinen Papierschilder ab, aber ihren Namen entdeckt er nicht. Marc schlägt auf die Wand ein und bedauert es, als der Schmerz in seine Knöchel fährt.

Nach dem weiten Weg kannst du jetzt nicht aufgeben.

Er überprüft die Namensschilder noch einmal, stößt auf den Apartmentmanager und drückt den runden Metallknopf.

Es folgt ein Augenblick Stille, dann knistert die Gegensprechanlage, und ein barsches »Ja?« kommt heraus.

»Ha-hallo«, spricht Marc verlegen in die Wand. »Ich suche jemanden, der angeblich an dieser Adresse wohnen soll, aber ich finde sie nicht auf dem Klingelbrett.«

»Ach? Vielleicht ist sie umgezogen«, lautet die lapidare Antwort.

»Ja, das habe ich mir auch schon gedacht. Sie heißt Amelia Heldt. Sie kennen nicht zufällig ihre neue Adresse?«

Es folgt eine Pause. »Amelia?«, fragt die Stimme schließlich.

»Ja«, sagt Marc hörbar aufgeregt.

»Augenblick.« Es klickt, dann kommt nichts mehr. Marc wartet fünf oder sechs Minuten an der Tür, begutachtet seine zerkratzten und geschwollenen Knöchel und fragt sich, ob man ihn vergessen hat. Gerade, als er noch einmal auf die Klingel drücken will, öffnet sich die schwere Tür, und ein kleiner grauer Kerl steht unrasiert in einem abgetragenen Bademantel vor ihm.

»Amelia hat hier nie gewohnt«, sagt der Mann, blinzelt und schüttelt den Kopf. »Sie bezahlt mich, damit ich ihre Post weiterleite. Das ist alles. Woher haben Sie die Adresse?«

»Von einem Galeristen«, antwortet Marc und fügt hinzu: »Ich komme aus England.«

»Ich dachte doch, ich hätte einen Akzent bemerkt«, sagt der Mann und nickt ernst.

»Ich muss sie unbedingt erreichen. Dringend.«

Der Mann zuckt mit den hängenden Schultern. »Ich habe keine Ahnung, wo sie steckt. Ich bekomme die Post und schicke sie nach Uptown.«

»Können Sie mir sagen, wohin?«, fragt Marc.

»Sicherlich. Es ist keine Adresse, sondern ein Postfach, keine Ahnung, ob Ihnen das weiterhilft.«

»Das ist aber seltsam«, sagt Marc.

Der Mann schnieft. »Sie ist viel unterwegs und sagt, so wäre es für sie einfacher. Sie bezahlt mich in bar und ist eine nette Frau, was geht's mich also an?«

»Kommt sie manchmal hier vorbei?«, erkundigt sich Marc. Er will nicht hören, dass Amelia nett ist.

»Ja, dann und wann, wenn sie in der Nähe ist, um mir die Arbeit abzunehmen. Ich mache ihr einen Kaffee, und sie erzählt mir von ihrem Galeriekram. Früher habe ich fotografiert, wissen Sie? Ehe meine Augen so nachgelassen haben.«

»Ach so«, sagt Marc und tritt von einem Fuß auf den anderen. »Schrecklich.«

»So haben wir uns kennengelernt. Sie hat eins meiner Bilder gekauft, weil sie es für ein Projekt verwenden wollte. Die meiste Zeit verstehe ich kein Wort von dem, was sie erzählt, aber sie ist eine gute Lady, engagiert und warmherzig. Sie erkundigt sich jedes Mal nach meinen Kindern.«

Marc starrt den alten Mann an, der ihm einerseits leidtut,

ihn andererseits abstößt. Wie konnte es nur so weit mit ihm kommen, dass er einem Fremden an der Haustür sein Herz ausschüttet? Marc bemüht sich, in ihm keine Version seines eigenen Schicksals zu sehen. »Und wie lange machen Sie das schon?«

»Gott, zehn Jahre vielleicht. Nein, länger, vielleicht vierzehn oder fünfzehn. Ich weiß nicht mehr.«

»Schon okay.«

»Nachdem ich ihr das Bild verkauft habe, fragte sie, ob ich ihr einen Gefallen tun könnte«, erzählt der Mann in die Luft über Marcs Kopf. »Warum nicht, habe ich gedacht und nahm an, es wäre nur für ein paar Monate, bis sie eine Wohnung hat, aber es sind wohl ein paar sehr lange Monate geworden. Die Jahre ziehen vorbei, die Mieter kommen und gehen, und meine Töchter vergessen, mir Geburtstagskarten zu schicken. Amelia aber nicht. Sie denkt immer dran. Ich kenne sie noch aus der Zeit, als sie frisch dabei war und von der Kunstschule erzählt hat und sich einen eigenen Namen machen wollte. Sagen Sie, sind Sie derjenige, der ihr aus England schreibt? Mir sind immer die Briefmarken mit der Queen aufgefallen, aber Amelia hat mir nie erzählt, von wem sie kamen.«

Marc schluckt. »Das war meine Frau«, sagt er. »Sie hat mit Amelia studiert.«

»Aha«, murmelt der Mann.

»Meine Frau ist verschwunden«, sagt Marc.

Der Mann blickt Marc aus wässrigen Augen an. »Und jetzt suchen Sie nach Amelia?«

Marc nickt.

»Sie lässt sich nicht gern leicht aufspüren«, sagt der alte Mann. »Bindungsängste, wenn Sie mich fragen. Wenn sie zu lange an einem Ort bleibt, stehen die Typen bei ihr Schlange. Wer kann es ihr verdenken, wie? Meine Ehe ist in die Brüche gegangen. Das scheint ja heutzutage allen so zu gehen …«

»Und Sie haben wirklich keine Ahnung, wo sie steckt?«, fragt Marc.

»Tut mir leid.« Wieder schnieft er. »Ich würde Ihnen gern helfen. Versuchen Sie es doch in einer der Galerien hier in der Gegend. Nebenan kennt man sie, glaube ich.«

»Wann haben Sie zum letzten Mal mit ihr gesprochen?«, hakt Marc nach.

»Oh, vor ein oder zwei Monaten. Sie hatte eine Ausstellung.«

»Wissen Sie, wo?«

Der alte Mann schüttelt den Kopf. »Irgendwo in SoHo. Ich bin da nicht auf dem Laufenden. Vielleicht, wenn ich noch gehen könnte, aber das fällt mir inzwischen auch schon schwer. Ist nicht so schlimm solange es den Fernseher gibt, kann ich mich beschäftigen.«

»Tut mir leid«, sagt Marc und hofft, dass er seine Enttäuschung hinter einem mitfühlenden Lächeln verbergen kann.

»Mir auch.« Der alte Mann wirkt ernsthaft traurig. »Ach, warten Sie, ich hole Ihnen die Postfachnummer.«

»Vielen Dank«, sagt Marc bei seiner Rückkehr. »Sie waren mir eine große Hilfe.«

»Hoffentlich finden Sie sie«, gibt der Mann zurück und wendet sich dem düsteren Hausflur zu.

Marc starrt noch einen Moment auf die Tür, dann geht er die zehn Schritte zurück zur Galerie. Innen ist es dunkel. Er legt die Hände neben die Augen und späht durch das Glas, aber er sieht nur einen leeren Schreibtisch mit einer leidenden Orchidee. Er klopft, zögerlich zuerst, dann mit der Faust und voller Frustration.

Er stampft auf dem Bürgersteig auf und fragt sich, was er als Nächstes tun soll. Schließlich greift er in seinen Rucksack und reißt eine Seite aus seinem Notizbuch. Er kritzelt eine

Nachricht darauf und bittet darum, man möge sich dringend mit ihm in Verbindung setzen. Er zögert, erwähnt dann Amelia und schreibt den Namen seines Hotels dazu.

Den Zettel wirft er in den vertikalen Briefschlitz und schaut zu, wie er im Abgrund verschwindet. War das jetzt sein ganzer Plan? Was nun?

Er reibt sich die Augen. Immer noch der Jetlag. Sein Magen knurrt. Er wird sich etwas zu essen besorgen, dann mit der Subway zu der Postfachadresse fahren und versuchen, dort mit jemandem zu sprechen. Er geht in einen kleinen Park, isst ein Sandwich und macht sich nach Uptown auf.

Amelias Postfach befindet sich in einer größeren Anlage, zu der ein anzugtragender Portier gehört, der Marc erklärt, dass der Ruf seiner Firma auf ihrer Fähigkeit beruhte, absolute Diskretion zu gewährleisten. Er verweigert jedes weitere Gespräch und droht mit dem Wachdienst, falls Marc die Räumlichkeiten nicht sofort verlasse. Verunsichert geht Marc hinaus. Er tritt über die gelben Hubbel auf dem Bahnsteig und steigt in die Subway. Er starrt auf das verschrammte Gitter unter den Sitzen und das graffitibeschmierte Fenster über den Köpfen der Passagiere und vermeidet dabei jeden Blickkontakt. Die Bahn hält. Marc glaubt, es ist Columbus Circle, aber die Stimme aus dem Lautsprecher klingt unverständlich. Marcs Herz pocht in seiner Brust. Hoffentlich fängt er nicht an zu weinen. Ein Mann an der Haltestange neben ihm zupft auf einer Ukulele. Er beginnt leise und bietet den Menschen zaghaft die ersten Töne an. Er schlägt ein paar Akkorde, dann noch ein paar, öffnet den Mund und trällert leise und feierlich: »*Some-wheeere … oh-ver the rain-bow …*« Marc gegenüber sitzt ein Mann, der seufzend die Beine übereinanderschlägt. »*Some-wheeere … oh-ver the …*« Der Musiker tippt mit dem Fuß und legt an Fahrt zu: »*Some-day-I'll-wish-upon-a-star-and-wake-up-where-the-clouds-are-far-*

behiiind mee …« Der Zug bremst ab und kriecht in den düsteren Tunnel, während der Mann sein melancholisches Gebet fortsetzt. Eine Frau ein paar Sitze weiter hustet. Der Zug beschleunigt schaukelnd wieder, und der Straßenmusiker holt Luft, ehe er mit der schmetternden Beschwörung des Waggons beginnt. »*If-happy-little-bluebirds-fly-beyond-the-rainbow-Oh whhhy can't IIIII?*« Er tippt sich an die Baseballkappe und räuspert sich. Die anderen Passagiere betrachten den Boden, schauen durch die undurchsichtigen Scheiben. »Danke, Ladies und Gentlemen, ich bin Student an der Juilliard und versuche mein Schulgeld zu verdienen, deshalb ist jede kleine Spende willkommen.«

Marc starrt auf seinen Schoß, als der Mann durch den Waggon geht, und sein Puls pocht in seinen Ohren. Die Frau neben ihm legt einen Fünf-Dollar-Schein in den Hut. »Danke, vielen Dank«, strahlt der Student. Marc ballt die Fäuste, seine zerkratzten Knöchel puckern. Sie erreichen den Bahnhof. Er taumelt durch den Waggon, durch das Drehkreuz, durch die grauen Gänge, hinaus aus dem Betonloch, die Treppe hinauf in die wirkliche Welt. Links liegt der Park, das Grün, die Bäume, die Hundeausführer. Der blaue Himmel brennt in seinen Augen. Ein Stück Zeitung fliegt ihm an den Fuß. Er nimmt die beiden letzten Stufen und japst nach Luft. Ob er krank ist? Es gibt keinen Regenbogen und keine Bluebird und er ist nicht da draußen, um gefunden zu werden.

»Wo geht es zur 91st Street?«, fragt ein übergewichtiger Mann mit Kamera.

»Keine Ahnung, ich bin Engländer«, erwidert Marc, als müsse er sich verteidigen. *Woher soll ich das wissen? Ich gehöre hier nicht hin.* Er kehrt dem Park den Rücken zu und geht auf sein Hotel zu. *Ich sollte gar nicht hier sein.*

Nachmittags schläft er ein und betritt bis um zwei Uhr nachts eine bedrängende Traumwelt. Er liest, während die Sonne hinter dem Hotelfenster aufgeht. Endlich ist es sieben Uhr morgens, und er eilt, hellwach und frisch rasiert, nach unten zum gähnenden Empfangsmitarbeiter.

»Guten Morgen«, sagt er. »Wie geht es Ihnen?«

»Haben Sie Nachrichten für mich?« Der Empfangsmitarbeiter dreht sich zu dem Schreibtisch hinter sich um. »Zwei-eins-zwei? Ja, gestern Nachmittag hat jemand für Sie angerufen. Wir haben geklopft, aber niemand hat geöffnet.«

»Wurde eine Nachricht hinterlassen?«

»Äh, nein, anscheinend nicht …«

Marcs Aufregung ebbt ab.

»Aber es gibt eine Nummer.« Der Portier reicht ihm einen Zettel, und Marc reißt ihn dem Mann aus der Hand. Der Portier deutet mit dem Kopf auf ein Wandtelefon neben einem verschlissenen Ledersessel in der Ecke.

»Danke«, sagt Marc, schon halb auf dem Weg zum Telefon.

Erst nachdem er die neun Ziffern gewählt hat, fällt ihm auf, wie früh es noch ist. Sein Finger schwebt über dem Telefon, bereit, die Gabel runterzudrücken, doch bereits beim zweiten Klingeln meldet sich eine verschlafene Männerstimme. »Hallo?«

Marcs Kehle ist plötzlich trocken. Er schluckt.

»Hi, hier spricht Marc Southwood. Sie haben mich gestern angerufen. Ich hatte einen Zettel dagelassen …«

»O Gott, Mann«, sagt der andere und klingt, als habe er sich zurück ins Bett fallen lassen. »Wie spät ist es?«

»Tut mir leid. Habe ich Sie geweckt? Ich bin erst ein paar Tage hier, deshalb komme ich noch mit der Zeit durcheinander.«

»Schon okay, Mann.« Es hört sich an, wie ein akustisches Schulterzucken, und Marc stellt sich vor, wie der Mann, wer auch immer es ist, sich wieder aufsetzt und versucht, den Schlaf aus dem Kopf zu vertreiben. »Es klang, als wäre es eilig, also will ich mal nicht so sein. Wie kann ich Ihnen helfen?«

»Ich suche Amelia Heldt. Ich würde gern mit ihr sprechen.«

Kichern. »Ach, Amelia.«

»Sie kennen sie?«

»Gewissermaßen schon«, sagt der Fremde, dessen Worte in quälendem Schneckentempo an Marcs Ohren dringen. »Aber man kann nicht einfach mit Amelia reden, wenn man will, wissen Sie? Nur, wenn sie will.«

»Wie meinen Sie das?«, fragt Marc und versucht verzweifelt, die Information herauszufiltern, die er sucht.

»Sie ist frei wie ein Vogel«, sagt die Stimme in höherer Tonlage, vermutlich mit einem Lächeln auf den Lippen. »Ein verdammtes Genie, wissen Sie, aber auch ein bisschen gaga.«

»Aber Sie kennen sie?«

»Sozusagen«, antwortet der Mann.

»Sozusagen?«

»Na ja, wir – ich meine, die Galerie – haben sie manchmal vertreten. Sie ist vor Jahren an uns herangetreten und hat gefragt, ob wir daran interessiert wären, für sie einige Ausstellungen zu arrangieren.« Er zögert, fährt dann fort: »Ich glaube, sie hatte eine ähnliche Abmachung mit ein paar anderen Galerien, aber sie hat uns gut bezahlt, und für uns war es gute Publicity.«

»War?«

»Ja, also, es gab ein bisschen Stress zwischen ihr und meiner Chefin. Ich glaube, Amelia hat ihre Freundschaft und ein paar ziemlich persönliche Dinge in einem ihrer Werke verwendet, und meine Chefin war darüber nicht so erfreut.«

»Oh«, sagt Marc und geht in Gedanken Amelias Brief durch. »Augenblick, Alison Graves Galerie – ist Ihre Chefin zufällig mit Serena Graves verwandt, Amelias Agentin?«

»Könnte man so ausdrücken. Alison ist ihr zweiter Vorname. Sie hat den Namen der Galerie nach dem Skandal geändert. Es war ein echter Albtraum, um ehrlich zu sein. Ich hätte fast gekündigt.«

Marc kratzt sich an der Schläfe. Er hat zwar Amelia nicht gefunden, aber er ist erleichtert, weil er endlich Berührung zu ihrer Welt hat. »Wissen Sie, wie man Amelia erreichen kann?«

»Äh, nein«, sagt der Mann. »Die sprechen seit Jahren nicht mehr miteinander, aber selbst wenn das nicht so wäre, könnte ich Ihnen vermutlich kaum weiterhelfen. Ich sag Ihnen, Mann, Amelia ist ganz schön durchgeknallt. Sie ist eigentlich nie in der Galerie aufgetaucht. Ich habe sie nie kennengelernt und auch sonst niemand bei uns, außer meiner Chefin. Und es war irgendwie nicht klar, wie sie zueinander stehen, besonders nicht nach diesem sogenannten Werk ›Freundschaft‹. Sie hat uns angerufen, das war es. Wir haben alles übers Telefon abgemacht, aber sie hat uns nie eine Nummer oder Adresse gegeben, wo wir sie hätten erreichen können. Das war ziemlich mysteriös. Warum suchen Sie nach ihr? Sind Sie Journalist?«

»Nein. Meine Frau war mit ihr zusammen auf der Kunstschule«, antwortet Marc ein wenig gereizt.

»Unmöglich!«

Marc zuckt vom Hörer zurück.

»Verrückt. Ich meine, meine Chefin sagt, sie sei nachweisbar irre, aber das ist ja irgendwie cool. Ihre Frau hat bestimmt gute Geschichten zu erzählen.«

»Sie haben also keine Ahnung, wie ich Amelia erreichen kann?«

»Tut mir leid, Mann. Leider nein.«

»Und Ihre Chefin? Würde die mit mir sprechen?«

»Bestimmt nicht. Mann, die läuft Amok, wenn Sie nur Amelias Namen erwähnen. Glauben Sie mir, die hat keine Verbindung mehr zu der Frau, und es ist nicht Ihr Leben wert, das zu überprüfen. Freuen Sie sich, dass ich die Nachricht gefunden habe und nicht sie. Die würde mich umbringen, wenn sie über dieses Gespräch Bescheid wüsste.«

Marc hat noch eine Idee. »Wissen Sie vielleicht, wo Amelias letzte Ausstellung war?«

»Oh, da kann ich Ihnen tatsächlich weiterhelfen«, sagt der Mann. »Ich habe es der Chefin nicht verraten, aber ich war letzten Monat da. Die Ausstellung läuft noch, eine Woche oder zwei, wenn Sie sich die Sache ansehen wollen.«

»Wirklich? Glauben Sie, Amelia könnte dort sein?«

»Unwahrscheinlich. Sie ist nicht der Typ für Publikumskontakte.«

»Oh.«

»Die Ausstellung ist übrigens im *Space thirty-eight*. An der Greene Street, dritter Stock. Ein cooles Werk, ich habe es meiner Freundin gezeigt.«

»Gut, danke«, sagt Marc, dessen Interesse an dem Individuum am anderen Ende der Leitung rasch schwindet, nachdem er ein neues Ziel gefunden hat.

Er legt auf und wehrt sich gegen das Gefühl, dass seine ganze Reise völlig aussichtslos ist. Es ist sein dritter Tag in New York, und bisher hat er nur herausgefunden, dass Amelia eine Art überkandidelte Einsiedlerin ist. Er hat eine Adresse, ein Ziel, wohin er mit der Subway fahren kann, aber wird er dort mehr erfahren als nur etwas über ihr Werk? Trotz seiner Enttäuschung ist er neugierig auf Amelias Ausstellung. Er steigt die Treppe zu seinem Zimmer hoch, stopft Brieftasche und Notizbuch in den Rucksack, verschließt die Tür und eilt hinaus in den Morgen. Er nimmt die Linie A und fährt fünf Haltestellen bis zur Canal Street. Die Galerie ist leicht zu finden, aber ein aufgeklebtes A4-Blatt verrät ihm, dass erst in einer Stunde geöffnet wird. Ungeduld macht sich in seinem Bauch bemerkbar, trotzdem fühlt er sich seltsam ruhig. Wenigstens ist er hier. Irgendwann heute werden diese Türen aufgehen, und dann wird er etwas über die Frau erfahren, für die ich ihn im Stich gelassen habe.

Zwei Minuten nach der angegebenen Zeit öffnet die Galerie endlich. Als die dicke Tür nach außen schwingt, springt Marc von der Schwelle zurück und nimmt Haltung an. Ein dünner weißer Junge mit Pockennarben im Gesicht und wirrem Haar blickt ihn fragend an. »Normalerweise haben wir nicht solchen Andrang«, sagt er und führt Marc zum Fahrstuhl. Oben hält er ihm die Tür auf, und Marc betritt einen riesigen weißen Raum.

»Lassen Sie die Tasche hier«, sagt der Junge und zeigt nach links. »Telefone, Kameras und jegliche Aufnahmegeräte müssen in die Schließfächer.«

Marc befolgt die Anweisungen und wendet sich danach dem Raum zu, der die ganze Ecke des Gebäudes einnimmt und große Schiebefenster hat. Ungefähr ein Dutzend Säulen stützen die Decke. Über diese Decke spannen sich kreuz und quer Rohre und ein Sprinklersystem und bilden ein verwirrendes Muster. Lange horizontale Heizkörper ziehen sich ringsherum.

»Sagen Sie Bescheid, wenn ich Ihnen helfen kann«, sagt der Junge und macht sich zu dem Schreibtisch in der Ecke auf.

Marc geht weiter hinein und betrachtet die makellosen Wände. Er fühlt sich an das Zimmer voller leerer Blätter im Haus meiner Mutter erinnert und hat dasselbe unheimliche Gefühl, dass etwas ausradiert wurde. Er lässt den Schreibtisch des Jungen hinter sich und geht über den Holzboden zur anderen Seite, weil er für sich sein möchte. In diesem Moment scheint die Sonne durch die Fenster auf etwas an der Wand. Als er näher tritt, verschwindet es wieder, was immer es auch war. Er entfernt sich wieder und dreht den Kopf, um den richtigen Winkel zu erwischen. Es ist nicht nur das Fenster, das diesen Effekt bewirkt. Eine Reihe handgroßer Spiegel sind an der Decke und an den Fußleisten angebracht. Sie spiegeln das Licht in verschiedenen Winkeln wider und erzeugen so ein schlichtes Leuchten auf der matten Farbe. Durch seine Bewegung entdeckt er die Schrift an der Wand. Er tanzt wie irre durch den Raum und versucht, ganze Sätze aufzuschnappen, erkennt Bruchstücke von Zeilen und stellt sich auf die Zehenspitzen, um die Namen der Urheber zu erspähen, die in Klammern neben ihren Statements in Helvetica stehen. Mit einer Mischung aus Theoretikern, Schriftstellern und Prominenten sind die Wände ordentlich beschriftet, scheinbar willkürlich. Die Sätze laufen ineinander oder biegen sich um Bilder von Höhlenmenschen, die Speere schwingen. Die Worte bilden Zeilen oder Teile von Zeilen, manche sind vollständig aus dem Kontext gerissen oder haben weniger Zusammenhang mit ihrem ursprünglichen Sinn, doch ein gemeinsames Thema verbindet sie:

»Ein Volk braucht Würde und Identität …«
(Andrew Goodman)
»Vielmehr wird diese Identität gerade performativ durch diese ›Äußerungen‹ konstituiert, die angeblich ihr Resultat sind …« (Judith Butler)
»Ein ausgeprägtes Empfinden für Identität verursacht im Menschen die Vorstellung, er könne nichts Falsches begehen …« (Djuna Barnes)
»Mein Name ist meine Identität und darf nicht verloren gehen …« (Lucy Stone)
»Ich habe meine Identität und meine Balance verloren …«
(Mathias Rust)
»Aus Mangel an Identität haben die Amerikaner ein wunderbares Gebiss …« (Jean Baudrillard)

»Man könnte denken, dass eine Person eine Identität erlangt, indem sie sich ihrer Erfahrung stellt und sie nutzt …«
(James Baldwin)
»Jedes Mal, wenn sich diese Identität ausdrückt, weint etwas oder jemand …« (Jacques Derrida)
»Die menschliche Identität ist das Fragilste, was wir haben …« (Alan Rudolph)
»Alle Arten von Identitäten, seien es ethische, nationale, religiöse, sexuelle oder jegliche anderen, können nach einer Weile zum Gefängnis werden …« (Murathan Mungan)
»Das Individuum, mit seiner Identität und seinen Eigenschaften, ist das Produkt eines Machtverhältnisses, das über Körper, Multiplizitäten, Bewegung, Wünsche, Kräfte ausgeübt wird …« (Michel Foucault)
»Dieser starke, brutale Vergewaltiger, egal welcher, ist mein wahres Selbst…« (Slavoj Žižek)
»Wie Popeye sagt: ›Ich bin, was ich bin.‹« (Tony Soprano)

»Cool, was?« Der pockennarbige Junge hat sich von hinten angeschlichen. »Ist wie diese unsichtbaren Briefe, die man als Kind mit Zitronensaft geschrieben hat.«

»Ah-ja«, sagt Marc.

»Sie wirken verwirrt.«

Marc räuspert sich. »Moderne Kunst ist nicht gerade meine Stärke.«

»Oh, Mann, da verpassen Sie etwas«, sagt der Junge und wippt auf den Hacken, die in Sneakers stecken. »Ich liebe diese Künstlerin, sie betrachtet die Welt auf ganz andere Weise.«

»Durch Zitronensaft?«, erwidert Marc, nur halb im Scherz. Er denkt über mein Paper nach. Habe ich Amelia das Zitat von Tony Soprano geschickt?

Der Junge ignoriert Marcs Versuch, lustig zu sein, und fährt fort: »Es geht eigentlich darum, wie, äh, die physikalischen Fakten der Welt alles blass dastehen lassen, egal, wie sehr wir auch versuchen, das zu leugnen. Sogar Kunst und Literatur und Theorie und Ruhm bedeuten alles nichts im Vergleich zu dem Boden unter unseren Füßen oder zur Sonne am Himmel. Unsere Identitäten fühlen sich an wie das Wichtigste, aber was sind sie schon? Was haben wir, damit sie sich zeigen? Also, wenn man da weiterdenkt, dann fängt man an, äh, sich vorzustellen, wir wären alle dumme kleine Welpen, die den unsichtbaren Mond anheulen.«

»Oder in einem leeren Raum herumlaufen und Dinge sehen, die nicht da sind?«, fragt Marc, der angesichts der verworrenen Syntax des Jungen zusammenzuckt, aber trotzdem mitkommt. Er runzelt die Stirn und bleibt skeptisch, ob das alles in ein paar Zitaten an der Wand steckt. Plötzlich erscheint ihm meine Pop-Kultur-Arbeit überraschend akademisch. Was würde Paula davon halten?

»Richtig«, sagt der Junge, »genau! Hier, äh, wird die Performance zu der Person, die nach der Kunst sucht, die nach einer Bedeutung forscht, die vielleicht gar nicht da ist. Voll witzig.« Sein Grinsen verschwindet. »Also nicht, dass ich Sie auslachen will, verstehen Sie. Es ist einfach nur ein cooles Werk, um es vorzuführen.«

»Schon gut«, sagt Marc.

»Ich bin echt, äh, total hin und weg davon. Und die Künstlerin, also, ich erforsche ihr Werk für meine Abschlussarbeit. Im Augenblick ist sie echt heiß. Alle wollen etwas von ihr, aber sie sagt einfach: ›Fuck, ich lebe mein Eremitendasein, und ihr findet mich nie.‹ Es war so abgefahren, sie bei der Vernissage kennenzulernen, denn normalerweise taucht sie bei solchen Gelegenheiten nie auf.«

»Augenblick. Sie haben Amelia kennengelernt?«, fragt Marc und klingt beinahe so aufgeregt wie der Junge vor ihm.

»Ja, ich weiß, ist schwer zu glauben, was?«

»Wissen Sie, wie man sie erreichen kann?«

»Wollen Sie mich verarschen? Niemand weiß, wie man sie erreichen kann, das ist so etwas wie ihr Markenzeichen. Sie hat uns nicht mal gesagt, dass sie zu der Vernissage kommt, deshalb waren wir nicht vorbereitet. Es waren nur wir da, ein paar Förderer der Galerie, einige Kritiker, obwohl der Pressetermin erst für den nächsten Abend angesetzt war. Und dann, also, so gegen halb neun, kommt diese Frau in diesem scharfen Cocktailkleid hereinspaziert und fragt in den Raum hinein, ob man ihr jüngstes Baby mag. Wir sind alle platt, stürzen uns auf sie, und alle schreien: ›Sind Sie Amelia Heldt?‹, also, völlig ungläubig. Ich meine, also, niemand von uns wusste, wie sie aussieht, wie alt sie ist und so weiter, und ich schätze, jeder hatte sich so sein eigenes Bild aufgrund ihrer Werke und unserer Vorstellungen gemacht. Keiner im Raum war nicht überrascht, als sie verkündete, wer sie wirklich ist. Jedenfalls hat sie sich davon nicht beeindrucken lassen und den Rummel an sich abprallen lassen und einfach darüber geredet, welche Einflüsse bei diesem Werk im Spiel waren. Sie kann echt reden. Dann klatscht sie in die Hände, kichert und sagt, wir sollten noch etwas trinken. Danach wurde es eine richtige Party. Sogar Amelia war betrunken. Sie ist, äh, durch den Raum gewandert, hat mit allen geredet und die Leute voll auf den Mund geküsst. Ich habe gehört, sie sei aus Louisiana, doch auf mich wirkte sie ziemlich europäisch. Aber als ich am nächsten Tag mit meinem Chef gesprochen habe, hatte er die Theorie, es sei alles geplant gewesen. Also, wann sie auftaucht und wann sie die Leute küsst. Niemand hat mehr auf die Kunst an den Wänden geachtet, alle nur so, also, ›Ey, Mann! Ist sie bi oder so? Oder nimmt sie Drogen?‹ Und, also, die zwanzig, die an dem Abend hier waren, also, das sind vielleicht die Einzigen in ganz Manhattan, die wissen, wie Amelia

Heldt aussieht. Cool, was? Obwohl, als einer der Kritiker hinterher in der *New York Times* darüber schreiben wollte, hieß es in den anderen Zeitungen, er habe sich das ausgedacht. Uns glaubt also niemand, wir sind dieser kleine Klub, der seine Erfahrungen mit keinem außerhalb des Klubs teilen kann. Wie bei *Fight Club*, nur noch cooler.«

Der Junge keucht praktisch, als er innehält, und er starrt Marc aus seinen feuchten Augen an, um seine Aufregung auf ihn zu übertragen.

»Und Sie wissen wirklich nicht, wie man sie erreichen kann?«, fragt Marc.

»Tut mir leid, Mann. Wenn ich es wüsste, wäre es ein Vermögen wert. Nicht nur für Sie, wissen Sie?« Er runzelt die Stirn, als er Marcs Enttäuschung bemerkt. »Hey, tut mir echt leid. Wozu wollen Sie sie denn unbedingt erreichen? Sind Sie ein Fan? Ich könnte einige der Einladungen raussuchen, ich glaube, sie hat ein paar signiert, wenn Sie wollen.«

Marc öffnet den Mund und will ablehnen, doch der Junge ist bereits zum Schreibtisch unterwegs und wühlt in einer Schublade. Marc geht zu ihm hinüber.

»Da sind sie ja.« Der Junge holt ein Bündel billig fotokopierter Programme hervor. Er nimmt eins, sieht auf die Innenseite und lässt es auf den Tisch fallen. »Das nicht.« Er nimmt das nächste und noch eins und lässt beide fallen. Als er das vierte herausfischt, rutscht ein quadratisches Polaroidbild aus dem Programm und landet mit der Vorderseite nach unten auf dem Stapel.

»Das hier ist signiert«, sagt der Junge, während Marc nach dem Bild greift. Er dreht es um und sieht ein dunkles Bild von einer jungen Frau mit langem glattem Haar, die einer Blondine die roten Lippen auf den Mund drückt. Die Blondine ist nur halb auf dem Bild und sieht verdutzt aus, als wolle sie gerade zurückweichen, während die andere Frau den Moment genießt, die Augen geschlossen hat und eine dicke Linie Kajal sowie lange Wimpern über den Sommersprossen auf den hohen Wangenknochen präsentiert.

»Wow«, entfährt es dem Jungen, der sich über den Schreibtisch lehnt und das Bild von oben betrachtet. »Ich wusste gar nicht, dass jemand eine Kamera dabeihatte. Mann, das ist der Beweis, das ist ein Vermögen wert.«

»Ist – ist das Amelia?«, fragt Marc verwirrt.

»Ja, sicher. Sehen Sie, sie ist einfach der Burner.«

»Aber das kann nicht sein.«

»Klar, ich weiß. Nicht viele Künstlerinnen sehen aus wie Supermodels, oder?«, gibt der Junge zurück. »Aber das ist sie, ich habe sie selbst gesehen und sogar geküsst, mit meinen eigenen Lippen.«

Marc sieht den Jungen an und sucht sein Gesicht nach Zweifeln oder Verwirrung ab. »Das meine ich nicht. Sie kann nicht mehr so jung sein. Diese Frau ist fünfundzwanzig, höchstens dreißig. Meine Frau war mit Amelia auf der Universität. Sie müsste eher vierzig sein als dreißig.«

»Unmöglich.« Der Junge macht große Augen. »Wow, dann hat Amelia Heldt entweder den Jungbrunnen entdeckt oder die Nummer von Demi Moores Chirurgen als Kurzwahl gespeichert.«

Marc betrachtet das Polaroidbild und schaut sich die Haut der Frau genau an. Könnte Schönheitschirurgie jemanden in meinem Alter so aussehen lassen? Er sieht genauer hin und findet etwas Beunruhigendes an der Frau, fast etwas Bekanntes – könnte das ein Produkt der Chirurgie sein? Hat sie die Nase einer Prominenten, die Augen einer anderen? Liegt es daran?

»Kann ich das behalten?«, fragt er.

Der Junge starrt ihn kalt an. »Alter, das ist der einzige Beweis dafür, dass ich Ihnen die Wahrheit erzählt habe. Ich muss es der *New York Times* schicken oder so …«

»Ich würde dafür bezahlen«, unterbricht Marc ihn, und das Gesicht des Jungen hellt sich auf.

Sie einigen sich auf zweihundert Dollar, fast das ganze Bargeld, das Marc noch hat. Von jetzt an muss er seine Karte benutzen und wird sicher sowohl beim Umtauschkurs als auch bei den Gebühren betrogen werden. Und alles für ein blödes Foto, das ihn auf der Suche nach Amelia kein Stück weiterbringt. Er betrachtet es in der Subway nach Uptown und stellt sich mich mit dieser Frau vor. Es ist später Nachmittag. Er geht eine Weile im Central Park spazieren, findet dann ein schäbiges Restaurant fürs Abendessen und kehrt in sein Hotel zurück. Er braucht lange, um einzuschlafen, weil er sich damit beschäftigt, einen Plan für morgen zu machen, es aber nicht schafft. *Ich kann nicht aufgeben,* sagt er sich. Er hat noch einen Tag, doch keine weiteren Spuren mehr.

Er wacht in kaltem Schweiß und mit einer halben Erektion auf. Am liebsten würde er weinen und schreien und ins Kissen schlagen. Seine Träume haben nicht nur seinen klaren Verstand geschreddert, sondern vor ihm liegt auch ein Tag des Nichts. Er hat noch vierundzwanzig Stunden, um Amelia zu finden, aber keinen Hinweis außer einem dummen Schnappschuss. Heute gibt es keinen Grund für ihn aufzustehen, keinen Grund, in Manhattan zu sein.

Schließlich schwingt er die Füße über die Bettkante und bewegt die müden Glieder in Richtung Dusche. Er versucht, mit dem heißen Wasser sein negatives Grundgefühl wegzuspülen. Er gestattet seinen Gedanken zu schweifen und geht noch einmal alles durch, was die Leute ihm erzählt haben, die Orte, an denen er war, und sucht nach etwas, das er übersehen hat. Vielleicht sollte er noch einmal zu dem Vermieter gehen und ihn fragen, ob er noch etwas wisse. Oder er könnte auf gut Glück Galerien besuchen. Wenn Amelia bei einer Vernissage diese Show abgezogen hat, dann vielleicht auch bei anderen, und möglicherweise hat sie jemanden kennengelernt. Während ihm diese Gedanken durch den Kopf gehen, spült das heiße Wasser sie vom Haar hinunter zu den Füßen und dann in den Abfluss. Sie sind schon extrem weit hergeholt.

Er rubbelt sich mit einem Handtuch ab, schlingt es sich um die Hüften und geht zurück ins Zimmer. Als die Tür zu dem winzigen Raum aufgeht, fällt sein Blick auf den niedrigen Tisch mit der verbeulten Lampe neben dem ungemachten Bett. Auf dem Notizbuch liegt das Polaroidbild. Aus diesem Winkel wirkt das Gesicht fremd und alienartig, und er hat das Gefühl, eine Ähnlichkeit zu entdecken, die einfach unwahrscheinlich ist. Er geht hin, das Handtuch fällt zu Boden, und er nimmt das Bild. Ja, er hat die Frau schon einmal gesehen, da ist er ganz sicher. *Denk nach!,* beschwört er sich im Stillen. Er will, dass die Frau die Augen aufmacht; er ist sicher, er würde sie erkennen, wenn er die Pupillen sehen würde, wenn sie ihn ansehen würde, wenn er diese Wangenknochen und den gespitzten Mund einem Blick zuordnen könnte. »Ein Blick«, murmelt er und überlässt sich ganz dem Zug der Gedanken, als säße er im richtigen Subway-Waggon, würde aber in die falsche Richtung fahren. *Ein Blick, ein flüchtiger Blick, ein stechender Blick …* Es ist das Mädchen, das aus der Bar auf der 29th Street kam, in der Nähe von Amelias erster Adresse. Sie hat ihn niedergestarrt wie einen Perversen auf Streifzug. Ihr Ausdruck war hart und fies, aber wenn man sich das Gesicht sanfter vorstellt, in einem Moment der Zärtlichkeit, wenn man den Zopf wegdenkt, dann würde sie so aussehen. Oder?

Marc mustert das Foto und zweifelt. Er bemerkt die winzige Narbe des leeren Lippenpiercings, fast unsichtbar, aber nicht ganz. Das kann doch nicht sein, oder? Wie hoch stehen die Chancen? Aber es ist immerhin etwas. Und das Einzige, was er hat, also ist es einen Versuch wert. Er zieht sich eilig an, nimmt seine Tasche und geht nach draußen. Er will zu dieser Bar. Das ist sein Plan. Sie hat etwas nach hinten gerufen, also muss sie dort jemanden kennen. Jemanden, der weiß, wie man sie findet.

Er steigt an der Penn Station aus und hat keine Augen für das Empire State Building, sondern eilt den Bürgersteig entlang, verflucht die trödelnden Touristen und überquert die Straßen, ohne auf die Ampeln zu achten. Nach fünfzehn Minuten ist er an der blauen Bar. *Tom & Fi's, seit 1989.* Die getönte Glastür steht offen, und leise tönt Elvis Costello auf die morgendliche Straße. Er holt tief Luft und betritt den dunklen Eingang.

Seine Augen brauchen einen Moment, bis sie sich an die Dunkelheit gewöhnt haben. Links befindet sich eine lange Bar mit einem Dutzend leerer Hocker gegenüber einer Reihe glänzender Zapfhähne. Geradeaus durch steht ein Billardtisch, an der Wand hängen Dartscheiben zwischen Plakaten, auf denen für Pabst Best und Coors geworben wird. Der Laden ist leer. Costello gurrt weiter. Marc lehnt sich über die Bar und späht durch einen Bogen in den hinteren Raum.

»Äh, hallo?«, sagt er zunächst zögerlich, dann ruft er.

Ein Mann mit Halbglatze erscheint.

»Hey. Was darf's sein?«

»Ich möchte nichts trinken«, antwortet er und sucht in der Tasche nach dem Polaroid. »Ich suche jemanden.«

»Sind Sie Brite?«, fragt der Mann lächelnd. »Mir gefällt Ihr Akzent.«

»Danke«, erwidert Marc automatisch. »Wissen Sie, wer dieses Mädchen ist?« Er reicht das Foto über den Tresen.

Der Mann pfeift und weicht zurück, als könnte ihm das Bild Schwierigkeiten machen. »Das sollten Sie lieber nicht hier herumzeigen, Mann. Wenn Erins Freund Sie damit erwischt, wissen Sie hinterher nicht mehr, was über Sie gekommen ist.«

»Erin?«, fragt Marc erleichtert. »Ist das ihr Name? Sie kennen sie?« Er ist nicht verrückt, es *ist* die Frau, die er gesehen hat. Kann sie tatsächlich Amelia sein?

»Sie arbeitet manchmal hier. Aber echt jetzt, stecken Sie das weg.«

»Sie arbeitet hier?«, fragt Marc und runzelt die Stirn. Amelia hat Geld, hat ein Leben; die Frau, die er die ganze Woche gesucht hat, kann nicht in einer versifften Bar arbeiten.

»Macht sauber und so«, erklärt Tom. »Sie kam vorbei und wollte an der Bar arbeiten, aber wissen Sie, es heißt *Tom & Fi's*, also sollten auch nur Tom und Fi hinter der Bar stehen, sonst würde es ja keinen Sinn ergeben, oder? Ich bin übrigens Tom. Fi ist meine Schwester.«

»Marc«, stellt sich Marc vor und schüttelt die Hand, die Tom ihm reicht. »Also, es ist wichtig für mich. Wissen Sie, wo Erin ist oder wie ich sie erreichen kann?«

Tom betrachtet ihn von oben bis unten und versucht vielleicht abzuschätzen, ob er nach Ärger aussieht. Offensichtlich kommt er nicht zu diesem Schluss. »Bleiben Sie einfach hier, sie kommt gleich vorbei.«

»Ehrlich?«

»Ja, bleiben Sie locker. Für gewöhnlich schaut sie vormittags rein, um zu fragen, ob wir sie abends brauchen. Setzen Sie sich. Möchten Sie etwas trinken?«

»Kaffee?«, fragt Marc unsicher.

Tom verschwindet nach hinten und kommt mit einer Tasse dampfender Flüssigkeit zurück.

Während Marc den Kaffee trinkt, marschiert das Mädchen von dem Foto durch den Raum, lehnt sich über die Bar und ruft nach Tom, der wieder nach hinten gegangen ist. Sie blickt Marc über den Tresen an, wirft das Haar über die Schulter und wendet sich von ihm ab.

Eingeschüchtert, aber entschlossen fragt Marc: »Entschuldigen Sie, sind Sie Erin?«

Ihr Kopf fährt zu ihm herum, und sie starrt ihn böse an. »Kennen wir uns?«

»Eigentlich nicht.« Er lächelte schwach. »Aber ich ... ich habe mich gefragt, ob Sie sich vielleicht kurz mit mir unterhalten würden?«

Ihre Miene bleibt böse, aber sie sagt nichts. Marc nimmt das als Zustimmung, rutscht von seinem Hocker, geht zu ihr und hält ihr das Polaroidbild hin.

»Ey, was soll das denn?«, sagt Erin und dreht sich um, bis sie aufrecht vor ihm steht. Sie ist schlank, aber muskulös, und auf ihren hohen Absätzen einige Zentimeter größer als er. »Wo haben Sie das her? Was wollen Sie?«

Marc tritt zurück und lässt das Foto auf der Bar zwischen ihnen liegen. »Ich will Ihnen keine Schwierigkeiten machen. Sie können das Bild behalten. Ich möchte nur mit Ihnen über den Abend reden.«

Sie kneift die Augen zusammen, deutet aber auf eine Sitzecke an der Wand. Sie setzen sich schweigend. Erin möchte eindeutig nicht als Erste sprechen.

»Ich, äh, verstehen Sie«, stottert Marc, während er sie anstarrt. »Ich suche diese Künstlerin, Amelia Heldt. Ich meine, ich gehe davon aus, dass Sie nicht Amelia Heldt sind, sondern nur vorgegeben haben, sie zu sein, oder?«

»Es war bloß geschauspielert«, sagt sie und starrt ihn weiter an. »Man hat mir gesagt, es wäre privat, deshalb habe ich mich auf diese verrückte Sache eingelassen.« Sie deutet angewidert auf das Bild.

»Sind Sie Schauspielerin?«, fragt er. Die Zahnräder in seinem Kopf haben sich in Bewegung gesetzt, spucken aber noch nichts aus.

»Ja«, sagt sie etwas gnädiger. »Theater, oder zumindest möchte ich da mal landen.«

»Ach ja. Und Sie wurden engagiert, um an dem Abend Amelia zu spielen?«

»Meine Agentin hat das klargemacht. Es war irgendwie anrüchig, ich sollte reingehen und alle küssen wie bei einer großen Orgie, aber die Künstlerin hatte offensichtlich mich gewollt, und das hat mir geschmeichelt. Sie haben mir gesagt, es würde keine Kameras geben.« Wieder schmollt sie und bewegt ihr Lippenpiercing mit der Zunge hin und her. »Ich habe nicht gemerkt, dass das Bild gemacht wurde.«

»Behalten Sie es. Ich glaube, es ist das einzige, also brauchen Sie sich keine Sorgen zu machen.«

»Kieran bringt mich um, wenn er das sieht.« Sie blickt auf den Tisch, und ihre Wimpern streichen über die Haut unter ihren Augen. Marc verspürt Mitleid und fragt sich, was für eine Geschichte das Mädchen wohl zu erzählen hätte. Er schüttelt den Gedanken ab.

»Wissen Sie, wie man Amelia erreichen kann? Sie haben gesagt, sie habe Sie haben wollen?«

Sie blickt auf und schüttelt den Kopf. »Ich habe nur mit meiner Agentin gesprochen. Die sagte, sie habe mich ausgesucht. Ich kann Ihnen die Adresse meiner Agentin geben, wenn Sie wollen. Die hat vielleicht ihre Nummer.«

»Das wäre großartig.« Marc bemüht sich, seine Enttäuschung zu verbergen.

Sie kramt in ihrer Handtasche und holt eine Visitenkarte hervor. »Die können Sie behalten. Ich habe Massen davon.«

»Danke.«

»Klar doch«, sagt Erin schulterzuckend.

»Tut mir leid, wenn ich Sie erschreckt habe.«

»Schon okay. War es das?«, fragt sie und nimmt bereits ihre Handtasche und das Polaroidbild. Sie beugt sich über die Bar und ruft Tom zu, dass sie um sechs Uhr kommen werde, dann stapft sie hinaus auf die Straße.

Marc betrachtet die Karte. Auf einem kleinen Schwarz-Weiß-Bild einer Filmklappe stehen die Kontaktdaten von Maxine Stein, Inc. Er überlegt, ob er Tom nach einem Telefon fragen soll, sieht dann aber, dass die Adresse nur sechs Blocks entfernt ist. Er legt eine Handvoll Dollar auf die Bar und geht zurück in die Sonne. Er biegt in die 9th Avenue ein und folgt ihr bis zur 35th. Als er schon fast wieder an der Penn Station ist, entdeckt er den Eingang. Nachdem er die Klingel für den vierten Stock gefunden und ungeschickt sein Anliegen vorgetragen hat, ertönt der Türöffner, und er wird instruiert, den Fahrstuhl zu nehmen.

Suite 410 ist nicht so luxuriös, wie er sie sich vorgestellt hat, aber eine Frau mit rosigen Wangen lächelt ihn von hinter dem Schreibtisch freundlich an, als er eintritt. Er spuckt den Grund für sein Kommen in einem langen Atemzug aus und versucht zu erklären, wie dringend er Amelia sprechen müsse und wie er ihr bis hierher nachgespürt habe und dass dies hier seine letzte Hoffnung sei. Die Frau, deren Namen laut einem Holzklotz auf dem Schreibtisch Maria ist, lächelt ihn mitfühlend an und sagt, sie werde ihre Chefin anrufen.

»Sie ist bei einem Casting«, fügt sie hinzu und wählt.

Marc knetet seine Hände hinter dem Rücken und beherrscht sich, um nicht mit dem Fuß zu tippen. Maria spricht in ein

Mikrofon an ihrem Headset. Er hört nur die eine Seite des Gesprächs, aber er stellt sich vor, dass die Person am anderen Ende nicht gerade begeistert davon ist, von einer bizarren Geschichte über eine Performancekünstlerin unterbrochen zu werden. Und selbst für ihn klingt die Geschichte unglaublich, als er sie von einer anderen Person hört.

»Hier ist ein Herr, der sagt, er kennt die Schauspielerin Erin ... Amelia Heldt ... ja, genau die ... nein, er nicht, deshalb ist er nicht hier ... er möchte mit ihr in Verbindung treten ... natürlich, ich weiß, aber er hat seine Frau verloren und ist extra aus England gekommen ... Tut mir leid, ich weiß nicht, welchen Unterschied es macht, aber ... ja, ich weiß ... ja, ja ... ich verstehe ... ja, versprochen ... nein, ich störe Sie nicht noch einmal ... danke für Ihre Zeit.«

Sie drückt auf eine Taste, beendet das Gespräch und nimmt das Headset ab, ehe sie ihn anblickt. Den Mund hat sie entschuldigend verzogen.

»Nein?«, sagt er und ringt um Fassung.

»Sie sagt, wir haben eine Vertraulichkeitsvereinbarung mit der Künstlerin geschlossen, dass wir unter gar keinen Umständen ihre persönlichen Daten weitergeben. Ich erinnere mich jetzt, sie hätte uns beinahe den Auftrag nicht gegeben, weil sie uns überhaupt keine Daten nennen wollte, aber unsere Versicherung meint, wir sollten alle Möglichkeiten in Betracht ziehen. Wissen Sie, wenn ein Schauspieler bei einem Einsatz stürzt oder versehentlich einen Schaden anrichtet, müssen wir in der Lage sein, sofort jemanden zu informieren, sonst wären wir haftbar ...« Sie spricht nicht weiter.

»Richtig.« Marc räuspert sich. »Dann sollte ich Sie wohl nicht länger von der Arbeit abhalten.« Er dreht sich langsam um und denkt wie betrunken darüber nach, wo er aus dem Fahrstuhl gestiegen ist. Wie konnte er nur so nah am Ziel sein und dann wieder umkehren müssen? Amelias Adresse befindet sich hier irgendwo im Büro, und er gibt auf. Was könnte er sonst tun? Die Empfangsdame bedrohen, die so nett zu ihm war? Fast macht er kehrt, ballt bereits die Fäuste, um sie auf den Tisch knallen zu lassen, überlegt sich Worte, um sie einzuschüchtern. Er ist jedoch kein Spion aus einem Le-Carré-Roman; er ist nur ein Mann, dem man gerade eine Abfuhr erteilt hat.

»Augenblick«, sagt Maria mit plötzlich roten Wangen. »Oh Jesus, sie bringt mich um, wenn sie das herausfindet, aber ich gebe Ihnen die Adresse. Sie müssen mir jedoch versprechen, niemandem zu verraten, von wem Sie die haben.«

»Ernsthaft?« Marc fühlt sich, als wären seine Muskeln Gummibänder, die gerade in diesem Moment gerissen sind. »Natürlich, versprochen.«

Die Frau lächelt wider Willen, zuckt mit den Schultern, schiebt ihren Stuhl nach hinten und steht auf. »Warten Sie hier«, sagt sie und wackelt durch die schwere Doppeltür hinter ihr davon. Marc wippt aufgeregt auf den Fußballen, dann stopft er die Hände in die Taschen, holt sie wieder hervor, kratzt sich die Oberarme, schreitet auf und ab und betrachtet die gerahmten Porträts. *Endlich komme ich voran,* denkt er, bevor Hoffnung wieder in Sorge umschlägt. *Wenn es die nächste Sackgasse ist? Hat Amelia denen wirklich die richtige Adresse gegeben?* Kopfschmerzen pochen in seinen Schläfen, während er darüber nachdenkt, welche paranoide Mühe sich Amelia gibt, im Verborgenen zu bleiben.

»Dafür feuert sie mich bestimmt«, sagt Maria, als sie wieder hereinkommt. »Na ja, ich rede sowieso ständig darüber, dass ich kündigen will.« Sie blickt auf und wird wieder rot. »Hier, bitte schön.« Sie hält ihm einen Notizzettel hin, auf den die Adresse gekritzelt ist. »Das liegt im Village«, sagt sie. »Ungefähr an der 4th, glaube ich. Kennen Sie den Weg?«

Marc nickt und überlegt, wie er sich bei ihr bedanken kann. Er würde sie am liebsten umarmen, aber sie ist schon wieder auf dem Weg hinter ihren Schreibtisch.

»Sie haben keine Ahnung …«, beginnt er, aber sie würgt ihn ab.

»Nicht der Rede wert, das war meine gute Tat für heute. Jetzt suchen Sie nach ihr!« Sie scheucht ihn in Richtung Fahrstuhl und wendet sich ihrem Computer zu.

»Danke.« Und dann tut er, was man ihm gesagt hat.

Die Adresse lautet: 126 MacDougal Street, Apartment 6.

Marc fährt mit der Linie E zum Washington Square Park und geht die West 4th bis zu einem grünen Schild, auf dem MacDougal steht. Ihm wird flau im Magen, als er begreift, dass er keinen ganzen Block mehr entfernt ist. Er bleibt stehen und betrachtet die Feuertreppe und die Ansammlung von Schildern über ihm, den Abfall und den Verkehr und den Lärm. Eine Gruppe junger Leute, die aus einem seiner Kurse stammen könnten, schwärmt an ihm und einer Frau mit einem Kinderwagen vorbei, umzingelt sie kurz mit ihrem fremden Geschnatter, ehe sie die Straße überquert. Marc stützt sich mit der Hand an einem Laternenpfahl ab und betrachtet die verblüffte Mutter, die sich über ihr Kind beugt. Er denkt an unsere Straße und unser Haus und unsere Familie und stellt sich vor, was für ein Horror es sein muss, in dieser Stadt ein Kind zu haben. Er atmet durch und geht weiter. Morgen ist er wieder zu Hause bei unseren Mädchen, aber heute ist er aus einem bestimmten Grund hier. Er zählt die Hausnummern auf der linken Seite runter, überquert die Straße hinüber zur West 3rd und kommt an mehreren Restaurants und Cafés vorbei. Zwischen der *Silver World* und *Ali Baba* entdeckt er eine schwarz gerahmte Glastür unter einer Plastikmarkise, auf der 126 steht. Er tritt zurück und blickt nach oben zu den Bogenfenstern, die vier oder fünf Stockwerke in den Himmel ragen. Wieder holt er tief Luft und geht zum Klingelbrett. Mit dem Zeigefinger fährt er die ersten sechs Namen herunter, dann stoppt er. *A. H. Apt 6.* Das muss es sein. Er ist tatsächlich da. Er ist einen Fingerdruck davon entfernt, die Frau zu treffen, die ihm die ganze Woche entwischt ist.

Er drückt. Er hält den Klingelknopf viel länger fest, als es notwendig wäre, dann klingelt er noch zweimal sicherheitshalber. Nach vierzig Sekunden versucht er es erneut. Fünfzehn Sekunden später wieder. Dann alle dreißig Sekunden in den nächsten fünf Minuten.

»Zicke!«, sagt er und schlägt mit der Faust neben den Klingeln an die Wand. Schmerz schießt durch die bereits geschwollenen Knöchel bis in den Arm. Er betrachtet die Hand und sieht Blut in den Kratzern. Tränen laufen ihm über die Wangen.

Sie ist ausgegangen, das ist alles, redet er sich ein, aber diese letzte Sackgasse fühlt sich endgültiger an als die vorherigen. Dies war seine letzte Chance, und wieder nichts. Er wankt von der Tür zurück. Nach ein paar ziellosen Schritten in die Richtung, aus der er gekommen ist, fragt er sich, was er tun soll. Er könnte in den Park gehen und sich den Nachbau des Arc de Triomphe ansehen. Würde ihn das an Paris erinnern? An ihre Reise dorthin? An die Küsse auf dem Eiffelturm, an die Spaziergänge auf den Champs-Elysées, Hand in Hand, mit Lizzies Kuscheltier in meinem Rucksack? Habe ich ihn damals schon hintergangen? Er wischt sich mit dem Ärmel über die Augen und fühlt sich gefährlich nah an der Hyperventilation. Oder an einer Ohnmacht. Es ist drei Uhr nachmittags, und er hat den ganzen Tag nichts gegessen. Ohne nach rechts und links zu sehen, tritt er auf die Straße und überquert sie. An der Ecke zur 3rd Street verkündet eine türkise Markise *Ben's Pizzeria*. Er drückt die

Glastür auf und geht zum Tresen. Bei dem Kerl mit Schürze bestellt er zwei Stücke Peperonipizza und eine Cola. Er setzt sich auf einen Stuhl am Fenster und kaut methodisch, schmeckt aber nichts. Er starrt stumm auf die Kreuzung hinter der Scheibe. Er fühlt sich nicht besser. Der Käse schwimmt wütend in seinem Magen obenauf. Am liebsten würde er sich übergeben. Dennoch trinkt er die Cola. Seine Hand tut weh, sein Kopf pocht, doch sein Körper ist ihm momentan egal. Alles ist egal. Er ist vergeblich in New York. Es war Zeitverschwendung, Geldverschwendung. Es spielt keine Rolle, was er als Nächstes tut, denn egal, was es ist, es wird ihn nicht weiterbringen in seinen Bemühungen, mich zu verstehen. Wir sind einander jetzt ferner als je zuvor. Amelia hat ihn auch von unseren Töchtern weggezogen. Sie hat ihn in einen törichten Mann mittleren Alters verwandelt, der in einer unfreundlichen Stadt Gespenster jagt, obwohl er eigentlich zu Hause bei seiner Familie sein sollte. Serena Graves hatte recht, er hätte sich fernhalten sollen. Jetzt glaubt er ihr: Amelia ist gefährlich.

Lange sitzt er in dem Restaurant. Er kann sich nicht überwinden aufzubrechen. Er beobachtet Menschen, die an den Ampeln warten und die Straße überqueren, vor seinem Fenster vorbeigehen, ohne ihn zu beachten, und weiterziehen, wohin auch immer sie wollen. Er macht ein Spiel daraus, Gesichter zu studieren und sich vorzustellen, welche Schmerzen die Menschen erlitten haben, ob sie jemanden verloren haben, den sie liebten, ob sie betrogen wurden, ob sie sich je innerlich zerrissen gefühlt haben oder kurz vorm Zusammenbruch standen. Er schaut ihnen hinterher, bis sie verschwinden, und grollt ihnen, weil sie nicht fühlen, was er fühlt. Er trinkt den letzten Schluck Cola und wirft den Becher in den Mülleiner. Als er wieder hinaussieht, wartet an der Ampel eine Frau. Sie hat ihm den Rücken zugewendet und trägt eine lange Strickjacke und eine

Haremshose. An den Füßen hat sie Sandalen. Er lässt den Blick über ihren Rücken wandern, zu der Leinentasche, die sie über die rechte Schulter geschlungen hat, zu dem dicken, lockigen Haar. Es ist wirklich viel zu lang; ich habe meins immer alle sechs Wochen schneiden lassen und gesagt, ich würde sonst mit einer Vokuhila enden. Und die Frau ist schwerer, oder? Eine Winzigkeit kurviger. Und selbst wenn sie aussehen würde wie ich und er aufspringen und ihr hinterherlaufen würde, wären es am Ende doch wieder nur Fantasien, oder? Genau wie in dem Supermarkt. Er würde sich zum Narren machen und sich noch schlechter fühlen als jetzt schon.

Die Ampel springt um, und die Frau geht über die Straße. Er schiebt den Stuhl zurück und wirft sich den Rucksack über die Schulter. Er tritt durch die Glastür und läuft über die Straße, als die Ampel wieder rot wird und die Motoren aufheulen. Auf der anderen Seite bleibt er keuchend stehen. Sie ist vier, vielleicht fünf Schritte vor ihm und geht zügig auf den Park zu. Er möchte meinen Namen nicht rufen. Er betet, dass sie sich nicht umdreht. Er möchte die Illusion am Leben erhalten. Er weiß, ich kann es nicht sein, aber er fühlt sich lebendiger als die ganze Woche, vielleicht das ganze Jahr. Er ballt die Fäuste bei dem Gedanken, dass sich diese Frau umdreht und ein Gesicht hat, das nicht mir gehört, ein Leben, das noch nicht vorbei ist.

Er folgt ihr in unverdächtiger Entfernung und blickt immer zur Seite, wenn er glaubt, sie könnte sich umdrehen. Er mustert ihren Rücken. Wie kann sie es wagen, so federnd zu gehen, die Hand zu heben und das Haar hinters Ohr zu stecken, die Lungen mit der Luft dieser herzlosen Stadt zu füllen? Die Existenz dieser Frau fühlt sich für ihn böse an, aber solange sie ihm den Rücken zuwendet, findet er Trost darin. Er will nicht, dass es endet. Es kümmert ihn nicht, dass es nicht real ist. Er wird langsam verrückt, aber es fühlt sich gut an. An der 4th Street geht sie quer über die Kreuzung in den Park. Das staubige Grün umarmt sie. *Alex würde das gefallen,* denkt er und erinnert sich daran, was ich über Chicago erzählt habe, dass es die perfekte Stadt sei, weil es die Hektik und die künstlerische Befriedigung einer Metropole mit der Ruhe kilometerlanger Parks am See verbinde. »Ich habe zwei Blocks von einer Hochbahnhaltestelle und vier Blocks vom Strand entfernt gewohnt!«, habe ich erklärt, als müsste ich die utopischen Qualitäten der Stadt beweisen.

Mein Fake-Ich geht schnell durch den Park und bemerkt Marc nicht. Sie sieht auf die Uhr, schaut sich aber nicht um. Er betrachtet ihre dunklen Locken, die Form ihrer Schultern, den Schwung ihrer Hüften. Er vergleicht jede Einzelheit mit der Erinnerung an die Frau, die er seit vierzehn Monaten nicht gesehen hat. Bei jedem Schritt ist er sicherer, dass ich es bin, obwohl eine andere Stimme in seinem Kopf immer mehr zu der Überzeugung kommt, er sei komplett übergeschnappt. Er bemerkt den Rollerskater nicht, der ihn fast umstößt, und ruft ihm »Idiot!« hinterher. Er beachtet die grüne Umgebung nicht und bemerkt kaum den Brunnen, um den sie herumgehen, bemerkt kaum, dass sie den Park am Washington Square Arch verlassen, dem schrecklichen Denkmal, von dem er befürchtet hatte, es könnte ihm das Herz brechen. Es wirft seinen Schatten über ihn, während er der Frau durch knipsendes Touristengedränge folgt. Sie biegt rechts ab und geht auf die erste Kreuzung zu. Wieder überquert sie die Straße diagonal und wird von einem Taxi angehupt, woraufhin sie dem Fahrer den ringlosen Mittelfinger zeigt und auf der anderen Seite in einem Laden verschwindet. Er eilt ebenfalls hinüber und betritt kurz nach ihr das Lebensmittelgeschäft. Plötzlich sichtbar und besorgt, er könnte mit seiner eingebildeten Ehefrau zusammenstoßen, nimmt er einen Korb und stellt sich vor ein beliebiges

Regal. Er studiert ein Display mit Müslimischungen, dann schleicht er vorsichtig weiter zur Salatbar im hinteren Bereich.

Vorsichtig dreht er sich um und sucht den Teil des Ladens ab, den er von hier einsehen kann. Da ist sie. An der Kasse. Glücklicherweise abgewandt. Er betrachtet ihren Hinterkopf kurz und empfindet ein gleiches Maß an Hoffnung und Verzweiflung, dann nimmt er einen überteuerten Muffin und huscht hinüber zur Kasse. Aber als er für seinen Alibikauf bezahlt hat, ist die Frau schon wieder unterwegs in den Park. Er beeilt sich, sie einzuholen, und bemerkt im letzten Moment, dass sie jetzt außen herumgeht und nicht hindurch. Hat sie noch eine Besorgung zu erledigen? Will sie nach Hause zu ihrem richtigen Ehemann? Marcs Kopfschmerz pocht mit jedem Herzschlag. Er beißt die Zähne zusammen. Sie gehen an Gebäuden vorbei, an denen Fahnen der Universität hängen. Wie alt ist diese Frau? Er fragt sich, ob sie auch nur annähernd infrage kommt. Was kann man anhand eines Hinterkopfes sagen? Vielleicht ist sie Studentin. Vielleicht das Kind von irgendwem, jemand, der Weihnachten und Geburtstage bei der Familie verbringt. Vielleicht hat sie noch ihr ganzes Leben vor sich. Er schnieft und bemerkt die Tränen in seinen Augen. »Du bist ein Haufen Scheiße«, sagt er laut vor sich hin, und eine Frau mit Kinderwagen dreht sich zu ihm um. In Sekundenbruchteilen spürt er, wie sie sein ungewaschenes Haar, die zerknitterte Kleidung und das getrocknete Blut an der Hand wahrnimmt. Sie eilt davon.

Die Frau, der er folgt, überquert die nächste Straße und betritt ein hohes, fensterloses Gebäude. *Bobst Library*, liest er auf dem Schild. Er wartet im Schatten eines Baumes an der Ecke und traut sich nicht, ihr in die Bibliothek zu folgen, weil er weiß, er könnte sich an dem fremden Ort verraten. Während er wartet, versucht er zur Vernunft zu kommen. *Ich könnte die*

Subway zum Hotel nehmen, meine Sachen packen, essen gehen und mir sogar noch eine Show ansehen, wenn ich möchte. Die Reise muss ja nicht völlig umsonst gewesen sein. Ich kann zumindest meine letzte Nacht in New York genießen. Ich kann jetzt einfach weggehen. Ich muss mich nicht so benehmen. Ich muss nicht so ein Mann sein.

Fast hat er Erfolg. Er geht mehrmals bis zur Kreuzung, eilt aber wieder zurück in seinen Schatten, ehe die Ampel umspringt. *Ich folge ihr bis zu ihrer Haltestelle,* sagt er zu sich. *Vermutlich ist das sowieso die nächste Subway Station. Ich treibe das Spiel nur noch ein bisschen weiter.*

Neunzehn Minuten steht er im Schatten. Er weiß das, weil er dauernd auf die Armbanduhr schaut. Schließlich kommt sie heraus. Sie blickt in beide Richtungen, doch er drückt sich gerade noch rechtzeitig an den Baum, damit sie sich nicht sehen. Im Herzen weiß er längst: Er wird ihr hinterherlaufen, bis nicht mehr zu bestreiten ist, dass ich es nicht bin. Aber im Augenblick ist er noch nicht bereit dafür. Noch nicht bereit herauszufinden, was diese Erkenntnis mit ihm anstellen wird.

Sie geht nach links, drei Bücher unter einem Arm und ihre Einkaufstüte in der anderen Hand. Dann biegt sie erneut nach links in die Sullivan Street ein. Der Bürgersteig ist fast leer, also lässt er sich zurückfallen, bis nahezu ein ganzer Block zwischen ihnen liegt. Sie geht die erste rechts und ist fast außer Sicht, als er dort ankommt. Einen Block vor ihm geht sie nach links. Er beschleunigt den Schritt und versucht aufzuholen. An der Ecke muss er zweimal hingucken, als er das Zeichen von *Ben's Pizzeria* erkennt, dann biegt er wieder in die MacDougal Street ein.

Dort, ein gutes Stück vor ihm, an der Glastür zwischen *Silver World* und *Ali Baba,* steht die Frau mit meinem dicken, lockigen Bob. Er beobachtet, wie sie die Einkaufstüte in die Hand mit den Büchern nimmt und in der Leinentasche nach ihren Schlüsseln sucht. Er ist nur noch ein paar Schritte von ihr entfernt. Gleich wird sie in dem Gebäude verschwinden. Er ist am Ende seiner Fantasie angekommen, wie auch immer sie ausgehen wird.

Er öffnet den Mund und will etwas sagen. Leerer Atem kommt heraus, aber kein Laut. Er versucht es erneut. Was will er denn sagen? Er hat es vergessen. Wessen Namen ruft er? Das dritte und vierte Mal, und noch immer bringt er nichts heraus. Sie sind nur zwei Meter voneinander entfernt, seine Beine arbeiten noch, nur seine Zunge verweigert den Dienst.

Schließlich findet er seine Stimme wieder. Seine Lippen öffnen sich wieder, und der Atem wälzt sich über seine Zunge, an den Wangen vorbei und bildet das erste »A« von »Amelia«. Doch bevor er den Rest des Namens hervorbringen kann, dreht sich die Frau um. Sie wirft ihren ikonischen Bob auf die andere Seite des Halses, verdreht Schultern und Hüfte, lässt dabei beinahe ihre Bücher und ihren Einkauf fallen. Sie wendet ihm das Gesicht zu, spricht schon, ehe sie ihn ansieht, und schreit: »Ey, du Schwanzlutscher, hör auf …«

Aber die Worte bleiben ihr im Hals stecken. Jetzt lässt sie die Bücher fallen. Und den Einkauf. Etwas zerbricht. Vielleicht Eier. Die Beleidigung hat keinen Atem mehr, ebenso wenig wie der falsche Name, den er rufen will. Ihre blauen Augen blicken in seine. Die Luft strömt aus seinen Lungen. Seine Knie werden weich. *Ich bin nicht verrückt,* denkt er, als sein Körper auf dem Pflaster landet. Und dann bin ich bei ihm und rufe seinen Namen. »Marc, Marc! Alles in Ordnung?«

Er sieht mich an, das Stadthaus mit den Bogenfenstern ragt über meinem Kopf auf. »Ich habe dich gefunden«, sagte er und wird bewusstlos.

—//—

»Haben Sie mal darüber nachgedacht, ob Sie gefunden werden wollten?«

Ich schüttele den Kopf. Er ist so verflucht selbstgefällig. Er glaubt, er könne in meine Seele schauen. Selbst jetzt will er immer noch glauben, er habe ein Körnchen Reue gefunden, einen Beweis, dass ich gar nicht wirklich verschwinden wollte.

»Na ja«, sagt er. »Welche andere Erklärung haben Sie denn dafür, dass Sie einen Pass und die Briefe dagelassen haben, damit man sie findet?«

»Ich habe sie nicht dagelassen, damit man sie findet«, sage ich. So funktioniert er: Er redet so lange diesen Unfug, bis ich sauer werde und nicht anders kann, als ihn zu berichtigen. »Ich konnte nichts mitnehmen, aber ich konnte mich nicht überwinden, die Sachen zu vernichten. Also blieb mir nur übrig, sie zu verstecken und zu hoffen, sie würden auf dem Dachboden Staub ansetzen, bis ich sie eines Tages holen könnte. Ich habe gedacht, die Polizei würde glauben, ich sei ertrunken, Marc würde irgendwann darüber hinwegkommen, und damit sei die Sache erledigt. Ich habe nicht gedacht, dass er Grund haben würde, alles durchzuwühlen.«

»Aber das Haus Ihrer Mutter haben Sie behalten. Sie haben Amelias Werk in einer Galerie angeboten.«

»Vor Jahren habe ich einmal versucht, ein Foto zu verkaufen, das ist alles.« Ich schreie fast. Mein Gesicht wird rot. Ich hasse diesen Kerl. »Das hatte ich vergessen, okay? Und ich habe nie daran gedacht, dass Marc dort auftauchen könnte.«

Er verschränkt die Arme und schüttelt den Kopf. »Ich glaube, Sie haben eine Spur hinterlassen.«

Ich weiß nicht, warum er hier ist. Es ist keine normale Sitzung. Seine Aussage wurde bereits gehört, seine Arbeit ist erledigt. In ein oder zwei Stunden, vielleicht früher, vielleicht später, wird über mein Schicksal entschieden, und unsere Beziehung ist vorbei. Er kehrt in sein Leben und zu seinen anderen Patienten zurück, und ich werde mich aufmachen und nach meiner nächsten Identität suchen. Kriminell oder krank, was für eine Wahl.

Ich sehe ihn an und seufze. Nach der ganzen Zeit wird es seltsam sein, ihn nicht mehr zu treffen. »Ich habe versucht, mir selbst Optionen offenzuhalten«, sage ich. »Ich dachte, vielleicht möchte ich eines Tages nach Lyme zurück, nachdem Gras über die Sache gewachsen wäre. Ich habe mich verrechnet, das ist alles.«

»Und wie fühlen Sie sich damit? Nach der ganzen Arbeit haben Sie einen Fehler gemacht.«

Ich zucke die Schultern. »Einen kleinen Fehler. Es hätte alles gut gehen sollen. Die Polizei hat nichts gefunden.«

Er nickt. »Nur Marc hat die Puzzleteile zusammengesetzt, nur ihm war es wichtig, Ihr Geheimnis aufzudecken.«

Wir sitzen eine Weile schweigend da. Ich möchte ihm Fragen stellen, herausfinden, wer er ist, warum er das tut. Ob er es mir heute verraten wird?

Er legt ein Bein über das andere und beugt sich vor. »Sie haben gern die Kontrolle, Alex, aber das wichtigste Charakteristikum Ihres Unterbewusstseins ist die Unfähigkeit, sich kontrollieren zu lassen. Es ist beängstigend für jemanden wie Sie, sich eingestehen zu müssen, dass ein Teil von Ihnen zwar ständig präsent, aber am Ende immer unverständlich ist. In Ihrem ganzen Leben haben Sie versucht, der Puppenspieler zu sein, aber heute müssen Sie akzeptieren, dass Sie, wie alle anderen auch, ebenfalls eine Marionette sind.«

Ich verziehe das Gesicht. Ich möchte schreien.

»Gefällt es Ihnen, dass es Marc war?«, fragt er. »Fühlen Sie sich geliebt, weil er die Mühe auf sich genommen hat? Weil er sich mehr angestrengt hat, Sie zu finden, als die Behörden?«

In meinen Augen kribbelt es. Ich will ihm sagen, er soll den Mund halten und mich einfach in Ruhe lassen. Ich hasse es, dass ich Fehler gemacht habe. Ich hasse es, dass ich hier bin, dass es so endet. Ich wollte nicht, dass es so kommt. Ich dachte, ich hätte alles im Griff. Ich bin die Sache wieder und wieder durchgegangen. Und nach der genauen Planung weiß ich ehrlich nicht, wie mir etwas entgehen konnte.

»Ich bleibe bei meiner ursprünglichen Theorie«, sagt er. »Tief im Innern wollten Sie gefunden werden. Und genauer gesagt, wollten Sie von Marc gefunden werden.«

FREITAG, 4. APRIL 2014

DAS ENDE

Marc erwachte auf meinem Sofa. Ich musste einen Nachbarn bitten, mir zu helfen, ihn hereinzutragen. Ich sagte ihm, er sei ein Verwandter von außerhalb, der Medikamente nehme, die leicht zu Ohnmacht führen könnten, und dass er sich nur ein wenig ausruhen müsse. Ich weiß nicht, ob er mir das abgenommen hat, aber wenn ich etwas an Manhattan mag, dann, dass niemand seine Nase in Dinge steckt, die ihn nichts angehen.

Ich wusste nicht, was ich sagen sollte, wo ich anfangen sollte. Marc war eine Weile bewusstlos gewesen, und ich konnte mich nicht entscheiden, ob ich einen Krankenwagen rufen sollte oder nicht.

»Ich war nicht sicher, ob du eine Krankenversicherung hast«, sagte ich. »Das ist ein bisschen kompliziert hier. Da du dich nicht am Kopf verletzt hast, dachte ich, du wärst okay.«

Bei meinem amerikanischen Näseln zuckte ich zusammen. Marc sah mich an.

»Kann ich dir eine Tasse Tee machen?«, fragte ich mit britischem Akzent.

Er setzte sich auf. Ich hatte seine Hand verbunden, während er ohnmächtig gewesen war. Ich hatte mir außerdem ein langes schwarzes Kleid angezogen. Ich weiß nicht, wieso. Was ist mir durch den Kopf gegangen, als er ohnmächtig auf meinem Sofa lag? *Muss ich hübsch sein für den Ehemann, den ich verlassen habe?*

»Bist du …«, begann Marc. Seine Stimme verriet die Hoffnung eines zum Tode Verurteilten. »Bist du es wirklich?«

Ich drehte mich um und nickte.

»Ich …«

Mehr kam danach nicht. Ich bin nicht einmal sicher, wer von uns beiden es gesagt hat.

Ich blickte ihn verstohlen an. Er sah gut aus. Ich weiß, ich hatte nicht das Recht darauf, aber ich hatte ihn vermisst. Er schaute sich im Apartment um. Wir befanden uns in einer hellen Wohnküche. Der Boden bestand aus poliertem Holz, der einzige Schnickschnack waren die Lilien auf dem Wohnzimmertisch und die falsche Glut im Kamin. Ich wusste, was Marc dachte: Es fühlte sich an wie ein Musterhaus.

»Nichts Großartiges«, sagte ich, »aber gemütlich.«

»Amelia«, sagte er, mehr nicht.

Wir schwiegen wieder. Ich hörte eine Sirene durch einen Spalt im Fensterrahmen, ein fernes Winseln, das an Dringlichkeit zunahm, während es sich näherte und näherte und schließlich genau unter uns um Aufmerksamkeit schrie, ehe es langsam in Richtung Uptown verhallte. Die Stille danach hing schwer in der Luft.

»Du und Amelia.« Marc sprach, als leide er unter einem Schock. Es war keine Frage. Er sah mich nicht an, er erwartete keine Antwort.

»Marc«, flüsterte ich.

Jetzt hob er den Kopf, und ich spürte seinen brennenden Blick auf mir liegen. Er musterte mich von oben bis unten, diesen fremden, sterblichen Körper, nach dem er monatelang gesucht hatte, diese schlichte Frau, für die er so weit gereist war.

»Wohnst du hier?«, sagte er, diesmal eindeutig eine Frage.

»Es ist nicht so, wie du denkst.« Meine Stimme kam nun lauter durch, überwand das Flüstern.

Er stand auf und stieß mit dem Schienbein an den Wohnzimmertisch. Die Vase wackelte. »Ich muss hier raus«, sagte er.

»Bitte«, sagte ich und ging auf ihn zu.

»Fass mich nicht an«, knurrte er und sah mir endlich in die Augen. Ich erkannte so wenig in diesen Augen.

Ich wandte den Blick ab, ging zu einem Hocker neben dem Frühstückstresen und stellte so anderthalb Meter Niemandsland zwischen uns her. »Es sollte ganz anders laufen.«

»Verflucht, Alex«, schrie er und trat gegen den Tisch. Der rutschte über den Boden in Richtung Fenster. Ich schaute zu, wie die Vase umkippte, Wasser auslief, Blütenblätter verstreut wurden. Die Vase erreichte die Kante und schien in der Luft zu schweben. Als sie aufschlug, zuckte ich zusammen.

Marc setzte sich und verbarg das Gesicht in den Händen.

Ich flüsterte: »Ich habe nachgedacht und alles versucht und mir Mühe gegeben, dir nicht das Herz zu brechen, aber wir waren glücklich.«

Er ließ die Hände sinken und wandte sich mir zu.

»Ich konnte dir nicht sagen, dass ich gehen musste. Du hättest es nicht verstanden.«

Seine Nasenflügel bebten.

»Wenn ich dir alles erzählt hätte«, sagte ich und umfasste den Raum mit einer Geste, »wäre das, was wir hatten, zerstört gewesen. Du hättest geglaubt, dass ich gelogen hätte und unsere Ehe und unser Leben eine Lüge war.« Das Wort Lüge hing kurz in der Luft.

»Und? War es eine Lüge?«, fragte er.

»Nein.«

»Ich habe dich für tot gehalten.«

»Das tut mir leid«, sagte ich. »Ich habe gedacht, es wäre besser so. Ich habe meine Sachen am Fluss gelassen.«

»Da war Blut!«, sagte er und verlagerte das Gewicht, als

wollte er wieder aufstehen. Ich stellte mir vor, wie seine Hände meine Kehle umschlossen. Fast wollte ich, dass er mich schlug.

»Es musste so aussehen, als …« Ich schluckte und berührte meinen Bauch. »Als hätte ich mich geschnitten.«

Marc schüttelte den Kopf. »Nein, die Polizei hat gesagt, es war viel Blut, eineinhalb Liter. Das ist zu viel. Niemand fügt sich das selbst zu.«

»Ich hatte zwei angepeilt«, sagte ich. »Ich hatte gelesen, das sei möglich. Ich habe es als letzten Test meiner Hingabe betrachtet. Dabei habe ich gut aufgepasst, aber ich habe das Bewusstsein verloren, und als ich wieder zu mir kam, blutete ich immer noch. Ich dachte, ich hätte alles vermasselt.«

Marc war still.

»Ich habe mich selbst verarztet und bin über Fahrradwege nach Selby gegangen. Das hat ewig gedauert, ich war so schwach, doch am nächsten Morgen bin ich in anderer Kleidung mit dem Bus weggefahren. Ich wusste, das würde euch wehtun, aber ich hoffte, du und die Mädchen, ihr würdet darüber hinwegkommen und mich in guter Erinnerung behalten. Diesen Riesenaufruhr wollte ich nicht veranstalten.«

Ich biss mir auf die Zunge. Das hatte ich nicht sagen wollen.

»Riesenaufruhr?«, fragte Marc.

»Dass es eine Untersuchung geben würde, war mir klar«, sagte ich ruhiger, »aber ich dachte, du würdest den Indizien glauben. An Selbstmord hättest du nie geglaubt, deshalb war dies die einzige Möglichkeit. Ich dachte, du würdest Frieden schließen mit der Tatsache, dass ich verschwunden bin.«

Marc sah aus, als wollte er mich anspucken.

»Es tut mir leid«, flüsterte ich.

Schweigend saßen wir da, reglos.

»Kann ich dir eine Tasse Tee machen?«, wiederholte ich.

Diese Worte schlängelten sich wohl durch seine Ohren und

schlugen ihre Fangzähne in seinen Kopf. Da schnappte etwas ein. »Tee? Du bietest mir Tee an? Du bist aus unserem Leben abgehauen, hast mich für eine andere Frau verlassen, hast mir vorgemacht, du wärest tot, und jetzt bietest du mir eine Tasse Tee an?«

Ich erstarrte. »Nein! Niemals – ich hätte nie – es gibt niemand anderes und hat es auch nie gegeben.«

»Und was ist mit Amelia?«, fragte er und ballte die Fäuste.

»Marc, ich bin Amelia. Amelia bin ich.«

Marc starrte mich an, als wollte er verstehen, was zum Teufel er da vor sich hatte. Ich verhielt mich still. In diesem Augenblick war ich keine Person, sondern ein fremdartiges, widerwärtiges Objekt. Ich schaute zu, wie Marcs Kiefer arbeiteten, wie sein Hals vor Anspannung dicker wurde. Langsam bewegte er den Kopf von einer Seite zur anderen. »Nein«, sagte er. »Nein.«

»Es tut mir leid«, wiederholte ich.

»Nein«, sagte er, diesmal etwas lauter, aber nicht unbedingt an mich gerichtet. »Ich habe ihre Briefe gelesen. Ich habe ihre Ausstellung gesehen.«

»Das ist ein bisschen kompliziert«, erwiderte ich und fing wieder an, amerikanisch zu näseln. Das einzige Mal, dass ich so umschalten musste, war, als ich von der Telefonnummer meiner Mutter angerufen wurde. Mein Herz hatte geklopft, wann immer das blau-weiße Skype-Logo meinen Bildschirm ausgefüllt hatte und ich mich als Caitlin melden musste. Ich hatte mir vorgestellt, die Polizei zu belügen, würde das Schwierigste werden, doch obwohl ich meine Vokale gedehnt und mit den Fingern das Mikrofon gedämpft hatte, war meine größte Sorge gewesen, Marc würde meine Stimme erkennen.

Genau wie bei diesen Telefongesprächen wartete ich jetzt aufgeregt und erschreckt darauf, dass mein Mann alle Teile zusammensetzte. Ich würde das niemandem gegenüber eingestehen, aber ich hatte diese Erklärung seit Jahren eingeübt. Auch wenn es seltsam klingt, war es fast eine Erleichterung.

»Ich habe sie erfunden, ehe ich Chicago verlassen habe«, sagte ich. »Das sollte mein Abschlussprojekt werden, die Konstruktion einer Identität; ich wollte ausprobieren, wie leicht oder schwer es wäre, eine Arbeitserlaubnis und eine Sozialversicherungsnummer zu bekommen.«

Marc sah mich an, als würde ich in einer Fremdsprache reden. Ich wandte mich ab und sprach zur Wand. Ich musste es erzählen. »Wir haben uns in dem Sommer kennengelernt, und ich konnte dich nicht vergessen, als ich zurückgegangen war. Ich habe zwar an meinem Projekt gearbeitet, doch ich war nicht mehr mit dem Herzen bei der Sache. Dann bist du an Weihnachten bei meinem Vater aufgetaucht, und ich wusste, ich würde nicht zurückgehen. Ich wollte nicht. Ich war mir ganz sicher, trotzdem fiel mir die Entscheidung schwer. Aber ich wollte noch an der Sache dranbleiben. Ich hatte schon so viel in Gang gebracht. Sogar einen Führerschein hatte ich schon unter ihrem Namen gemacht. Bei jedem Schritt glaubte ich, sie würden mich endlich erwischen, aber es passierte nicht. Als ich also wieder drüben war, musste ich nur noch ein paar Kleinigkeiten erledigen, und das ließ sich von England aus managen.«

Endlich sah ich Marc an. Er war blass geworden. »Was sagst du da? Du hast eine Identität gefälscht?«

»Geliehen. Ich habe ein Mädchen gefunden, das in meinem Geburtsjahr an plötzlichem Kindstod gestorben war. Das war perfekt: Sie war nirgendwo registriert, und nur ihre Eltern kannten sie. Sie zogen kurz nach der Geburt um, sodass das Mädchen in einem anderen Staat starb und es keine Verbindung zwischen den Standesämtern gab. Ich habe also eine Kopie der Geburtsurkunde beantragt.«

Marc sah aus, als müsste er sich übergeben. Ich räusperte mich.

»Man kann das beantragen. Das ist legal. Mit der Geburtsurkunde bekam ich dann einen Führerschein und den anderen Kram. Ich konnte sie sogar für meine Kurse einschreiben. Mein Plan war …«

»Interessiert mich nicht«, sagte Marc und schnitt mir das Wort ab.

»Ich möchte, dass du es verstehst.«

Er streckte abwehrend die Hand aus. »Es interessiert mich nicht, Alex. Deine dummen Spleens und deine verrückten Ideen interessieren mich nicht im Geringsten. Seit über einem Jahr interessiert mich nur noch, meine Frau zu finden.«

Ich schwieg. Ich wusste nicht, ob ich ihm glauben sollte. Seit Jahren hatte ich es ihm sagen wollen. Natürlich hätte es unsere Ehe zerstört, aber dummerweise habe ich immer das Gefühl gehabt, er sei der einzige Mensch, der es verstehen würde. Wenn er nur einen Moment lang diesen Schmerz vergessen hätte, wäre ihm doch aufgefallen, dass ich etwas Großartiges geschaffen hatte. Eigentlich müsste er stolz auf mich sein.

»Es wurde immer viel darüber geredet, wie genau sich die School of the Art Institute of Chicago unsere Lebensläufe ansieht«, sagte ich. Marc schüttelte ungläubig den Kopf, aber ich redete weiter. »In der Kunstwelt kleben alle so sehr an ihrem Werk, weil es ihre Identität ist, ihre Daseinsberechtigung, aber ich wollte herausfinden, wie fragil diese Identitäten sind. Wenn ich Amelia wie eine echte Studentin erscheinen lassen könnte, würde ich damit die Diskussion über die Irrelevanz der Person anfachen. Ich habe die Verwaltung so sehr verwirrt, dass sie unsere Studienbücher verschmolzen haben. Jede Note, die ich als sie bekommen habe, wurde eigentlich jemandem erteilt, der nicht existierte.«

Ich wusste nicht, ob Marc zuhörte. Er saß absolut still da, den Blick auf das zerbrochene Glas auf dem Boden gerichtet. Ich sollte das wohl wegmachen, dachte ich, rührte mich jedoch nicht.

»Sie war praktisch fertig«, sagte ich. »Doch dann blieb ich in England, und wir begannen unser gemeinsames Leben. Ich hatte das Gefühl, so weit weg von allem zu sein, dass ich es nicht für wichtig hielt, dir von diesem dummen Projekt zu erzählen, dass ich nie beendet hatte. Aber ich dachte ständig darüber nach, und es arbeitete und arbeitete in mir, bis ich mich fragte, ob ich es immer noch machen könnte. Ich wollte sehen, ob ich Amelia zu einem Abschluss verhelfen könnte. Dazu musste ich die Werke schaffen, die sie für ihr Abschlussjahr brauchte, und zwar ohne dass ich hier anwesend war. Leicht war das nicht. Ein anderes Projekt, an dem ich gearbeitet hatte, basierte auf der Idee, dass ich mein zukünftiges Ich selbst schreiben könnte. Ich baute mir ein Netzwerk auf von Adressen, wo Post weitergeleitet wurde, und wenn ich einen Brief schrieb, dann ging er um die halbe Welt und landete einen Monat später oder so wieder bei mir. Auf die Weise konnte ich brieflich in Kontakt mit meiner Vergangenheit und meiner Zukunft sein. Ich schickte einen Brief nach England, und zuerst ging er durch Europa und dann nach New York, wo ihn jemand an ein Postfach in Chicago sendete, wo ich ihn dann abholte. Ich änderte das System so, dass alles in York landete, und so konnte ich mir selbst als Amelia an Alex schreiben. Das war ein nützliches Werkzeug, damit ich ihre Projekte ausarbeiten und mir das Leben vorstellen konnte, das sie führte. Das festigte ihre Identität.«

Er ließ mich weiterreden. Mir war klar, er hörte nicht zu. Irgendetwas kam ihm in den Sinn. »Deine Mutter«, sagte er.

Ich wandte ihm meinen Kopf zu. Mein erster Gedanke war Panik, dann folgte Mitleid. »Du hast es herausgefunden?«

Er nickte.

»Tut mir leid«, sagte ich, obwohl mir bewusst wurde, wie sinnlos Entschuldigungen in diesem Stadium waren. »Es war schrecklich, dich anzulügen. Wirklich. Aber Mums Tod passte einfach zu gut. Er fiel zusammen mit dem Umstand, dass mein – ich meine Amelias – Werk hier richtig abhob. Sie wurde immer bekannter, und ich musste immer häufiger herüberkommen. Ich habe meiner Mutter an dem ersten Wochenende, das wir zusammen verbrachten, von Amelia erzählt. Ich weiß nicht, warum, aber es war so emotional, und sie sprach über ihre Ehe mit meinem Dad, und da ist es mir einfach herausgerutscht. Sie hat mich unterstützt. Genau genommen war sie es sogar, die vorschlug, ich solle Amelia am Leben lassen. Sie meinte, sie wäre das perfekte Alibi. Außerdem könnte ich es dir nie erzählen, sagte sie, weil du es nicht verstehen würdest.«

»Da hatte sie recht«, sagte er und verschränkte die Arme vor der Brust.

Ich sog Luft durch die Zähne ein und entschied mich weiterzureden. »Es war ja zunächst nur ein kleines Projekt. Etwas, um meinen Kopf zu beschäftigen, während du bei der Arbeit warst und ich niemanden zum Sprechen hatte außer den Müttern aus der Krabbelgruppe, für die es nur Töpfchen-Training und die ersten Worte oder Schritte ihrer kleinen Schätzchen gab. Ich brauchte etwas Kreatives. Es war ein Spaß und harmlos. Ich organisierte Projekte über das Internet und hatte Leute, die die Ergebnisse in Chats posteten. Dabei kam ich mir vor wie ein unsichtbarer Marionettenspieler. Ich hatte dieses virtuelle Leben und mein wundervolles reales noch dazu.«

»Warum hast du es vor mir geheim gehalten?« Seine Stimme war jetzt sanfter. Sie brachte in mir etwas zum Schwingen.

»Am Anfang hattest du solche Angst«, sagte ich. »Du hast mich ständig im Auge behalten und nach Anzeichen gesucht, dass ich meine Meinung ändere. Manchmal schien es mir, als ob du mich gar nicht für echt gehalten hast, als könnte ich mich im Regen auflösen oder durch den Abfluss verschwinden. Ich wollte dich nicht beunruhigen. Du solltest nicht glauben, dass du mir nicht genug bist.«

»Offensichtlich war ich nicht genug.«

»Doch. Ich habe das nur für mich gemacht. Ich hätte nie erwartet, dass Amelia solchen Erfolg hat.« Ich zögerte. »Aber dieses eine Werk hat den Rahmen völlig gesprengt. Plötzlich bot man ihr Stipendien und Ausstellungen in Galerien an, und die Journalisten versuchten herauszufinden, wer sie war. In gewisser Weise war es ein Albtraum. Ich musste alles in viel größerem Rahmen organisieren. Da habe ich mir ein zweites Telefon besorgt und gelernt, wie ich meine Spuren im Internet verwischen kann.«

Marc runzelte die Stirn.

»Einmal hast du mich damit erwischt, erinnerst du dich? Kurz davor – ich war wohl nachlässig geworden.«

»Warte«, sagte Marc. »Das iPhone bei unserer Party? Ich habe schon gedacht, wie seltsam du dich benimmst, aber du hasst iPhones und hast dich geweigert …«

»Ich wollte die Dinge getrennt halten. Amelia konnte das alles, sie wusste über Proxies und Verschlüsselung Bescheid, weil sie es brauchte. Sie brauchte es zum Überleben. Alex nicht. Ich habe gern einfach umgeschaltet und dich gebeten, das Internet in Ordnung zu bringen. Ich habe einfach körperlich in unserer Welt gelebt.«

Marc rieb sich den Nasenrücken und verzog das Gesicht, als hätte er Schmerzen.

»Natürlich hatte ich fürchterliche Angst, erwischt zu werden. Nicht nur von dir, sondern auch von den Journalisten oder Galeristen, von allen. Gleichzeitig war es aufregend. Die ganze Aufmerksamkeit. Es war das, wovon ich früher geträumt hatte.«

»Also hast du entschieden, Alex zu töten und Amelia zu werden?«, fauchte Marc und starrte mich an. »Ihr Leben war aufregender, ja?«

»Nein, so war das nicht.«

Er schüttelte den Kopf und stand wieder auf. Ich streckte die Hand aus, weil ich Panik hatte, dass er gehen würde. Er sollte bleiben.

»Ich habe beides gemacht. Dich anzulügen fiel mir schwer, aber ich habe mich so lebendig gefühlt, weil ich alles haben konnte. Wir waren glücklicher als je zuvor, und du brauchtest ja nicht zu wissen, dass ich alle paar Monate nach New York geflogen und nicht nach Dorset gefahren bin. Für mich war das wie ein Lotteriegewinn. Ich brauchte nichts zu opfern. Manchmal Amelia zu sein hat eine bessere Alex aus mir gemacht. Durch dieses kreative Ventil konnte ich eine bessere Frau und Mutter sein.«

»Weil das nicht *alles* war?«

»Sag das nicht so, als hätte ich etwas Schlimmes gemacht. Weißt du, wie oft ich bei der Elternpflegschaft Frauen getroffen habe, die gern mehr aus ihrem Leben gemacht hätten? Die sich wünschten, sie hätten keine Kinder bekommen oder nicht geheiratet, sondern etwas getan, das in der Welt draußen eine Bedeutung hat.«

»Warum konntest du nicht einfach mit mir darüber reden?«, fragte er. »Ich hätte dich unterstützt.«

»Tatsächlich?« Ich musterte sein Gesicht. »Du glaubst das wirklich, und du hättest es wahrscheinlich auch versucht, aber wir hätten nicht mehr das gehabt, was wir hatten, wenn du Bescheid gewusst hättest. Unsere Ambitionen hätten uns auseinandergetrieben. Ich habe mich verändert, als ich dich kennengelernt habe. Ich habe es mir nicht vorgenommen, aber es ist so gekommen. Ich wollte das sein, was du wolltest, was du gebraucht hast. Das, wofür du mich gehalten hast. Und ich habe nie aufgehört, das zu sein. Aber der Grund, warum ich das konnte, lag darin, dass ich ein kleines Stück meines früheren Lebens aufbewahrt hatte. Ich fühlte mich in meiner Identität sicher. Wenn ich Amelia nicht gehabt hätte, wäre ich irgendwann in mein altes Leben zurückgekehrt. Ich wäre sauer auf dich gewesen, wegen der Verwandlung, die ich in mir vollzogen habe. Ich wäre mürrisch und trübselig geworden wie alle Menschen mit gescheiterten Träumen. Wir wären nicht so glücklich gewesen, wie wir es waren.«

»Aber trotzdem sagst du, wir waren nicht glücklich«, sagte er und hob die Stimme. »Wenn wir glücklich und unser Leben perfekt gewesen wäre, warum zum Teufel bist du dann abgehauen?«

Ich schwieg kurz und blickte zum Fenster, als ich schließlich antwortete. »Wegen der Mädchen. Ich habe erkannt, dass die Zukunft, als ich jünger war, vielversprechend für mich aussah. Ich habe geglaubt, ich wäre unterwegs zum Glück. Vielleicht würde ich es nicht erreichen, aber ich wollte nicht aufhören, danach zu streben. Dann saß ich eines Tages in unserem Büro und sah, wie gesetzt ich geworden war. Ich verfasste einen Entwurf für eine Doktorarbeit, die ich nicht schreiben wollte, während Journalisten und Kuratoren in ganz Manhattan nach Amelia suchten. Ich organisierte Schulfeste und kaufte die richtigen Cornflakes, während hinter der A64 die Welt aus Krieg und Hunger, aus Rasse und Geschlecht, aus Politik und Protest bestand.«

Ich hörte Marc Luft holen, als wollte er etwas sagen. Also wandte ich mich ihm zu und redete schneller, falls er mich unterbrechen würde. »Wie sehr ich dich und die Mädchen auch geliebt habe, es genügte einfach nicht. Weil Charlotte und Lizzie mit ansehen mussten, wie ich dieses Halbleben führte. Manches war sicherlich magisch, aber die Zeiten dazwischen: stumpfe Gespräche über Fernsehsendungen, Büropolitik, die Minidramen meiner Studenten, die endlosen Ausschüsse und Sitzungen, die Pausenbrote, die jeden Tag gemacht werden mussten, das Haus, das ständig geputzt werden musste – das fühlte sich so unwichtig an. Was für ein Beispiel war ich für sie?«

Ich bemerkte, dass ich mit den Händen fuchtelte, und ließ sie sinken. Marc lachte nicht oder schrie nicht, wie ich es erwartet hätte, sondern er starrte mich nur an.

»Ich hatte das Gefühl, ich würde Alex mehr spielen als Amelia«, sagte ich. »Und das war so dumm, denn Alex gab nicht nur ein schreckliches Rollenvorbild für unsere Mädchen ab, sondern zusätzlich fühlte ich mich die halbe Zeit nicht einmal als gute Mutter. Ich versuchte mich in diese lächelnde, unterwürfige Ehefrau zu verwandeln, aber irgendwie machte ich es falsch, und ich ...«

»Du klingst, als wäre ich so ein Monster aus den Fünfzigerjahren gewesen«, unterbrach mich Marc. »Weißt du eigentlich, wie weh das tut? Ich habe nie eine lächelnde, unterwürfige Ehefrau aus dir machen wollen.«

»So meine ich das auch gar nicht. Das lag nicht an dir. *Ich* wollte so sein. Ich habe mir eingeredet, nur für dich und die Mädchen da zu sein mache mich glücklich. Dann sagte Lizzie eines Tages, sie wolle so sein wie Fran, und mir war, als hätte man mich wachgerüttelt. Ich hatte mir bloß vorgemacht, wie glücklich ich bin, damit ich es wurde. Wenn ich einen schlechten Tag hatte, würde ich am nächsten Tag einfach mein Gedächtnis umschreiben und mir einreden, gestern wäre alles super gewesen. Und jedes Mal, wenn ich schwankte und mich fragte, ob ich ständig das Falsche machte, dachte ich an meine

Erinnerungen und sah, wie perfekt mein Leben war und wie vorübergehend und unbedeutend dieses Gefühl sein musste. Ich lebte in einem Märchen, das ich mir selbst konstruiert hatte.«

»Gott«, sagte Marc. »Das ist lächerlich. Hörst du eigentlich, was du da redest?«

»So habe ich mich gefühlt. Ich wollte so sehr, dass wir glücklich waren, und deshalb habe ich mich dem ganz gewidmet. Aber gleichzeitig bekam ich Albträume, dass ich zusammenbrechen und alles gestehen und damit unser Leben ruinieren würde. Das wollte ich nicht, doch mir machte der Schaden Sorge, den ich bei den Mädchen anrichtete, indem ich mich selbst leugnete, so viel von dem, was ich wirklich fühlte. Da kam ich auf den Gedanken, Amelia in Vollzeit zu leben. Zuerst war es nur so eine spinnerte Idee, und ich hatte ein schlechtes Gewissen, weil ich darüber nachdachte. Aber ich bekam es nicht mehr aus dem Kopf. In langweiligen Seminaren hing ich Tagträumen nach, während meine verkaterten Drittsemester über Aufsätze plapperten, von denen sie nur die Einleitung gelesen hatten. Ich wusste nicht einmal, ob es möglich wäre. Aber je mehr ich darüber nachdachte, desto miserabler fühlte ich mich als Alex.«

Marc zuckte zusammen.

»Nicht miserabel«, berichtigte ich mich, »jedenfalls nicht mit dir und den Mädchen, aber rastlos. Ich konnte mir die Zukunft nicht vorstellen. Ich spürte nur, wie ich mich mehr und mehr in die verbitterte Frau verwandelte, die ich gewesen wäre, hätte ich Amelia nicht erschaffen. Und Lizzie und Charlotte wuchsen in dem Denken auf, das sei in Ordnung. Dann fing ich an zu überlegen, wie ich es umsetzen könnte und dabei so wenig Schmerz wie möglich verursachen würde.«

Marc schnaubte.

»Am schwierigsten war es, Amelia einen Pass zu besorgen«,

sagte ich. Es musste heraus, sonst würde ich es nie erzählen. »Ich hatte immer meinen benutzt, wenn ich gereist war, aber das wäre nicht gut gewesen, wenn ich für tot gehalten werden wollte. Der Papierkram dauerte ewig, und am Ende machte ich mir Sorgen, dass der Pass nicht rechtzeitig fertig sein würde, aber Amelia hatte in den letzten Jahren in die Sozialversicherung eingezahlt und außerdem ein makelloses Führungszeugnis, also wurde er am Ende ausgestellt. Der Rest der Pläne war relativ einfach. Ich hatte mir ein Jahr Zeit gelassen, um alles zu organisieren. Ich habe dieses Apartment gemietet und bereitete verschiedene Dinge vor. Ich war nicht sicher, ob ich die Sache wirklich durchziehen würde, sogar noch bis zur letzten Minute.«

Meine Stimme verklang. Wieder hörten wir eine Sirene, diesmal jedoch nicht so nah. Ich lauschte den Fahrzeugen auf der Straße unten, dem gelegentlichen Hupen.

Nach mehreren Minuten belastenden Schweigens begann Marc zu reden und musste sich spürbar beherrschen, um ruhig zu sprechen. »Hast du eine Ahnung, wie sehr du unsere Familie zugrunde gerichtet hast? Deine Kinder?«

Ich öffnete den Mund und schloss ihn wieder, ohne etwas zu sagen.

»Ich bin am Boden«, fuhr er fort. »*Du* hast mich zerstört. Sieh dir an, was aus mir geworden ist.« Er deutete auf seine abgewetzten Jeans und den Viertagebart. »Ich renne in New York herum und versuche, damit klarzukommen, dass ich die Frau verloren habe, die ich liebe, während sie sich mit den Kunstkritikern der Stadt herumtreibt. Während ich in Polizeirevieren sitze und öffentliche Hilfeaufrufe starte, während ich unsere Töchter tröste, die untröstlich sind, kritzelst du Zitate auf Galeriewände und bezahlst Schauspielerinnen dafür, dass sie fremden Leuten die Zunge in den Hals stecken. Das ist absurd.«

Ich blinzelte, als er die Galerie und Erin erwähnte, und brachte kein Wort heraus.

»Aber wie du schon gesagt hast, wir sind *unbedeutend*.« Er schüttelte den Kopf. »Jeder verändert sich, Al. So ist das Leben. So ist es, wenn man ein verdammter Erwachsener ist. Glaubst du, ich hätte alles bekommen, was ich mir gewünscht habe? Weißt du, wie anstrengend es ist, mit jemandem zu leben, der nichts ernst nehmen will? Wie sehr ich mir manchmal ein Gespräch unter Erwachsenen gewünscht habe? Oder sogar einen anständigen Streit! Ich bin kein gewalttätiger Mensch, aber manchmal hätte ich dir am liebsten eine geknallt. Ich hatte das Gefühl, ich hätte noch ein Kind im Haus. Und das hier, glaubst du, das ist besser für unsere Mädchen? Glaubst du, jetzt bist du ein gutes Rollenvorbild? Was für ein Rollenvorbild kannst du sein, wenn sie dich für tot halten?«

»Ich wollte ...« Ich schluchzte.

»Was? Was wolltest du?«

Ich holte tief Luft und rieb mir die Augen. »Ich wollte warten, bis sie älter sind. Und dann zurückkommen, um ihnen zu zeigen, was ich gemacht habe.«

»Und du glaubst, sie ...«

»Ich weiß, sie werden mir nie verzeihen«, sagte ich rasch und schnitt ihm das Wort ab. Ich musste mir nicht von ihm anhören, wie viel ich geopfert hatte. »Ich weiß, ich kann den Schmerz nie wiedergutmachen, doch als Erwachsene werden sie mich vielleicht verstehen und stolz auf mich sein. Vielleicht sehen sie, wie wichtig das alles ist.«

Marc schüttelte den Kopf.

»Sicherlich werde ich keine Beziehung mehr zu ihnen haben«, fuhr ich fort. »Du hast keine Ahnung, wie weh das tut, aber ehrlich, als Amelia kann ich mehr für sie sein.«

»Gott, Al«, sagte Marc. »Das ist selbst für dein Niveau

lächerlich. Du hast es dir richtig schön zurechtgelegt. Meine Mutter hatte recht, was dich betrifft.«

Wir starrten uns an.

»Du hättest es mir sagen sollen.«

Ich schüttelte den Kopf, und meine Tränen flogen überallhin. »Das konnte ich nicht. Es hätte alles ausradiert, was vorher war.«

»Und das jetzt nicht?«

»Ich habe mit angesehen, wie meine Eltern zerstört haben, was an unserer Familie schön war«, sagte ich. »Sie wurden zu diesen kläglichen Individuen, die an entgegengesetzten Enden des Landes wohnten und nicht einmal mehr den Namen des anderen aussprechen konnten. Wir durften nicht einmal die Erinnerung an die guten Zeiten behalten.«

»Sind Erinnerungen für dich alles, was zählt?«, schrie er. »Glaubst du, deine Töchter sind mit der *Erinnerung* an eine Mutter besser dran als mit der realen Person? Ich lasse dir eine verfluchte Erinnerung da. Wie wär's mit Lizzie, die sich ein Messer in die Haut drückt, weil sie denkt, ihre Mum würde das cool finden? Was ist mit Charlotte, die sich die Augen aus dem Kopf weint, weil ich sie nicht so anziehen kann wie du? Wie ist es mit Weihnachten und Feiertagen und Geburtstagen, an denen wir uns nur eins gewünscht haben: di…« Marc versagte die Stimme.

Ich verzog keine Miene und stellte mir vor, Ochs am Berg mit Char zu spielen.

Als er weitersprach, klang er so beherrscht und so ruhig, dass sich meine Nackenhaare aufstellten. »Du hast uns verlassen, damit wir unser perfektes Leben ohne dich fortführen können, aber dir ist nicht in den Sinn gekommen, dass sich von da an unser Leben nur noch um *dich* drehen würde? Dass wir dir *niemals* entfliehen könnten?«

Ich schloss die Augen. Ich konnte ihn nicht ansehen.

»Du hast uns geschont, ach so? Du hast dich selbst geschont. Es wäre viel netter gewesen, uns zu sagen, wie verrückt und egoistisch du bist, aber nein, natürlich konnte die arme kleine Alex den Gedanken nicht ertragen, dass jemand sauer auf sie wäre. Alle mussten sie mögen und sie wie eine verdammte Heilige verehren. Was konnte sie also tun? Sie konnte uns glauben lassen, sie wäre tot. Natürlich. Dafür sorgen, das wir schluchzen und weinen, damit du dich geliebt fühlst und dich trotzdem in dein neues Leben vom Acker machen konntest. Habe ich es ungefähr erfasst?«

Ich kniff die Augen zu, während mir weitere Tränen über die Wangen kullerten.

»Sag was«, verlangte er.

Ich hörte, wie er auf mich zukam.

»Du musst etwas sagen!«

»Ich fühle mich scheußlich«, sagte ich. »Deinetwegen und wegen der Mädchen. Wegen allem.«

»Das hast du auch verdient.«

Ich hörte, wie er noch einen Schritt näher kam.

»Ich habe jeden Tag an sie gedacht, habe ihr süßes Lächeln vermisst, habe vermisst, sie aufwachsen zu sehen.« Meine Knie zitterten. »Aber ich konnte nicht bleiben. Sosehr ich sie und dich liebe, was ich getan habe, ist besser für uns alle. Es ist wichtiger.«

»Wichtiger, als eine Mutter zu sein?«, schrie er. Die Lautstärke schockierte mich, und ich öffnete die Augen. Sein Gesicht war rot. Eine Ader pochte an seiner Stirn, Tränen rannen über seine Wangen.

Ich holte tief Luft und zwang mich, ihm in die Augen zu sehen. »Sie haben dich. Ich wäre nie gegangen, wenn ich nicht geglaubt hätte, dass es ihnen ohne mich trotzdem gut geht.

Aber ich habe die Chance, mehr zu erreichen, als ihnen die Nase zu putzen und sie im Arm zu halten, wenn sie traurig sind. Amelia hat eine Bühne, hat die Verantwortung, Ideen zu erproben, Dinge herauszufordern. Es hat als Spiel begonnen, aber jetzt hat es eine größere Bedeutung bekommen und ist viel wichtiger als mein schönes Leben oder deins oder das der Mädchen.«

Marc schnaubte. »Demnach hattest du die *gesellschaftliche Pflicht*, uns zu verlassen?«

»Um mehr zu tun, als gelangweilte Mittelklasse-Kids zu unterrichten, auf dem Heimweg im Supermarkt einzukaufen und zufrieden in meinem privilegierten Leben abzuhängen.«

Marcs Kinn zuckte. Ich fühlte mich, als hätte ich ihn geohrfeigt.

»Ich wollte euch eine Nachricht schicken«, sagte ich, »damit ihr euch keine Sorgen macht, damit ihr euer Leben weiterleben könnt, aber das hätte nicht funktioniert. Die Regel Nummer eins in allen Büchern, die ich gelesen habe, lautet: alle Kontakte kappen. Ich habe für die Suche nach mir gespendet. Das hat nicht gereicht, damit ich mich besser fühle, aber ich wollte wenigstens ein bisschen ausgleichen, dass meinetwegen Gelder verschwendet wurden.«

Marc runzelte die Stirn und verarbeitete, was ich gesagt hatte. Er war für das Geld dankbar gewesen. »Unser Leben war eine Lüge.«

»Nein.« Ich trat vor. Zwischen uns lag noch ein halber Meter.

»Eine Fiktion, von vorne bis hinten«, krächzte er.

»Jede Beziehung ist teilweise eine Fiktion.« Ich kniete vor ihm. »Nichts von dem, was zwischen uns war, war eine Lüge. Es war nur einfach nicht alles, was es für mich gab.«

Ich sah auf und wünschte mir, dass er verstünde. Er wischte sich über die Augen.

»Ich weiß, es genügt nicht, aber es tut mir leid, dass ich dir wehgetan habe.« Meine Tränen fielen auf mein Kleid und bildeten unregelmäßige Tüpfelchen, wo der Stoff sie aufsaugte.

»Ich dachte, du bist tot.« Sein Adamsapfel hüpfte. »Oder dir wäre noch etwas Schlimmeres zugestoßen.«

»Tut mir leid«, wiederholte ich.

»Es tut dir leid?« Ich glaube, er wollte wütend klingen, aber es kam eher müde als zornig heraus. »Wie kannst du da sitzen und sagen, es tue dir leid? Du hast uns in den Nachrichten gesehen. Sonst hättest du diese Spende ja nicht gemacht. Du hast gesehen, wie es uns mitgenommen hat. Wie konntest du das tun?«

»Ich musste.«

»Auf diese Weise? Wir waren Freunde, wir kannten uns. Ich bin kein schreckliches Monster von Ehemann, der dich gezwungen hat, ihm deine Träume zu opfern. Du hättest mit mir reden können. Du hättest mit mir reden *müssen*. Du hättest mir eine Chance geben sollen. So viel hätte ich verdient gehabt. Jeder Mann hat es verdient, zu erfahren, wenn seine Frau ihn verlassen will.«

»Aber ich *wollte* dich nicht verlassen, das ist doch der springende Punkt.« Ich sah ihm in die Augen. Seine Wut war wie ein galoppierendes Pferd, das stolperte und ihn abzuwerfen drohte.

»Jetzt bin ich völlig verwirrt.« Er warf in melodramatischer Verzweiflung die Hände in die Luft.

»Ich *musste* gehen, weil Amelia gehen musste. Aber Alex wollte nicht. Deshalb konnte sie – *ich* – dir nichts erzählen, damit du es verstehst, denn es ging nicht um das, was ich fühlte, wenn ich bei dir war. Ich war nicht die Frau, die Mann und Kinder loswerden wollte. Die bin ich immer noch nicht. Aber ich war auch nicht die Frau, die hätte bleiben können. Es ist eben komplizierter als das. Und das war es schon immer.«

»Nach dreizehn Jahren Ehe und zwei wunderschönen Kindern kommst du mir mit: ›Es ist kompliziert.‹?« Jeder andere Mann hätte geschrien, dabei Geschirr zerschlagen und mit der Faust an die Wand gehauen. Aber ich kniete vor Marc, und wir sahen uns in die Augen wie damals, als wir uns kennengelernt hatten und unser Glück kaum hatten glauben können. Er flüsterte, flehte. Sein Pferd war ohne Reiter davongeprescht. Jemand hatte den Deckel aufgedreht und die Luft aus seiner Wut gelassen. Ich wusste, er wollte, dass ich etwas sagte, damit er mir verzeihen könnte, damit er einen Sinn in unserer Situation sähe. Wenn ich nur die richtigen Worte gefunden hätte …

»Vielleicht hätte ich Verständnis gehabt?«, sagte er leise. »Vielleicht hätten wir es zusammen machen können. Womöglich wären wir nach New York umgezogen.«

»Glaubst du wirklich? Glaubst du, wenn ich dir erzählt hätte, dass ich, seit wir uns kennen, ein Doppelleben geführt habe, hättest du gesagt: ›Oh, wundervoll, Glückwunsch, ich kündige, und wir ziehen über den Atlantik in diese übervölkerte Stadt, die ich garantiert hassen werde.‹?«

Er starrte mich an. Er wollte sagen *ja, vielleicht*, nur um mich in meiner ärgerlichen Selbstgewissheit zu erschüttern.

»Du verstehst es«, sagte ich. »Ich weiß, dass du es verstehst. Jedenfalls wenn du dir Mühe gibst. Ich habe dir gesagt, wie seltsam es war, eine andere Person zu sein und mit dir zu leben. Ich habe es nie bereut, Chicago verlassen zu haben, nie bereut, mit dir zusammengezogen und dich geheiratet zu haben, aber ich vermisse immer noch das Mädchen, das ich war, die Frau, die ich hätte werden können. Und ich will nicht, dass unsere Mädchen so aufwachsen. Fragst du dich nicht, wie es wäre, wenn du einfach sagen würdest ›zum Teufel mit den Pflichten und dem Gehalt und der Hypothek, ich schreibe jetzt meinen Roman‹?«

Ich verstummte. Er zuckte zusammen, als ich seinen verloren gegangenen Ehrgeiz erwähnte, und ich fragte mich, ob ich zu weit gegangen war. Natürlich. Offensichtlich in allem, aber besonders bei dem, was er nicht erreicht hatte, während er noch versuchte zu begreifen, was ich geschafft hatte.

»Tut mir leid«, sagte ich zum vierzigsten Mal. »Das war nicht so gemeint. Ich habe nur versucht, alles auf einmal zu sein: deine perfekte Frau und die perfekte Mutter der Mädchen, ohne dabei das Gefühl zu haben, einen Teil meiner selbst verloren zu haben.«

Er schüttelte langsam den Kopf von einer Seite zur anderen. »Wenn Lizzie und Charlotte eine perfekte Mutter hätten, wäre die jetzt bei ihnen.«

Bevor er den Satz zu Ende gebracht hatte, knickte ich in der Mitte zusammen. Ich vergrub das Gesicht in den Händen, und meine Schultern schüttelten sich beim Schluchzen, als ich vielleicht zum ersten Mal verstand, was ich unseren Töchtern angetan hatte. Ich wusste es natürlich. Ich hatte jeden Tag an sie gedacht und mich immer gerechtfertigt. Ich hatte theoretische, objektive Argumente – und die habe ich noch immer –, aber als Marc das sagte, bedeuteten sie plötzlich nichts mehr. Marc schaute zu, wie ich weinte, und auch über sein Gesicht liefen Ströme von Tränen. Vielleicht genoss er es, mich heulen zu sehen, damit ich nachfühlen konnte, wie es ihm in den letzten vierzehn Monaten ergangen war. Er hätte jedes Recht dazu gehabt. Seit jenem Tag geht mir eine Zeile aus einem Song nicht mehr aus dem Kopf: *You can cry me a river, cry me river, I cried a river over you.*

Aber mein Mann ist stärker und barmherziger als ich. Ihn zerriss es innerlich, als die Frau, seine Frau, die er liebte, vor ihm zusammenbrach. Ohne nachzudenken und ohne die Komplexität der Geste zu analysieren unter diesen verzwickten

Umständen, legte er mir die Hand auf die Schulter. Er ließ sich nieder und setzte sich mir gegenüber auf den Boden.

Ich blickte zu ihm auf. Seine Hand lag unbeholfen auf meiner Schulter, unsere erste Berührung seit vierzehn Monaten. Ich stellte mir vor, wie die Hitze seiner Hand in mir einen Knoten löste. Ich wollte mich wieder ganz fühlen. Wie Alex: Marcs Frau, seine Liebe, sein Fleisch.

Er zog die Hand zurück und griff nach der Kette um meinen Hals. Er hob den Silberanhänger von meiner Brust und strich über den winzigen Papierflieger. Dann ließ er ihn fallen, und ich sank vorwärts. Ich drückte meine Lippen auf seine. Ich küsste meinen Mann, obwohl ich geglaubt hatte, ich würde es nie wieder tun. Er schmeckte nach Salz und Rotz. Seine Lippen waren leibhaftig, waren echt. Er wich zurück. Ich hielt ihn an den Schultern fest, küsste ihn heftiger, beharrlicher. Ich stellte mir vor, wie wir wieder auf die Füße kamen, wie wir uns erinnerten. Das war keiner dieser Küsse, die einer von uns vermisst und ersehnt hatte, während man allein im Bett lag. Er konnte nicht wiedergutmachen, was wir an Begrüßungen und Abschieden verpasst hatten, all die spontanen Liebesbezeugungen und die berechenbare Romantik der Jahrestage. Diesen Kuss könnte man niemals wiederholen. Ich hatte das Gefühl, dass wir das Leben aus dem anderen heraussogen, dass wir nahmen, was wir brauchten, um weitermachen zu können.

Marc drehte den Kopf und lehnte sich von mir zurück. Ohne ein Wort löste er meine Finger von seinen Schultern und schob meine Arme zur Seite. Ich verlor das Gleichgewicht auf den Knien und fiel auf den Boden. Er stand auf und blickte auf mich herunter.

Ich öffnete den Mund und wollte sprechen, doch kein Laut kam heraus. Er griff nach seinem Rucksack und ging rückwärts zur Tür. Er löste seinen Blick nicht von meinem, bis er im Flur stand und der Tür mit dem Dreifachschloss erlaubte, zwischen uns zuzufallen.

Er ließ mich da auf dem Boden liegen. Sein Geruch hing mir noch in der Nase. Ich stelle mir vor, dass er in sein Hotel zurückgekehrt ist. Am nächsten Morgen hat er sich vielleicht noch die Fantasie gestattet, ich würde ihn am JFK treffen und mit ihm nach Hause kommen. Aber ich wusste nicht, welchen Flug er nehmen würde oder ob er überhaupt an diesem Tag abfliegen würde. Und vor allem war mir diese Vorstellung viel zu romantisch, denn irgendwann zwischen dem Zeitpunkt, als er meine Wohnung verlassen hat, und seinem Abflug muss er bei der Homeland Security angerufen haben. Als die Einwanderungsbeamten an meine Tür pochten, als sie mir die Handschellen anlegten, mich hinten in den Streifenwagen setzten und mit mir durch die Stadt fuhren, die ich für mein Zuhause gehalten hatte, musste ich einsehen, dass am Ende Marc mich verlassen hatte.

Mr London Tweets @London321
Ist das Kunst? bit.ly/47ukorj #performance #wtf #findalexsouthwood

Angry Fem @sheissomeone
Vielleicht ist das der Gesprächsstarter, den wir brauchen #womensrights #timetolisten bit.ly/82gelfh

4 from 40 @workingmum77
Kann nicht glauben, dass eine Mutter so etwas tut! #rotinhell #bitch bit.ly/49yirrl

Lucy Loo @Lucyonthenet
Will nichts schönreden, aber würden wir einen Mann so hart verurteilen? #doublestandards #AmeliaHeldt bit.ly/47ukorj

Buzzfeed UK @buzzfeeduk
Amelia Heldt hat das Gesetz auf 10 Arten gebrochen #AmeliaHeldt #isthisart bit.ly/57bjhdl

Rosie C Cary @rosiecarywrites
#AlexSouthwoods Anwalt erklärt sie zum Opfer = Ohrfeige für richtige Opfer. Gerechtigkeit für Marc!

Personality Tests Online @knowyourself
Bist du eine Amelia oder eine Alex? bit.ly/61yyehd

ALLTAGSETHIK UNTER DER LUPE: AMELIA HELDTS *EXHIBIT A*

August 2015, *The New York Times*

Es geschieht nicht zum ersten Mal, dass ein Künstler von seinem Publikum verlangt, mindestens ungefähr tausend Dollar aufzuwenden, einen Reisepass zu besitzen und auch noch achtundvierzig Stunden durch die Welt zu reisen, um sein Kunstwerk angemessen zu genießen, aber Amelia Heldts *Exhibit A* kann dafür eine Reihe anderer Kunstwelt-Nova vorweisen, die beileibe nicht alle angenehm sind. Die Grenze zwischen Kunst und Leben wird seit Jahrhunderten diskutiert, und viele Künstler haben sie gezielt überschritten, in der Hoffnung, Reaktionen zu provozieren. Man denke an Sophie Calles *Address Book*, an Guillermo Gómez-Peña und Coco Fuscos Streich für die amerikanische Wirklichkeit namens *Couple in the Cage* und Andy Warhols *Factory*. Aber mit einem Streich hat Heldt Moralisten, Kritiker, Anwälte und Künstler rund um den Globus in Aufregung versetzt und die oben genannten Berühmtheiten weit hinter sich gelassen.

Leser in Großbritannien kennen Heldt besser unter dem Namen Alexandra Southwood, Ehefrau, Mutter und Dozentin an der Universität von York, die seit Februar 2013 als vermisst galt. Ihr Gesicht war überall in Großbritannien in Zeitungen, auf Bussen und an Bahnhöfen zu sehen. Ihr Ehemann hat sich regelmäßig mit der Bitte um Hilfe an die Öffentlichkeit gewandt, und die Medien haben Gerüchte über Mord und Entführung genussvoll ausgeweidet.

Im Gegensatz dazu dürften diejenigen, die mit der amerikanischen Performance- und Installationskunstszene vertraut sind, Heldt seit 2004 als neuen Stern am Firmament kennen. Mit einer Reihe begeisterter Kritiken, Stipendien und Einladungen großer Galerien hat sie sich in der Kunstwelt einen Namen gemacht, wenn auch bislang das Gesicht zu diesem Namen fehlte. Sie war bekannt für ihr Eremitentum, und mancher hielt sie gar für das Alter Ego eines berühmten Kollegen (die Gerüchte reichten von Miranda July bis zum wiedererweckten Andy Kaufman), während sie Preise und Lob in bislang nicht gekanntem Ausmaß einfahren konnte.

Nun hört man also, wenige Monate nach den Behörden, dass die beiden Frauen ein und dieselbe Person sind. Southwood hat Heldts Identität während ihrer Zeit als Auslandsstudentin an der School of the Art Institute of Chicago erschaffen. Nach ihrer Rückkehr nach England besorgte sie weitere Rechtsdokumente für ihre erfundene Freundin. Während Southwood ihre Kurse ein Semester vor dem Abschluss abbrach, ließ sie Heldt die Prüfungen machen, obwohl sie während der Abschlusspräsentation in England war und kein einziger Professor behaupten konnte, die Starstudentin je gesehen zu haben. In den letzten Jahren haben andere Absolventen der SAIC öffentlich über ihre enge Freundschaft mit Heldt gesprochen und so für eine Gruppe getrommelt, die man das Chicago Set nannte. Allerdings wissen wir heute, dass die führende Künstlerin und das eigentliche Rückgrat der Gruppe tatsächlich gar nicht existierte.

Mag der Ausgangspunkt der gemeinsamen Geschichte von Southwood und Heldt noch amüsant zu lesen sein, bekommt die Angelegenheit seit Februar 2013 einen bitteren Beigeschmack. Southwood verschwand am Donnerstag, dem 21. Februar 2013 nach der Arbeit spurlos aus York, England. Ihre persönlichen Gegenstände sowie ihr Blut wurden am Fluss Ouse gefunden, allerdings entdeckte man keine Leiche. Die Polizei verfolgte mehrere Spuren, doch der Ehemann und die beiden Töchter mussten akzeptieren, dass Southwood sich in die 250 000 Personen einreihte, die jedes Jahr in Großbritannien als vermisst gemeldet werden. In Wirklichkeit jedoch hatte Southwood das Land mit einem Reisepass auf den Namen Heldt verlassen und war nach New York gezogen, um Vollzeit unter ihrer erfundenen Identität zu leben.

Heldts letzte Installation macht nun die Vermisstensuche zur Kunst. Sie hat Zeitungsausschnitte, Fernsehmaterial, Polizeiberichte und sogar Aufzeichnungen der tränenreichen Appelle ihres Mannes gesammelt und sie mit ihrem Namen als Originalwerke signiert. Heldts Ausstellung *Exhibit A* findet zeitgleich in York und New York statt, in zwei Galerien, die mit den Hinterlassenschaften beider Leben der Künstlerin vollgestopft sind. In New York finden wir die Zeugnisse ihres Lebens in York: Protokolle von Elternabenden, Einkaufszettel, Schnappschüsse von der Familie, praktische Schuhe mit abgelaufenen Sohlen, Fernseher, Terminplaner, Bände über Kunstgeschichte und andere Beweisstücke einer perfekt funktionierenden Mittelklasseexistenz. Derweil bietet die Galerie in York einen komplett anderen Blick auf dieselbe Frau. Die linke Seite des Raumes dokumentiert Heldts künstlerisches Schaffen bis zurück ins Jahr 2002 und ihre Arbeit bei Werbeagenturen sowie solche gefeierten Events wie *Meine Bedingungen für Zärtlichkeit*, *Sei mein Freund* und *Schuss in Liebe*. Die rechte Seite der Galerie erklärt hingegen die Verwandlung von Southwood zu Heldt. Die Ausstellungsstücke reichen bis 1999 zurück, und wir erfahren, dass Heldt das Licht der Welt als Kursarbeit über Immigration erblickte. Als internationale Studentin, die sich dafür interessierte, wie »fremde« Bürger in den USA behandelt werden, recherchierte Southwood Möglichkeiten, wie man eine Sozialversicherungsnummer bekommen kann, wobei sie sowohl legale Wege als auch den Kauf falscher Dokumente auf der Straße und die »Kindstod«-Technik untersuchte. Auf diese Weise erschuf Southwood ihre fiktive Zimmergenossin mit Sozialversicherungsnummer und einem Führerschein des Staates Illinois. In der Ausstellung wird behauptet, ursprünglich habe der Plan bestanden, Heldt auch eine Steuernummer für illegale Immigranten zu besorgen, was zu einem Werk über die Korruption in der Steuerbehörde und dem Sozialversicherungssystem geführt hätte.

Allerdings brach sie ihr Studium vor dem Abschluss ab und zog zurück nach England zu ihrem zukünftigen Mann. Dort begann das Leben, das in der Galerie in New York dokumentiert wird, aber in York finden wir Spuren ihres beginnenden Doppellebens. Schriftliche Notizen für ihren Mann, auf denen sie ihm ankündigt, ihre alte Mutter zu besuchen, fallen terminlich zusammen mit Boardingpässen und Programmen für Vernissagen in Manhattan. In einer Vitrine finden wir Kopien von Briefen, die Heldt an Southwood geschrieben hat, scheinbar eine Korrespondenz zweier ehemaliger Zimmergenossinnen, deren Leben sich auseinanderentwickelt hat, doch in Wirklichkeit handelt es sich um Auslassungen einer Frau über ihre schizophrene Existenz.

Eine Ecke in der Galerie in York zieht die Besucher offensichtlich am meisten an, die Stelle, wo Heldt ihre vergangenen zwei Jahre erklärt und detailliert darstellt, wie sie aus York verschwunden und in die USA gegangen ist, wie sie ihren Mann und ihre beiden kleinen Töchter verlassen hat. So erstaunlich diese Handlungsweise ist, verwundert es vielleicht noch mehr, dass sie die Weitsicht hatte, dieses Werk zu konzeptionieren. Ohne zu wissen, wohin die Sache führen würde, sammelte sie die Dokumente. In der kurzen Beschreibung von *Exhibit A* durch die Künstlerin wird mitgeteilt, die Ausstellung habe im Februar 2023 öffnen sollen, ein Jahrzehnt nach ihrem Verschwinden, wurde jedoch wegen »unvorhergesehener juristischer Angelegenheiten« vorgezogen.

Die größere unvorhergesehene Angelegenheit war indessen, so erfahren wir, dass sie aufgespürt wurde. Marc Southwood hat seine Frau in Greenwich Village ausfindig gemacht und sie bei der Einwanderungsbehörde angezeigt. Die Installation war jedoch schon auf beiden Seiten des Atlantiks sorgfältig vorbereitet. Der Galeriebesitzer in York, Don McGee, berichtete, er habe einen Anruf aus der Einrichtung bekommen, in der Southwood verwahrt werde. Dabei teilte man ihm mit, wie er Zugang zu einem Raum in einem Mietspeicher am Rande der Stadt bekäme, wo er das gesamte Material sowie detaillierte schriftliche Anweisungen für die Installation erhalten werde.

»Mir erschloss sich unmittelbar, wie brisant dieses Werk war, ich habe noch am gleichen Tag mit der New Yorker Galerie telefoniert, und wir haben uns ausgetauscht. Zusammen haben wir entschieden, die Sache durchzuführen«, erklärte McGee.

Southwoods Auslieferungsantrag wurde abgelehnt, und nach einem Hungerstreik und einem Selbstmordversuch wurde sie in einer geschlossenen Psychiatrie-Einrichtung im Staat New York untergebracht. Heldt wurde vorgeworfen, ungültige Dokumente benutzt zu haben, um eine Arbeit zu finden, die Sozialversicherungsnummer missbraucht zu haben und ungültige Dokumente in betrügerischer Absicht benutzt zu haben. Ihr Antrag auf verminderte Schuldfähigkeit aufgrund Unzurechnungsfähigkeit wurde ebenfalls abgelehnt, und man befand sie für prozessfähig. Sie wurde in allen Anklagepunkten schuldig gesprochen und zur Höchststrafe von fünfzehn Jahren in einem Bundesgefängnis sowie zu einer Geldstrafe von 250 000 Dollar verurteilt. Ein Berufungstermin wurde noch nicht festgelegt.

Exhibit A ist der sensationslüsterne Bericht in Form eines scheinbar unmöglichen Kunststücks, doch was keine der Galerien offeriert, ist ein Hinweis auf die Gründe. Falls es auf diese Frage überhaupt eine Antwort gibt, muss man sie in dem romanlangen Schriftstück suchen, das Southwood in der Haft verfasst hat. Es wurde als Original in der New Yorker Galerie ausgestellt und auch in einer limitierten Auflage gedruckt. Das an beiden Orten erhältliche Buch ist eine kühn erzählte fiktive Aufzeichnung der Erlebnisse ihrer Familie vom Tag ihres Verschwindens bis zu dem Augenblick, in dem ihr Mann sie in New York gefunden hat. Obwohl es in gewisser Hinsicht auch nur eine andere Methode ist, mit der es Southwood gelingt, ihrer Familie die eigene Stimme und die eigene Autonomie zu versagen, und zwar noch aus der Haft heraus, legt das Dokument doch ein starkes Gewicht auf die Frage: Wie viel ist Kunst wert? Auf Anfragen, seine Version der Geschichte zu erzählen, hat Marc Southwood bislang nicht reagiert. So wird der Betrachter der Installationen, dem nur Amelie Heldts Darstellung zur Verfügung steht, gezwungen, über die Frage nachzudenken, ob das, was er als Kunst konsumiert, ein fairer Tausch gegen das Leid anderer Menschen ist.

In regelmäßigen Abständen bringt die Kunst eine Geschichte hervor, die uns in eine erbitterte Diskussion über Richtig und Falsch stürzt. In der Literatur durften wir bei Michel Houellebecq und Karl Ove Knausgård beobachten, wie sie sich dafür rechtfertigen, ihrer Familie die Privatsphäre geraubt zu haben; beim Film kennen wir die Berichte über Alfred Hitchcock, der Tippi Hedren sexuell belästigt haben soll, und Bernardo Bertoluccis Geständnis vor der Kamera darüber, wie weit er gehen wollte, um eine »echte« Reaktion von Maria Schneider zu provozieren. Mancher argumentiert vielleicht, dass Kunst polarisieren müsse, dass Ausbeutung an sich ein Teil der Ästhetik sein könne oder dass der Zweck die Mittel heilige. Aber kann Kunst es je wert sein, Leiden zu verursachen? Ist Kunst ein Grund, jemandem das Herz zu brechen oder die eigenen Kinder zu verlassen?

Ich stelle diese Fragen ohne die wortgewandte Rhetorik des Kritikers, die der Leser gewöhnt ist, sondern mit ehrlichem Unbehagen im Bauch. Denn Artikel wie dieser und die Menschen, die vor *Exhibit A* Schlange stehen, sichern Heldt ihren Platz in der Kunstwelt und beantworten die Frage dadurch im Prinzip mit einem lauten »Ja«.

Reinhardt Lang
Redaktion Kunst

EINE ANMERKUNG ZUR KUNST

Die meisten Werke in diesem Buch existieren wirklich, und ich ermutige alle Neugierigen, sie sich anzuschauen.

Ein besonderer Dank geht an Casey Smallwood dafür, dass sie Amelia erlaubt hat, ihre Werke auszuleihen und zu adaptieren.

QUELLENNACHWEIS

Trotz intensiver Recherche konnte der Verlag nicht alle Rechteinhaber ermitteln. Bitte wenden Sie sich gegebenenfalls an den Diana Verlag in der Verlagsgruppe Random House GmbH.

Die Verlagsgruppe Random House weist ausdrücklich darauf hin, dass im Text enthaltene externe Links vom Verlag nur bis zum Zeitpunkt der Buchveröffentlichung eingesehen werden konnten. Auf spätere Veränderungen hat der Verlag keinerlei Einfluss. Eine Haftung des Verlags für externe Links ist stets ausgeschlossen.

Zitat auf Seite 128 nach Artur Barrio:
http://enciclopedia.itaucultural.org.br/pessoa47/artur-barrio (Stand: 18.10.18), übersetzt von Pauline Kurbasik.

Zitat auf Seite 165 nach Allan Kaprow:
http://www.medienkunstnetz.de/themen/medienkunst_im_ueberblick/performance/4/ (18.10.18).

Zitate der Installation auf Seite 355/356 wurden übersetzt von Pauline Kurbasik.

DANKSAGUNG

Ohne die Liebe und die Unterstützung meiner Freunde und Familie hätte ich dieses Buch nicht schreiben können. Mein Dank gilt meiner überwältigenden Agentin Marilia und meinen wundervollen Lektoren Jess und Hilary. Anna, Bryony, Emma, Fran, Christine, Ban, Kate, Laura, Beth, Amy, Nat, Carole, Angela und der Bayford Hill Book Club: Danke für eure Geduld, immer wieder meine Entwürfe zu lesen.

Große emotionale, moralische und manchmal auch alkoholische Unterstützung bekam ich auf dieser Reise von meiner York and Goldsmiths-Familie, von denen ich manche bereits oben erwähnt habe; Ollie, Nik, Charlie, Patrick, Neil, Chris, Beckie, Paul, Sam, Ellen, Stef, Martha, Cath, Heather, Nuala und Emily gehören aber genauso dazu. Danke an Alicia, Lucy, Francis, Linda, Kimmy und Casey, einfach, weil ihr unglaublich tolle Menschen seid. An meine Schwester, meinen Bruder und meinen Papa, weil ihr meine Helden seid. Meiner Mama danke ich für alles, vor allem aber dafür, dass sie mich immer unterstützt und es mit einer Autorin als Tochter aushält. Und schlussendlich ein riesiger Dank an Chris, der an mich geglaubt hat, als ich es nicht konnte.